杨义堂　著

昆張支隊

山东文艺出版社

序 言

贾治邦

撞破天罗归水浒，掀开地网上梁山。

山河滋养英雄胆，好汉故事代代传。

水泊梁山自古就是英雄聚义的地方，"四大名著"之一的《水浒传》千古流传，不仅把梁山的美名传向四方，也形成了豪侠仗义、不畏强暴的地域人格。在抗日战争时期，共产党八路军进入山东之后，在梁山人民的大力支持下，很快打开了局面。1939 年 8 月，一一五师一部在梁山脚下的独山村打了一场梁山歼灭战，创造了我军在兵力上与日军相等、装备上处于劣势的情况下，全歼日军一个大队的模范战例，这是继平型关大捷之后的又一次重要战役。之后，八路军一一五师政委罗荣桓在这里召开了关于创建平原根据地的水泊会议，共产党在梁山东北部成立了昆山县，在这里创建了鲁西根据地，并使其成为冀鲁豫根据地的一部分。

1942 年 9 月，敌人对冀鲁豫根据地连续进行大扫荡，冀鲁豫根据地不断缩小，梁山及周边的昆张地区（昆山、寿张、东平、汶上一带）则变成了敌占区。冀鲁豫军区派出了两个团营级部队进入该地区，却都无法立足，又派出一支一百零八人的小部队——昆张支队。在支队长吴忠、政委邵子言的带领下，昆张支队机智勇敢，三进梁山及昆张地区，经过四百多次战斗，越战越强，消灭了日伪军，恢复了根据地。冀鲁豫军区大规模推广昆张支队的作战经验，派出 246 个小部队分赴敌后，整个冀鲁豫根据地迅速恢复和发展，变成了全国最大的根据地。昆张支队在抗战后期发展为五十八团，新中国成立后，先后改编为五十二师和一四九师，成为我军的"王牌师"。也走出了一批我党的高级将领和领导干部，如第一任支队长吴忠成为最年轻的少将，后来担任北京卫戍区司令员和广州军区副司令员，参与组织和领导了对越自卫反击战。第二任支队长王定烈后来担任空军副司令员，昆张支队政委邵子言担任空军副司令员，原昆张支队连长郗晋武担任西藏军区司令员，等等。同样宝贵的是，昆张支队紧紧依靠人民群众、建立统一战线、坚持武装斗争的经验，在新时代仍然没有过时，仍然散发着熠熠的光辉。

新中国成立后，特别是二十世纪八十年代，梁山县党史部门曾经对梁山抗战和昆张支队的历史资料进行了搜集整理，编订了有关资料，但是，由于影响不大，昆张支队的故事就淹没在历史的烟尘中了。在庆祝中国共产党成立一百周年之际，梁山县政协邀请梁山籍作家、济宁市政协文化文史和学习工作室主任杨义堂同志重新挖掘整理这段历史，把昆张支队三进梁山及昆张地区的故事写成了长篇报告文学，在《人民文学》2021年第9期上发表，并由山东文艺出版社出版单行本。我读了很受启发，感觉到这部作品亮点很多。

这部作品挖掘了八路军冀鲁豫平原游击战争的故事，填补了历史空白。这部《昆张支队》和以往反映敌后抗战的《平原游击队》《铁道游击队》《敌后武工队》等作品不同，以往的作品大都反映地方武装、民兵或普通百姓的抗战，而这部书写的是八路军冀鲁豫军区的一支正规部队。在冀鲁豫根据地东北部的昆张地区被敌人占领之后，敌占区内碉堡密集，公路、电话四通八达，敌、特、顽、会、匪猖獗。在吴忠、王定烈、邵子言的带领下，只有百余人的昆张支队勇敢地翻越封锁线，三进昆张地区，越战越勇，在一年零七个月的时间里，发展成八百多人的团级队伍，解放了昆张地区五个县。新中国成立后，有一部很有影响的电影叫《平原游击队》，写的是1943年秋天华北某村庄反扫荡的故事，其时间比昆张支队的时间要晚，战斗规模和情节也都不如昆张支队。

这部作品最感人的部分，就是写出了昆张支队与人民群众的血肉联系，写出了八路军和人民群众血浓于水的深厚感情。八路军在梁山召开水泊会议，说鲁西一带没有山，老百姓就是八路军的靠山，于是开始了平原游击战争。日伪军"铁壁合围"的时候，八路军再难，也要带着老百姓一起突围。昆张支队打仗，都要把战场摆在村庄外，战斗结束后，让老百姓替伪军求情，送受伤的伪军回据点。最感人的是，为了夺回日伪军抢走的耕牛，昆张支队不顾敌人人数众多，坚决为老百姓夺回了耕牛，牺牲了二十一名战士。群众用最高的葬礼埋葬烈士，建立八路林，年年祭拜，反映了革命战争年代共产党与人民群众的那种鱼水之情。

这部作品故事跌宕起伏，情节紧凑，扣人心弦。它不像一般的报告文学作品，而是像一部电视剧，作者躲到人物的背后，不动声色地讲述英雄们的故事，真实地刻画出了他们的艰苦环境和斗争场面。1942年10月"铁壁合围"后，昆张地区变成了敌占区，八路军团营级部队只进行了一天的"游行"就被赶了出来，根本没法立足，而昆张支队打扮成老百姓，以百人的小部队一进昆张地区，在日伪军的围追堵截下，找到敌人的薄弱环节，狠狠地打击了敌人一部，一次次跳出包围圈，圆满完成了任务。之后又二进昆张，把敌占区变成了游击区。接着三进昆张，和日伪军进行决战，把游击区重新变成了根据地。他们几乎是天天夜里行军，拂晓打仗，上午休息，傍晚转移。在危险的时候，他们甚至一天吃不上一顿饭，几天睡不了一个安稳觉，一年零七个月间打了四百多仗，平均一天半打一仗。险象环生，让人为英雄们捏着一把汗。

这部作品塑造了吴忠、王定烈、贾大娘、马三妮儿等鲜活的人物形象，让人记忆深刻。第一任支队队长吴忠只有二十一岁，少年英豪，敢打敢拼，打仗时总是冲在最前面，抢过身边人的冲锋枪，边指挥边打。他机智勇敢，能正确判断形势，躲过危险。后来他当上了北京卫戍区司令员和广州军区副司令员，在对越自卫反击战中，他依然背着冲锋枪走在前面。第二任支队队长王定烈是一个年轻的老红军，浑身都是战争奖赏的"勋章"，腰椎里有卡着的子弹，头上有一道长长的疤痕。为了节省鞋子，他一年到头穿草鞋。他大嗓门，爱批评人，但是批评里都是深深的爱。王芝茂村妇救会主任贾大娘二十三岁时丈夫去世，生活的压迫和孤凄让她不到四十岁就白了头，被八路军称作"贾大娘"。她义无反顾地为八路军送情报、救伤员，在工作中找到了自己的价值，成了村支部副书记、县里的妇女委员，被授予"红嫂"称号，后来她的头发竟然变黑了，最后她活了九十三岁。这个梁山"白毛女"和《白毛女》中的喜儿形象截然不同。娇生惯养的青年马三妮儿在母亲和姐姐被日伪军奸杀后，被父亲送到昆张支队参加了八路军，因为偷拿了群众的棉鞋被批评，开小差回了家，又被父亲扭送到了昆张支队，一步步成长为勇敢的八路军战士。他在夺牛战斗中负伤，不让战友救援，英勇牺牲。一个个反面人物也都性格鲜明，栩栩如生。

这部作品展示了黄河两岸、大运河畔迷人的风土人情，让人感到特别亲切。书中神奇的梁山武术功夫、乡村集市卖鞭炮的吆喝声、大车店里推牌九的嘈杂声，都有一种浓浓的乡情。大羊镇几台大戏对着唱，书中把每一种戏曲的唱腔和演员神态都写活了，郓城坠子大师利用唱戏救抗日县长的故事十分传神。还有，作者将昆张支队的斗争场景和《水浒传》进行穿越对比，用了很多梁山泊方言和歇后语，传神地写出了黄河两岸的生活场景。这部作品是作家回望故乡的一幅风俗画，让人体验到独特而迷人的梁山泊风情。

我在梁山县工作生活了近二十年，人生最美好的时间都献给了这片英雄的土地。如今，梁山大地已经旧貌换新颜，经济社会发展蒸蒸日上，都是党领导人民群众不忘初心、不怕牺牲、艰苦奋斗的成果。在庆祝中国共产党成立一百周年之际，这部长篇报告文学《昆张支队》的出版意义重大，这是全县党史学习教育活动的重要成果，让我们回望党领导人民英雄奋斗的历史，更加坚定跟党走的决心，更加坚定和人民群众的血脉联系，走好新的一百年的光辉之路。同时，这部作品的问世，也实现了昆张支队英雄们多年的夙愿，是对抗日英雄们最好的告慰！

是为序！

（贾治阜，济宁市政协副主席，中共梁山县委书记）

目　录

第一章

黄河与大运河交汇的地方

　　我的家乡位于鲁西南大平原的东北部，有一座像卧虎一样的名山，唤作梁山。这座山只有一百九十多米高，如果在别的山区，那是根本数不着的，但在这一马平川的鲁西南大平原上，远近的人们目之所及，都能够看到她秀美的身影，而她亿万年来，也十分忠实地护佑着这一片千里沃野，和沃野上的芸芸众生。

　　在梁山西北面有一条东西走向的大河，是"黄河之水天上来"的黄河，而在梁山的东侧，有一条南北飘逸的蓝色长练，那是碧波千里的京杭大运河。黄河与大运河在梁山的西北部不期而遇，黄河的大堤高，运河的水位低，虽然不能交汇，却也相依相生。

　　这里上古时期就有人居住，黄河两岸有许多高大的黄土堌堆，如赵堌堆、青堌堆、贾堌堆等，是古代人们为了躲避黄河水患一层层垫高的家园。

　　梁山原名良山，西汉时期，这里是汉文帝之子、汉景帝的同母弟弟梁孝王刘武的封地，他"北猎良山"，不幸突发热病而薨，这座山因此得名梁山。

　　历史上，这里就是大野泽，后来黄河在濮阳、郓城一带多次决口，大水直抵梁山脚下，形成了一望无际的巨大湖泊，宋代称之为梁山泊，湖岸方圆有八百多里，号称"八百里水泊梁山"。

　　在梁山一带的乡村里，流传着许多英雄好汉的故事。传得最多的，一种是宋江、武松、李逵、阮氏三兄弟等英雄好汉大聚义的故事。这些故事有的写进了《水浒传》里，有的没写进去，比如梁山的地名中，有许多村庄的名字叫作"那里"，有国那里村、宋那里村、孙那里村等七十二那里。传说高俅带领官兵开着大船到梁山泊"剿匪"，被梁山义军打得大败，丢盔弃甲，连夜向开封方向逃跑，他胆战心惊，急盼着回去，一路上不停地问："到哪里了？"船工给他回复一个村庄的名字，可是他又记不住，就记成了国那里、宋那里、孙那里等等。因为他是钦差啊，他说的就是对的，所以梁山西部、黄河岸边的一些村庄就被称作"那里"了。

还有一种故事，是八路军带领老百姓抗战的故事。我是二十世纪六十年代出生的，我在青少年时代，经常听父亲讲八路军打独山的故事和昆张支队的故事，讲吴忠、邵子言、王定烈来我们村发展党员和武装力量。我们村里有一支共产党的枪班，叫"模范班"，我的亲大爷就是枪班里的人。我的家乡又非常贫穷，六七十年代的时候，村庄到处是低矮的土房，和抗战时期相比变化并不大，人们的穿着都很破旧，吃的也是饥一顿饱一顿。所以，父亲讲的故事就和当时故乡的场景联系起来，在我的脑海里印象特别深刻。

后来我上了大学，参加了工作，开始写长篇历史文学作品，写了反映"天下第一家"的《大孔府》，写了为大运河作传的《大运河》，写了鲁国八百年历史的《鲁国春秋》，写了德州苏禄王墓的《北游记：苏禄王传》，写了中国战地救护的《抗战救护队》等等，但是一直没有为家乡写一部书。后来我到济宁市政协文史委工作，看到了许多梁山抗战的文史资料，少年时代听过的昆张支队的故事，见过的乡村场景　下了都鲜活起来了！作为一名专写长篇历史故事的作家，怎么能不讲一讲家乡的故事呢？虽然我的影响与莫言先生还有着较大的差距，但是我的家乡比起潍坊高密东北乡来，一点儿也不差呢！所以我认为自己有责任把这个故事写下来，分享给我的读者朋友们！否则，心里就有歉疚和不安，感觉对不起这片土地和已经长眠在地下的亲人们！

这个故事发生在二十世纪三十年代末，那时还没有成立梁山县，这里属于山东、河南几个县的交界处，东面是东平、汶上，北面是东阿、寿张，西面是阳谷、范县、濮阳，南面是郓城县。

"七七事变"之后，日本侵略军开始大举侵略中国，一路南下，攻城略地。国民党大军节节败退，河北、山东、河南相继沦陷，中原腹地的大片河山落入敌手，中华民族到了最危险的时候。

在距离梁山东北十八里、东平湖西岸有一个杨堤口村，村里有一个叫杨修稳的人，1888 年出生在一个地主家庭，北平中国大学法律系毕业。因为不满社会黑暗，弃官回乡，他留须明志，闭门谢客，不问世事，将自己的书斋命名为"静斋"，人们都尊称其为杨静斋先生，真名反倒很少有人提及了。抗日战争爆发后，面对民族危亡、山河沦陷的时局，他长吁短叹，愤恨连连！

按照党中央的战略部署，八路军多次派兵出太行山，到河北、山东、河南建立抗日根据地。1938年12月，八路军一一五师师部及三四三旅六八六团代号为东进支队，在代师长陈光、政治委员罗荣桓的率领下从晋西出发，挺进山东。1939年3月，八路军一一五师来到梁山西南的郓城地区，在郓城樊坝打了一个大胜仗，俘获了伪团长以下五百余人。

当时，梁山郓城一带的老百姓都传言，这些从太行山上下来的部队和过去都不一样，无论当官的还是当兵的，见了村里的老人，就喊"大爷""大娘"，到了百姓家里就挑水、扫院子，怎么劝都劝不住。

杨静斋断言："君者舟也，人者水也。水可载舟，亦可覆舟。人心向背，皆决于是。救今日之中国者，非共产党莫属！"这位矢志藏身书斋的读书人不再迷茫和彷徨，亲率梁山"瑞升号"大掌柜徐万瑞等众乡贤，带着好酒、猪肉、白面馍馍到郓城樊坝慰问，并恳请这一支八路军部队到梁山一带驻扎。于是，陈光、罗荣桓率部队来到了梁山地区。

杨静斋从此告别了安静的书斋，以强烈的报国热情投身到抗日活动中，飘着一袭美髯多方奔走，人送外号"杨胡子"。

这年8月1日，一一五师师部及其直属部队正在梁山南麓孟家林的柏树林里庆祝八一建军节，日军第三十二师团共四百余人，由日本皇族出身的长田敏江率领，从汶上县城出动向梁山地区进犯，对八路军进行"扫荡"。8月2日上午，不可一世的日军越过大运河，到达梁山南麓。八路军一一五师在陈光、罗荣桓的带领下，在梁山前的独山设伏，经过激战，毙敌三百余人，缴获新野战炮两门，轻重机枪十五挺，战马五十余匹，长田敏江切腹自杀向天皇"谢罪"。八路军创造了在兵力与日军相等、装备上处于劣势情况下，全歼日军一个大队的模范战例。

梁山歼灭战的胜利消息传遍全国，这是平型关大捷后中国抗战的又一次重大胜利，受到国民政府和八路军总部两方面的嘉奖。梁山一带有三千多名青年子弟踊跃参加八路军。

梁山战役让日军损兵丢炮，恼羞成怒，从济南、兖州等地调集五千余重兵、三十余辆坦克，对梁山附近村庄进行报复性"扫荡"。陈光、罗荣桓带领师部跳出包围圈，六八六团团长杨勇则指挥部队避其锋芒，化整为零，利用青纱帐做掩护，与日伪军周旋。日军找不到八路军，就对附近的村庄血腥报复，烧毁了独山、孟家店等村庄的房子，抓住老百姓就杀，或者扔到大火里烧死。日军高层也因此专门研究陈光的游击战术，拿出专门对付八路军游击战的手段来。

9月，八路军一一五师在小安山召开了一个十分重要的会议，后来称之为水泊会议，鲁西各区的干部都参加了会议。会议的中心议题是，如何在冀鲁豫创建平原抗日根据地。

会上，一开始大家议论纷纷："我党我军的根据地从井冈山以来，全都是在山区和丘陵地带，平原无险可依，不可能在平原地区建根据地。"

"日军有飞机、汽车、坦克，在平原作战有优势，我们只有双腿，打起仗来，无处隐蔽。"

"这里除了是平原，还兵多为患，日军、伪军、中央军、红枪会、民团，我八路军在此创建根据地，必受排斥。"

"这里民风彪悍，民智未开，群众工作不好开展……"

这时，一一五师政委罗荣桓把手中的一本小册子举了起来，他说："最近，我在学习毛泽东同志的《抗日游击战争的战略问题》。这本书我们大家应该好好读一读，这本书中指出：井冈山游击战争得以成功，并不因为有山，而是因为有人民。"

这个说法比较新奇，会场上顿时静了下来。

罗荣桓接着说："平原虽无山地做屏障，但成千上万的群众，就是御敌的最强大屏障！哪里有人民，哪里就可以开展游击战争。只要坚持发动群众，依靠群众，和群众生死与共，就可以形成一道坚不可摧的铜墙铁壁，创建和坚持平原根据地完全是可行的。"

罗荣桓的说法赢得了一致赞同，会议形成决议：按中央指示，在冀鲁豫平原地区创建抗日根据地。可以说，梁山一带正是共产党发展平原抗日游击队的发源地，共产党八路军正是在这片英雄的土地上拉开了平原游击战争的伟大序幕。

水泊会议之后，陈光、罗荣桓率一一五师东进支队大部继续东进，开辟山东抗日根据地。杨静斋一听八路军要走，急了，找到杨勇说："梁山人实诚，但是梁山人不傻。八路军真打鬼子，真对咱老百姓好，梁山人都看在眼里，记在心里，咱梁山人对八路军的感情是倒了磨，砸了碾——石打石（实打实）啊，只要你八路军说的，咱就照办不误！只有一个条件，咱八路军不能走啊！"

于是，一一五师留下杨勇带领六八六团第三营、团直一部和师直两个连在梁山一带开辟了鲁西根据地。

在梁山东北部、东平湖的西岸，有一片连绵的小山丘，唤作昆山，老百姓则称之为"困山"，传说周穆王巡守时曾经被困于此。鉴于日军在梁山附近建起了张坊、拳铺等大小据点，杨勇带领留守鲁西的八路军转移到了昆山山区。

1940年4月，共产党鲁西行政公署成立大会在戴庙村召开，鲁西五十二个县的各界代表参加了大会，由于杨静斋的巨大贡献，他被选为鲁西行政公署委员。同时成立了昆山抗日试验区，后来改名为昆山抗日试验县。昆山一带成了一片红色的抗日根据地，根据地有自己的鲁西银行、报社、印刷厂、兵工厂等机构，一时十分兴旺。特别是鲁西银行的鲁西票，很受老百姓的欢迎，成为与日本联合银行券、国民党法币相抗衡的金融武器。

在一一五师六八六团进入梁山地区的同时，一一五师的另一支部队——三四四旅的一个指挥班子及六八八团三营改编的独立团，从晋东南进到鲁西一带，和地方武装合编为冀鲁豫支队。1940年4月，八路军第二纵队主力也由太行山区东进到冀鲁豫边区，同冀鲁豫支队会师合编，成立了冀鲁豫军区。

1941年7月，由于冀鲁豫根据地和鲁西根据地相向发展，连成了一片，冀鲁豫、鲁西两区党委合并为中共冀鲁豫（平原）分局党委。冀鲁豫军区和鲁西军区及其所属部队合编为新的冀鲁豫军区。很快，这片根据地的西面、北面接连晋冀豫根据地，东面与山东根据地相邻，把敌后抗日力量连在了一起。

抗日根据地的迅猛发展让日军极为痛恨，集中力量对付八路军和根据地，一次次开展"治安强化运动"，设据点，建碉堡，修公路，根据地受到了很大破坏。日寇对梁山一带的抗日根据地更是恨之入骨，经常来此扫荡，并率先在位于中心地带的戴庙建起了据点，鲁西根据地的活动受到极大威胁，原鲁西军区除了兵工厂继续留在这里，鲁西银行、报社、印刷厂等机构都搬到了黄河以西的冀鲁豫根据地中心区——濮阳、范城、观城三县，凭借黄河大沙滩与敌人巧妙周旋，干部群众说那里是"钢铁濮范观，华北小延安"。日伪军们则开玩笑说："共产党八路军那么大的冀鲁豫根据地，就只剩下这么一个小小的'破饭罐'了。"

在一一五师教导三旅八团中，有一名团作战参谋，名字叫吴忠。他出生于四川省东北部苍溪县东西镇的龙岗山上，那里山连着山，非常封闭。吴家是清朝初年"湖广填四川"的时候从江西抚州迁过来，到了吴忠这一代，已经是第十代了。来的时候没有一片土地，经过一代代打拼，已经成为远近闻名的大地主，他们家族的人大都长得高大威猛，吴忠爷爷的一个兄弟还考取了武举人，他们家里办有私塾，孩子们都能读书和练武。吴忠1921年10月21日出生，是家里的第三个男孩子，吴忠出生后七个月，父亲便因病去世了。吴忠四岁入私塾读书，打下了很好的文化底子，也养成了读书思考的好习惯。

1930年，吴忠九岁那年，国民党四川军阀田颂尧的一个营长为了征收军饷，派大兵包围了吴家大屋，要吴家交出三千块大洋，限三天内交齐，如果不办，就毁屋抓人。为了保全家中老少的性命，家里卖掉了田产，在三天之内交上了这笔巨额勒索金，从此，吴家变得一贫如洗。

俗话说"男孩子不吃十年闲饭"。家庭变故让吴忠一下子长大了，懂得了人世的善恶和生活的艰辛，复仇的种子在他心中深深地扎下了根，也形成了他刚烈正直、疾恶如仇、同情弱者、体恤百姓的性格。

1933年，红军第四方面军在四川征兵，还不到十三岁的吴忠虚报年龄，要求参加红军。征兵的干部问他为什么要参加红军，他讲了自己家庭遭到的变故，说："我在家天天读书和练武，就是要打国民党，打田颂尧那龟儿子！你们红军不是要打国民党，打军阀田颂尧吗？请收下我吧，我要报仇！"

从此，吴忠踏上了革命道路，他读过书，主意多，机灵勇敢，敢打敢冲，十五岁就担任排长，加入了中国共产党。由于张国焘的错误领导，吴忠和战友们在长征中来来回回三过草地，历经了生死考验。

1936年11月，红军会师后，吴忠作为红四方面军红军大学的一名学员，被编入西路军，要过黄河到宁夏作战，由于黄河渡口被胡宗南的部队占领，吴忠所在的队伍无法过河，只好去延安。到延安后，吴忠被编入抗大学习，听到了毛泽东、朱德、董必武等中央领导的报告，开展了清算"国焘路线"的思想斗争，对张国焘结党营私、分裂党、分裂红军的错误行径充满了仇恨，他的思想觉悟大大提高。抗大学习结束后，吴忠被分配到八路军总部特务团一营担任排长，在毛主席身边担任警卫。1938年春天，吴忠奉命离开延安，奔赴抗日前线，先是在八路军一一五师晋西支队担任连长，在晋西南地区打游击。1940年5月，吴忠随着晋西支队来到山东抗战，晋西支队与一一五师主力部队会合，统一编为七个教导旅。吴忠所在的晋西支队第二团和这个地区原运河支队的第四团、第五团合编为教导三旅，第二团又加入了鲁西的地方力量，番号改为教三旅八团，吴忠担任八团一营副营长。

那时候，日军凭借先进的武器装备十分猖獗，一个三十多人的小队就敢横冲直撞地扫荡。1941年，为了适应敌人频繁扫荡的形势，一一五师创造性地进行了一次大整编。过去重武器在团、营一级，连、排的战斗力不足，为了生

存和发展，撤销了营一级编制，由大团缩编成"小团"。原来每个主力团有三个营九个连，人员一般在两千至两千五百人，这次缩编后，由团部直辖五个大连，每个大连编制人数在一百五十人左右，下辖三个大排，每排拥有一挺轻机枪和一具掷弹筒，一个"小团"人数只有七百人左右。别看人数不到此前主力团的三分之一，但连和排级同时拥有了机枪和掷弹筒，小规模战斗的支援火力大大加强。在新的编制下，我军一个独立的大连完全能够和日军的一个小队对战，就算是遇上日本小队偷袭，我军的大连也有足够的实力安全撤退。

八团整编之后，原来担任副营长的吴忠回团部当了一名作战参谋，说是团参谋，其实经常带着一个连在梁山地区打游击，因为他身经百战，经验丰富，有勇有谋，打了许多漂亮仗。他打仗时喜欢冲在前边，一边指挥一边打，他曾经在阳谷景阳冈的谷子地里消灭过日军的一个小队和伪军两个连，在陶那里村消灭一个伪警备队，在汶上打过潘家军的黄围子据点。吴忠在梁山一带名声很大，人称"活武松"。他来到梁山以后，个子也蹿得很快，不过二十一岁，身高却已经有一米八多，身材魁梧，浓眉大眼，虎虎有生气，是一名优秀的八路军指战员。

1942年9月26日，农历八月十七日的夜晚，中秋节刚过去两天，月光正好，圆月的银辉普照着梁山脚下、黄河岸边的一个个寂寥的荒村。现在正处于秋忙的季节，忙碌了一天的庄稼人也都睡着了，鸡不叫，狗不咬，大地显得难得的安静。后半夜，开始起雾了，淡淡的雾气从村外的庄稼地里氤氲而生，丝丝缕缕向村庄蔓延。

梁山西北三十里左右有一个村庄叫王芝茂村，是一个三百多人的小村庄，王姓是这个村里的大姓。明朝初年，从山西老鸹窝迁来的移民中，有一个叫王芝茂的人住在这里，后来发展成一个村庄，人们也就用王芝茂的名字来称呼这个村庄了。这个村有一所小学，村里的读书人比较多，能够接受新思想。整个村民情很好，都一心向着八路军，没有向鬼子汉奸报信的。村里很早成立了党支部，成了一座抗日堡垒村。

此时，在王芝茂村外的壕沟里，闪烁着一双双警觉的眼睛，那是八路军的哨兵。一位叫孟昭德的八路军侦察班长抚摸着身边的一条小黑狗，小声说："小黑，你仔细听着，有什么动静，告诉我大黑。"

小黑狗顺从地"呜"了一声。

小黑狗是村妇救会会长贾大娘家的，和孟昭德已经混熟了，几乎形影不离，所以它也跟着孟昭德来村外警戒了。

不用说，冀鲁豫军区教三旅八团的参谋吴忠又带着八团四连驻扎在这个村子里了。

村南一户向东开的柴扉，就是村妇救会主任贾大娘的家。贾大娘叫贾桂存，1903年出生于蒋集村一个贫苦的农民家庭，可惜在她二十六岁的时候，丈夫去世了，她带着两个年幼的孩子守寡，生活格外艰难和压抑，年纪轻轻就愁白了头。她穿的衣衫是补丁摞补丁，两只眼睛整天红红的，似乎满眼都是擦不干净的眵目糊。杨勇带着八路军刚来的时候，没看出她的年龄，称呼她为"贾大娘"，后来大家知道了她的实际年龄，可是因为有杨勇称呼在前，也就都半是玩笑半是亲切地跟着叫开了。村里成立了党支部、妇救会、青年团、儿童团，她被推举为村妇救会会长，还入了党，担任了村里的党支部副书记。八路军干部觉得她送情报不会引起敌人的注意，又让她担任了地下交通员。

贾桂存自从成了党的人，像换了一个人一样，她把早年裹的小脚放开，跑着给八路军送情报。为了迷惑敌人，她有时候把情报辫在发髻里，装成走亲戚的村妇；有时候把情报装进秫秸秆里，披头散发，装成疯婆子；有时候挎着要饭篮子，拿着打狗棍，装成叫花子，每一次都能圆满完成任务。虽然工作又苦又累又危险，但是她心情舒畅，像有使不完的劲儿。她家里有三间正房，正房的东间，贾大娘和她的小女儿住；西间，由参谋吴忠、警卫王林、贾大娘的大儿子李桂桐睡，地上铺了一些谷秸和麦草。西厢是两间草棚子搭起的简易厨房，战士们就靠在柴火堆上和衣而眠。

突然，小黑狗挣开孟昭德，对着东边的方向大声叫了起来："汪，汪，汪！"

孟昭德想抓住小黑狗，说："小黑，怎么啦？"

小黑狗咬咬孟昭德的衣角，又开始狂叫起来。

孟昭德听听，什么声音也没有，把耳朵贴在地上，听见嗡嗡的声音和大地微微的颤抖。他看看天空，夜空如洗，星星不停地眨巴着眼睛，远方不可能有打雷的声音。

这时候，附近村庄的狗开始叫起来，引得本村的狗也一起跟着叫了起来。

孟昭德想：会不会是敌人的大部队夜间行军呢，我八路军可没有这么大型的辎重部队。想到这里，他打了一个寒战，一定是鬼子来了，我要赶快去报告给吴忠参谋。

他叫了声："小黑，走，回家！"

这时候，住在贾大娘家堂屋西间的吴忠听到狗叫声，一个激灵醒了，抓起了匣子枪。

吴忠轻轻打开房门走出来，看到大个子侦察班长孟昭德已经来到院子里。

吴忠一边整理衣服，一边问："老黑，什么情况？"

孟昭德提着两把匣子枪，气喘吁吁地说："我在村外警戒，听到好像是敌人的声音，有大队人马的动静，似乎还有汽车、坦克车的震动。"

吴忠和孟昭德一起走出贾大娘的家，来到村边。果然，从东面隐隐约约传来大队人马行军的震动声，还有汽车、坦克低沉的轰鸣声。

这一定是敌人的大行动！

第二章

黄河岸边的"铁壁合围"

贾大娘也醒了，用手梳拢着发髻来到院子里。这时，警卫员王林和四连副连长兼一排长郭瑞功也来到院子里，在月光下站着，等吴忠的命令。

吴忠回到院子里，小声说："是敌人，有大行动，集合队伍，马上转移！"

郭瑞功习惯性地答道："是！"

郭瑞功长得矮矮壮壮，性格耿直，是个直炮筒子，人送外号"小钢炮"。他走了两步又转回来，问道："吴参谋，去哪里？"

吴忠沉思了片刻，说："敌人要有大行动，估计是大扫荡，只是不知道要扫荡哪里，王芝茂村多年都是咱八路的堡垒村，鬼子们都知道，一定要先离开这里。"

贾大娘着急地问道："武松啊，你们去哪里？附近村庄都不如我们这里安全呢！"她门牙漏风，总是把吴忠说成"武松"。

吴忠说："看来这次扫荡不比以往，梁山一带都待不住，我看，应该去黄河大沙滩，回去找咱们分区。"

贾大娘要去叫村里的干部，吴忠劝住了她，说："来不及了，我们走后，再告诉乡亲们吧，你们也要小心。"

很快，队伍就整齐地站在月光下，十分安静。外号"老虎"的机枪班班长范广博个子最高，肩扛机枪站在队伍的后排，露出半个脑袋。机枪是全连火力的中心，十分重要，但机枪很重，都是由队伍里最高最壮的人担任机枪手。

　　吴忠对大家说："看样子是敌人要大扫荡了，来势汹汹，我们向北过黄河，避开敌人的锋芒。"

　　队伍开拔了，贾大娘和小黑狗一直送到村外，吴忠几次劝阻，让贾大娘回家，她才依依不舍地站住脚，一只手朝战士们挥手，一只手扯着大襟擦眼睛，小黑狗不停地对着战士们叫，依依不舍。

　　直到战士们消失在夜色里，她和小黑狗才慢慢地转回家。

　　吴忠带着八团四连一百五十多名战士一路向北，他们行军轻手轻脚，没有任何动静，而东面敌人的动静越来越大了，看样子，是呈扇面向这边包抄而来。

　　王芝茂离黄河大堤有十几里路，很快他们就翻越了黄河大堤，来到大沙滩里面，他们在厚厚的细沙里深一脚浅一脚地向前走，外面敌人的动静听不到了。

　　黄河山东这一段，本来是清末咸丰年间改道来的，由于黄河经常摇摆，横冲直撞，清朝以来，在修黄河大堤的时候，两条大堤之间留下了非常宽的黄河滩区。1938年6月，蒋介石为了阻挡日军南下，炸毁了花园口大堤，黄河向东南改道，下游的山东段就干涸了。几年来，持续的干旱让黄河滩里的黄沙泛起，成为一道十几里宽的长长的大沙滩，寸草不生，一有风就刮得风沙弥漫，即使走到对面也看不清人。

　　这一片连绵的大河滩，成了冀鲁豫军区和根据地的一道天然屏障。1941年以来，日军在这片根据地开展一次次的大扫荡和"治安强化"运动，冀鲁豫根据地不断缩小，最后就缩小到黄河滩大沙滩里，敌人称之为"一枪就能打穿的破饭罐"。

　　吴忠带领着队伍经过风沙弥漫的黄河大沙区，翻过了黄河北岸，沿着北河堤一路向西，准备回到军区所在地的颜村铺。

　　天越走越明，到了早上七点多钟，发现附近的村庄竟然开始混乱起来，人们到处乱跑，敌人的飞机也出现了，在天上来来回回地飞行侦察。

　　吴忠正在犹豫，这时候，一支八路军部队迎面急匆匆地跑了过来，走在前面的是教三旅七团的干部训练队队长王定烈。王定烈是四川宣汉县人，是吴忠的四川同乡，他比吴忠大三岁，1933年，十五岁的他参加了红军第四方面军，他参加过长征，在甘肃祁连山突围战斗中，腰、头部等五处负伤，几经生死。王定烈中等身高，十分瘦弱，脸上颧骨凸出，额头上一道长长的刀疤，走路时向前一蹿一蹿的，那是一颗子弹卡在腰椎里一直没能取出来，不敢用后脚跟着地的结果。八路军改编后，他在一一五师三四三旅警卫连当班长，不久跟着时任八路军东进纵队司令员的肖华当警卫员，随肖华挺进冀鲁边。后来，王定烈在一一五师教三旅七团担任营长，部队整编，撤销营一级编制，王定烈回到团里担任干部训练队队长，经常带领七团二连在梁山西南的郓城县一带打游击。

吴忠和王定烈都属于教三旅的营级干部，开会多次见面，又是老乡，自然很亲切，这次迎面走到一起，都感到很惊诧。吴忠着急地问道："老王，怎么回事儿？你怎么在这里啊？"

王定烈是个大大咧咧的人，说话嗓门很大，走到吴忠跟前，挥起一拳砸在吴忠肩膀上："老子正要问你呢，你不是在梁山一带打游击吗，怎么钻到这里来啦？没看到这里危险吗？我们跟着曾政委在郓城李楼布置秋季征粮的事，不想遇到敌人大扫荡，就一路越过黄河，来到这甘草堌堆一带，正准备向东北一带突围呢！"

吴忠挥手阻止，大声说："你们别往东北跑了，我们就是从东北部梁山一带被敌人追过来的，从东平汶上一带过来的日军有汽车坦克，那边不能去啊！"

说话间，教三旅旅长兼冀鲁豫二分区政委曾思玉骑着一匹白马赶了过来，看到迎面来了一支八路军队伍，问道："王定烈，他们是哪一部分？"

吴忠不等王定烈介绍，就跑过去，牵着曾思玉司令员的马辔头，大声喊道："曾政委，我是八团参谋吴忠啊，从梁山躲避敌人扫荡来到这里。"

曾思玉翻身下马，着急地询问吴忠遇到的情况。

这位曾思玉司令员个子不高，人很瘦弱，是江西赣南信丰县人，1911年出生，今年三十一岁，比吴忠大十岁。他1930年参加红军，1931年加入中国共产党，历任副班长、连政治委员、团政治委员、师司令部通信主任等职，参加了中央苏区历次反"围剿"，参加了二万五千里长征。1937年，曾思玉带着四百多名抗大学生到鲁西平原抗战，担任八路军一一五师第三旅兼鲁西军区政治部主任。1941年，曾思玉和旅长杨勇在潘溪渡战斗中共同指挥，将日军击溃。别看曾思玉长得矮小瘦弱，但是他很有办法，是一位有勇有谋的八路军将领。

曾思玉听完吴忠的介绍，说道："情况很不好，这次敌人一定是来包围我们濮范观根据地中心区的。四面都有敌人，我们要合在一起，做好战斗准备，赶快突围！"

这时候，南部和西北方向传来坦克车的轰鸣声，兵力更加雄厚。他们完全陷入了日伪军的重重包围之中。一群群无助的百姓们看到了八路军部队，都像抓住了救命的稻草，一起围了过来，很快，他们就被群众包围得里三层外三层。

不久，敌人开始向着甘草堌堆一带村庄逼近，四面八方都响起了密集的枪声，日军的飞机一架一架低空盘旋飞行，不断向人群俯冲扫射，敌人的坦克、汽车、步兵、骑兵也从四面八方过来。烟尘四起，炮火轰鸣，大小村庄均陷入极度混乱和恐怖之中。

有的战士看到老人和抱着孩子的妇女，大声嚷道："大家让开啊，你们是老百姓，可以藏起来啊！这样都围着我们，我们怎么打仗啊！"

吴忠冲到那个战士前面，训斥道："不许你这样对老百姓说话！百姓信任我们，才愿意跟着我们，我们要首先保护百姓，今天誓与敌人决一死战！"

曾思玉看见了，对吴忠点点头，大声说："同志们，我们一定要保护群众，带着群众一起突围出去！"

曾思玉冷静地观察、分析敌情：东北方向有敌人的汽车和坦克，不能硬碰；西北和西南方向，均有红、黄、蓝、白、黑不同颜色的旗子向合围地区移动，看来是敌军的主力；只有东南方向的黄河大沙滩，敌军军力相对薄弱，看来日军判断八路军不敢从黄河沙滩上突围。

曾思玉认为，敌人的包围圈尚未完全合围，决定组织部队坚决突围。他果断地命令全体士兵上好刺刀，由八团参谋吴忠带领，朝着黄河方向匍匐前进。等接近敌人后，集中兵力、火力，发挥刺刀、手榴弹的近战威力，采取突然动作，向东南方向的敌人猛烈冲击，又命令轻机枪手和特别射手做好射击准备，保障突围成功。

河滩上还在挖工事的日军发觉了八路军想从这里突围的意图后，立刻用机枪、投掷筒一齐猛烈射击，企图阻止八路军突围。看到如此情景，曾思玉让司号员吹起冲锋号，三百多名战士高喊着"坚决打出去"，纷纷从各自的冲击位置上跃出。与此同时，轻机枪、步枪一齐向敌人射击，势如暴风骤雨。对面的日军赶紧组织密集火力进行抗击。一些战士倒在了鬼子的机枪子弹之下，望着牺牲的战友，吴忠把手里的匣子枪和旁边机枪手的机枪交换了一下，抱起机枪冲在最前面，战士们紧紧地跟在他后面，以不可阻挡之势压向敌人。经过二十多分钟的冲杀，敌人的火力被完全压住了。敌人的"铁壁合围"被英勇的八路军冲开了一个近千米的大豁口，军民胜利突围！

曾思玉此刻也翻身上马，在骑兵班警卫的保护下冲了出去。大批根据地的百姓们拖儿带女，跟在部队后边，踩着尸体也冲出了合围圈。军民一起迅速向南转移，奔向黄河故道。

过了黄河故道，部队继续向东奔行十多里，过了一条宽阔的宋金河，在河东岸的徐坊村集结。

曾思玉带领部队集结后，通过电台和军区联系，得知这是日本侵略军针对八路军在大平原上的游击战而实行的一种特殊战法，名叫"铁壁合围"。日军从兖州、济宁、菏泽、聊城等城市集中一万多日军、三万多伪军，加上周边十七个县的伪保安部队，分兵八路合围濮范观中心区，妄想将八路军主力部队一举歼灭。冀鲁豫军区司令员杨得志紧急指挥军区机关人员从颜村铺向外线转移，脱离了险境。但是党政军民伤亡很大，损失数千人。

梁山抗日名士杨静斋先生在濮县城北杏子铺被日伪军包围，不幸中弹牺牲，以身殉国，时年五十四岁。二分区政委段君毅的妻子、寿张县委副书记陈亚琦也不知下落，有的说牺牲了，有的说被敌人抓住了。

第三章

合击梁山的"第二计划"

　　曾思玉带领七团、八团的勇士们在甘草堌堆被包围后，以血战到底的决心冲出了敌人的包围圈，翻过黄河河滩，然后背着、扶着一百多名轻重伤员一路向东，越过古老的宋金河大石桥，来到了梁山西部的一个堡垒村——徐坊村。

　　此时已经是傍晚，曾思玉政委安排吴忠提前到村里侦察，发现村里及周围没有敌人的影子，而村里的老百姓看到是曾思玉政委带着八路军来了，都高兴地跑到村外迎接。村里的党员干部赶紧组织村民把八路军和伤病员接到自己家里。

　　徐坊村是远近闻名的富裕村，有许多高门大院，这个村东边是寿张大集，就是《水浒传》中李逵坐县衙的寿张县衙所在地，宋代时寿张集曾是寿张县的治所。徐坊村里的徐姓人家祖祖辈辈踩曲酿酒，村西宋金河边有一眼青龙井，井水甘甜，用这眼井里的水酿出的酒很受欢迎，村名就以酒坊命名，称作徐坊。如今，村里开有十几家酒坊，最大的一家是"瑞升号"，是徐万瑞、徐万升兄弟俩开的，"瑞升号"不仅有酒坊，还开着商店和钱庄。1939年跟着杨静斋带着好酒、猪肉和白面馍馍去樊坝迎接八路军的是大哥徐万瑞，因为那件事影响很大，梁山战役之后，徐万瑞被敌人抓住枪杀了。现在的掌柜是弟弟徐万升，今年三十五岁，徐万升和兄长一样，坚决跟着共产党八路军干，是一名地下共产党员。1940年3月，鲁西抗日根据地开办了鲁西银行，他的"瑞升号"商店就成了鲁西银行的一家发行机构，"瑞升号"商店的会计也兼着鲁西银行的代办员，可以凭着"鲁西票"在商店里购买粮食、煤油、食盐等货物。无论什么时候，"鲁西票"在这里都能使用，"鲁西票"比日本的联合银行券、国民党的法币信誉都高。

村民们这次看到八路军负伤的人很多，都心疼得不得了，一边热情地招呼战士们到自己家里去吃饭，一边追着问伤员的病情。战士们已经一天没有吃饭了。曾思玉对战士们说："这个村是我们的堡垒村，我过去住过，我们今天就住在这里了，大家分散到各家各户吃饭，也好好休息休息。"

吴忠安排好村外岗哨，村干部领着战士们三三两两来到群众家里吃饭。村中心有一个两进的大院子，是"瑞升号"掌柜徐万升的家，后院是烧酒作坊，徐万升让伙计们将最好的"缸头"舀出来，送给伤病员擦洗伤口，进行消毒。因为酒比水轻，浓度高的好酒会漂在酒缸的上头，因此，"缸头"的酒最好。

此时，第八军分区地委委员邵子言、昆山县县长于少畲、县委委员吴力全、敌工部部长杨岗正在东面的寿张集村开会，商量减租减息的工作，他们已经听说日军在濮范观一带"铁壁合围"的事了，知道八路军伤亡很严重，听到曾思玉政委带着战士们来到了徐坊村，都十分关心，一起前来看望。

邵子言见到曾政委，看到曾政委并没有受伤，只是有些疲惫，长长地出了一口气。邵子言个子不高，面色白皙，说话笑眯眯的。他今年二十八岁，1914年出生于山东省平原县一个地主家庭，1932年在济南省立第一中学读书，1935年考入北平师范大学历史系，之后到日本东京早稻田大学留学。1937年"七七事变"爆发后，邵子言主动回国参加抗战。1940年8月，任鲁西区党委昆山实验区区委书记，后来担任新成立的小八区地委委员，还是在昆山一带活动，指导昆山、东平等县的工作。他平常话语不多，遇到事情很有远见，说出话来很暖人心，在昆山一带干部群众中威信很高。

八分区独立团团长吴机章听说曾思玉政委来到了寿张集，也带着军分区的干部们来看望。鲁西军区和冀鲁豫军区合并以后，考虑到梁山昆山一带离中心区较远，这边老根据地基础较好，今年6月，八分区才刚刚从二分区分出来。干部战士们原来都是在一起的，几个月不见，都像见到了亲人，大声打招呼，互相开玩笑，亲热得不得了，战士们自日军"铁壁合围"以来笼罩的压抑心情一扫而光。

刚过了三天平静的生活，10月1日这天，天阴得很厉害，乌云低垂，仿佛有什么事情要发生。

傍晚时分，两匹战马一路飞奔来到徐坊村，骑在前面的小个子是昆山县敌工部部长杨岗，后面的瘦高个是东平县委书记兼县长赵效三。村外警戒的战士确认后，放他们进了村。他们骑着马一直来到曾思玉所在的村干部家门口，才翻身下马，把马交给门口的战士，去见曾思玉政委。

杨岗喊道："曾政委！邵委员！"

曾政委今天下午和吴机章、邵子言委员谈工作，没想到天黑得这么早，大家正要离开，听到喊声，都从房门出来。看到昆山县敌工部部长杨岗领着东平县委书记兼县长赵效三来了，大家都热情地打招呼。邵子言和赵效三都曾经在日本留学，都是留学生会的学生干部，在日本时早就认识，后来又一起回国抗日，在一起并肩工作，关系很好。

邵子言笑着打趣说："哪股风把您吹来了？难道要接我们曾政委去东平湖散散心？"

赵效三声音沙哑，没有接邵子言的话茬，而是急切地说道："曾政委、吴司令员，还有邵委员，你们都在啊，紧急情况！我从东平日军那里搞来的情报，日军认为梁山东平湖以西地区还有两千五百多名党员，他们从濮范观中心区回来时，要对东平湖西来一次合击，实行'第二计划'，把梁山、昆山、东平一带的共产党全部肃清，请一定要做好准备！"

这时候，天空一声闷雷轰隆隆响起，要下大雨了，大家看看天空，都感到很忧郁，知道将要面临一场恶仗。

曾思玉看着天空，十分坚定，笑着说："这天是我们中国的天，老天要下雨了，不是坏事，是上天助我，鬼子的汽车和大皮靴，一下大雨就不好办喽！"

吴机章对曾思玉说："政委，你们马上转移吧，我要回独立团和兵工厂安排一下。"

曾思玉说："从濮范观的情况看，这次敌人的大扫荡不比以往，确实很凶猛，能转移的都要转移！"

说完，大家都摸黑分头去准备了。

曾思玉让通讯员叫来吴忠和王定烈，赶紧集合队伍，向北去黄河大沙滩，再伺机转回濮范观中心区去。

轰隆隆的雷声由远到近，闪电划破夜空，大雨哗哗地下了起来。吴忠带着八团四连在前面带路，队伍冒着大雨和寒风，深一脚浅一脚地向着黄河方向前进。

吴机章和警卫员骑着马回到东平湖西的昆山村，召集独立营转移兵工厂的机械和武器，藏到昆山半山腰的一个山洞里。

邵子言和于少畬冒雨召开昆山县县区干部和县大队紧急会议，安排转移的事情。他们去看望安置在徐坊村里的八路军伤病员，看到大雨滂沱，伤病员转移确实不易，就决定采用群众掩护的办法，把伤病员分散到附近的寿张集、李楼等村庄。冒着大雨折腾了一夜，这才想起来自己也要转移到安全的地方。

10月2日一大早，天放晴了，日军也从四面八方围了上来，枪炮声由远到近，日军的飞机在天上飞来飞去，合击开始了！

各个村庄的群众没见过这个阵势，吓得到处乱跑。

地委委员邵子言让干部们对群众喊话："不要乱跑，跟在部队后面一起突围。"他带着县大队向着北部的黄河大堤跑，和群众一起越过大堤，转向黄河大沙滩里。

日军的飞机看到了这个场景，很快，日军机动部队迂回到黄河大堤上，等吴机章团长带着独立团向黄河大堤转移的时候，敌人已经控制了黄河大堤。大堤地势比较高，独立团刚要上大堤，堤上的敌人开了火，机枪疯狂地向八路军扫射。

吴机章趁敌人立足未稳，尚未形成包围，就分成三路同时向敌人冲杀。枪声紧密，杀声一片，独立团的战士们前赴后继，死伤严重，终于夺得了一个大豁口。战士们用机关枪向两侧阻击，保护着豁口里的八路军和群众突围，吴机章最后也跟着冲出包围，进了黄河滩里面。日军的汽车在黄河滩里根本无法前行，只好作罢。

没有来得及转移的东平县大队和东平、昆山两县的县区干部准备向东突围，结果遇到了敌人轰隆隆的坦克车，根本过不去了。许多群众藏到东平湖边的芦苇丛里，结果，日军的飞机看到了，向芦苇丛里投弹，许多人被炸得血肉横飞，鲜血染红了东平湖。

一些干部群众再向南面和西南面转移，但在这里遇到了郓城铁杆大汉奸刘本功的队伍，其凶残程度比日军有过之而无不及。东南方向，是汶上县的大汉奸家族"潘家军"，在原野上一字儿排开，像梳子一样向前推进，东平县大队只好退回到各个村里，借着群众的力量，想办法藏起来。

日军闯进村里挨家挨户搜索八路，稍有不顺眼就要杀人。许多党员干部被搜出来，捆上带走。有的群众为了掩护八路军，把自己家的男人献出来，让敌人带走了。

这次对昆山一带合击的是日军驻守兖州的三十二师团，他们对梁山东平湖西、昆山一带的八路军根据地早就恨得咬牙，借助日军发动濮范观"铁壁合围"

的机会，实行"第二计划"。敌人对梁山这一带的根据地实行更加严酷的政策，敌人在濮范观中心区搜索了三天之后，大部队都各自返回了泰安、济宁、菏泽等城市，而兖州、东平的日军却在这一带留下不走了，继续和伪军一起"清剿"，要把梁山和东平湖这一带掘地三尺，挖出所有共产党和八路军，斩草除根。

昆山县县长于少畲、县委委员吴力全当时没有和邵子言一起越过黄河大堤，他们带领各区的区队为邵子言的县大队突围殿后，等他们再突围的时候，敌人已经把黄河大堤作为防御重点，区队的武器太差了，根本冲不过去。

各区队只好分散躲藏。于少畲、吴力全带着十几名区队战士被敌人追赶，来到了王芝茂村附近，被从南面来的郓城刘本功的部队包围，敌人的机枪疯狂地扫射，许多战士都牺牲了。县长于少畲被敌人捉住，押往郓城。吴力全被一颗子弹打中了肺部，一颗子弹打穿了左腿，一头倒在一个水坑边。敌人认为他已经死了，加上水坑泥泞，就没有过来补枪。

夜里，吴力全被自己一阵一阵的疼痛疼醒了，想起来白天激烈的战斗，知道自己还活着，就艰难地爬出水坑，看看地形，知道前面不远就是王芝茂村，一个坚强的信念鼓励着他，一定要坚持下去，只要能爬到这个村里，就有救了。

他爬啊爬，刚爬到村边，又昏死过去了。过了一会儿，吴力全又醒了，他看到这个村庄的轮廓了，知道贾大娘的家在村南，就向村南爬去，一边爬，一边喊："贾大娘——贾大娘——"

村子里的狗叫了起来，此起彼伏。

贾桂存自从丈夫去世以后，夜里都是穿着衣服睡觉，这几年当上了妇救会长和交通员，她夜里睡觉更加警觉。听到狗叫声，她警觉地起床，来到院子里。听到村外有动静，她打开柴扉来到街上，听到声音是从村外传来的，就迎着声音跑去。渐渐地，她听见了，那是一个微弱的声音，在喊自己的名字，这一定是自己的同志！

贾桂存来到跟前，发现一个人趴在地上，声音已经十分微弱。她跪下来仔细地看了看这个浑身泥水的男人，她认出来了，是昆山县的干部吴力全，以前经常来村里联系工作。

贾桂存想把吴力全背回家，可是她拉起他来都很困难，根本背不动，就回家叫醒大儿子桐桐，把吴力全背回家，放在自己床上，和儿子一起给他换掉衣服，擦洗身体。

贾大娘家生活也很困难，没有什么好吃的能给吴力全补身体，就把家里唯一的老母鸡杀了，熬了一锅鸡汤。小女儿闻到了香味，围着锅台转来转去。贾大娘打了小女儿一巴掌，把她赶出去了，让大儿子抱起吴力全的头，自己端着碗，一点一点地喂他。

一连几天，伪军都来村里抓人，翻箱倒柜找八路军。贾大娘和儿子一起在厨房的草棚子里支开一个空间，让吴力全藏在里面，敌人都没有发现。

看到吴力全能拄着棍子走路了，而打进肺里的子弹取不出来，一天夜里，贾大娘和大儿子李桂桐一起扶着吴力全，翻过黄河大堤，来到濮范观中心区进行进一步治疗，然后才辗转回家。

昆山县敌工部长杨岗当时看到日军的大部队围了上来，情况危急，转身跑到周楼伪军据点里，让伪军中队长周庆丰把自己藏起来。杨岗为了统战工作的需要，曾经和伪军中队长周庆丰结拜过仁兄弟，他知道周庆丰这个人虽然见风使舵，外号"走窍门"，但是，梁山人对仁兄弟很重视，出卖仁兄弟的人，在梁山就成了臭狗屎，会落下千古骂名，他周庆丰不敢落下这样的骂名。果不其然，周庆丰一边抱怨，一边把杨岗藏在自己的宿舍里面，不让他出来，以免被人看见，因为据点里的很多人都认识杨岗。

一天早上，杨岗出来撒尿，一个汉奸突然叫他的名字，给他打招呼。杨岗没在意，就顺口答应了一声。不一会儿，周庆丰回到宿舍，说："我们钉子里的王大牙认出你来了，已经报告了上面，你快走吧！"

杨岗说："我怎么走，外面都是敌人哪！"

周庆丰把自己的一套伪军服装给了杨岗，让他套上，周庆丰的衣服太大，杨岗也顾不得合适不合适了，就赶紧离开周楼据点，向北翻过老黄河，去找八路军。

他到了黄河北岸，扒掉伪军军装，朝上面吐口唾沫扔到地上，很快回到了濮范观根据地中心区，找到了组织。

东平县县长赵效三也没有跑出去，他还在陈楼安排工作，敌人就围上来了。他在陈楼街里急得乱跑，突然看到汉奸队长陈玉镜的家，急忙敲开门，请陈玉镜的父亲掩护。赵效三上学的时候和陈玉镜很好，经常来陈玉镜家玩耍，深得陈老太爷喜欢。陈老太爷就把赵效三留在家里，劝他不要再抗日了，赵效三假装答应。陈玉镜回到家里，见到了赵效三，要让卫兵抓走他。可惜有亲爹护着赵效三，陈玉镜没有办法，也不敢对外声张。后来，赵效三自己觉得老待在陈玉镜家里也不是个办法，一点也不知道外面的消息，就找了个机会告别陈老太爷，翻过黄河大沙滩，来到了濮范观中心区，找到了组织。

这次"铁壁合围"对昆山一带新成立的小八区破坏很大，第八军分区政治部主任魏金山等一百多人牺牲，于少奋县长等八十多人被逮捕，日军把几十名俘虏押到济南监狱，严刑拷打，灌辣椒水，用大杠子压，不投降的，押送到东北或者日本做劳工。一些经受不住严刑拷打的干部投降了，咬出身边的八路军和党员，一些投降的人被日军重用，负责抓捕辖区的八路军和党员。昆山县大队副大队长王课亭和区队长王季文投降后，当了日军驻守炮楼的中队长。军分区敌工部科长涂德泽是一位江西平江起义就参加革命的老八路，这次也扛不住严酷的刑罚投降了，平井看他抓共产党干部很卖力，就让他当上了西小吴据点的特务队长。

一些党员干部看到严峻的形势，有的下东北，有的逃到黄河口的利津荒滩，也有的直接把枪交给日伪军，写下悔过书，具结再也不干了。老百姓说，这些人"没种""弯腰了"。

经此一役，梁山昆山一带的革命力量几乎无存。1942 年 6 月新成立的冀鲁豫第八军分区和八地委不存在了，共产党的昆山县委县政府也被打散了，周边几个县的日伪军势力开始迅速向梁山一带扩张：东边的东平县、汶上县越过运河西，一直扩展到梁山以东；南边的郓城县扩张到梁山西部的南半段；北边寿张县的地盘也向黄河以南大大扩展了。

第四章

老根据地成了敌占区

日本人对梁山昆山一带的八路军根据地非常痛恨，下决心要把共产党八路军斩草除根，斩断冀鲁豫向东伸出的这支臂膀，把这里彻底变成他们的"模范治安区"。

梁山的西南面是郓城县，郓城县的伪县长叫刘本功，1900 年出生，济宁北面的汶上康驿刘庄村人，从小家境贫寒，靠在蜀山湖打野鸭子为生，加上好赌成性，家里一无所有。后来离家充军，在山东省政府主席韩复榘的手枪连当兵，由于他枪法出众，升任团长。抗战初期，刘本功在泗水一带与一些武装力量共同抵抗日军，1939 年后，刘本功带领部队回到家乡汶上蜀山湖一带当土匪，在日本人的威逼利诱下，担任了郓城县日伪县长。他死心塌地投靠、效忠日本侵略军，残酷镇压人民的抗日活动，横征暴敛，敲诈勒索，累累罪行，罄竹难书。

"铁壁合围"之后，为了切断梁山与西部濮范观中心区的联系，刘本功利用黄河南岸的南金堤，修了一条连绵一百多里的黄河南金堤封锁线。

黄河是中华民族的母亲河，也是一条多灾多难的大河。历史上有记载的大的改道有二十六次，多次经过梁山地区，其中清朝咸丰三年（1855 年）从河南兰考铜瓦厢决口，占用大清河的河道入海。当时，黄河北岸有宋代修筑的北金堤，但是南岸一直泛滥。清朝光绪元年（1875 年），山东巡抚丁宝桢主持修筑黄河南岸的官堤，称作障东堤。南起东明谢家庄，北迄东平十里铺，蜿蜒二百五十余里，堤高十四尺，身厚百尺，顶宽三十尺。因为黄河北岸有一座北金堤，所以这座大堤称为南金堤。

1942年10月以后，刘本功带着他的汉奸部队逼着三万多群众，在黄河南的南金堤上，修了一条堤下是封锁沟、堤上是封锁墙和碉堡的封锁线。这条金堤封锁线，南起郓城县的肖垓，经刘口、潘溪渡、肖皮口、小吴，北至梁山北郭楼附近，沿金堤北侧的底部全部挖成底宽五米、深七米的封锁沟，用挖沟的土筑成一条高达十米的封锁墙。沿这条封锁墙，每隔十里左右留一个路口，在路口旁修筑碉堡，由伪军驻守，盘查过路行人。这条封锁线，阻碍了濮范观根据地中心区和黄河以东梁山、郓城、东平等地的联系，敌人想以此困死、饿死濮范观中心区的抗日军民。

在挖封锁沟和建封锁墙的时候，刘本功让汉奸把任务分给各个村庄。郓城北九区负责修封锁沟的是汉奸中队长李学德，他个子很大，留着长头发，外号"大洋马"，是刘本功的心腹之一。有一天，刘本功到挖沟的现场视察，看到一段工程进展很慢，就让"大洋马"李学德把郓城北九区所有村庄的保长叫来。

保长们三三两两来到工地上。刘本功问道："这是哪个村的工地？"

"大洋马"说："报告总司令，这是韩庄的工地，他们村男的大都逃跑了，也有的出去当了八路，剩下这些老人妇女都抓来挖沟了。"

刘本功嘴里骂骂咧咧，韩庄的保长解释说："县长啊，您看看，俺村的土地地势洼，都是在水里捞泥，村里能来的全来了，干不快啊！"

刘本功骂道："小王八羔子，我郓城是皇军的模范县，皇军安排的工程耽误了，有你好看！"

"大洋马"一听刘本功骂"小王八羔子"这一句口头禅，知道他要杀人了，就问："怎么宰了这小王八羔子？"

刘本功奸笑着说："放花！"

各村的保长们都感到很疑惑：过去刘本功都是枪毙人，怎么改放花了？不到年节，怎么放礼花呢？

"大洋马"却心领神会，他让保长们一起挖了一个一人多深的方坑，把韩庄的保长推到坑底站好，然后让保长们把韩庄的保长用土埋到脖子。韩庄的保长憋得脸通红，张着大嘴喘气。刘本功从腰里抽出日本军刀，朝着韩庄保长的头上劈去，顿时，鲜血像礼花一样喷涌出来，溅得刘本功脸上身上都是血，刘本功哈哈大笑。

保长们一个个毛骨悚然，吓得都扭过脸去不敢看。

韩庄的百姓听说保长死得这么惨，个个义愤填膺，都端着铁锨来给保长报仇。刘本功大叫："开枪！"

汉奸们朝着百姓们开枪射击，一下子打死二十四个人，打伤三十三个人。刘本功让其他村的保长们一起把韩庄所有的房子全部扒掉，梁椽砖瓦用来修炮楼，百姓们失去了家园，流离失所。

这一下，各个村都害怕了，挖沟和修墙的速度大大加快。后来，北部梁山北郭楼一带的封锁沟修得不快，刘本功让"大洋马"来支援梁山挖沟。梁山的老百姓听说是郓城县的来督工，进展也加快了，很快完成了任务。据统计，黄河堤上有三万多百姓在日夜不停地干活，只用了不到一个月的时间，就完成了这道让刘本功引以为豪的南金堤封锁线。

日伪军还在这一带密密麻麻地建起据点，逼着各个村庄的百姓们带着砖瓦木梁来修据点。在据点里盖起一座两到三层的碉堡，还有一两排平房做伪军宿舍，外面架设鹿砦和铁丝网，最外边再挖出一圈壕沟。在昆山、郓城、东平、汶上等几县交界的这一带，平均三四个村庄就建一个据点，一共修了五十多个据点，随便站在一个村子的房顶上，都能看到附近四五个敌人的炮楼。每个据点里都驻扎有伪军一个中队，大约一百多人，大一点的据点还有日军一个小队，约三十几人。那些乡间游手好闲的家伙，几乎都到日本人的据点里当汉奸去了。

日伪军还逼迫百姓们修公路、架电话线，修起了从梁山到西小吴、梁山到郓城等四通八达的公路网。

梁山一带的特务网是东平县日本宪兵队队长平井少佐建立起来的。日军占领东平之后，在这里设立了一个宪兵队，队长是平井少佐。日本宪兵属于日本陆军，原来是一个军纪纠察机构，人员要求素质高，设置的级别高，能上管三级，日本侵略中国以来，也开始在中国管地方军政和治安，宪兵队也就成了一个整合了地方警备、警察、特务几方面权力的机构。平井今年三十多岁，个子很矮，很壮，膛大腰圆，锅饼脸，脸上长满了络腮胡子，戴着金边眼镜，虽然少佐级别不高，仅是个营级的军衔，但是由于日军宪兵队对于地方军政的统领作用，整个东平县的日军、伪军、警察、特务、新民会都归他领导，他就是东平县说一不二的"太上皇"。他是日本九州人，1938年来到东平驻扎，对东平梁山一带的情况非常熟悉，加上他精通中国的儒学、佛学，是一个中国通，也谙熟中国人的心理，既对投降的汉奸封官许愿，也对抗日堡垒村"杀一儆百"，是一个危害很大的日军头目。

八路军被挤走之后，平井把触角迅速伸到东平湖西的广大地区，在原来的梁山昆山一带的每一个乡都建立了特务站，每一个村都发展了特务人员，一有共产党、八路军及其家属的信息，平井都能及时知道，然后迅速安排抓捕。中共汶东县委书记张平投降后，被平井任命为汶上县宪兵队队长，张平假装召集全县党员干部会议，一次就抓走了八十多名党员干部，这些人被押到日军32师兖州监狱，有的被杀害，有的被押到东北当劳工。

日军还在梁山一带成立了新民会。新民会是在日军占领华北之后，推行的一项"以华制华"的政策，它名义上是"民众团体"，实际上是日军控制的政府专用机关，具有华北治安自卫、组织国民、经济掠夺等特殊性质。平井在各乡各村都成立了新民会。各村不仅要负担征粮任务和繁重的劳役，还要建自卫团，安排人打更放哨，村里一有情况，必须立刻向据点报告，否则全村百姓就要受惩罚。新民会强行推广日本联合银行的钞票，利用户口册配给食盐、火柴等物资，控制我农村经济，封锁我抗日活动，向群众宣传什么"中日亲善""建设东亚新秩序"，妄图以此等美妙言词来奴化麻痹中国人民，同时积极策反、诱骗瓦解我抗日力量，破坏我抗日组织，刺探我军事、政治、经济情报，干着危害中国人民的罪恶勾当。

平井喜爱读中国的《水浒传》，也知道梁山一带是土匪窝子，他对土匪头子进行招安，变成了他的"皇协军"，还巧妙地利用梁山一带历史悠久的会道门，把各种会道门变成日军的外围组织。

梁山最大的会道门叫红枪会，也叫杆子会，是清朝末期义和拳的变种，他们的标志是每人一杆红缨枪，宣扬"刀枪不入""入会保平安"，国民党、日本人都想利用红枪会为自己服务。郓城的红枪会经过共产党的争取，改编为八路军三四三旅第一游击大队，成为共产党的一支武装力量。但是，梁山一带的红枪会却成了日军的帮凶。日军在侵略中国之前，就有人专门研究中国的帮会，其中就有红枪会。平井通过其特务和新民会的会长来拉拢腐蚀红枪会，配合红枪会表演刀枪不入，让日军士兵用教练弹打人，红枪会的人果然是刀枪不入，还让红枪会的人强迫老百姓入会，谁不入会，就集合道众到谁家吃大户。红枪会的人不允许八路军进入自己的村庄，也不能从村庄旁边经过，遇到八路军干部还会抓起来送给日军或者直接杀害。

一贯道则是从距离梁山不远的济宁发展过来的。济宁在梁山东南约一百五十里，是鲁南重镇，元明清时期，这里设有治理黄河、运河的最高衙门——河道总督署，属于二品官衙，它下面的官衙很多，号称有"七十二衙门"，因此政治经济十分繁荣。一贯道原来的名字叫"末后一着教"，后来取《论语》中的一句话"吾道一以贯之"，改名为一贯道。其教义以儒家思想为中心，掺杂了儒、道、佛及伊斯兰、基督教的经典，宣称整个宇宙分"红阳""青阳""白阳"三期，各历一万八千年。目下正值"白阳"末世，大劫将至，须得信奉"一贯道"才能消灾免难。1930年，曾经留学日本的济宁人张光璧掌控了一贯道，成为教主。1939年1月，张光璧在北平设立一贯道总坛，得到日伪政权的支持，在全国各地迅速发展起来。郓城伪县长刘本功和张光璧是同乡，张光璧封刘本功为道一级的总香主，刘本功极力推动一贯道发展，每个乡村都有自己的小香主。眼下战乱频仍，民不聊生，可不就是白阳末世嘛，愚昧的百姓信以为真，很多都加入了一贯道。

梁山东部运河沿线还有一个帮派组织，叫三清帮，也叫三番子、安清帮，就是青洪帮中的青帮。青洪帮组织是先有红帮，始建于清初，在清兵入关后，一些明朝遗老和不甘心受清朝统治压迫的民族志士，结成秘密团体，从事反清复明活动。他们基于对明朝朱元璋洪武年代的怀念，故以"洪门"命名。相传有洪门中人翁某、钱某、潘某被清王朝收买叛变了，另立门户，把洪门反清复明的宗旨改为安清保清，成立安清帮。安清帮投靠清王朝以后，朝廷责成他们护运军粮，从杭州运到通州，沿运河设码头官，分段护卫。安清帮不再以"忠义"为本，而以混杂的僧道俗"十三祖"为供奉的偶像。他们把过去的兄弟相称，改为师徒相传。安清帮的辈分，原定二十字，即："清静道德，文成佛法，仁论智慧，本来白信，元明兴礼。"到了清末，这二十个字用完，又添了"大通悟学"四字，即二十一辈至二十四辈。民国以后，帮中人又续添二十四个字，即："万象依皈，戒律传实，化渡心回，普门开放，广照乾坤，带法修行。"在帮中称之为"前二十四代""后二十四代"。后来运河淤塞，安清帮不能再靠漕运吃饭了，转而开设赌局、妓院、烟馆、戏院、澡堂、茶楼等等，乃至走私贩毒，贩卖人口，或为军阀、政客、资本家充当保镖、打手、刺客等。安清帮遂演变而为一伙恶霸流氓集团。

1938年，日伪在北平成立中国内河航运总会，占领大运河等中国内河航运，委任济南的安清帮大香主钱宝亨为山东航运分会会长，安清帮成了日伪的一个外围组织。山东安清帮的帮会宗旨就是根据日本人的要求拟定的："拥护汪精卫政权，建立防共阵线，振作安清道友，义气重如泰山，忠于友邦提携，建立东亚共荣圈。"

梁山一带的安清帮头子是汶上的潘慎三，他是汶上运河西岸潘庄人，在汶上南旺湖一带有良田两千多亩，原来是国民党的汶上七区区长。日寇来了，他带领着家族里的人一起投降了日本人，在潘庄建了据点，他任日本汶上七区区长兼中队长，大侄子潘恒荣成了汶上伪警备大队大队长，二侄子潘恒忠担任伪警备大队第一中队的中队长，其他据点的中队长也都是潘慎三的结拜仁兄弟。潘慎三还利用安清帮扩充自己的势力，他是这一带的大香主，收了几百名徒弟徒孙。潘家军成了汶上西部的顽固堡垒。

在八路军刚刚进鲁西的时候，潘慎三就和八路军结下了血海深仇，当时六八六团团长杨勇要经过潘庄，遭到潘慎三的埋伏，三营一连长等五人牺牲，抢走了七匹战马，杨勇也险遭不测。后来杨勇率领部队攻打潘庄，将潘庄团团围住，汶上警备大队大队长潘恒荣带来三个中队八百多人增援，被我部队阻击，伤亡惨重。后来，在他两个侄子的支持下，他又拉起了一百多人的队伍，修建了黄围子据点。1941年5月，教三旅八团参谋吴忠带领一个连的力量攻打黄围子，给潘慎三很大的打击。可以说，潘慎三和他的潘家军是八路军的死对头，在"铁壁合围"的时候，潘恒荣的汶上警备大队倾巢出动，之后又在这一带反复清剿，潘慎三让安清帮的人在乡间查找潜伏的共产党干部和家属，凡是被他查出来的，都抓人、扒房子，十分残忍。

八路军被挤出昆张地区以后短短两个月的时间，昆张地区一带的形势已经发生了质变，这里已经完全变成了一片水泼不进、针扎不透的敌占区。

第五章

揳不进去的钉子

　　"铁壁合围"之后，我冀鲁豫根据地的各部队和政权组织又陆陆续续回到了濮范观中心区，教三旅七团、八团也回来了，各级指战员们组织重新登记人员、掩埋牺牲的战友、给老百姓修缮房屋，慢慢地也就安定下来了。

　　经过这一次大的劫难，冀鲁豫根据地中心区更加困难了。最大的问题就是缺粮，军区和各军政单位原来储存的粮食由于没有来得及隐藏，几乎全被敌人抢走了。几万人回到这一片狭窄的小地方，吃饭就成了大问题。而从1941年以来，河南、河北、山东一带连续两年发生了大规模的旱灾和蝗灾，庄稼几乎颗粒无收，再加上日军的烧杀抢掠，许多土地撂荒，最近一段时间敌人在各根据地都组织了大扫荡，我抗日根据地大面积缩小，粮食征收十分困难。而在南部的河南、安徽黄河泛滥区，还有许多饥饿的流民一拨一拨地来逃荒要饭，许多流民卖儿卖女，甚至丈夫卖妻子，就是为了能吃上一顿饱饭。濮范观根据地遇到了大麻烦，面临着生死考验。

　　教三旅七团、八团的战士们，没有地方休息，就集中在黄河大堤的南坡露天地里，白天风沙弥漫，夜里寒风刺骨。战士们戏称自己是"看大堤的"。你看，牺牲了的战士，都埋在黄河大堤上了，这里地势高，埋在这里，或许灵魂可以登高望远，回到自己的家乡。而活着的战士，也要守在大堤上，哪里也去不了，可不就是在这里天天看大堤吗？

　　战士们每天的伙食是八两，当时十六两一斤，八两才只有半斤。曾思玉要求，部队再饿，也不能挖野菜和扒树皮，要把这些留给老百姓吃。

吴忠所在的八团和王定烈所在的七团的战士们饿得实在受不了了，就在河滩里围猎野兔、老鼠、刺猬，打天空飞过的鸟儿，虽然战士们围猎时也一阵子热热闹闹，可这些猎物哪里能够战士们填牙缝的啊？况且都是年轻壮实的小伙子，正是吃壮饭的年纪，肚子里一阵一阵的饥饿是多么难受、多么无力啊！

难道就这样被日本鬼子困死在这一片黄河大堤上吗？如果敌人再来这里扫荡，饿得浑身无力的战士还能冲出去吗？

吴忠和八团的战士们一次次地向上级递交决心书，坚决要求打过黄河去，再回到梁山一带，夺回我们的根据地。

而八地委委员邵子言和从昆山一带逃出来的县乡干部，客居在濮范观中心区，他们倒是可以住在村子里，每天跟着当地的干部们一起吃饭，当地的干部们都把他们当作客人，打饭的时候，先让他们吃。看到中心区生活困难，他们的心里也难受，想着自己的家人、留在梁山的干部群众都在敌人的统治下受苦受罪，能不着急上火吗？

因为梁山昆山原八地委管辖的根据地没有了，八分区被打散了，冀鲁豫军区部队进行了一次精简整编，撤销八地委和八分区，与二地委、二分区合并，原教导第三旅与第二（运西）军分区合并。段君毅担任二地委书记兼军分区政委，曾思玉担任第二军分区司令员。下辖两个团，第七团（原教导第三旅第七团），团长龙世兴；第八团（原教导第三旅第八团），团长齐钉根。

二地委和二分区的首长们也是彻夜难眠，他们经常在一起开会，商量着怎样派兵突围，段君毅与军分区司令员曾思玉等人一起研究，认为梁山昆（山）张（秋）地区为濮范观中心区的东大门，沦为敌占区后，隔断了濮范观中心区与泰西、运东地区以及东部沂蒙山山东根据地的联系，对中心区造成了很大威胁。必须首先加强昆张地区的反"蚕食"斗争，派兵到昆张地区去，那里根据地建立时间长，情况熟，基础好，应该从那里率先取得突破，解决根据地被封锁的严峻局面。

11月中旬的一天，在冀鲁豫军区所在的颜村铺一片小树林里，二地委、二分区共同召开党政军民干部会议，会上研究决定，先派一个团的兵力打回昆张地区去。

司令员曾思玉先让八团团长齐钉根到颜村铺来一趟。齐钉根是江西人，1917年出生于进贤县一个贫苦的乡村家庭，从小学习打铁手艺。1930年，13岁的他加入中国工农红军第一军团，并参加了数次反"围剿"和著名的湘江战役，跟随红一方面军参加二万五千里长征。部队改编为八路军后，参加了平型关大战、"百团大战"等重大战役，他历任排长、连长、营长、副团长，可谓是身经百战，在这次改编中，刚刚接任八团团长。

齐钉根来到所在的屋前面，瓮声瓮气地喊了一声："报告！"

只见他中等身材，浓眉上扬，一脸横肉，脸颊上有两个枪疤，那是长征中留下的纪念，不用问，这是个敢打敢冲的主儿！

曾思玉让他进来，看着他，一字一句地说道："钉根同志，分区研究决定，派一个团打回梁山地区，那里已经成了敌占区，任务比较艰巨，你团怎么样？"

齐钉根没等司令员说话，又是一个立正敬礼，大声嚷道："司令员不用看我，这本来就是我们八团的活儿，老子早就在河堤上守腻歪了，下命令吧，今晚就开拔！"

曾思玉不紧不慢地说："都说你叫齐猛子，果然不错，能打猛仗、恶仗，但是这次叫你去，不是叫你去硬拼，而是叫你当一根钉子，一根坚硬的铁钉，狠狠地砸进昆张地区，牢牢地钉在那里，让日本人拔不出来！"

齐钉根说："别管猛子还是钉子，咱就好好地打鬼子，保证完成任务！"

当齐钉根团长把上梁山、打回昆张地区的命令传达到连队的时候，包括吴忠在内的干部、战士们都非常高兴，相互拥抱着欢呼雀跃，我们老八团终于有仗打了，不用在这黄河大堤上看大堤、捉野兔子了，可以回到鲁西老根据地了！

八团的前身是一一五师在山西组建成立的晋西支队第二团，抗战开始之后，1937 年 8 月，八路军由原来的红一方面军和红二十五军的七十四师组建成立了一一五师。一一五师组建之后，立即开赴山西，首战平型关告捷，取得抗战以来中国军队寻歼日军的第一个大胜利。1938 年 6 月至 1939 年初，一一五师主力先后分多批挺进山东，开辟山东抗日根据地。为了坚持晋西的抗战，由在晋西留下的一一五师三四三旅补充团和一、二、三大队，合编为一一五师独立支队，陈士榘任支队长，林枫兼政治委员。下辖两个团，一团和二团，继续与在晋西的日军和阎锡山部队进行斗争。这支部队打得十分顽强，导致阎锡山一直认为一一五师师部没有离开山西。1940 年 5 月，陈士榘率支队从山西出发，于 7 月中旬到达鲁西，第二团留鲁西，支队率第一团到达鲁南与师部汇合，与八路军山东纵队统一进行整编。这个留在鲁西的第二团编入了教导第三旅，改为教三旅八团。所以八团里既有原来的老红军，也有在山西、山东入伍的八路军，经过在鲁西南战场上的一次次磨炼，已经成为一支勇敢顽强的八路军主力部队。

第二天一大早，八团全体指战员七百多人穿着八路军的军装集合，他们带着掷弹筒、轻重机枪等全副武装，一路越过黄河大堤，沿着封锁沟西岸向西小吴方向挺进。

在通过南金堤封锁线的时候，齐钉根率领八团向小吴据点的伪军发起了猛攻。在掷弹筒和机枪的掩护下，吴忠带领着八团四连的战士，悄悄地蹚过齐腰深的冷水，来到炮楼下，将绑成捆的手榴弹扔向敌人的炮楼，炮楼里的机枪哑巴了，吴忠带领战士们冲进炮楼，俘虏了里面的伪军。战士们迅速通过了封锁沟和封锁墙，进入了梁山西部，然后继续向东穿插。

这时候，附近东平、郓城、汶上的日伪军通过电话得知八路军打进梁山的消息，纷纷向梁山西部集结。其实，西小吴附近几个据点的伪军早已经来到八路军身边，他们看到是八路军的主力部队，不敢靠近，远远地跟着，就等着几个县城的日军到来。

住在郓城的刘本功听说是八路军主力来了，亲自出马，让"大洋马"李学德在前头带路，率领一千多名日伪军来到西小吴村东，在八路军攻打碉堡的时候，提前在野猪淖村埋伏，专等八路军到来。

吴忠率领的四连走在最前面，刚接近野猪淖村，敌人率先开枪了，战斗打响。这些伪军哪里是老八路的对手，经过冲杀，敌人溃败了。

但是，刘本功在后面亲自鸣枪督战，不允许后退，伪军们被收拢起来，既不敢向前攻击，也不敢离开，就在南面远远地跟着。

八团在敌人的围观下，继续前行。每走到一个村庄，都会听到民团的喊叫："八路来了，抓活的！"

"别让八路进村！"

接着，就响起一连串钢枪和土枪的声音。

齐钉根不愿意和村里的老百姓打仗，只好绕着一个个村庄向东北方向行军。

傍晚，他们来到了梁山西面的吕垭口村，这是梁山西面凤凰山和龟山两座山的交界处，也是梁山西部进入东部的一个山口，因为山下的村民大都姓吕，所以这个山口就叫吕垭口。东面东平的日军和汶上的伪警备队一千多人已经到来，在这里设下埋伏。

走在最前面的四连刚刚走进山垭，日伪军的机枪和掷弹筒就响了，战士被打死打伤了十几个，齐钉根团长一看不好，让四连变成防守，全体队伍立即向后撤退。但是，刘本功的郓城伪军在后面开始进攻了，要将八团"包饺子"。

齐钉根看到西北寿张方向的汉奸松松垮垮，知道这部分力量不强，便集中力量攻打西北方向，这些伪军根本不是八路军的对手，很快四散逃离。

八路军继续向西北方向撤退，边打边撤，后面的日伪军近两千人已经合成一股，在东平日军宪兵队长平井的指挥下，紧紧咬着八团，不肯松口。

夜色上来了，人影绰绰，日伪军不习惯夜战，八路军各个连队交替撤退，很快便来到北面的小路口黄河大堤上，后面就是黄河大沙窝和濮范观根据地了，八路军不再向后撤退，全部匍匐在大堤上，严阵以待，等待着日伪军的到来。

平井看到八路军已经撤退到黄河大堤上，知道再向前已经无法取胜，也恐怕前面有埋伏，便停止攻击。夜里就在黄河大堤南岸安营扎寨，和八团形成对峙的局面，并在黄河边的几个据点加强警戒，防备八路军夜袭。

齐钉根团长看到日伪军实力强大，特别是机动力量如此迅速，感到没有办法进攻，再坚守下去也是枉然，进梁山更是毫无指望，只好向北越过大沙河，回到颜村铺，向地委和分区汇报情况。

齐钉根回到根据地，向曾思玉等首长们汇报了一路上的情况，曾思玉也愁得没有办法。

齐钉根把自己关在屋子里，五天五夜不吃不喝，要绝食，说自从参加革命以来，从来没有打过这样的窝囊仗，不仅没有把钉子砸进梁山，刚进去一天，只是武装游行了一圈，就被日伪军给赶了出来。炊事员给他送饭，他不让进，把碗放在门口，他竟然打开门把碗给踢翻了。

炊事员跑到曾思玉司令员那里去告状，曾思玉批评齐钉根没有出息，对炊事员发脾气算什么英雄，逼着齐钉根把饭吃下去。

二地委和分区召开会议，继续研究打回梁山老根据地的办法，这一次想到了吴机章的独立营。这支部队原来是小八区的地方军区，现在，八地委和八分区撤销了，分区独立团牺牲巨大，缩编成了独立营。这支部队长期在昆山一带保卫兵器厂，几乎都是梁山当地人，对当地的情况最为熟悉。曾思玉要求，独立营夜里出发，进入梁山地区之后，不要恋战，直接到东平湖西的昆山，靠着昆山的地形和老百姓掩护，扎下根来，开展游击战争。

独立营三百多人出发了，他们偷偷地翻过敌人的封锁沟和封锁墙，一夜急行军，来到梁山东北的昆山村附近。

可是这一次，村庄里的百姓却像不认识八路军一样，竟然和独立营发生了冲突，百姓们又是喊叫，又是鸣枪，硬是不让战士们进村，还有人到戴庙据点报告敌人。

附近戴庙、小安山、商老庄据点的伪军很快包围上来，东平日军在平井的带领下，也包抄过来，吴机章看到情况不好，带着战士们向北冲出包围圈，越过黄河大沙滩，第二天下午，又辗转回到了出发地——颜村铺。

第二次向昆张地区派兵又失败了！

冀鲁豫党委和军区上上下下都笼罩在一片悲伤甚至绝望的氛围里，难道我们的鲁西老根据地就这样永远丢失了吗？难道我们真的就要被困死、饿死在被敌人称作"破饭罐"的濮范观中心区了吗？

这时候，抗日战争进入了相持阶段，全国各地的抗日根据地如晋察冀根据地、山东根据地、华中根据地、鄂豫皖根据地等在日寇的包围和扫荡下，都遇到了重重困难。日军经过一次次大扫荡、"铁壁合围"、"治安强化"，在占领区的军事力量遍布城乡，治理已经深入到乡村，共产党根据地军民的生活已经难以维持下去了。

各个方面的人们都在怀疑，根据地的出路在哪里啊？中国共产党创建的大大小小的敌后抗日根据地还能继续抗战下去吗？

第六章

学习孙悟空的打法

八团参谋吴忠和战士们一起跟着齐钉根团长进入梁山地区一趟，就像到敌占区搞了一次武装游行，被敌人逼得狼狈不堪，铩羽而归，不仅没把钉子砸进去，还牺牲了十几位战友，真是窝囊死了，八路军从来没有打过这样窝囊的仗！敌伪因此更加嚣张，老百姓也更加失望！

回到根据地中心区之后，垂头丧气的吴忠按照分区和团领导的要求，开始写《作战报告》，反复挖掘这次进梁山地区的经验教训，思考根据地怎么突破封锁，应该拿出什么样的战略战术。

吴忠是一个坐不住的人，一天不打仗就难受。过去他虽然是团里的作战参谋，但是经常带着一两个连的队伍到梁山一带打游击，不仅仗打得好，而且《作战报告》也写得好，有情况，有数据，还有下步的建议，条分缕析，头头是道。现在，让他憋在家里关起门来写文字材料，闭门造车，对他来说简直就是生死折磨！

时间过去三个星期了，该挖的问题也挖得差不多了，每周的《作战报告》还要写下去，可是最近又没有去打仗，写什么呢，有什么可写的呢？

吴忠发愁地拿着《作战报告》去问团长齐钉根怎么写，齐钉根是个大老粗，又打了败仗，上上下下都在议论他，现在还在窝火呢，就没好气地骂开了："你来问我，我问谁去？老子又没写过这劳什子，这是你的工作，不干拉倒！"

可是不干，自己怎么交差啊？吴忠绞尽脑汁，写啊写，总算写了二百多字，看了一遍，不忍卒读，就交上去了。

司令员曾思玉看到八团的《作战报告》，一向严谨的他气不打一处来，叫来齐钉根团长，连珠炮似的问道："钉子，你团的这战报你看了吗？是谁写的？"

齐钉根没好气地说："没看！是吴忠写的啊，他是作战参谋！"

曾思玉气得拍桌子，说："八团上次打了败仗，被敌人赶了出来，考虑到敌人力量强大等诸多客观原因，都没有处分你们呢！竟然拿出这样的作战报告，不是瞎糊弄吗？不行，要对八团和作战参谋吴忠通报批评！"

对八团和吴忠的通报批评下来了，大家都对吴忠议论纷纷。有理解他的人说："没有出去打仗，坐在家里编战报，这《作战报告》确实不好编。"也有的说风凉话："吴参谋这人，仗着打了几回胜仗，整天能得不行了，这回撞枪口上了吧？"

吴忠整天关在屋子里面壁思过，不吃也不喝，觉得自己很窝囊。就连一开始说风凉话的人也觉得于心不忍了，纷纷去劝他。

七团的干部训练队队长王定烈是吴忠的四川老乡，也是经过长征的老红军，二人关系一直不错。听说吴忠挨了处分，不吃不喝好几天了，他就来探望吴忠，可是吴忠六亲不认，谁也不见。王定烈在这里吃了闭门羹，他和司令员曾思玉等领导们关系都不错，就来找曾思玉说情，劝组织上撤销对吴忠的通报："曾司令员啊，吴忠他就一个生瓜蛋子，榆木疙瘩还没开窍呢，你就放他一马吧！"

曾思玉说："不用管他，杀杀吴忠的锐气也好，他这么年轻，这几年打仗太顺了，心高气傲，对将来的困难估计不足，会吃大亏的啊！响鼓要用重锤敲，磨磨他的性子，对以后的斗争有好处！"

王定烈又来找吴忠，用穿着草鞋的大脚踢开吴忠的房门，亮开大嗓门骂道："吴忠，你个瓜兮兮的家伙，我当是多大的事儿呢！你看看我头上的大疤瘌，咱川娃子死都不怕，还怕一个什么通报？你这样饿死事小，失节事大啊！起来，该吃吃，该喝喝！"

吴忠扑哧笑了，这才开始吃饭。

1942年11月1日，冀鲁豫二地委和二分区召开干部联席会，研究怎么样才能突破敌人的封锁，重新返回根据地。二地委书记兼二分区政委段君毅主持会议，他首先带领大家一起学习毛泽东给《解放日报》写的一篇评论文章——《一个极其重要的政策》。

段君毅长得高大方正，他1910年出生，是范县白衣阁村人。父亲为当地的社会贤达。1932 年，22 岁的段君毅考入北平中国大学，参加了一二·九学生运动。他在大学时期加入了中国共产党，任中共中国大学支部书记、中共北平市西城区委书记，是中共内部一位学历较高的干部。1938 年 5 月，段君毅等 34 名同志被中央派到山东工作，段君毅任中共泰西特委书记。之后，他曾任八路军一一五师独立旅副旅长兼鲁西军区副司令员，鲁西行署副主任、主任，现在是中共冀鲁豫第二地委书记兼第二军分区政治委员。

此时，段君毅用高亢的河南话讲道："敌后各抗日根据地的形势，截至今天为止，虽然已比过去增加了几倍的困难，但还不是极端的困难。如果现在没有正确的政策，那么极端的困难还在后头。什么是抗日航船今后的暗礁呢？就是抗战最后阶段中的物质方面的极端严重的困难。党中央指出了这个困难，叫我们提起注意，绕过这个暗礁。"

看到大家有些消沉，段君毅再一次提高了嗓门，声如洪钟："铁扇公主虽然是一个厉害的妖精，孙行者却化为一个小虫钻进铁扇公主的心脏里去把她战败了。柳宗元曾经描写过的黔驴之计，也是一个很好的教训。一个庞然大物的驴子跑进贵州去了，贵州的小老虎见了很有些害怕。但到后来，大驴子还是被小老虎吃掉了。我们八路军新四军是孙行者和小老虎，是很有办法对付这个日本妖精或日本驴子的。目前我们须得变一变，把我们的身体变得小些，但是变得更加扎实些，我们就会变成无敌的了。"

读完文章，段君毅先讲了一通世界反法西斯战争的大形势，以此来鼓舞大家的斗志。段君毅朗声说道："当前啊，从国际上看，二次世界大战正在进行，苏德战争，苏联处于战略防御的重要阶段，政治军事形势比去年要好，但仍然很紧张。比如波罗的海沿岸地区——白俄罗斯、乌克兰，还有苏联西部的一些州、一些城市，仍然被德国侵略者占领着。另一个情况，就是一九四二年，苏联失去了顿巴斯的煤，还有一个南方巨大的工业区，乌克兰的农业区很富饶，是苏联的粮仓，被德国占领了。再一个情况，就是敌人封锁着列宁格勒，敌人打到距莫斯科一百公里左右，可以说是到了莫斯科城下了。在这种情况下，国际上出现了一个反共高潮，认为共产党不行了，打到莫斯科城下了嘛！认为苏联不行了嘛！这个反共高潮在我们国内也很强烈。国际上是这样一种形势，国内也是这样。眼下，正处于蒋介石发动的第二次反共高潮，国民党反动派和日本人配合着进攻我们。我们冀鲁豫地区也是如此。有些地主，日本鬼子一扫荡，他就投靠日本了。日本鬼子扫荡过去，他一看我们八路军打了胜仗，就又靠近我们。所以，这时的地主，像寒暑表上的水银柱一样，随着温度高低而变化，反应非常敏感。这是一个方面的情况。

"另一个方面，当下，国民党、蒋介石消极抗战，积极反共，到处搞摩擦。在这种情况下，日本鬼子也看出八路军、新四军的力量强大，对日本鬼子的打击很厉害，蒋介石消极抗战，和日本鬼子搞默契，对他们的威胁不大。因此，日本鬼子对大西南、大西北的进攻就没有那么积极了，进攻的力量就不是那么大了。反过来，他把向大西南、大西北进攻的军队撤掉了相当大的一部分力量，回师扫荡，调过来攻打我们，我们的压力很大。从一九四一年以后，我党担负着抗击百分之六十的在华日军和百分之九十以上的伪军，致使我党在一九四一年至一九四二年这两年内处于极其困难的境地。这样一来，我们的根据地缩小了。然而，原来我们根据地大的时候那个庞大的机构仍然存在。根据地缩小了，生产的东西少了，首先遇到的就是物资方面的困难。再加上敌、伪、顽、会、匪——敌人就是日本鬼子，伪军就是汉奸，顽军就是国民党的高树勋、石友三等，会就是指红枪会，冀鲁豫一带的红会很多，土匪到处抢劫，梁山的土匪是有名的。这就是说，一九四二年，冀鲁豫这个地区——梁山是冀鲁豫的东半部，不是根据地的中心、腹地，斗争是比较复杂的。在这样的情况下，敌人很敏感，我们的军队，我们的政府，我们的群众团体，那么多人，根据地养活不了啊！这个矛盾，日本鬼子看得比我们都清楚，知道我们的困难大，根据地养活不了这样一个庞大的机构、庞大的军队。当然，对这个矛盾看得最清楚的还是我们的毛主席。今天学的这篇好文章，就是专讲这个问题。

"日本鬼子之所以说是小日本，除了个子矮小，就是手段毒辣，大扫荡、分区合围、分进合击、'铁壁合围'，形式多得很！'铁壁合围'很厉害。它在一个方向上埋伏着兵力，其他方向上的就赶，埋伏兵力的那个方向就是'铁壁'，就是叫你碰那个'铁壁'。埋伏兵力的这个地方不暴露，你看到那个地方没打枪，就往那个地方跑，你跑到那个地方，再跑就跑不了啦。冀鲁豫中心区和昆山县的力量损失好大啊，损失好惨啊！

"日本鬼子还有一个最毒辣的手段——'三光政策'，烧光、杀光、抢光。我们本来物资困难，他再搞'三光政策'，我们的物资困难就更严重了！我们本来存在'鱼大水小'的矛盾。'鱼大'，就是抗日的机构庞大，军队庞大，群众团体人多；'水小'，就是根据地缩小了，生产的东西少了，物资少了，这不就是水小吗？这不就是'鱼大水小'的矛盾吗？他再一搞'三光政策'，'水'更小了，就像开塘放水抓鱼，一个养鱼池里面，挖一个缺口，把水一放，鱼还受得了？

　　"再一个方面，今年整个华北大旱，大灾荒。天不下雨，有的地方旱得颗粒不收。难民成群，哪个地方旱情轻一点，难民就成堆。我们本身就没吃的，敌、伪、顽、会、匪向老百姓要，灾民伸手向老百姓要，我们的军队、政府机关也得向老百姓要。因此，今年，军队、政府、群众团体，当地的人民群众，生活很困难。

　　"对这些困难，毛主席看得很准。他批评我们很多同志不认识这个困难，不能预见航船就要遇到暗礁！既然预见不到航船要遇到暗礁，那就是说，你就不可能绕过这个暗礁，克服物资方面的困难。这个问题怎样解决？具体办法是什么？就是一个极其重要的政策，内容就叫作'精兵简政'，军队缩小，政府机构缩小，把它搞得很精干，很扎实。还要我们变成孙悟空，钻到铁扇公主的肚子里大闹一番，要变成小老虎，把庞然大物的日本驴子吃掉！"

　　段君毅的讲话，从国际到国内，又到根据地的实际情况，很形象，会议室里响起了热烈的掌声。那个时候的八路军干部讲话都是那种风格，先从第二次世界大战的形势讲起，接着再讲国内的抗战形势，最后讲到当前面临的问题，然后用毛主席的讲话来指导当前的工作。

　　曾思玉司令员接过话来，用他那一口江西话说："毛主席用孙行者和铁扇公主、小老虎和驴子来做比喻太好了，很符合我们根据地当前的形势，也很了解我们眼前的困难，给我们指明了方向，就是要变成小孙猴子和小老虎，想办法对付这个日本妖精或日本驴子。"

　　说到这里，大家都笑了，七嘴八舌地讨论开了。

　　有的说："毛主席太英明了，对我们冀鲁豫的情况太了解了！"

　　有的说："前一段时间两支部队都被敌人赶出来了，咱们还一直发愁，不知道下一步该怎么办，经过毛主席这一打比方，心里一下子亮堂了！"

　　这次会议决定，派一支小部队伸向敌后，开展游击斗争，把敌占区变成我们的游击区。具体的地点就是梁山所在的昆山县以及附近的张秋、汶上、东平县一带，在那里形成一道抗日屏障，从而保卫我们的濮范观中心区。

第七章

戴罪出征

在开会讨论要派一支小部队进梁山的时候，曾思玉就在考虑人选了，他第一时间想到的就是八团的参谋吴忠，这个同志作战经验丰富，能打能拼，还能用脑子打仗，缺点就是太年轻了，有点沉不住气，这次要再考考他，看他的表现如何，再决定是否用他。

曾思玉通知吴忠来见他。曾思玉一见吴忠，劈头就问："最近怎么样，问题想清楚了吗？"

吴忠噘着嘴，不回答。

曾思玉继续说："包括你们八团，前两次都失败了，分区决定派一个小部队重返黄河以南的昆张地区开展游击战争，这次派人带小部队去昆张，你看谁去合适？"

"这还用问吗？当然我去是最合适了！"吴忠一下子兴奋起来，自告奋勇地抢着回答。

曾思玉严肃地说道："你倒是一点儿也不谦虚啊，如果让你去，你有把握取得成功吗？"

吴忠信心十足地说："我对昆张一带很熟悉，我有我的打法，我一定能够紧紧地扎根在那里，不达目的决不收兵。"

曾思玉知道吴忠办法多，就问道："说说你的想法，怎么样才能打进去，还能够改变梁山一带敌占区的面貌？"

吴忠早把这个问题想了无数遍了，他条分缕析，讲得头头是道："这次进去，不能像我们八团那样大张旗鼓地进去，要换成老百姓的便装，悄悄地进去，要利用夜间的时间，白天隐蔽，夜晚出来打击敌人！梁山的老百姓我了解，人心是好的，有些党员干部之所以不敢让我们进村，一定有他们的难处，我们把敌人打疼了，老百姓看到我们的力量了，还是会跟着我们干！我们还是要依靠群众，这一条不能变！"

曾思玉仍然不放心，问道："如果敌人包围你们怎么办？"

吴忠哼了一声，说："我们八路军是吃干饭的吗？看我不跑死他们！"

曾思玉赞许地点点头，说："好啊，看看还有什么要求，都提出来，我都答应你。"

吴忠笑起来，问道："真的吗？"

曾思玉拍了一下吴忠的肩膀，说："你小子，我什么时候骗过你？"

吴忠挠着头皮说："我想向组织提出三个要求，一是根据地这两个月的变化比较邪乎，我想先带一个小连去摸摸情况。二是不要把我们的活动范围局限在昆山一带，范围小了，敌人就会对这个小区域扫荡，老百姓就会遭殃。范围大了，敌人想捉住我们就难了，想迫害老百姓，也没有办法了。三是，能不能先把我的处分抹掉？"

曾思玉听了吴忠的话，白了他一眼，说："处分的事儿，刚刚给你戴上，现在不能去掉，要看看你的表现再说。你倒是说说，这次你准备带多少人？"

吴忠说："现在敌人对昆张地区控制得很严，部队进去多了，目标太大，会被敌人缠住，队伍太小，难以打疼敌人。我的想法是，第一次侦察，先带一个小连进去，如果下一步打游击，就带着两个连的兵力，能够有所照应。如果要恢复我们的根据地，三个连就够了，三个连在一起，就能够打一些大的仗了！"

曾思玉显然对吴忠的这次面试很满意，他笑着频频点头，然后又一脸严肃地说："你说的想法，我都可以满足，但是，根据地中心区的情况你也了解，我们的根据地已经到了背水一战的地步，没有时间再耗下去了，冀鲁豫党委要求我们这一次一定要突破敌人的封锁，创造出小部队活动的经验。你这次打过去，要戴罪立功，只许成功，不能失败，整个二地委、二分区，整个冀鲁豫都在看着你们，如果失败了，就不仅仅是处分的事儿了！二地委要向冀鲁豫、向集团军、向党中央写出深刻检查！你，要以一个老红军、老八路的党性来保证，坚决完成任务！"

吴忠心里咯噔一下，曾思玉一直慈眉善目，说话都面带微笑，从来没有说过这么严肃的话。

吴忠知道，这是没有任何退路了。他慢慢地举起右手，打了一个敬礼，咬着牙说："我吴忠，以自己的党性来保证，以自己的生命来担保，坚决完成任务，把最后一颗子弹留给自己，不成功，就成仁！"

曾思玉转身要走，吴忠叫住他说："司令员，您舍得把管干事给我们吧？我们的部队大都是外地人，管学思同志是汶上西区人，我过去和他有接触，打游击的时候得到过他的帮助，他在当地亲戚不少，人脉很广，可以用得上。"

曾思玉笑着说："好啊，管学思这个同志不错，一直是我身边的政治干事，愿意要，可以让他和你们一起去，可以算作你的一个梁山好汉。"

吴忠向曾思玉敬个礼，说："谢谢司令员！"

曾思玉又去找原八分区的地委委员邵子言，把他拉到一旁，和他悄悄地谈话："邵委员，分区按照冀鲁豫军区的要求，派一支小部队打回梁山昆山、张秋以及汶上、东平一带，想让吴忠担任昆张支队的支队长，你来当政委。这支部队可以叫昆张支队，也可以叫梁山支队，也可以叫昆张东汶支队，索性叫吴忠支队也行。八团过去在山西的时候，他们所在的晋西支队队长是陈士榘，也称作陈支队。"

邵子言听了，长出了一口气，高兴地说："好啊，终于等到这一天了，不在这里晦中心区了！应该让我们在这里的昆山、东平的同志回去，跟着部队一起回去，我们天天想着回到自己的地盘上进行斗争啊！"

曾思玉却叹了一口气，说道："你是个比较沉稳的干部，担任过昆山县委书记，在昆张一带工作多年，要支持好吴忠的军事领导，也要给他把好关。自昆张地区陷落后，部队两进昆张都被打了出来，不仅没有打开局面，反而使群众更加失望，敌人更加嚣张。这一次派小部队进去，人数虽然减少了，但不进则已，进就必须像钉子一样钉在那里，绝不允许再被敌人打出来。吴忠同志作战勇敢，党性坚定，执行命令坚决，作风泼辣，并在昆张地区长期活动，也有带小部队活动的经验，这一点有目共睹。可他毕竟太年轻了，年轻气盛，且刚刚受过处分，我们还是有点儿不放心啊！到了那边，就靠你来给他掌舵啊！"

邵子言点点头，说道："请首长们放心吧，我一定会支持好吴忠的工作，关键的时候，我会给他把好关，不会让他出事的！"

曾思玉担忧地说："吴忠说他第一次先去侦察一下，摸摸情况，你们地方上的同志也要跟着去吗？"

邵子言说："摸情况，正要用得着我们这些人哪，没有比我们情况再熟悉的啦！我们一定要跟着去！"

曾思玉说："你们这样迫切，这倒是我没有想到的，很好啊！你们配合昆张支队一起行动，确实能发挥作用！我看这样吧，这次过去，昆山、东平地方上的同志跟着进去，你就不要去了，吴忠说要发挥八路军奔袭的特点，甩开敌人的包围，下次你再进去。"

邵子言不情愿地说："那好吧，我服从组织安排。"

吴忠来到八团四连，这是他过去带着打游击的一支队伍，全连一百五十人，是机构精简、撤销营级编制之后留下来的大连。吴忠把上级要求组建昆张支队、过黄河侦察情况的任务讲了以后，四连的干部战士都欢呼雀跃，终于有仗要打了，不用整天窝在黄河堤上看大堤了。

吴忠提出，第一次去摸情况，人一定不要太多。过去一个连一百五十人，一个小村庄住不下，需要住在大村子，或者分散到两个村庄住宿。这次去，为了保密，要住在那些四面不靠的小村，所以人数不能太多，就按《水浒传》上的一百零八将，一百名战士加上支队领导和地方干部，一共一百零八人。

同志们一听，都说这个主意不错，但是谁也不愿意留在根据地，都要跟着部队去打鬼子。吴忠没办法，让三个排自己解决，可把三个排长难坏了，都是好好的战士，谁愿意划入另册留下来啊？

上次去梁山，连长牺牲了，由副连长兼一排长郭瑞功主持四连的工作，"小钢炮"郭瑞功做事情一向简单干脆，他想出来的办法是抓阄，每个排五十个阄，三十四个写上"去"，十六个写上"不"，抓到"去"的就去，抓到"不"的就不去。

二排排长杨炳银也决定用这个办法。

三排郭志光学生出身，戴着眼镜，他不同意抓阄，说他们要实行投票，把最优秀的战士投出来，让每个干部战士写上不适合去的人名，最后公开唱票，在石板上画"正"字，得票多的留下。

最后经过一番争吵和哭闹，三个排都选出了第一批要去梁山的名单。

邵子言也到昆山县党政人员中间，以能帮助昆张支队做事为原则，确定了跟着部队返回的人员：东平县委书记兼县长赵效三、昆山县委委员吴力全、昆山县敌工部部长杨岗、寿张四区的区长马达、交通员李相山、寿张县地下交通站站长刘玉清、寿张县大队敌工干事王之信等人。

这次回去，要全部换成便衣，因为到了十一月份，天气冷了，就按照每人一件棉袍子准备，白天行军穿，晚上能直接穿着睡觉，一物两用，也不用打背包了。

昆张支队的供应股长王永魁就是黄河南岸的寿张集村人，他对当地的情况比较了解，他知道，老百姓都缺吃少穿，谁家也没有多余的棉衣，要筹备一百多件一样的棉袍子，并不是一件很容易的事，就到寿张县委所在地袁楼村，向县委干部说出部队急需棉袍子的事情。寿张县委立即组织黄河北岸的清水河、袁楼村、王泵庄等几个村的百姓一起做棉衣。根据地的妇女们支援抗战没的说，不分白天黑夜地干，一百多套新棉袍一个星期就筹备齐了。

靠近黄河北大堤的寿张县七区的王泵庄村，是一个三百多人的中等村庄，是明朝初年从山西来的移民村，民风淳朴。据说当时有兄弟俩都爱喝酒，哥哥能喝一坛子酒，弟弟更厉害，能喝一泵酒，村庄因此而得名。村民正直豪爽，热情好客，也是我党的一个堡垒村。1942 年 11 月 8 日，昆张支队的一百零八位好汉们在这里换上当地百姓常穿的紫花棉布袍子，外面再扎上一条大腰带，有的戴着瓜皮帽，有的戴着礼帽，大家你看看我，我看看你，都很不适应。有的哈哈大笑，有的怎么看都不顺眼，还是闹着要穿八路军军装。性格耿直的副连长兼一排长郭瑞功当八路这几年，对身上的军装、臂章很有感情，舍不得脱掉军装，噘着嘴对着新发下来的棉袍子生气。

吴忠和管学思也都分别换上了棉袍子，和新任昆张支队政委邵子言一起来检查同志们的准备情况。吴忠头戴一顶瓜皮帽，身穿黑布袍子，还扎着长长的布腰带，很像农村里的拾粪老头，但是挺拔的身材、脸上的英气、眼睛里水灵灵的光芒却难以掩饰。管学思也是高大方正的身材，穿着长长的黑色棉袍，留着胡子，戴着大礼帽，像一位家财万贯的买卖人。

他们二人来到院子里，看到同志们都热情地打招呼，看到郭瑞功还穿着八路军装，让他换衣服，他就是不换。郭瑞功噘着嘴说："咱当八路，就是想穿八路这身衣裳，不喜欢那种黑不溜秋的棉袍子，咱就穿这身八路军装啦！"

管学思生气地说："这位同志，你倒是说说看，咱们八路军谁不是老百姓出身啊？形势需要，我们穿老百姓的服装怎么啦？到了敌占区，不仅要穿老百姓的衣服，还得真像一个老百姓才行，不能唱歌，不能打闹，我们必须藏在群众当中才能生存，群众是我们的靠山！"

郭瑞功认得他是团里的政治干事，觉得管不着自己，撇撇嘴，故意说："这位同志，您是谁啊，竟敢来教训我？"

吴忠介绍说："教训你就对了！这是原来的团政治干事，现在是昆张支队的特派员管学思同志，特派员的本职工作就是专门纠察军容军纪。管学思特派员说得很好！我们就像老百姓，同时我们还要牢记，不能混同于老百姓，什么时候都要注意团结和保护群众，为老百姓服务。"

郭瑞功一听管学思已经成了支队的特派员，是专门抓纪律的，吓得不吱声了，顺从地换上了紫棉布袍子，用大布腰带扎上腰，戴上毡帽。他问同志们："大家看我怎么样，像不像老百姓？"

杨炳银爱开玩笑，对着他拍着手笑，说："像，像，太像了，像地主家收租子的狗腿子！"

郭瑞功追着杨炳银要揍他，吓得杨炳银满院子乱跑，嗷嗷大叫，同志们笑得东倒西歪。

这次出征，武器火力是很强的，支队领导、排长以及侦察班的战士带着盒子枪。三个排各有一挺轻机枪，机枪班还有三挺轻机枪、一只掷弹筒。各排的战士们都背着步枪，斜挎着米布袋，有的还背着铁锨。炊事班的战士们背着铁锅和三天的粮食。

只等上级一声令下，就要翻越黄河南金堤，直插梁山泊！

第八章

穿越南金堤封锁线

老黄河北岸的清水河村，战士们正在此集合，要准备出发了。第二军分区供应处按照首长要求给出征的昆张支队将士们送来了粉条猪肉。炊事班做好了饭，猪肉浓浓的香味在院子里飘散，让人垂涎欲滴。战士们对未来的战斗生活充满憧憬，连蓝天上的白云都显得格外好看，院子里的鸟儿叫声格外好听。

在吃饭的时候，战士们都大叫着过瘾，边吃边感慨：在这个根据地的军民都在挨饿的时候，首长给我们送来了这么好吃的东西，咱一定要好好地打敌人，让首长们放心，让党中央和毛主席放心！

吃过午饭，部队集合出发，支队长吴忠还是头前带路，向着风沙弥漫的黄河大沙滩走去。

走进黄河滩，这里的天空不是蓝的，而是渐渐变成了昏黄色，细细的砂砾在空中弥漫着，随风飞舞，连日头都被搅黄了，让人睁不开眼睛。吴忠和战士们用白毛巾倒系在头上，正好遮住鼻子和嘴巴，只露出两只眼睛，好在是西北风，风推着人走，脚下的沙土在打滑，还真舒服，这样走了二十里，才迈过大河滩，来到河南岸的一座小村庄——吴楼。

这里是寿张四区的地盘，寿张县在黄河以北有四个区，在黄河以南也有四个区。跟随而来的寿张四区区长马达对这一带很熟悉，他找到村长吴厚贵，这是一个又矮又瘦的农村老头，但是眼睛骨碌骨碌转，闪着聪明与狡黠。吴忠安顿下战士们，让吴厚贵村长带领，到敌人的南金堤封锁线去提前侦察。

吴厚贵听说要昆张支队翻过金堤封锁线，惊讶地"哎呀"了一声，发愁地比画着说："沟那么深，墙那么高，怎么能翻得过去啊？"

吴忠说："想办法，你们梁山一带有句俗话怎么说来着，人不能叫尿憋死，一定会有办法！"

吴厚贵村长找来了几条长麻绳，好让战士们下沟用。

吴忠和吴厚贵、管学思、孟昭德、马达等一起来到村东侦察地形，老远就看见大墙横贯在眼前，向西南和东北都看不到头，越走越近，墙也越来越高大，不多远就有一个砖垛，像古代的长城，墙上还有不少枪眼。

吴忠说："我目测这条高墙要有十米左右，怎么修这么高啊？"

吴厚贵连连叹气："不修这么高不行啊，这都是郓城大汉奸刘本功使的坏，逼着百姓们挖沟修墙，肖皮口陈庄的村长被他放了礼花，村里的房屋全扒了。我村男女老少齐上阵，总算没有落后，垒墙的时候，从上面掉下来，摔伤了好几个人，我家二叔摔伤了腰，到现在还没好呢！"

吴忠听了，恨得咬牙，说："敌人修再高的墙，也难不住我们，敌人想把我们困死，没门！我们一定要翻过去，到那边狠狠打这些龟儿子！"

说话间，来到了西小吴据点旁边，大墙之间，是相对的两个炮楼，中间是一条大路，有一个吊桥拉了起来，不让与西面的村庄通行。

吴厚贵说："这就是西小吴据点，是日军在郓城、寿张之间的模范据点，有一个中队，一百多人，队长不知道名字，都知道他的外号叫'野狐狸'，据说还有一个特务队，队长是你们八路军叛变的干部，叫涂德泽。'铁壁合围'以后，这家伙为日本鬼子抓了不少人，都关在这个据点里面。"

吴忠问："过了高墙就是西小吴村吗？"

吴厚贵说："是，我们和西小吴的人都姓吴，东边还有东大吴，我们这三个村庄都是《水浒传》中军师吴用的后人。吴姓分了三支，长支住在东边的村庄，称东大吴，我们是二支，数我们的祖先过得好，盖了一座楼，所以称吴楼，老三支住在西边，称西小吴。"

远远地，从炮楼里传过来一个沙哑的声音："那边的，什么的干活？"

估计是炮楼里的汉奸已经看到沟西边有几个人要过河，就大声询问。

没有人答应他们，那个沙哑的声音严厉起来："什么的干活，不说话的，就开枪了！"

这些二鬼子，觉得学日本人说话气派，也用倒装句。

吴厚贵从怀里掏出来一张膏药旗，举过头顶，说："老总，我们是良民，家里有病人，到那边去请郎中，行吗？"

"嗒嗒嗒——"炮楼里打出来一梭子子弹，算是回答。

吴厚贵带着吴忠他们沿着沟西向南走，天渐渐暗了下来。他们来到沟边，看到大沟又宽又深，沟里还有水，吴忠拾起一个石块扔进水里，下面的水倒是不深，到脚脖。

他们继续前行，吴忠眼尖，看到大墙上有一片豁口，问道："你们看啊，那个豁口是怎么回事啊？"

吴村长看了看，说："这里是寿张和郓城的交界处，南边是郓城九区的地盘，归'大洋马'管，北边是寿张四区，归'野狐狸'管。"

吴忠说："好啊，晚上就从这里过去！"

之后，他们返回吴楼村，和邵子言商量，半夜的时候，从郓城、寿张两县交界的地方过去。

半夜时分，天黑得伸手不见五指，队伍集合好，悄悄出发了。来到沟沿附近，看到探照灯从墙上不停地转着照射过来，吴忠命令战士们赶紧卧倒！

等探照灯过去，吴忠小声传达口令："向后转，到探照灯照不到的地方南行。"

队伍回转了，撤离沟沿，离得远远的，以免被探照灯照到。

等来到两县交界处，在探照灯的间歇处，吴忠带着战士们迅速靠近沟沿。郭瑞功带着一中队率先行动，挽起单裤腿，把棉袍子裹起来扎在腰里。

先用绳子将战士放到沟底，这时，对面墙上的探照灯转过来了。上面的战士们卧倒，下面的战士贴着墙站着，等探照灯过去，快速蹚水到了对岸，一个人爬到另一个人的肩膀上，打着节梯，才上到对岸，然后用绳子把下面的人拉上去，好在这次来的都是优中选优的好战士，不久都全部过了壕沟。

该爬大堤上的高墙了，这里是灯下黑，探照灯已经找不到这么近了，但是，这么高的墙，确实上不去啊。

郭瑞功和战士们在墙上挖了墙洞，墙太高了，在远处看的时候，对困难估计不足，现在站在大墙下，都束手无策。

马达来到吴忠和邵子言面前，平静地说："支队长、政委，别急，让我试试。"他让大家闪开一条道，后退十几米远，活动活动筋骨，双掌一击，说了声："上！"

只见他对着大墙飞快地冲刺过去，到了墙边，一步跨上了两米多高，噌噌噌三下，黑影像一只燕子，轻轻地落在了墙上面。

下面的人们发出一阵低声的惊叹。

管学思说："这是我们的梁山功夫。马达真行，还真有两下子！"

郭瑞功把绳子扔到上面，马达趴在墙上，拽住绳子一头，战士们拉住绳子，一个一个登了上去，然后又慢慢从另一侧下来。

炊事班长白志明没有战士们那么麻利，三中队队长郭志光把绳子绑在白志明的腰间，下面有人托举着他，终于也爬上了高墙。

这时候，探照灯又转过来了，扫到了白志明的身影，马达接过白志明的手，拉着他一起卧倒。这时候，南边敌人的机枪响起来了："嗒嗒嗒——"

北面的机枪也响起来了："嗒嗒嗒——"

好在这里是一个凹口，敌人的机枪打不到，在探照灯的照射下，马达迅速抛下麻绳，把殿后的三排长郭志光拉上高墙，迅速从另一侧滑下来。这时候，探照灯过去了，机枪对着墙上墙下的地方瞎打。东边这一侧是一片芦苇荡，他们冒着机枪的胡乱扫射，迅速钻到芦苇荡里。

吴忠带着战士们踩着芦苇荡里冰凉的积水向前走，离开大墙越来越远，前面出现了一片黑魆魆的村庄的影子。马达说："前面就是野猪淖村，相传是《水浒传》中鲁智深大闹野猪林的地方。"

吴忠一听是《水浒传》中的地方，高兴了，接过话来，绘声绘色地说："这个我知道，《水浒传》说的是好汉林冲被刺配沧州，要经过这片恶树林子，两个公差董超、薛霸将林冲绑到树上，拿起水火棍，要结果了林冲，花和尚鲁智深一路跟随保护，看到董超、薛霸恶行，举起禅杖，打掉水火棍，救下了林冲。"

旁边的战士都感到很新奇，说："支队长，继续讲啊，后来呢？"

这时候，野猪淖村边的狗叫了起来，全村的狗都跟着叫起来，叫声此起彼伏。村庄里人点起灯光和火把，大声喊着："八路来了，拉家伙！"

"别让八路进村！"

吴忠说："我们不能在野猪淖停留，从村北绕过去。"

马达说："支队长，你们继续走吧，这个村里有我们的党员干部，也有亲戚。"

吴忠说："那好吧。"

管学思也叮嘱："一定要小心，现在不比过去，如果这个村进不去，要再去别的村看看，或者去找我们支队。"

马达笑笑，说："没事，有咱们支队在这里活动，怕什么？我心里有底。"说罢，拱手告别，带着李相山、王之信等人钻进了茫茫夜色里。

队伍绕过野猪淖，继续前行，前面是张水坑村，刚要进村子，村里的狗也开始叫了起来，村里的民团竟然举着火把围着村庄转了起来，一边转，一边喊道："拉家伙——"

"不让八路进村——"

吴忠带着队伍从张水坑村南绕过，又来到魏庄村北，这个村庄也是灯笼火把一片，人们大呼小叫，阻止八路进村。

队伍继续前行，经过高楼、任庄、薛阁等多个村庄，村村如此，都是一片喊叫，吴忠都在这里活动过，真没想到原来的老根据地，才过了一个多月，竟然变成了这样！

吴忠带队伍行军，前面设有尖兵，左右各有护卫，后面有收容人员，忽然，后面三排的收容人员追了上来，说发现后面有追兵。

管学思说："敌人可能发现我们翻过了南金堤封锁线要到梁山去，这些敌人是要占领前面的宋金河大桥，把我们堵在宋金河西，我们要快速前进，抢在敌人前面，尽快过桥！"

吴忠下令："向前传口令，跑步前进，尽快过宋金河大桥！"

部队加快了步伐，很快来到宋金河岸边，一大片水洼来到面前。这条河与其说是一条河，不如说是一片狭长的大湖，湖水在夜色下，闪着粼粼的冷光，看不到对岸。

这条宋金河，是古老的济水的一个分支，发源于河南开封郊野，向东北流经山东的曹县、定陶、郓城等地，注入梁山泊，然后再进入黄河。后周称五丈河，宋代称为广济河。北宋末年，官场腐败，民不聊生，方腊、宋江等相继起义，替天行道，除暴安良。梁山聚义的弟兄们经常在这里抢夺官府从运河经赵王河送往曹州的财物。因为此河当时常为宋江所用，因此群众便称其为宋江河。再后来，梁山一带被金朝占领，北面下游在金朝的地盘，南面上游还属于宋朝，金太宗完颜晟用这条河运兵攻打开封，所以也叫宋金河。到明朝时期，这条河还能通航，后来从这里打捞出来几条古代的战船。清末以后，河水逐渐淤塞，只剩下九十多里，南部在郓城县城东，北部在梁山西部的楚桥村。别看河道不算长，但是还有当年水泊梁山的遗韵，河水十分宽阔，水面有好几里宽。

因为河面宽阔，在赵坝村西，有一条七十七孔的老石桥，是金朝大定年间所修，经过后来的历朝修补，如今还在使用。因为是七十七孔，和民间"七月七，牛郎会织女"的传说有联系，所以百姓们也称这座桥为牛郎织女桥。

管学思等人领着队伍前行向北走，去找大路和老石桥。

队伍很快来到石桥边，桥两旁却寂静无声，也没有发现敌人有埋伏的痕迹。队伍正要过桥，对岸跑过来一伙举着火把的人。

吴忠判断，日本鬼子和伪军行军是不举火把的，这些人还是附近村庄的民团。

走在最前面的侦察班几个人正好被这伙举火把的人堵在桥上，不让过桥。侦察班长孟昭德问对方是干什么的。

对方答道："俺是赵坝的民团，接到郓城九区李学德队长的通知，让在这里堵截一伙八路军。"

孟昭德说："我们不是八路军，是从这里过的乡民。家里有急事，要到河东去。"

那伙人叽叽喳喳，说什么也不让过，说"大洋马"有令，谁也不让过，出了问题灭了我们全村！

孟昭德气不过，双手掏出两把盒子枪，顶在一个人的额头，要打死他。

那个人说："打死我也不能让你过去，'大洋马'实在太厉害，他会血洗我们全村的！"

孟昭德说："你说的'大洋马'那混蛋他在哪里呢？看好了，我的盒子枪可是要你立刻去见阎王爷的！"

管学思看见了，急得大喊道："'黑铁塔'，快放下枪，你可不能打死他！他是老百姓啊！"

孟昭德移开枪口，气咻咻地对着枪口吹气，这时候，夜空中传来一声大雁凄凉的叫声，正是大雁南归的季节，这是一只掉队的孤雁。孟昭德看也没看，一只手对着夜空开了一枪，扑啦啦一阵响声，一个大东西掉在了不远处的地上。

孟昭德得意地说："借过，那只肥肥的大雁就赏给你们了！"

那伙民团还是不让走，纠结地说："谢谢了，可是，'大洋马'一会儿来了，我们怎么交差啊？"

吴忠跟着管学思来到桥上，他对管学思说："我是四川人，说不好梁山话，你告诉他我们是来接防的。"

管学思来到这伙人面前，把盒子枪拿在手里晃了晃，大大咧咧地说："你们赵坝这伙笨蛋，手里的白蜡杆子有什么用？'大洋马'让我们西乡的民团来接防这座桥，你看看我们的家伙什儿！"

他指指后面的人，许多人肩上扛着钢枪，有的还扛着机枪。

管学思说："快滚，哪里来回哪里歇着去！"

赵坝的民团说："'大洋马'真是这么说的？"

孟昭德说："那还用说，一会你看看我们的民团平常是怎么训练的。"

赵坝的民团举着火把，看着昆张支队迈着整齐的步伐过河，频频称赞，晚上走路也能这么整齐，他们白天也训练不了这个样子啊！

有人醒悟过来："这是八路啊！"

孟昭德说："别说不是八路，真是八路来了，你们几个拿着枪头子的人，能打得过八路？"

赵坝的团丁没精打采地回去了。

队伍过了河，吴忠领着大家一路前行，很快来到赵坝村外。

第九章

首战三村外

天渐渐亮了，初冬季节的早晨，鲁西平原寒风凛冽，田野一片白茫茫。村里的犬吠和着雄鸡的高唱，此起彼伏，如果没有日寇的占领，这应该是多么优美的乡间生活画卷啊！

赵坝是一个明朝初年建村的老村，地势低洼，西边靠宋金河有一道拦河坝，村民大都姓赵，所以叫赵坝，全村有两千多人，六千多亩地，村四周有寨墙寨门，村里有三条东西大街，有一条南北大街。每逢农历一、四、六、九有集市，村里有很多高门大户，也有许多店铺和外地来的买卖人。这个村也是一个我们的堡垒村，杨勇旅长 1939 年打过梁山歼灭战以后，把旅部设在这里，在村里住了十八天，村民对八路军很有感情，至今都在传颂着杨勇的故事。杨勇拴马的那个大槐树，谁也不允许碰。

起雾了，雾气越来越浓，队伍已经进村了，站岗的民团才发现我们的队伍，喊了声："拉家伙——"

看到队伍真的扛着机枪、步枪进来了，哪敢阻挡？站岗的人吓得逃之夭夭，不见了踪影。

吴忠安排布置好岗哨，封锁消息，只准人进村，不准出村，免得有人走漏了消息。

吴忠和管学思商量，考虑到队伍折腾了大半夜，战士们太累了，决定就在这个村里宿营。

管学思提醒说，我们翻越高墙过来的时候已经被敌人发现了，敌人有可能跟着追过来。

吴忠说："好，让战士们先休息，让炊事员做饭，我们到村外看看地形，看看敌人来了怎么打。"

这是吴忠的习惯，走到哪里，先看地形，思考如果发生了战斗，该如何取胜。

吴忠带着管学思在村里转了一圈，看到这个村子很大，四周有寨墙，吴忠一边走，一边对管学思分析：这个村庄的范围太大，不好防守，村里东西有三条大街，南北有一条大街。村民的情况不好掌握。再说了，如果在村子里防守，战斗一打响，会对村庄和老百姓造成损失。

他们又一起来到村外，大雾笼罩，什么也看不清。管学思介绍说："赵坝村东面五里是马营村，东南三里多路是杨营村，三个村中间地势很低洼，是赵坝村西的一条大坝挡住了宋金河的水，否则，这里都是大水。"

吴忠坚持要穿过大雾，继续向前走一走看一看，他看到大洼里有许多土堆，土堆上长着阴柳棵，就问这是什么？

管学思说："这里的土地严重盐碱化，这是百姓们敛碱土，堆成的土堆。"

吴忠围着杨营、马营看了一遍，回到赵坝村，正好炊事班做好了饭，叫醒在街边打盹的战士们一起吃早饭。

这时候，在村外的侦察班长孟昭德匆匆跑来了，大声说："数百名伪军从南、西、北三个方向包围过来了，大约有六七百人！"

吴忠问："都是哪里来的伪军？"

孟昭德说："郓城北九区肖皮口据点'大洋马'的一个中队，也有小吴据点'野狐狸'的人。"

吴忠骂了一声："'大洋马'这龟儿子，逼着老百姓修封锁墙，老百姓恨死他了，想以后再收拾他呢，他竟然找上门来了！"

他对警卫员王林说："立即通知部队，准备战斗！"

三个排很快集合完毕，炊事班长白志明多年来一直跟着部队做饭，经常遇到刚刚做好饭就要转移的情况，他把小米干饭加上咸菜包在一起，扛在肩上，等同志们打完仗再吃。

吴忠对大家说："我们初进梁山，同志们跑了一夜，本不想打仗，但是，敌人已经把我们包围了，不打，甩不掉敌人，那就要狠狠地打，在这里依靠村庄防御也行，但是群众就要遭殃了，我看，还是要把战场摆在赵坝河东边的杨营、马营中间的一片洼地里。郭连长，你带领一排，藏在赵坝村围墙里外的土埂堆下，二排、三排，跟着我撤退到杨营村、马营村，等敌人钻到我们的包围圈，我反过来打响了，敌人要逃跑的时候，你们狠狠地截住，打死这些龟儿子！"

说罢，留下郭瑞功带着一排，吴忠立即带二排、三排出村，从各路伪军的缝隙跳出了合围圈。行进至赵坝村以东的杨营村，吴忠叫过三排长郭志光，指着村头的一栋小楼说："你们排在这座楼的屋顶上埋伏，前面打响后，给我猛捶龟儿子的后腔。"

吴忠边走边下达命令，一个口袋阵在行进中部署完毕。这时，敌军发现土八路离开了赵坝村，果然在后面紧追不放，肖皮口据点伪军中队长"大洋马"欲抢头功，嗷嗷叫着冲在最前面。

吴忠与管学思、郭志光带着二排边打边撤。敌军见八路人数不多又连连撤退，气焰非常嚣张。吴忠将计就计，指挥部队边打边撤，一副狼狈逃命的模样。

队伍退到马营村口，敌军也追到了杨营与马营之间的洼地，正好钻入了吴忠布下的口袋阵。

吴忠说："好了，不走了，就在这里收拾龟儿子！"随即指挥部队依托村埝散开，趴在地上，而他自己则从身边的战士手里抓过来一挺机枪，爬到了对着道路的一块大石磙后面，看到敌人越来越近，他大喊一声："打！"对着敌军猛烈射击。

追击的敌军突然遭到阻击，丢下几具尸体，吓得向杨营村撤退。吴忠端起机枪，喊道："跟我上，冲啊！"带头向敌群冲去。

敌军疯狂逃跑，来到了杨营村外，不料又被早已等候多时的郭志光排候个正着，从小楼上居高临下，机枪、步枪一起扫射，敌军分不清敌我，辨不明南北，互相践踏。

躲在后面的伪军向着赵坝村奔跑，妄图借赵坝村的寨墙来抵挡，当他们跑到洼地之中，这时候，"小钢炮"郭瑞功带着一排早已按捺不住，截住敌人，又是一阵猛烈的射击，这些伪军们见大势已去，无处可逃，只得放下武器，举手投降。

这次战斗，毙敌十余人，俘敌上百人，缴枪数十枝，我无一伤亡。

吴忠关心"大洋马"是否逃跑，他问投降的伪军，伪军们都说，在马营村就被第一阵机关枪就报销了。

吴忠不相信"大洋马"这么笨，又问道："他一个当官的，跑到前面干什么？"

一个伪军说："有奖赏呗，抓到八路军奖日本联合银行券一千块，这家伙钱迷心窍！"

　　马营村的老百姓看到打仗了，吓得纷纷藏了起来，听到枪声停了，都小心谨慎地出来瞧瞧，谁想到汉奸被当场打死了好几个，那个大高个子，许多老百姓都认识，竟然是郓城县警备大队第九中队长"大洋马"，这个消息，立刻在马营村沸腾了！

　　"八路军回来了！"

　　"是八路军吗？早晨看到了，怎么穿得像土匪啊？顶多是八路的区队！"

　　"'大洋马'都被打死了！不是真八路，谁能打死'大洋马'？"

　　看到战斗结束了，一百多名伪军当了俘虏，三个村的百姓们都来看热闹，听说打死了"大洋马"，老百姓那个解恨啊，真是高兴得像过年一样！

　　吴忠让宣传员于灿周给伪军们上政治课，于灿周今年十八岁，刚刚中学毕业，说话还带着学生腔，他对着蹲在地上黑压压的俘虏们说："伪军兄弟们，我们是八路军昆张支队，你们跟着日本人当汉奸，是没有什么前途的，你们即使继续当汉奸，也要像关羽一样，做到'身在曹营心在汉'。不许祸害百姓，有情况及时向八路军报告。"

　　这些伪军大都是老兵油子，根本没把这孩子的讲话当回事，底下乱讲话，一片闹哄哄的。吴忠看着着急，严厉地喊道："我是吴忠，有几句话要跟诸位讲！"

　　俘虏群中一阵骚动，吴忠的名字在梁山一带很是响亮，各据点的伪军早就如雷贯耳。一位年龄大的俘虏说："原来你就是人称'活武松'的吴忠啊，今日兄弟栽在你的手里，也算是三生有幸。"

　　"谢谢夸奖。"吴忠冷笑一声，继续说，"今天，你们也看到了，祸害人民，和我们八路打仗，'大洋马'就是你们的下场！"

　　俘虏们低下了脑袋："八路爷爷，我们再也不敢了！"

　　吴忠继续说："今天你们可以求三个村的老百姓当保人，如果你们没干过坏事，能找到保人的，就先放你们回去，而且可以带上自己的武器，不过要做出保证，以后不得残害百姓，也不得死心塌地地替鬼子卖命，要'身在曹营心在汉'，如有违背，下次让我吴忠和昆张支队碰上，决不轻饶！听明白了吗？"

　　"明白！"俘虏们异口同声地回答。

　　吴忠听到伪军们回答得这么大声，开心地笑了，他大声说："好！这才像个中国人！回去也给各据点的人传个话，就说我吴忠又打回来了！谁干过什么坏事，我们都记得清楚，不是不报，时机未到，时机一到，一切都报。听懂了吗？"

"听懂了！"俘虏们又是同声回答，声音比他们上操还整齐。

于灿周看着吴忠给伪军上政治课的神态，敬佩得不得了！他自言自语地说："英雄，就是不一样！"他把一沓伪军优待卡交给战士们，让战士们发给伪军一人一张，卡的正面是关公像和"身在曹营心在汉"七个字，背面是"伪军和家属凭此卡不受惩罚"。

俘虏们对着周围的老百姓磕头，攀亲戚，认本家，让老百姓给他们作保。老百姓第一次在汉奸面前这么扬眉吐气，端起架子来了，指着汉奸的额头说："看你还干坏事不？"

一伙伪军跑到赵坝村去攀亲戚，找到了在宋金河边举着火把阻挡八路军的民团，几个民团看到平常耀武扬威的汉奸低声下气地求老百姓给八路军便衣队说好话，还说"大洋马"被打死了。赵坝的民团一开始还不相信，亲自来到马营村口，看到"大洋马"死死挺挺地躺在地上，惊得连连赞叹。他们找到孟昭德要求道歉，说不该阻挡八路军过河，还说赵坝村和八路军很有感情，杨勇团长曾经在他们赵坝住了十八天，拴马的槐树还在。

这时候，马达带着李相山、王之信还有一伙年轻农民跑来了，他们找到吴忠，气喘吁吁地说："支队长啊，听到这里打起来了，就知道是你们一定打了胜仗，我们来晚了，没赶上帮忙！"

吴忠问他情况怎么样，马达说，到了野猪淖村，发现这个村的党员都不在了，不是被抓走，就是出去躲避了，自己也差点让民团抓住，就向东逃到了倪楼村的亲戚家，听到这边打仗，就带着几个表兄弟来了。

看到被打死的汉奸身上有枪，马达要求拿几支枪，准备拉起一支锄奸队，和敌人真枪真刀地干起来，吴忠笑着答应了。

马达让跟他来的人捡起来几支长枪，他自己拿起"大洋马"的盒子枪，爱不释手，比画了两下，说："太喜欢了，请给我吧！"

吴忠笑着点点头。马达向吴忠鞠了一个躬，然后匆匆地跑开了。

炊事班长白志明安排在村东空旷的场院里重新做好了饭，招呼大家来吃饭。

马营村的群众都来表示感谢，许多百姓送来了鸡蛋、窝头、大葱，还有的送来了自家珍藏的黄酒。吴忠、邵子言都表示感谢，说心意领了，东西就不用了，早上在赵坝就做好饭了，到现在才捞着吃早饭。

有一伙年轻人拉拉扯扯来到吴忠跟前，一致要求报名参加八路军。吴忠拍拍他们的肩膀，劝他们说，这次没有征兵的任务，以后会经常到这里来，打日本鬼子，有的是机会！

一位叫马传功的老汉拉着一个十四五岁的男孩走了过来，两个人走到吴忠跟前，扑通跪下，爷儿俩哭得说不出话来。

吴忠赶紧拉起老汉和这个男孩，问怎么回事儿。马传功老泪纵横，要求把这个孩子送给八路军，任吴忠怎么解释都不听，坚决要求八路军把这个叫"马三妮儿"的孩子带走。

在马传功断断续续的叙述中，吴忠终于听明白了：原来，在"铁壁合围"过后，日本鬼子和伪军来清剿八路军，一下子包围了马营村。马传功的妻子和两个女儿正在家里纺棉花，闯进来两个日军，一边喊着"花姑娘"，一边要对两个女儿实施强奸，恰在这时，马传功和儿子马三妮儿从田里干活回来了，看到之后，抢起铁锨抓钩就打，两个鬼子吓得提着裤子跑了，然后叫来一伙日军，端着枪气势汹汹地闯进来，吓得马传功父子二人跳墙逃走，可怜家里的三个女人遭到了日军的轮奸，又被当场杀死，鬼子才扬长而去。等鬼子走后，马老汉父子二人回家，看到躺在血泊中的家人，要去追赶日军拼命，多亏邻居拉住，才没去追赶。

掩埋好亲人以后，爷儿俩整天以泪洗面，愤恨无助，看到八路军回来了，而且打死了"大洋马"等十几个汉奸，马传功说什么也要让儿子马三妮儿参加八路，战士们告诉他这次不扩军，要找只能去求吴忠支队长，这才来给吴忠下跪。

吴忠听完马传功的哭诉，也忍不住掉下泪来，他暗暗发誓，一定为梁山的百姓报仇，但是听到这个孩子名叫"三妮儿"，知道是家里唯一的男孩，一定是娇生惯养，又摇摇头，说："以您的家庭情况，该收，可是，这个孩子却坚决不能收，八路军行军打仗太苦了，娇生惯养的孩子受不了！"

马三妮儿也说话了："叔叔，带我走吧，原来娘和姐姐们疼我，娇惯我，如今娘和姐姐都没有了，还有什么可以娇生惯养的？我一定要当八路，给娘和姐姐报仇！"

管学思也可怜这个孩子，说："三妮儿啊，你以后不能叫支队长叔叔，他才比你大五六岁，叫他哥哥也行，叫支队长也行。"

吴忠让了一步，摸摸马三妮儿的头，怜惜地说："我当兵的时候，还不到十三岁，你也不小了，一起在战斗中成长吧。"

马传功和马三妮儿都很高兴，马传功说："长官啊，孩子就交给你们八路了，他要不听话，狠狠揍他，我绝对没二话！"

吴忠叫过来三排长郭志光，说："这个叫马三妮儿的战士就编在你们排，你要好好带着他，既教给他打仗，又教给他学文化，一定把他给我带出来！"

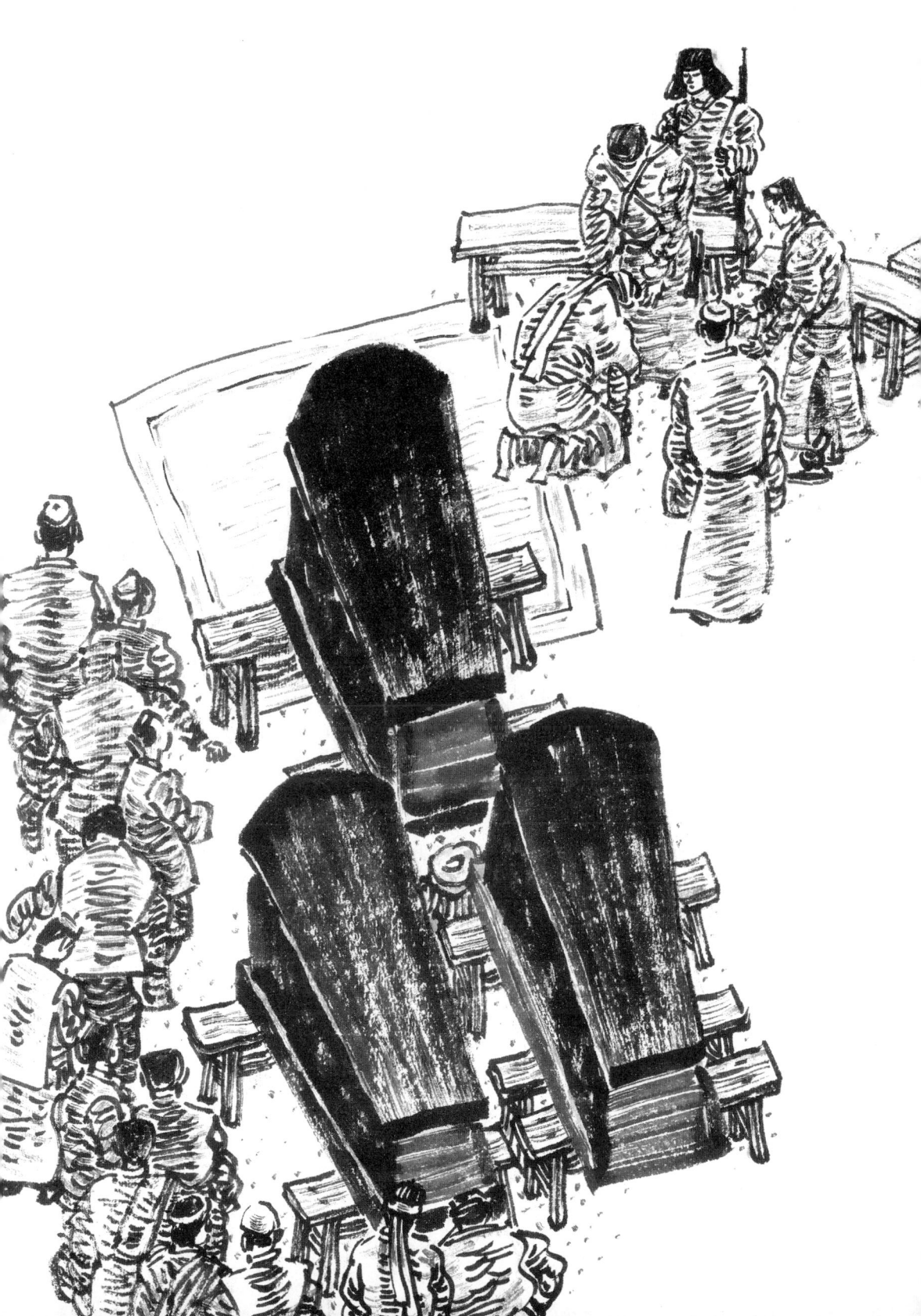

郭志光对吴忠打了一个敬礼，说了声"是"，就把马三妮儿领到自己排，从收缴的敌人步枪中给了他一支，让他背在肩上，编在最后一名，马三妮儿成了一名八路军昆张支队的新战士。

吃过饭已经是下午，考虑到部队已经暴露，敌人马上就会来围攻，必须尽快转移，吴忠和管学思商量，决定继续深入敌后，向梁山东南部汶上一带插过去。

跟着昆张支队一起来的昆山县委委员吴力全说部队要向东南的汶上县一带活动，觉得那不是自己的辖区了，要求离开部队，回到自己的辖区去，收罗人员，发展组织。

吴忠同意了，说在东部活动一段时间，还会去王芝茂找他。吴力全离开队伍，向着贾大娘所在的王芝茂村走去。

昆张支队离开马营村，向东南方向转移。在西面辛兴屯村和东面薛屯、张飞垓之间的一片涝洼地前行。

秋天的庄稼大都收割完了，一些冬小麦已经种上，还没有拱土发芽，大地十分荒芜。在土黄色的垡子地里，不时蹿出来一两只土黄色的野兔，仿佛在引诱战士们去捕捉它。在根据地守着黄河大堤的时候，战士们曾经无聊地捉野兔改善生活，现在正在行军途中，谁也没有心思捉这些美味佳肴了。

这一路和梁山西部与濮范观接壤的村庄不同，敌人的安排比较松，各村都没有民团值守，也没有"拉家伙"之类的呼喊声。

前面村庄有些稠密，战士们从村庄外面行军，许多树木挥动着枝条，在风中跳舞，黄绿夹杂的落叶纷纷落下，有的打着旋儿吹在同志们的脸上，还有被北风折断的干树枝掉下来，有的战士抓住飞舞的大杨树叶子，一边走，一边欣赏树叶清晰的纹路。这是大地换装的美丽季节，别有一份情趣！如果能把日本鬼子赶出去，人民百姓都能安享和平的生活，感受一年四季的变迁，那该多好啊！

第十章

洼里毙特务

昆张支队从鲍垓、胡屯、杨庄集一路继续前行，到了傍晚，就到了汶上县西南的拳铺村。

拳铺村位于水泊梁山的南面，离梁山十八里地，地处金线岭上。金线岭为黄河故道上的一处长堤，地势较高，说这里的地势和梁山山顶一般高。当地谚语说："梁山顶上挂苲草，金线岭上结马泡。"金沙滩在宋代是梁山泊万顷碧波的一处高地，是河泊港汊之间重要的渡口，南北过往船只大多在此躲避风浪，住宿打尖，被称作船住堡。后来，黄河夺淮入海，梁山泊淤平，王朝更迭，潮起潮落，龙宫变闾里，水府生禾麦，这里已经没有水泊的遗韵，都变成了一个个的村庄。这里也是古代曹州与济南官道、汶上与郓城官道的十字路口，凭借着交通要道的优势，钱铺、酒铺、车马铺、铁匠铺琳琅满目，戏馆、客栈、武馆鳞次栉比，李家驴肉铺、顺兴商铺、谦义和点心铺远近知名，商贾云集，车水马龙，逐渐形成一个很大的集镇。民国初年，军阀混战，村民修筑寨墙，建立了四门，南红门，北黄门，西白门，东青门，又演练拳术以壮庄威，青壮劳力习武成风，村民公议将村名改为拳铺。

考虑到这个村商户很多，实力较强，吴忠安排供应股长王永魁带着炊事班，到村里敛些粮食或者干粮，然后准备生火做饭。

饭还没做熟，侦察班长孟昭德就匆匆从村外跑来，说有汶上、郓城、寿张等县的伪军已经从四面包围了上来，少说也有六七百人。

吴忠问："全是伪军吗？有鬼子吗？"

孟昭德说："没有日本人，都是二鬼子。"

吴忠心里有数了，他让通讯员王林通知紧急集合部队，马上转移。

部队迅速集结完毕，炊事班长白志明还是老办法，把饭箅出水来，打包带走。

吴忠对列好队的战士们说："没想到敌人来得这么快，饭还没做熟，人家就打上来了，必须马上突围！敌人很多，但都是伪军，我们对付一个方面的敌人还是绰绰有余，因为伪军们打仗不会像我们八路军这么拼命。趁着敌人的合围还没有成功，我们向东突围！"

吴忠带领战士们从东寨门冲出去，看到东边汶上来的伪军嗷嗷地冲上来了，嘴里还喊着："土八路，你们被包围了，跑不了啦！"

"抓活的！"

"快投降吧！"

吴忠高喊一声："打——"顿时，机关枪、手榴弹一起打响了。汶上来的伪军本来觉得这是一伙拿步枪的土八路，正好捉住领赏，没想到八路军火力这么强，这么拼命，丢下几具尸体，一个个哭嚎着抱头鼠窜。

吴忠看到东边的敌人逃跑了，指挥着部队向前追了一段距离，果断地向北转向，闯出了包围圈。

新战士马三妮儿看着吴忠指挥八路军打仗，一开始看到伪军冲过来时还有点紧张，等八路军一个反冲锋，打得敌人鬼哭狼嚎地逃跑，觉得很解恨，觉得就像看一场大戏，他忘了自己已经是这个大戏的主角之一，等部队转移了，他才呆呆地反应过来，慌慌张张地跟上去。

昆张支队向着梁山方向一路急行军，把敌人甩在后面。

天全黑了，汉奸们不习惯夜战，也都退回去了。

吴忠带着昆张支队又转向西北方向行军，他一边走，一边找到管学思和东平县委书记兼县长赵效三，商量道："今天一天，就打了两场战斗，可见形势很严峻，好在都没有失利，这也说明一个问题，我们要驻扎的地方，不要再选择赵坝、拳铺这样的大村庄了。大村庄人来人往，不好警戒，应该选择偏僻的小村庄，四面不靠，封闭好，让同志们好好休息一下。"

管学思和赵效三都同意，管学思建议道："梁山西侧有一片大洼，属于我们昆山县的五区，也是原来寿张县的五区，方圆几十里没有人烟，只有一个小村庄叫洼里村，南面就是马营村，可以去那里。"

赵效三提议说："我们东平湖附近也有几个这样的小村，比如四柳树村，遇到情况还可以往湖边芦苇荡里撤退。"

吴忠说："我们今晚不如先去洼里村，敌人知道我们到拳铺去了，绝对想不到我们再杀回到马营村附近，就要让敌人感觉到昆张支队是神龙见首不见尾。"

管学思和赵效三都说好，于是队伍向着洼里方向而去。

今天早上大雾，下午大风，到了晚上，风停了，夜空澄碧如洗，暗蓝色的天幕中，一弯黄月亮斜挂天边，大大小小的星星跳出来，晶晶闪亮，不停地眨巴着眼睛。

星空下，远处呈现出大山起伏的轮廓，那是梁山诸峰，东面的一列是梁山，像一头俯卧的老虎，最南边的是虎头峰，虎头高昂。这是北宋梁山好汉聚义的地方，山上有石头垒起的宋江大寨，有黑旋风李逵看守的"黑风口"，有梁山义军大秤分金银的"散财台"，山下北面有宋江义军家眷的后寨，有蒸馍馍的馍馍台，前面有前寨、郝山头、马振扬，还有一个小独山。

梁山西边的一列山峰是凤凰山和龟山，南面是起舞的朱雀，北面是负重的灵龟。前面的凤凰山下，有大大小小的石洞，其中最大的石洞能装数百人。后面的龟山半山腰里，有一块像乌龟的大石头，正在慢慢地向上爬，老百姓传说，如果乌龟爬上山顶，整个梁山地区，就是遍地黄金，人人长寿，家家幸福。

队伍来到梁山南面的独山村附近。星空下，能看到独山像一把弯刀刺向夜空。独山村位于独山的北坡，村民祖祖辈辈在山南采石头、烧石灰，山的南侧被挖成了弯刀形状，还向下挖了很深很深。

昆张支队的干部和战士们这几年都在梁山一带打仗，对梁山都很熟悉，也都很有感情，当走过独山村西的时候，忍不住说起话来。他们想起了罗荣桓、陈光、杨勇指挥的独山战役，消灭了日军的一个大队，其中有天皇的一个皇族。梁山前的小独山，已经成了日本人谈之色变的坟墓，也是八路军战士最引以为豪的象征。

吴忠一边走，一边说："离开梁山这两个月，经常梦见这里，真想在独山住上一夜，看看咱们八路军打胜仗的地方！"

管学思也说："我也很想到独山看一看，看看当年消灭小日本的石灰窑，我有一家亲戚在村庄北面，那里靠着村北的一条小山沟，沟北面是一片老梨树行，结的都是长把梨，咬一口可甜了，而且那个小山沟能进能退。"

吴忠否决了这个想法，说："不行啊，没有必胜的把握，我们还是不能在独山打仗。这是我们整个八路军平型关大捷后的一个大胜仗，一直鼓舞人心，让咱们弄砸了，你我都担待不起，还是先去洼里吧，按照原定计划行事，等我们有条件了，在这里打一个大胜仗，让英雄的地方青史留名才行。"

管学思笑笑说："那我们说好了，将来我们昆张支队一定要在独山打一个大胜仗！"

队伍继续前行，从凤凰山西侧向西一拐，来到了洼里大洼。马三妮儿第一次走夜路，看着繁星点点的夜空，他想起在家里的时候，母亲和姐姐对他的呵护，夏天的夜里，母亲和姐姐轮流给他打扇子，怕蚊子咬他，冬天的夜里，母亲一边摇着纺车，一边给他讲故事："呼呼刮大风，树上落下来一个老妖精……"

他走累了，腿又酸又胀，他想停下来，趴在姐姐的肩头上摇摇晃晃地睡一觉，该多好啊！

他越走越慢，掉队了，郭志光排长发现了，让一个战士回过来接他，把他肩膀上的枪要过来，拉着他一起追赶部队。

这一片大洼东边是凤凰山下的凤凰集和青龙山下的张坊村，南边是薛屯，西边是马营村，都是大村子，有的地主有数百亩的土地。本来中间没有村，是一些为地主种地的佃户，为了生活方便在大洼的中间住了下来，形成了一个小佃户村。

洼里村只有二十几户人家，一百多口人，别看守着万亩土地，却是一个穷村庄，村里只有一片低矮的土房子、草棚子，因为这些土地都不是他们自己的，而是附近大村里地主的。村民都是附近地主家的佃户，但是这里的人们都很勤劳，利用地主家不要的柴草，堆积了很多大草垛。还有的人家就住在为地主看护庄稼而搭建的庵屋子里。

昆张支队来到洼里的时候，月亮已经下去，后半夜了，村里也没有民团打更，可以说，没有什么可偷的东西。村外一切都静悄悄的，只有天上热闹的星空和遍地秋虫的吟唱。

吴忠和邵子言商量，不去打搅老百姓的生活，布好岗哨，就在村边的草垛里、庵屋子里躺下休息。

雄鸡一遍遍高唱，天渐渐明了。

吴忠这才带着战士们进村，告诉村民，我们是八路军昆张支队，是昨天在马营打死了"大洋马"的八路军。

村民们看到是八路军来了，都非常高兴，拉着队伍亲热地往家里领，热情地烧水做饭，但是，村民们确实太穷了，许多人家都是吃了上顿没下顿，大都是靠水煮野菜充饥。战士们把自己米袋子里的小米倒出来，和村民的野菜煮在一起，像一家人一样亲热地在一起吃饭。村民很感动，有的把准备过年吃的风干野兔子肉拿出来，和战士们一起吃；有的把家里珍藏的米酒也拿出来，和战士们一起喝，战士们不喝酒，村民就不高兴，这是热情好客的梁山人的传统。

这一天，洼里村家家都像来了亲戚一样，热热闹闹。

郭志光在麦秸垛前教马三妮儿打枪，给马三妮儿讲起吴忠支队长十三岁当兵，十五岁当排长，三次爬雪山过草地，身经百战的英雄故事，试探着问马三妮儿能不能坚持下去，这里离马营村最近，如果坚持不了，他可以告诉支队长，批准马三妮儿回家。

马三妮儿想到母亲和姐姐的惨死，想到父亲的期盼，摇摇头，决心跟着八路军继续向前走，说别人能受的苦，自己也一定能受。

郭志光把马三妮儿揽在怀里，夸奖说："好兄弟，你将来一定行！"

马三妮儿又沮丧地低下了头，说："可是我觉得自己好笨啊！"

郭志光对他伸出大拇指说："你不笨，我相信你将来会成为我们八路军的大英雄！"

马三妮儿开心地笑了。

看到村民家里住得都很狭窄，战士们又回到村边的草垛和庵屋子去补觉了。

执勤的郭瑞功和一排的战士们拦住了几个要出去的人，其中有一个人，五十多岁，酒糟鼻子，满脸横肉，刚刚在村北拦住了他，他又跑到村南，村南拦住了，又跑到村西。郭瑞功觉得可疑，就来报告了吴忠支队长。

吴忠向村民一打听，这个人叫李明德，其实一点也不明，更缺德，外号叫"黑老鸹"，住在村北的一个庵屋子里，好逸恶劳，整天瞎跑，很早就和土匪有联系，土匪绑架的肉票，有时候就藏在他的庵屋子里。听说最近和日本人又联系上了，他有一辆自行车，整天有不三不四的人在他那里聚会。

吴忠和邵子言一合计，这个"黑老鸹"一个劲儿地想出村，一定是想向敌人报告八路军在洼里的行踪。

吴忠想了一个主意，让一个村民找了个借口，把他叫出庵屋子，侦察排长孟昭德去搜查他的住所，竟然在他的被褥里面，搜出来新民会的证件和日本特务工作队给他的指示。无疑这个"黑老鸹"已经投降了日本，成了一个日本人的特务。

吴忠口述，让于灿周写下枪毙特务李明德的布告，交给村长，然后让村民把"黑老鸹"放回去，假装撤掉村外的岗哨。"黑老鸹"回到他的庵屋子，看看四周没人，骑上他的洋车子，就往北面猛骑，早已埋伏在这里的三排排长郭志光和战士马三妮儿一起举枪射击，随着两声清脆的枪声，"黑老鸹"脑浆迸裂，一头栽了下来。

枪响的时候，随着枪托的撞击力，马三妮儿吓得两手一颤，枪掉在了地上！

郭志光一直在陪着马三妮儿射击，也在观察着马三妮儿的举动，他装作没有看见马三妮儿，高喊一声："打得好！三妮儿，你太棒了！"

马三妮儿惊讶地问道："是我打得吗？"

郭志光说："是你打的啊，怎么不是你，你已经打死了第一个敌人，祝贺你！已经是一个标准的军人了！"

战士们一起向马三妮儿表示祝贺，祝贺三妮儿打死了第一个敌人，马三妮儿已经成了一个打死过敌人的八路军战士！

于灿周让村长把布告贴在村口，许多村民来看，但是村民大多不识字，于灿周把布告读了一遍，村民们一听是枪毙特务"黑老鸹"李明德的，都拍手称快，说："可给俺洼里村除了一害！"

"'黑老鸹'这一辈子干坏事，绑肉票，这又当日本特务，早就该收拾他了！"

夜晚，万籁俱寂，秋虫的合唱正欢，小村庄早已进入了梦乡。吴忠醒了，看看怀表，正是半夜十二点，他抖掉头上、身上的麦草，走出庵屋子，让通讯员王林通知集合部队转移。

第十一章

四柳树突围

半夜十分，洼里村这个空旷原野上的小村庄里的人们睡得是那样香甜，昆张支队静悄悄地集合起来，站好队伍，小声报数，然后开始转移。

这次他们十分小心，先向北行军，然后再向东转弯，再向东南方向前进，走了六十多里。来到了东平湖南岸的一个四面不靠的小村庄——四柳树村。

这个湖畔的小村庄是明朝初年建村的，当初村边有一棵高大的死柳树，老远就能看见，就叫死柳树村，后来人们觉得不吉利，改成四柳树村。夏天湖水大的时候，这里就是东平湖的一部分，村庄四周一片汪洋；秋末湖水褪去，到第二年夏季之前，则会出现数十里沃野，可以种一季麦子；村庄有二十多户人家，都住在筑起的高高的房台之上，各家的房台连成一片，就是一个小村庄。这里一年只收一季，夏天发大水的时候，穷苦人家都要出门去逃荒，等到水退了再回来种麦子；只有富裕人家不用出去逃荒要饭。

来到四柳树村外，侦察班提前进村侦察，发现村里很安静，也没有打更的，吴忠带着战士们一起爬上村庄高高的房台。他让各排在村边等候，他带着管学思、赵效三、杨岗三个人进村，他们熟门熟路，找到村里那家有着高墙的院子，轻轻地敲门，不一会儿，大门里面一个声音问道："贵客从哪里来？"

吴忠一听就是户主崔守道那熟悉的声音，说："老朋友了，看看还能不能听出来？"

"莫非是吴——"

"哈哈，正是在下。"

门吱呀一声打开了："哎呀，真是你吴参谋啊！快快进来！还有同志们啊，一起进家吧！"

崔守道今年三十多岁，有二百多亩湖田，家境殷实，是村里最富裕的人家，不仅夏天不用出去逃荒，还结交各方面有头有脸的人。他少年时练过拳术，闯荡江湖十余年，三教九流无所不交，梁山一带的旧政权官员、土匪头子、运河船主和东平湖渔霸好多与他拜过"把子"，在当地很有名气。崔守道虽然社会背景复杂，人却非常爽快，平日好打抱不平，极有梁山好汉的遗风，在湖西附近一带很吃得开。吴忠在梁山打游击的时候经常来这个村里，和崔守道很熟悉。

崔守道家的院子很大，一个大石榴树上挂着晾晒的渔网，南墙根养着一群鹅鸭，它们被贸然惊醒了，不满地嘎嘎乱叫。

崔守道要给战士们安排住所，吴忠说："现在不比过去，形势严峻，不能都住在你家里，应该把三个排分别安排在村里不同的地方，咱们先去看一下地形吧，再来休息。"

崔守道说好，就带着吴忠和同志们一起在村里察看地形。

村西是一个场院，场院里都是麦秸垛，四周有一圈矮墙，吴忠看着笑了，说："真是个既能睡觉，也能防守的好地方！"他安排郭志光的三排驻守在这里。

他们从村南转到村东，看到有一条大沟直通东面的大运河，沟边有一户人家，也有几个大圆麦秸垛，吴忠又笑了，说："这却是个撤退的好地方，可以把一个排安排在这里。"

吴忠让郭瑞功带着一排战士睡在沟边的麦秸垛上。崔守道不忍心，说："哎呀，夜里太凉了，我叫开这家人家的门，让同志们到家里去睡吧！"

吴忠说："天还早，就不打搅群众了。"

吴忠带着二排回到崔守道的家，安顿好同志们休息，他和管学思、赵效三、杨岗一起跟着崔守道来到客厅里，说："崔兄啊，今天就不睡了，咱们兄弟好好合计合计，有很多事需要你帮着做呢！"

崔守道说："好啊，自从你们离开后，这里变化很大，我和乡亲们一直盼着你们回来，心里有好多话要和你们说呢！"

崔守道的妻子也起来了，说要做几个菜，吴忠拦住说："不用麻烦，咱们这样坐着说话就行。"

崔守道妻子说："你们大老远来了，必须吃点东西垫垫。你就别管了，我拣简单省事的做。"

不一会儿，卤野鸭、糟鱼、水煮花生米、猪头肉等四个菜上来了，崔夫人给斟上酒，就去休息了。

崔守道向吴忠讲起大扫荡之后的巨大变化，鬼子在周围的大安山、小安山、寿张集、戴庙、周楼、靳口等建起了据点，村村都架起了电话线；几伙汉奸都来家里劝自己当日本人的区长，自己坚决不干；小安山据点的中队长王允宪让我在村里建一个情报站，考虑到这事儿应该抓在自己手里，就让侄子兼这个情报站站长，王允宪还给了两部电话，有情况就给附近的小安山据点打电话报告。

崔守道叫起来自己的侄子，这是一个瘦瘦高高，看起来很腼腆的孩子。他侄子教给了接听电话的办法，就是把一根线搭到电线上，就能接通，能听，也能打。

吴忠对这个情报站很感兴趣，说："我们回来了，也需要有个情报站，就设在你这里，有情报和我们当地的干部联系，东平县县长赵效三、昆山县委委员吴力全、敌工部部长杨岗都可以联系，他们这次回来，就不回濮范观了。"

崔守道说："太好了，能给我们中国人做事，心里踏实。咱八路军有用得着我崔某的，请尽管吩咐好了，我一定万死不辞！"

崔守道的侄子拿出来一本登记的电话记录，吴忠仔细地看起来，只见上面写道：

"11月9日晚，郓城县政府电东平县政府，一股土八路百余人偷越封锁墙，窜犯梁山。为我县北九区中队追击围歼于马营。其遭到重创之后，向东南狼狈逃窜。"

吴忠看了哈哈大笑："郓城大汉奸刘本功真不害臊，明明'大洋马'被打死了，还说重创我们！"

大家也都哈哈大笑。

吴忠接着往下看，不由得大吃一惊：

"11月10日夜晚9时，寿张集中队长陈玉镜电告东平县县长张勉之，可靠情报，在马营遭到重创的小股土八路，昨晚潜伏于梁山西麓之洼里村，洼里是一个四面空旷的小村，潜伏一天一夜，临走打死了我情报人员一名。他们已经向东面而去，估计是东平湖附近的小村，经过沿途村庄询问，应该是东平湖南的四柳树村。我们已经前去追击，请协助，并请报告平井少佐。"

吴忠看完，不由得"啊"了一声，对管学思说："敌人已经知道我们在四柳树了，说不定已经来到了，快转移！"

赵效三看着杨岗说："我们的这位同学真是坏透了，他竟然成了日本人的

铁杆走狗了！"

赵效三指的是陈玉镜，是梁山东平湖西陈楼人，家里有湖田一千亩，长得白白净净，一表人才。赵效三和陈玉镜是小学同学，杨岗和陈玉镜是东平龙山中学的同学，后来陈玉镜考上济南一中，接触了国民党，回乡后成了东平八区的区长兼中队长。1938 年 8 月日寇占领东平县城以后，杨岗加入了共产党，杨岗积极劝说陈玉镜抗战。1939 年夏天，八路军一一五师教三旅来到梁山，任命陈玉镜为八路军昆山独立团团长，陈玉镜却大放厥词，大骂共产党，说自己是坚定的国民党党员，不仅不接受任命，还把任命书撕得粉碎。但是，随着日军势力的深入，国民党党员陈玉镜彻底投降了日本，成为伪寿张集据点的中队长。

吴忠咬着牙说："这小子标榜自己是国民党，却认贼作父，当日本人的走狗，以后还得好好教训教训他，叫他知道自己是中国人！"

这时候，侦察排长孟昭德闯了进来，说："四面都是敌人，还有日军，估计有上千人！"

吴忠说："快通知各排，迅速向村东集中，向大沟里撤退！"

这时候，村西传来了枪炮的轰鸣，驻守在村场院里的三排已经打响了！

郭志光三排的值班战士发现敌人从房台下面悄悄地爬了上来，再去报告已经来不及，就依靠场院边上的矮土墙向敌人射击！

攻上来的是西边寿张集据点陈玉镜的部队，就是他推算出了八路军可能藏在四柳树村，才组织了对八路军的这次围歼。这个狡猾的家伙看到八路军开枪射击，喊了声："卧倒！"其实，汉奸们早就都趴在地上，不再向前，耐心地等待中路的日军往前冲。

从村南爬上来的日军带着 92 步兵炮和掷弹筒开始向村中狂轰滥炸，村中的麦秸垛着火了，火光冲天，人们的哭叫、狗的狂吠乱成一团。日军宪兵队队长平井举着指挥刀，日军端着刺刀冲了过来，大喊着："呀——"

"呀——"

吴忠让"老虎"范广博的机枪班对付日军，三挺机枪对着敌人猛烈射击，敌人纷纷卧倒，匍匐前进。

吴忠趁机带着二排迅速向村东撤退，和一排汇合后，向大沟转移。

从运河里上岸的大安山据点王启成的伪军部队也冲上来了，从沟上嗷嗷叫着向前推进。

我们的战士悄悄地从沟里撤退，十分肃静，因为天黑，敌人竟然没有发现沟里面的人。

吴忠带着一二排撤退到运河里之后，发现郭志光的三排没有跟上来，村西面枪炮声依然激烈地响着，看样子已经撤不出来了。

吴忠让一排二排从后面冲上去，狠狠地打敌人的屁股。

日本指挥官平井看清楚了，八路军的主力已经逃到村东去了，于是组织日伪军一起调转枪口，集中向村东进攻。

村西的战场一时沉寂下来，排长郭志光小声说："我们赶快撤！可是村东是去不了了啊！"

宣传员于灿周此时正在跟随三排活动，他看看战士们都是外地人，对这里的村庄不熟悉，小声说："我的家就在这一带，大家跟我走！向北再向西，到我家侯集住下！然后再想法找大部队！"

郭志光点点头，说："太好了！"

于灿周带着这个排趁着夜色向北跑出了场院，溜下了房台，北面岱庙的敌人距离尚远，还没有形成包围圈。

于灿周带着战士们一路向西跑，马三妮儿扯着郭志光排长的衣角紧紧跟着，他们跑出了敌人的包围圈，然后跟着于灿周向侯集方向跑去。

吴忠听听村西已经没有了动静，敌人的力量已经全部集中到东部来了，再打下去就要吃大亏了。

吴忠大声说："好了，快撤！"

战士们边打边撤，通过大沟跑到了运河边莽莽荡荡的芦苇荡里。

敌人在后面追不上这些久经夜战的八路军，对着芦苇荡又是发掷弹筒，又是打大炮，轰轰隆隆打个不停，可是，我们的昆张支队早已经在芦苇荡里向南一拐，跑得远远的了。

第十二章

拔除陈庄钉子

吴忠带着昆张支队两个排的战士们在芦苇丛中穿行，地上不时有大大小小的水洼，他们穿着布鞋深一脚浅一脚地从水洼中踩过去。吴忠一边走，一边还在念叨着丢失的三排，不知道他们到哪里去了，甚至不知道这些同志们是生是死，真是十分牵挂啊！

管学思是汶上西部的人，小时候来过运河西的这个地方，看到离开四柳树村已经很远了，觉得敌人不会跟来，就把队伍带出芦苇荡，来到岸上，干松的沙土地很快把湿漉漉的布鞋给拔干了，脚里面不再那么难受了，前进的步伐也大大加快了。

过了红庙村，他们直接向西拐，准备到梁山一带住宿，吴忠对管学思说："敌人已经知道了我们爱住这种偏远的、四面不靠的小村庄，这次，我们反其道而行之，上梁山，住张坊大据点附近，让敌人摸不清我们的轨迹。"

管学思说了声好，在前面领着加快了步伐。这时，东边天空中的云朵开始由黑变红，由红变亮，出现了满天彩霞，霞光四射，天渐渐明了。

前边出现了一个村庄，吴忠考虑到天明之后不好隐藏，对管学思说："不能再走了，天明了行军目标太大，我们就在这个村庄暂时住上一天吧。"

管学思说："也好啊，这个村庄叫陈庄，村子不大，也不小，敌人压根儿想不到我们会住在这里。"

队伍停在村边一处高高的麦秸垛旁边，侦察班长孟昭德带人去到村里打探，看到村庄西北角有一户人家的院墙很矮，就打着人梯，翻过院子，来到窗台下问道："家里有人吗？"

一个老太太警惕的声音传来："你们是干啥的？"

孟昭德说："我们是队伍上的，想住一下。"

老太太生气地说："村东就有钉子，你们不去住，住俺老百姓的低房浅屋干什么？"

孟昭德一听村东有钉子，就是敌人的据点，马上退出来，向吴忠支队长汇报。

吴忠觉得即使这个村里有敌人的据点，白天也不能再跑了，再跑会被敌人追击，不如趁机消灭了这股敌人。就带领队伍从村北绕过村子，来到村东，看到有一个青砖大院，很是气派，走近一看，是陈姓的家族祠堂，大门紧闭，觉得敌人可能就驻扎在这个大院里。

孟昭德和几个战士见到一位背着粪筐早早出来拾粪的老头，问他："老大爷，前面的大院是不是汉奸队的钉子？"那老汉不理他们。孟昭德认为老头耳背，又大声问了一遍，那老头生气地说："我听得见，和这帮人有来往的，也不是什么好人！"

孟昭德看出来这是一个直爽的老汉，就笑了，说："老大爷原来不聋啊，我们是八路军昆张支队，我们今天要把汉奸的钉子拔了！"

老汉高兴地说："嗨，是咱们自己的队伍！你早说啊！那可不就是汉奸队的狗窝？我领你们过去！"

这个地方离梁山西部较远，敌人很麻痹，竟然没有人站岗。孟昭德和战友们就搭着人梯，爬上了高墙，他们转到矮房顶上轻轻跳下来，悄悄打开了大门。

孟昭德来到正房窗下，看到里面的伪军在横七竖八地睡觉，墙上挂着一溜步枪。

孟昭德用手拨开门闩，推开门，有人听见声音，迷迷瞪瞪地问："干吗呢？"

孟昭德说："撒尿。"

说话的人骂了一声，又睡了。

孟昭德端着两把盒子枪，带领战士们冲进来，对着睡觉的汉奸们大声说："你们被包围了！快起来！"

有人想爬起来向墙上摘枪，孟昭德砰的一枪打在这个汉奸的手腕上，这个汉奸疼得嗷嗷大叫。

孟昭德说："起来，抱着头，到院子里集合！"

听到枪声,吴忠和院子外面的战士们一起冲了进来。看到汉奸们一个一个抱着头走了出来,乐了。

原来这里住有汉奸一个中队,一百多人,吴忠让一个汉奸找出花名册,副连长郭瑞功按照花名册点名,结果有十几个人不在据点里。

郭瑞功大声问:"你们队长呢?那些人都干什么去了?"

汉奸们都捂着嘴嘿嘿笑,不说话。

郭瑞功朝边上一个汉奸踢了一脚,呵斥道:"笑什么笑,说,照实说!"

那个汉奸说:"到村上找大姑娘小媳妇们睡觉去了。"

郭瑞功又问:"真混蛋,在哪里?你领着我们去抓他!"

那个汉奸说:"说不准,今天在这家,明天在那家。"

有一个汉奸说:"不用去找,一会儿天明了,该上操了,准会回来的。"

吴忠让汉奸们都原地坐下休息,让几名战士藏在大门后面,来一个捉一个,来两个,捉一双。

就剩下伪中队长张世文了,这个家伙今年四十多岁,是个秃顶,也是个五毒俱全的土匪头子,曾经在梁山寨西面的郝山头占山为王,整天欺男霸女,无恶不作,百姓称呼其为"张秃子"。吴忠和八团四连曾经和他打过交道,当时吴忠带着四连经过梁山,张世文带领土匪打过黑枪,大个子的机枪手范广博被打伤了肩膀,到现在子弹还没有取出来。吴忠当时也曾带领队伍上山围剿过这伙土匪,但是无奈梁山山沟纵横,树林茂密,这伙土匪地形熟,神出鬼没,没有找到这伙土匪的下落,也就只好作罢。

后来,张世文主动投降了日本人,被任命为中队长,驻扎在陈庄据点。真是冤家路窄,吴忠和战士们没想到在这里遇到了张世文团伙。

今天,"老虎"范广博一听伪军中队长是张世文,新仇旧恨一起算,端着机枪躲在大门后面,他说要把张世文打成筛子。战友们好说歹说,才把他的机枪夺下来,劝说道:"我们都在这里呢,他进来能跑得了?给你一只手枪,对着脑袋打开花,行不行?"

太阳已经慢慢升高了,同志们也都饿了,炊事班长白志明带着钉子里的伙夫们一起做饭,饭快做熟了,可是张世文还没有来。

外号"小钢炮"的副连长郭瑞功性子急,不停地问俘虏们:"张世文今天会不会去别的地方了,不来呢?"

俘虏们大包大揽地说:"不会的,他昨天还在呢!"

过了一会儿,一阵轻快的口哨声由远及近飘了过来,张世文骑着自行车、斜挎着盒子枪潇潇洒洒地过来了。他来到钉子门口，下来自行车就径直往大门里进，被一个战士夺下自行车，两个战士将其按倒在地。

他看看抓他的人都穿着便衣，挣扎着，大声嚷道："乱闹什么，别闹了！"

两个战士把他的手拧到后面，拉起他来，说："没闹，抓的就是你！"

张世文看看抓他的人，不认识，认为是哪伙土匪，不服气地问："你们是那个山头的？头领是谁？"

"老虎"范广博冲上来，拍着胸脯大喊道："老子是八路军山头的，上次在梁山下被你打了黑枪，还没捉住你呢！"

张世文看到自己的队伍被下了枪，在院子里坐了一地，知道这次是真的遇到八路军了，他脑子里在怀疑，这伙八路军怎么跑到我的地盘上来了？

战士押着张世文来到吴忠跟前，吴忠问："认识我吗？"

张世文看了看，摇摇光秃秃的脑袋。

吴忠冷冷地说："我是吴忠，现在带着八路军昆张支队又回来了。"

张世文叫了一声："我的娘啊！"立刻瘫倒在地，知道这回完了，怎么拉也拉不起来。

吴忠正要对张世文训话，这时候，正房里的电话铃响了，吴忠让押着张世文进屋，先让伪军电话员接电话。电话员接了电话，说是东平宪兵队队长平井少佐让翻译官杨子臣打来的，电话那头让张世文来接电话。

吴忠示意张世文去接，对他说："你应该知道自己该怎么说！"

张世文接了电话，一边听，一边说："太君问我这里情况？很好！我早晨不在？早晨我下村去视察了，没在中队。什么，有一支小股八路死里逃生，跑了？没到我这里来，我这里一切照旧！是，请你报告太君！请相信，我一有情况，马上报告！"

张世文打完电话，觉得自己立了一大功，长喘一口气，得意地看了吴忠一眼，知道自己的命是保住了。

吴忠也想把张世文和这伙伪军都放了，这时候，大门外面涌进来一大群老百姓，原来是拾粪的老头告诉了村里的群众，一传十，十传百，都呼啦啦地赶来了。

一个扛着锄头的男人大声喊道："张秃子，我扒了你的皮，你霸占了我老婆，还捆起来打我！"

一个老太太迈着小脚，拄着拐棍，哭着喊道："张秃子，你还我的女儿，是你逼迫我女儿，我女儿不从，你就开枪打死了她！"

一个老汉老泪纵横，号啕不已："你们这些坏种，霸占我们家族祠堂，我族里人不同意，你们挖坑活埋了我陈庄一十八口人呐！"

吴忠听着，他脸色气得发青，牙咬得咯嘣响，大声说："乡亲们，这个龟儿子丧尽天良，我们今天就送他去见阎王爷！"

"老虎"范广博一手提机枪，一手从地上提起张世文，要去打死他。战士们再一次夺了他的机枪，给他一把盒子枪。

乡亲们说："还用枪吗？盒子炮也不用啊，我们用镢头就能夯死他，也省下一颗子弹，让八路好打鬼子。"

"老虎"范广博的拧巴劲儿上来了，他拍着肩膀说："我这里还有张世文打的子弹呢？我做梦都想把张世文打成筛子啊！"

吴忠说："你把他打成筛子，这群众怎么报仇呢？人家这里家家都是血海深仇啊！"

"老虎"看着这些怒火中烧又可怜巴巴的老百姓，说："行，张世文就一条狗命，报了群众的仇，也就等于是报了我的仇了！"

范广博和副连长郭瑞功提着张世文，想到村外的树林子里砸死张世文，百姓们跟着一路哭骂，一些群众等不及，刚过了一个路口，一根大木棍夯在张世文头上，八路军已经拦不住了，群众一起动手，张世文就被砸死了。

百姓们回到祠堂里来，又给吴忠支队长提出要求，这些汉奸要全部赶走，都跟着张秃子学坏了，全钉子没几个老实本分的好人，应该全部赶走，坚决不能再让他们留在这里祸害百姓了！

吴忠听从了百姓的意见，要汉奸们把枪都留下，写下悔过书，吃过饭之后，各自回家好好种地，不允许给日本人做事，不允许干伤害老百姓的事情。

伪军们都被遣散完了，吴忠让陈庄的百姓再把祖宗的牌位请回来，恢复家族祠堂。

吴忠和管学思看着汉奸们留下的枪，有机枪三挺，盒子枪五把，步枪一百多条。开始觉得有些发愁，因为昆张支队来的时候，机枪、步枪都带得很全，汉奸们的机枪、手枪可以带走使用，可是这么多步枪根本没法带。

吴忠问赵效三这些步枪怎么办？

赵效三说："有枪好啊，我要把我们的东平县大队给拉起来，就不用当光杆司令了！"

吴忠高兴地说："那就太好了！别说能把县大队拉起来，能把一支区队拉起来也好啊！我们昆张支队就有了帮手，这是我们来梁山意外的收获。"

赵效三来到围观的老百姓中间，他说："我是共产党的东平县委书记兼县长赵效三，许多人认识我，八路军昆张支队给我们报了仇，还给我们留下了一百来支钢枪，这可都是真家伙啊！我们可以成立一个县大队，和八路军配合着打仗，愿意参加的报名啦！"

百姓们看到八路军打死张世文，驱走汉奸队的场景，都很振奋，报名的很多，有两个大姑娘也要参军，问赵县长要不要。赵效三说，当然要，我们队伍里的女党员、女八路、女干部有的是！当天就有一百多人拿起了枪，参加了共产党东平县大队，一百多条枪都不够分得了！他们对手中的钢枪爱不释手，决心要好好地跟着共产党八路军打日本鬼子，锄汉奸。

第十三章

寻找丢失的三排

昆张支队吴忠支队长在陈家祠堂看着汉奸们写《悔过书》的时候，想起来在四柳树丢失的郭志光三排，心里一下子又纠结起来，就叫来孟昭德侦察班的几位战士，让他们化妆一下，到附近的村庄去找。

孟昭德骑着张世文的自行车，斜背着盒子枪，像一个松松垮垮的汉奸，他的骑车技术非常好，不用抓车把，甚至一个轱辘腾空，照样骑得飞快。

矮个子的侦察员赵大牛问一个村民，怎么才能像一个走村串户的生意人，那个村民把自己卖干鱼的挑子借给他，教给他怎么吆喝，赵大牛学会了，"干鱼喽，干鱼干——"一路吆喝着走远了。

有的战士借来群众的染布车子，推着小推车，"喤——喤——"敲着小铜锣，去各村收棉布。有的背着粪篓，夹着一个长把的铲子去假装拾粪，沿途打听有没有一支小部队。

就在吴忠等支队的同志们挂念郭志光排的时候，郭志光、于灿周他们也在寻找自己的部队。

原来，郭志光的三排被敌人包围的时候，吴忠指挥一排、二排打了一下日伪军的屁股，敌人集中兵力向东去消灭我主力，三排趁机跳出了敌人的包围圈。在宣传员于灿周的引导下，绕了一个大弯儿，向侯集方向跑起来，他们也经过吴忠刚刚过去的一片芦苇荡，可惜没有遇到。

天明了，于灿周带着这个排来到运河边，河虽然不宽，但是很深，河水冰凉，没法过河，有战士指着河的对岸，说："快看啊，那边有一条船！"

不错，正有一条小船孤零零地飘在河对岸，同志们又灰心丧气地说："可惜啊，是在河对岸，没法用啊！"

于灿周笑了，他从河边的一块大石头上解开绳子，一点点地拉绳子，不一会儿，那条小船轻轻地飘了过来，引起同志们一阵欢呼。

于灿周让郭志光排长和同志们坐上船，可是，这船上没有船桨，没法划行，于灿周并不说话，只见他用另一条绳子一拉，这船又慢慢地驶向对岸了！

到了第三趟的时候，同志们都坐上船，只见于灿周脱了棉袍子，又脱了帽子和鞋子，扔到船上，光着屁股在地上不停地跳着取暖。

同志们都哈哈大笑，问他这是唱的哪出戏？他也不说话，解开石头上的另一条绳子，唰唰地拉起来，小船飘悠悠地又驶向了对岸。

同志们想起来了，于灿周他怎么过河呢？

只见他扑通一声跳进运河里，炸开一个大大的水花，然后飞快地向对岸游来，在晨曦中，于灿周长长的身体像一条大鲤鱼一样在水里翻滚着，蹿得非常快！让人们想起《水浒传》中的一个人物外号，就是"浪里白条"，这边船上的人还没有上完岸，于灿周已经爬上岸来，在地上不停地跳着，抖落一身的水珠。

真不愧是大运河之子！

过了河，他们来到侯集村，这个村子没有打更的。于灿周领着同志们来到自己家门口，叫醒父亲给开了门。

于灿周的父亲脸瘦削，头发胡子都白了，一看是小儿子回来了，惊得不停地揉眼睛："老二，你没死啊，都说日本鬼子'铁壁合围'的时候，把你们给打死了！我相信你是个好孩子，不会不要爹的，我整天在家里等你，夜里从来不脱衣服睡，你，真的回来了！你这是跑哪里去了啊？"

于灿周赶紧搀扶着爹，亲亲热热地说："您老人家都好好的，我还没给您娶来儿媳妇，哪敢死啊！我和战友们都跑到濮范观去了，这不，跟着吴忠支队长又打回来了！"

于灿周的父亲这才看到，在儿子的身后，是一群身穿便衣扛着枪的年轻人。于灿周的父亲忙不迭地说："快，快进家吧，孩子们，外面冷！"

于灿周的娘已经过世了，哥哥于亮周和嫂子都在家，听到大门口有说话的声音，于亮周穿好衣服走出来，看到是弟弟带着自己的队伍来了，忙着打招呼，请到堂屋里坐，屋里坐不开，又请到东厢房里坐。嫂子不说话，已经到厨房烧水做饭，很快下了一大锅葱花面条。许多战士已经端上碗，可是家里的碗筷不够了，小户人家，平常没有这么多碗筷。

哥哥到邻居家里去借碗。于灿周家的后面是他的叔伯兄弟于济周，于济周听说来的八路多，要借碗筷，就说："借什么碗筷？咱自己的队伍来了，你家里住不开，分开几位到我家里来吃住吧。"

八九个战士就来到于济周家里吃饭和休息。

于灿周向哥哥于亮周说起在四柳树和支队长吴忠分开的事，希望帮着去找队伍，哥哥于亮周去找村里的党员、村长齐保民。齐保民听说自己的队伍回来了，高兴得不得了，找了几个可靠的村民，准备让他们装扮成卖馍馍的，分头去找吴忠的队伍。原来，齐保民自己开着馍馍坊，平常在家蒸那种梁山特有的高馍馍，非常筋道，很受欢迎，老百姓平常是舍不得吃，只有给老人、孩子、病人或者遇到红白喜事才舍得吃。

齐保民说："灿周啊，你要写一份条子，我们带着条子去找，找到以后让他们相信我们的话，来接你们啊！"

于灿周想想也对，就找了一张草纸，撕成几份，唰唰地写道：

"我们在侯集，勿念，由我村村民去找你们，找到后来接我们。于"

侯集村卖馍馍的车子分成几路出发了。

于亮周推着馍馍车子在野外大路上遇到一个汉奸模样的人，一辆崭新的洋车子骑得飞快，到了于亮周的馍馍车子旁，唰地一下立刻停住了，大大咧咧地问道："你是哪个村的？"

于亮周反问道："看见我卖馍馍了吗？十里八乡都知道我们村的馍馍坊最有名，你知道是哪个村的不？"

骑车人不回答，又问："见到过一伙土八路不？"

于亮周本来就对这个人很反感，听说叫弟弟的部队是土八路，认为这个人是铁杆汉奸，说了声"没见到"，就低着头匆匆离开了。

于济周在路上又遇到一个担着挑子卖干鱼的，于济周问道："二哥，你是哪个村的？"

这个人是侦察员赵大牛，他是个山西人，忘了刚才在的村子是陈庄，说："我住得远了。"

于济周一听说话不是本地人，就不再理他，赵大牛问道："你们村里有一伙部队不？"

于济周对这个人信不过，看他打听部队的事儿，恐怕他是东平宪兵队派来的特务，就说："没见。"

再说齐保民推着馍馍车子走街串巷，他来到陈庄，去给汉奸队送馍馍，想掏出良民证来接受检查，一看大门开着，伪军们都垂头丧气地坐在院子里，一伙便衣队端着枪看着，齐保民就去问伪军的司务长："老哥，今天是怎么回事儿？"

那个司务长说："一大早就被八路军缴枪了。张世文被老百姓砸死了，这帮汉奸都在写保证书呢，写了保证书，就放他们回家。"

齐保民又问："八路里面有没有一个叫吴忠的？"

司务长苦笑着说："不是他还是谁呢？现在谁敢钻到日本人的地面上来啊？"

齐保民高兴地问哪个是吴忠队长，吴忠看了看这个送馍馍的人，不认识，齐保民掏出一封信，说："吴队长，您不认识我不要紧，你一定认识这个写信的人！"

吴忠打开信一看，一颗悬着的心落了地，高兴地对管学思和同志们说："你们看啊，我们的三排找到了！"

大家一阵欢呼，都争先恐后要跟着这个送馍馍的人去找三排。急性子的副连长兼一排长郭瑞功拉着齐保民的手就要走。

吴忠生气地说："老郭啊，都叫你外号'小钢炮'，你还真的就是这种急性子，怎么说你好呢？这位老乡来送馍馍，还没结账呢，明天汉奸队解散了，人家找你去要钱？再说已经到吃饭的时间了，你不吃饭，也不让人家来送信的人吃顿饭再走吗？"

于是大家热情地留齐保民吃饭，白志明和伪军伙夫炒了大锅菜，还有村民给的小鱼干，伪军伙夫又找出来汉奸们还没喝完的酒，大家端着碗，手里夹着齐保民送来的梁山高馍馍，陪着汉奸们一起吃了顿散伙饭。

下午阴天了，不知道什么时候太阳隐去，西北风慢慢地刮起来了。因为怕走漏风声，昆张支队还没有放汉奸们走。

突然，有一个人急匆匆地闯进陈家祠堂，看到身穿便衣的昆张支队在这里，大声说："吴支队长，还真让敌人说对了，你们果然在这里啊？"

大家一看，原来是四柳树的崔守道，吴忠赶紧招呼："崔兄，怎么也赶到这里来了？"

崔守道头上在冒汗，气喘吁吁地说道："你们在我四柳树被鬼子们包围了，一个排不知道去向，我能不着急吗？我去了好几个据点，都没有打听到咱们那一个排的下落，这不，我从梁山张坊钉子回来，敌人已经算出来你们在陈庄，我就赶到这里来汇报，没想到你们把这个据点的汉奸都收拾了！"

管学思说："不仅收拾了这些汉奸，还找到了我们丢失的那个排，他们就在侯集，这不，侯集送馍馍的带来了他们的消息，已经派人去接他们了！"

崔守道高兴得一击掌，说："太好了，太好了！"

吴忠问："梁山那一带敌人的情况怎么样？"

崔守道介绍说："梁山北面有一个青龙山，青龙山下有一个大村叫张坊，张坊钉子里的中队长田树太，外号叫'二老天爷'，是梁山东面田大店人，和田子珍是一个村上的，可是这个家伙长得小鼻子小眼，既坏又刁，是个天不怕地不怕的愣头青，他的口头禅是'天爷爷老大我老二'，人们就送他外号'二老天爷'。"

大家听了"二老天爷"的外号，都笑了，如果不是缺心眼，就是太狂妄，谁敢和老天爷比啊，不怕天打五雷轰？

吴忠疑惑地问道："我原来怎么不知道这个龟儿子？"

崔守道说："这个地方原是寿张县的地盘，咱们共产党昆山县成立后，成了昆山县的地盘，八路军走后，让郓城县伪县长刘本功给占领了，把他的一个营安插在这里，这个营长就是'二老天爷'田树太。这个家伙仗着有三百多人，还有郓城刘本功撑腰，无恶不作，抢了十好几个民女做他的女卫兵，也是他的小妾，他和他的士兵到山下的集市上买东西，从来不兴给钱的。这次我到张坊钉子里打探咱们部队的情况，他竟然说，早知道在四柳树包围八路军，我就派人去打仗了，根本不把我们八路军放在眼里，真要好好收拾他一顿才行！"

吴忠摇摇头说："现在还不是时候，我们这次是来摸清情况的，还不能主动打硬仗，不过，这一笔我们先记下，早晚我们要收拾这个龟儿子！"

崔守道说："我刚从张坊那里来，听'二老天爷'说，东平宪兵队长平井打陈庄的电话打不通了，派来的汉奸在村外发现有便衣，说八路肯定在这个村，约定明天一大早，让张坊钉子里的田树太来围攻陈庄。"

吴忠气得哼了一声，说："是这样啊，这一仗，不打也要打了！要打，我们还真不能在陈庄打，赵效三的东平县大队刚刚成立，新参加的队员还打不了仗，对严酷的环境还有顾虑，我们走，到'二老天爷'的眼皮底下去揍他！"

商量完，吴忠安排尽快遣散伪军，让赵效三的县大队到北边的东平湖里去避避风头。

晚饭的时候，小村里生起了袅袅炊烟，郭瑞功带着三排的同志们高高兴兴地回来了，于灿周第一个冲进院子，大声喊着："吴支队长，我们回来了！"

院子里响起了一片欢呼声，虽然才过了多半天，就像分别了几年一样，抱在一起打转转，看看是不是少了什么"零件"，结果当然是一根汗毛也没少。

吴忠、管学思看着同志们闹成一团，也高兴地频频点头。郭志光排长把分别后的经过向吴忠、管学思讲了一遍，还专门表扬了于灿周机智勇敢。于灿周不好意思地低下了头，捻着衣服角，说："我这算什么，照我们的英雄支队长差远了！"

管学思伸出大拇指，说："你小子，学习的目标还不低呢！你就照着吴支队长学，一定还会进步！"

天全黑了，开始下雨了，西北风吹起来，冷得厉害，吴忠安排集合起队伍，给陈家祠堂关好大门，悄悄地离开陈庄，向着梁山方向挺进。

第十四章

雪夜上梁山

呼啸的风声在树梢上打转，天气越来越冷，夜色越来越浓。昆张支队在夜色中穿行，北风像刀子一样，割得脸生疼，同志们却走得有些冒汗了，蒙蒙的细雨开始变成冰粒子和雪花，吹到嘴唇上，有些冰凉，也有些滋润。

昆张支队离开陈庄，向着梁山方向前进，他们这次是要到梁山脚下，截住"二老天爷"田树太的队伍，狠狠地揍他一顿，防备他去恢复陈庄据点，也保护刚成立的东平县大队。

雪越下越大，飞舞的雪花落在战士们身上，渐渐地给他们披上了一层银装。在雪色的映照下，天地间不再那么黑暗了，能看到脚下通往梁山的官道。

吴忠恰好和宣传员于灿周走在一起，他对于灿周说："小于，我们这也是雪夜上梁山啊，你猜，我想起什么来了？"

于灿周想了想说："该不会是想起《水浒传》中林冲雪夜上梁山的情景吧？"

吴忠笑了，说："嘿，还真叫你给说对了，我还真是想起《水浒传》中林冲在雪夜中被逼上梁山的场景了。"

于灿周惊喜地说："是啊，《水浒传》我也很爱看，林冲大雪之夜被逼上梁山那一段写得真是活灵活现，咦，支队长为什么也喜欢看《水浒传》？"

吴忠说："我原来就看过，这两年不是在梁山抗战吗？也就爱上了这里英雄的土地和人民，把《水浒传》又翻来覆去看了好几遍，对《水浒传》中的一些故事记得比较深。当时作为八十万禁军教头的林冲得罪了高衙内，发配沧州，被分配看守草料场。他在草料场看守时，又遭到陆谦、富安放火暗算。因大雪压塌了住处，来到一个破旧的山神庙暂住一宿，林冲幸免于难，凑巧陆谦和富安、牢城管营也来到山神庙，林冲听见门外的谈话，得知自己被陷害的真相，恼怒中，提枪戳死三人，冒着风雪连夜投奔了梁山泊。"

于灿周的谈兴被勾起来了，大声说："对，对，我还记得《水浒传》中写的那些话：时遇暮冬天气，彤云密布，朔风紧起，又早纷纷扬扬下着漫天大雪。行不到二十余里，只见满地如银。"

吴忠说："林冲那是被逼着上梁山，落草为寇，我们是主动上梁山，去打鬼子和汉奸，意义不一样。"

于灿周说："对，说得太对了！"

前边的"小钢炮"郭瑞功听见了，闷声闷气地说："我可不喜欢林冲，什么事儿都谨慎得要命，净委屈自己，还不如'黑旋风'李逵呢，手持两把板斧，杀他贪官，夺他鸟位，活得多自在啊！"

战士们都参加进来了，七嘴八舌，有的说喜欢阮氏三兄弟，有的说喜欢好汉武松，有的喜欢花和尚鲁智深，真是每个人心中都有自己喜欢的英雄，也可见这部《水浒传》是多么深入人心。

不知不觉，队伍来到了梁山东北角的一个小村庄，管学思说："看，前面的这个村庄叫馍馍台，村南有一个像圆馍馍一样的大石头，相传是梁山好汉在这里分馍馍的地方。这个小村庄很小，也就十几户人家，村庄的西边挨着还有一个小村，叫晒粮场，有一块很平整的大平台，相传是梁山义军晾晒粮食的地方。我们不能再走了，再向前走，就是两个大村庄——后集和张坊了。后集是梁山义军的后寨，也叫后店子，是梁山义军的家眷生活的地方，村子很大，有三千多人，再向前便就是张坊，也有三千多人，张坊村前就是田树太的钉子。"

吴忠决定在馍馍台和晒粮场这两个紧挨的小村庄住宿，以便于警戒。看到村庄里的人们都已经休息了，黑灯瞎火，不便于再去打搅村民们。吴忠带着战士们来到村外的麦秸垛，让同志们倚着麦秸垛，挤在一起睡觉，这样能够暖和一些。

吴忠召开支队会议，研究怎样去探听敌情，以便于布置打"二老天爷"的埋伏。他决定派一个小队先去捉上几个汉奸来，好问明情况。

二排长杨炳银闹开了："支队长，这次你不能再偏心了，这个任务就交给我们二排吧！"

吴忠问："为什么？"

杨炳银说:"我们这次来梁山,你都是爱安排一排郭瑞功和三排的郭志光,好像我二排不存在似的,等我们回到根据地,人家都立功受奖,得表扬,我二排寸功未有,战士们不得骂死我啊!"

吴忠笑了,说:"也行,抓舌头的任务,你就带着几个人跟着侦察班孟昭德一起行动,等打伏击的时候,以你们排为主。"

郭瑞功不干了,说:"吴支队长过去最公平了,知道好钢用在刀刃上,你们自己闹着要任务,我们这次任务这么重,如果打了败仗,你能担待得起?"

三排的郭志光一个劲儿地偷笑。

杨炳银急了:"你笑什么笑?有什么可笑的?"

郭志光说:"打仗,要看你会打不会打,会打了,到处都是机会,不会打了,敌人在眼皮子底下,也可能抓不住,还说不准被敌人吃掉呢!"

杨炳银拧着脖子说:"就你会打仗,我不会打仗?看你能的!就你那白面书生的小样儿,像戏台子上的张生一样,还是滚回山西永济县找你的崔莺莺去吧!"

吴忠说:"杨炳银,你还去不去抓舌头了,如果老在这里耍贫嘴,我就另外派人了!"

杨炳银赶紧说:"走,走,俺走还不中吗?'黑铁塔'老孟呢?"

杨炳银在二排叫了十几个战士,又找到侦察班长孟昭德,跟着孟昭德一起去抓舌头。他们相互拉开距离,仿佛若无其事的样子,从后集村边上沿着青龙山山根向前走,都快要走到张坊村了,也没有看到汉奸。

再往前走,就是张坊钉子了。只见青龙山顶上有一个高高的炮楼,炮楼上面有一个探照灯在不停地旋转,借着探照灯的光,可以看见山坡上有十几排平房,再往下是一圈鹿砦,那里就是"二老天爷"的据点。这时候,只有雪花在光影中无声地飘飞,据点里没有任何动静。

杨炳银急得抓耳挠腮,说:"到处都没有汉奸,他们也不出来,咱们悄悄进去抓他一个出来?"

孟昭德摇摇头说:"不行,张坊的据点是大据点,据说是一个营的编制,有三四百人,你说进去抓汉奸?这个可使不得,这就变成强攻敌人的据点了!我们不如查看好进出张坊据点的道路,再回去给支队长汇报。"

杨炳银一个劲儿地埋怨:"你看看,本来争着要来上任务的,真倒霉,这不,还是没完成任务啊!"

接着,他们经过后集的街里面,来到街道的东头,前面就是他们支队休息

的晒粮场村了，杨炳银却不肯向前走了。

孟昭德走了老远，发现杨炳银和二排的战士没有跟上，用梁山话骂了声："这个熊'一根筋'，咬着屎橛子不松口，真是个'老倔牛'！"只好转回去找杨炳银。

拐过一个路口，路南的一个灯火通明的地方，传来一阵阵吵闹声，走近一看，是一个大车店，红色的灯光是大车店门口的灯笼，里面喊叫的声音一浪高过一浪。

杨炳银和战士们正在这里扒着门缝向里面看，看见孟昭德过来了，问道："'黑铁塔'，你是当地人，你说这是什么人，半夜不睡觉，咋咋呼呼？"

孟昭德一招手，说："走，进去看看！"

他们让同志们在外面守门，两个人走进大车店，这是一个五间连在一起的大筒子屋，只见里面灯光昏暗、空气污浊，劣质烟草的气息、人们的汗液、地上沤烂的麦草的酸臭，还有一些说不上来的味道，搅和在一起，让刚从雪野里走来的人简直喘不过气来。

在大屋的里面角落里，是两三个高桌，二三十个伪军正围在一起，里面的坐着打牌，外面的在围观和指挥，从街上就能听到的叫嚷声就是从这里发出来的。

这帮伪军正在聚精会神地推排九，这是一种在梁山特别时兴的赌博术，据说是从宋代流传下来的，明清以后特别是民国时期，在鲁西南最为流行，一般都用兽骨和竹子镶嵌制成，叫"骨牌"，也有用象牙制成的，叫"牙牌"。他们今晚在大车店里用的，是那种最劣等的竹牌：全部用竹子做成，染成黑色，一面刻上点数。

推排九又有大排九和小排九之分。大排九的玩法是每次每家发四张牌，拿到牌以后，做成一前一后两对牌，然后才能跟庄家去比大小，是输是赢，除了牌好坏之外，还要看配牌的本事。而小排九的玩法比较简单，每家每次只发两张牌，拿到牌以后，只要把牌翻过来，就可以跟庄家比大小、定输赢，是输是赢全看牌的好坏，是"对子"的，按"天地人和梅长板斧……"的顺序比，不成对儿的，比点数大小，最大的是九，这也是叫"排九"的原因。这种小牌九因为一把定输赢，所以也叫作"一推两瞪眼"。

汉奸们有的把枪扔在一边打牌，有的搂着枪观战，观战的人因为不怕输，喊得特别起劲儿：

"丁三配二四——绝配！"

"七七八八不要九，来九就砸手！"

"五六不要七，二四来登基！"

"对子底下去鳖十，皇上底下没穷人！"

大车店的中间，有一个大火炉子，火炉旁有一个身穿皮袄的中年人，一看就是这个大车店的掌柜，正在看着这帮汉奸唉声叹气。

孟昭德问掌柜模样的人："掌柜的，这帮当兵的怎么在你旅店里打起牌来了，吵吵闹闹的，咱们怎么住店啊？"

掌柜的认为他们是要住店的客人，说："唉，有啥法子啊？他们手里有家伙，要来店里玩牌，赶不走啊！你们要住店的话，我今天床铺半价了，只收你们一人一毛钱！"

孟昭德又问："附近还有没有他们的同伙啊？"

掌柜的说："这些阎王爷就够难缠的了，还能再来一帮？他们是张坊钉子里的，平常都在围着梁山巡山，今天天冷，又下雪，就躲到我这里赌起来了。"

孟昭德点了点头，让杨炳银叫来门外的战士，把汉奸们团团围住，而汉奸们都在十分投入地研究牌艺，有一两个汉奸看了看他们，认为是住店的穷人，根本没把这些穿黑棉布袍子的人当回事儿。

孟昭德掏出两把盒子枪对着汉奸们，杨炳银让两个战士把汉奸们放在一旁的枪都归拢到一起，其他的战士们都端着步枪。孟昭德大声说："别打牌了，我们是八路军昆张支队，缴枪不杀！"

里面的汉奸大叫道："别闹了，什么八路九路的，换人玩吧，我没钱了，不推了！"

杨炳银把一个汉奸手里的枪夺过来说："把枪拿过来，我们是八路军，都起来，抱着头到墙角蹲下！"

伪军们看到四周黑洞洞的枪口，知道是真的了，都举手投降。一个汉奸说："刚输了钱，你们八路就来了，早来一会儿就好啦！"

孟昭德问道："你们是哪一部分的？从实招来！"

一个秃头的汉奸说："我们是张坊钉子里的，今天该我们一分队的兄弟巡逻了，看到天黑下雪，天气寒冷，没有地方去，就跑到大车店里避避风。八路军爷爷，我们可没干坏事，饶了我们吧。"

他说的情况和大车店掌柜说的情况一样。

杨炳银心里十分高兴，笑着说："也真是巧了，正愁抓不到俘虏呢，就碰到了你们，委屈一下，跟我们走一趟吧。"

侦察班和二排的战士们押着汉奸们，回到馍馍台吴忠他们休息的草垛边。吴忠表扬了二排，审问抓到的汉奸。

汉奸们说，"二老天爷"明天早晨要带着一个中队去陈庄，陈庄的据点被一伙八路便衣队连窝端了，"二老天爷"受东平日军平井的派遣，到那里去抓八路，恢复陈庄据点。去陈庄不走后集村里的大路，走从张坊到晒粮场之间的一个荆棘丛生、坟头林立的小路，那个小路比较近一点。

吴忠看看怀表，已经是凌晨四点多了，估计"二老天爷"要去陈庄，也该动身了，就留下管学思和于灿周在这里看管俘虏，他带着三个排到张坊与晒粮场之间的小路两侧埋伏起来。

吴忠安排一排埋伏在小路下方的荆棘丛中，三排埋伏在小路上方马家林的石碑后面，他和杨炳银的二排在后面堵住，单等着"二老天爷"的队伍过来。

等啊，等啊，天都快明了，怎么还不来呢？

天真冷啊，战士们蹲在地上，一动也不动，人都快冻僵了。新战士马三妮儿冻得流鼻涕，一个劲儿地打喷嚏，说："是不是敌人不来了呢？咱们走吧！"

三排长郭志光批评他："不能打喷嚏，忍不住了，也要捂着嘴不能发出声音，你一个劲儿闹动静，咱们还打什么埋伏呢？支队长没有撤退的命令，我们就必须在这里等，时间再长也要等！"

马三妮儿噘着嘴，不说话了。

这时候，南面传来一阵骚乱的声音，不一会儿，从山垭口那里冒出来一队人马，有一百多人，也不分队形，散漫着走来了，一边走路，还一边打打闹闹，一看就是土匪的做派。

等这些伪军全部进入了埋伏圈之后，吴忠紧紧地盯着伪军们，一百米，五十米，还有三十米了！

吴忠一把夺过来他身边战士的机关枪，从雪地里站了起来，高喊一声："打！"

二排的战士们都一冲而起，朝着伪军们射击，可怜这些伪军根本就没发现雪地里还藏着人，被打得无处躲避，死伤一片，后面的转身要跑，我昆张支队一排、三排的战士将他们拦腰截断，也开始射击。伪军们吓得朝荆棘丛中乱跑，也不怕树枝扎人，像兔子一样逃跑了。那些跑不了的，还有受伤的，跪在地上高喊："饶命啊，我们投降！"

"哎呦，别打了，我们缴枪！"

战斗很快结束，这次战斗成果丰硕，共打死打伤了三十多个敌人，有四十多人投降，其余的都从荆棘棵中逃跑了！

吴忠让战士们找那个"二老天爷"，俘虏们都说，"二老天爷"根本就没来，他比较好女色，日上三竿不起床，这会儿陪着女人睡觉呢，而且对执行日本平井的命令也不积极，到天明了才派兵出来，也就是给日本人做做样子。

怪不得呢，让战士们趴在寒冷的雪地里等了那么久！

吴忠让战士们押着俘虏去馍馍台，和原来俘虏的伪军们合到一起，让于灿周开始训话。

于灿周不再用那种文绉绉的学生腔了，他斩钉截铁地说："我们是八路军昆张支队，支队长是老八团的吴忠，想必你们都听说了，这次回到梁山来，打了马营、拳铺，起了陈庄钉子，本来要消灭'二老天爷'的，可惜这家伙没出来，捡了一条命，以后，你们不能死心塌地地当汉奸，不能和八路军打仗，不允许欺负老百姓，做一个'身在曹营心在汉'的人！"

战士们把带有关公像的"优待俘虏证"发给这些汉奸，让他们带着，以后见了八路军，只要掏出来这个证，就会受到优待。

不知道是刚才那一仗打得敌人太狠，太突然，还是于灿周讲话进步了，旗帜鲜明地打出了老八团的吴忠这张王牌，这些汉奸们竟然都纷纷点头，说："原来是'活武松'吴忠回来了啊，记住了，我们都记住了！以后和八路打仗，准星抬高二指！"

炊事班长白志明做好了早饭，昆张支队的战士开始吃早饭，也让伪军们一起吃，伪军们端着饭碗，千恩万谢。

那些从荆棘棵中侥幸逃跑的伪军们，跌跌撞撞地回到张坊钉子，向"二老天爷"汇报突然挨打的经过，说这股八路军力量很强，机关枪打得太厉害了，前面的兄弟不是被打死，就是成了俘虏！

平常只怕天不怕地的"二老天爷"听了之后，这次却异常平静。他知道郓城"大洋马"被打死、平井抓不住的这伙人一定是新来的那伙八路军，比真正的老天爷爷还要厉害，他这个"二老天爷"绝对招惹不得。他安排加强了钉子里的戒备，吓得躲在"乌龟壳"里不敢出来。

吴忠和昆张支队在馍馍台休息了一天，到了傍晚，吴忠指示，把这些伪军放回去，枪也还给他们，然后集合起来转移。

吴忠和管学思商量着分开行动，吴忠回到王芝茂村，到那里收罗"铁壁合围"后失散的干部。王芝茂村的贾大娘家是个八路军的联络站，一定会有一些同志到她家中寻找组织，吴忠也非常想念贾大娘，自从9月27日夜里离开王芝茂去濮范观，两个多月来发生了那么多的事情，也不知道贾大娘如今怎么样了。

而管学思提出要到梁山东边的汶上县城了解敌人的情况，管学思的表哥——唐楼村的唐绍增也是一个响当当的人物，和如今在汶上担任宪兵队队长的张平是同学，通过表哥的关系，可以打入汶上县城区了解情况，而去汶上县城不能带着队伍去，所以二人决定分开。

二人相约，管学思完成任务后，第一个先到王芝茂村集合，如果王芝茂村出现异常情况，就到第二个地点洼里村去找。如果万一管学思这边出现了问题，等不到他回来，支队可以派人到唐楼村唐绍增家了解情况。

跟着队伍一起回来的昆山县敌工部长杨岗看到管学思要离开队伍单独执行任务，接着也对吴忠说，他也要回到梁山东北、东平湖西去，他是东平湖西的临湖集村人，和几个据点的伪军中队长都很熟悉，他要去做这些伪军的工作，让他们变成"身在曹营心在汉"的人物，甚至一些人可以成为我们的情报人员。吴忠也同意了。

要分手了，吴忠和管学思、杨岗紧紧拥抱，互道珍重，相互嘱咐一定要小心行事，然后向着不同的方向，钻进了茫茫夜色中。

第十五章

西小吴大营救

吴忠带着队伍没有直接向西走，而是先向北走，经过任庄、码头村转向西，绕了一个大圈，才辗转来到梁山西北部的王芝茂村。

下半夜，他们来到村外，在四周布下岗哨，吴忠让侦察班长孟昭德带着几个人进村打探一下。

孟昭德从村南进村，第一家就是贾大娘家，贾大娘家的小黑狗听到人声，"汪——汪——"叫起来了。

孟昭德喊了声："小黑，我是大黑，别叫！"

他接着用手托开贾大娘家的柴门，走进院里。小黑狗围着他亲热地摇尾巴，嘴里发出"呜呜"声，似乎是在问：朋友，你这么长时间去哪里了啊？

这时，贾大娘在屋内轻轻咳嗽了一声，问道："谁？"

孟昭德说："听见我和小黑说话了吗？咱家里人都好吗？"

贾大娘听出来了，一边披衣服，一边说："黑铁塔啊，是你吗？"

贾大娘点着灯，一边擦着眼角的眵目糊，一边打开门，孟昭德走进来，在昏黄的灯影里，孟昭德看到门后边站着好几个端枪的人，其中就有昆山县委委员吴力全和寿张县锄奸队队长马达。

孟昭德说："你们都在这里啊！太好了，吴忠支队长带着咱的队伍在村外呢！"

贾大娘说："快叫武松进来吧，想死这孩子了！"

吴忠带着队伍来到贾大娘院子里，贾大娘把吴忠拉到灯影里，使劲眨巴着眼睛，仔细地看了又看，说："真是咱的武松啊！那些日本鬼子，没敢碰着你半根毫毛？！"

马达见到吴忠，高兴得又蹦又跳，说："我说在贾大娘这里，就能等到你，果不其然！"他向吴忠介绍他们新成立的锄奸队的成员：李相山、邵恒太、孙怀等，一个个都是年轻有为的梁山青年，武术功夫高强。

贾大娘觉得战士们一路行军辛苦，让几名战士在她西屋厨房的柴草上休息，然后又叫来村党支部书记和几名党员堡垒户，贾大娘家一时热闹起来，村里的党员和战士们亲热地说话，抢着拉战士们到他们家里去住。安顿好部队以后，贾大娘和吴忠、吴力全一起说话。

自从敌人"铁壁合围"之后，梁山一带的八路军都撤退了，日本鬼子在这里安了许多钉子，敌人隔三岔五地来村里抓人，让她一直十分郁闷。也有特务在王芝茂村里转悠，希望在王芝茂抓到一些八路军干部，所以她也一直小心翼翼，遇到来打探情况的人，她就问问人家情况，自己什么也不说，而且，她也确实不知道八路军现在怎么样了。

吴力全这次跟着昆张支队来了以后，从马营村离开队伍，他就在夜里来到贾大娘家。

贾大娘一看是吴力全，十分高兴，也很意外，就把他迎进家，着急地问道："咱们的队伍呢？没事儿吧？"

吴力全向贾大娘讲了这次吴忠带着昆张支队回来了，自己跟着一起进来，目的是恢复组织，收拢原来的党员干部。

贾大娘听着，浑浊的眼里闪出光芒，感觉到又有了希望。

而马达的锄奸队刚刚组建，力量太弱，打仗打不了，决定去找昆张支队，可是昆张支队昼伏夜出，不知道要到哪里去找。他们知道，有一个地方昆张支队一定会去，那就是梁山西北的王芝茂村，他们来到这里以后，没想到在这里又见到了昆山县委委员吴力全。吴力全就和锄奸队联合，一起去寻找潜伏下来的干部，万一遇到零星的敌人，也好有年轻的锄奸队保护吴力全。

最近几天，由于昆张支队在梁山东部连打胜仗，敌人防不胜防，对梁山西部的王芝茂一带的防守有所松懈，因此，吴力全和马达已经找到了一些人，他们是：昆山县公安局局长宫震和他的妻子董星，公安局侦察股长王树林，昆山县一区的书记黎超、区长田骏夫，潘庄妇女干部张德兰，何庄的村干部杨献荣等。有的通过这些同志再相互寻找，雪球越来越大。

贾大娘最近在王芝茂村也断断续续地听到了八路军昆张支队在马营、陈庄

打胜仗的事情，一直盼着早日见到"武松"，没想到今夜"武松"和队伍真的回到家里来了！

吴忠听了吴力全、马达和贾大娘的情况介绍，就问他们当前在解救干部上有什么想法。

吴力全说："现在最应该去西小吴据点，把被抓在那里的党员干部给解救出来，寿张县委副书记陈亚琦，也就是冀鲁豫二地委书记兼二分区政委段君毅的爱人，在'铁壁合围'的时候被敌人抓住了，据说就关在那里。"

吴忠觉得这个消息太重要了，原来在根据地中心区的时候，都认为陈亚琦在突围的时候牺牲了，没想到她还活着，而且就在西小吴据点，这次一定要解救出来，把她带回根据地，让她再回到段君毅书记身边！

吴忠叫来三位排长和侦察班长孟昭德，一起研究作战计划。

外号"小钢炮"的副连长兼一排长郭瑞功总是率先发言，他说："我们三个排一百多人，四面包围，声东击西，组织强攻，应该能攻打下来。"

三排长郭志光说："我们最擅长的就是打伏击，想办法把敌人调出来，在半路上把他们吃掉。"

二排长杨炳银高声说道："无论用什么办法，我们二排都是主力啊！实践证明，我们二排是一支特别能战斗的铁军！"

吴忠摇摇头，转过脸来问马达："你的锄奸队队员怎么样？"

马达被问懵了，反问道："什么意思？"

吴忠笑着说："拉出来练练，怎么样？"

马达看到吴忠支队长竟然质疑他们的武术水平，气得哼了一声，说："练就练！"

在院子的空地上，锄奸队员李相山和孙怀两个青年相对站定。李相山身材高大魁梧，双手持大刀，孙怀细高挑身材，单手持剑，准备开打。吴忠和大家都出来观看，住在厨房里的战士们也忍不住出来观战。

吴忠说："开始吧！"

两个青年相互抱拳致意，然后李相山先进攻，两把钢刀耍得飞快，打着旋儿向孙怀砍去。孙怀连连后退，不断转身躲避，猛然间一个长剑，刺向李相山的喉咙。李相山刀柄一挡，拨开长剑。哪料到孙怀开始发力，长剑像白蛇吐信子一样连连刺来，李相山开始连连后退，两把钢刀像车轮一样卷住长剑，让长剑无法出击。

在寒夜里，这刀和剑银光闪闪，观战者都连连鼓掌。

吴忠说："好了，别打了！都回屋，我们继续商量怎么办。"

回到屋里，吴忠说："西小吴据点关押着我们的许多党员干部，还有陈亚琦书记，如果我们强攻，人质在人家手里，这个办法绝对不可行。而打伏击也不可行，听说那'野狐狸'比较狡猾，能不能上当还很难说，晚上他不敢出来，等到白天，那里离肖皮口和大侯据点又很近，我们的群众还没解救完，这两下的敌人都到了！"

贾大娘急了，说："那怎么办啊？陈亚琦那闺女一定要救出来啊，她在我家住过，多好的人哪！"

吴忠说："我们将西小吴据点包围，让马达的锄奸队和老黑的侦察班悄悄进去，解救出来以后我们接应。"

昆张支队在王芝茂村休息，马达和孟昭德去侦察情况。马达通过西小吴的村干部了解到，本村有个青年在这里当伪军，家里正在给他说媒，马达和孟昭德装扮成女方的亲戚，到据点里看青年长得怎么样。据点里站岗的伪军看到是媒婆子领来相亲的人，就嘻嘻哈哈地把他们领到伪军宿舍里。马达问完小伪军的情况，又问这里住了多少人，一些村里的干部群众被关到了哪里，看大门的在哪里值班，那个老实的小伪军都一一做了回答。

孟昭德在马达和小伪军聊天的时候，走到院子里仔细观察西小吴据点的情况。这个据点位于黄河大堤的东岸，大高墙的下面有一座四层的炮楼，还有三排平房。敌人在逼着百姓修高墙的时候，为这个据点修了一圈高墙，高墙外面是鹿砦，鹿砦外面是铁丝网，铁丝网外面是壕沟，真是里三层外三层，怪不得敌人把我们的党员干部关在这个据点里。

孟昭德和马达回到王芝茂村，向吴忠详细汇报了侦察的情况。吴忠让孟昭德研究救人的办法，准备了绳子、钳子等工具，到了晚上，吴忠带领队伍一路向西，来到西小吴据点外面，将据点团团围住。

黑魆魆的夜里，风在呼啸，炮楼上探照灯的灯光在一圈一圈地旋转。

探照灯光刚刚转过去，吴忠一声令下，孟昭德和马达一行十人开始行动了。

据点最外面是三四米宽的深沟，他们来到沟边看了看，后退十几步，一个个不费力气就跳了过去。

第二关是铁丝网，马达带了钳子，但是一根一根地剪断铁丝很费力气。马达急了，对着手唾了一口唾沫，后退几步，纵身跳了过去，侦察员和锄奸队员们也都跳了过去。

第三关是鹿砦，这些麻痹大意或者懒惰的伪军们竟然没有关鹿砦，他们绕到鹿砦的正门，直接就走了过去。

来到大墙下了，这座大墙就是他们进梁山时翻越的大墙，有十多米高，上面还能看见一个个砖垛。马达将准备好的长绳子一头拴上一只小铁抓钩，使劲扔到墙顶上，抓钩正好抓在砖垛上，他使劲拽了拽，很结实，然后他双手抓住绳子，双脚蹬着大墙，噌噌噌几步就到了墙顶上。

这时候，探照灯又转了过来，马达蹲在光秃秃的墙顶上无处躲藏，下面的人都为他捏了一把汗。等探照灯的光柱照过来的时候，却发现这探照灯只照远处，炮楼底下反倒是灯下黑了。没有了担心，孟昭德、李相山等人都上了高墙，然后把抓钩调转方向，马达又拽着绳子，第一个溜了下去。

他们下来墙，几个人分成三路，一路去关押人犯的监所，一路堵住伪军宿舍的房门，一路去大门口开大门。

马达来到监所门外，打开监所的房门，小声告诉里面的人："我是八路军昆张支队，吴忠支队长派我们来救你们了，请跟上我出去吧。"

干部和群众蜂拥着出来监所，来到大门口。孟昭德和侦察员们早已经将监所亭子里打盹的两个伪军嘴里塞上毛巾捆了起来，让他们交出了大门钥匙，轻轻打开了大门。

干部和群众涌出了大门。

马达解开绳子，放下吊桥，干部和群众跑出了据点。

李相山和孙怀看干部和群众都出去了，也端着盒子枪跑了出来。

吴忠和战士们早已经迎了上去，一个一个地辨认跑出来的人。这些干部群众衣衫褴褛，看来在里面没少受折磨，他们一个个对吴忠等表示感谢，然后分头回家了。

但是，这些人中没有陈亚琦书记！

吴忠急了，大声问道："你们放人出来的时候，还有别的房间关着人吗？"

这一问，大家都蒙了。是啊，陈亚琦书记会不会在另外的房间里单独关押着，而那个小伪军不知道呢？

孟昭德一把拉起马达，说："走，我们再回去看看！"

这时候，据点里面枪声大作，有人大喊："犯人都跑了！"

各房间的灯也亮了，哨子声响起来，伪军们跑出大门外，一边打着枪，一边向外冲。

吴忠说了声："打回去！"

"老虎"范广博的机枪率先开火了："嗒嗒嗒——"刚走过吊桥的伪军们

吓得纷纷向里撤退，有的人被挤下了吊桥。

吴忠说："冲啊！"

战士们端着枪一边打，一边向前冲。

伪军们撤退的速度很快，吊桥再次被拉了起来，大门也吱吱扭扭地关上了。任外面怎么打枪，里面的人再也不出来了。

探照灯的光柱照过来，炮楼上的机关枪像马后炮一样响了起来。很显然，再攻打这个据点，已经徒劳无益。

吴忠咬咬牙说："撤吧，我们回去！"

在回王芝茂村的路上，吴忠不说话，他一直在反思：陈亚琦同志会在哪里呢？是不是陈亚琦同志不在这个据点里啊？

马达凑上来说："也许我们寿张县陈书记不在这个据点里，或者已经被转移了。如果暴露了身份，她那样的干部，刘本功一定会亲自审问。我们应该到郓城去看一看。"

吴力全也过来说："吴支队长，您也不用太伤心，毕竟我们今晚的收获还是很大的，救出了三十多名党员干部和群众啊！"

吴忠心情缓和了，说："虽然留下了一个遗憾，但不管怎么样，今天确实收获很大，我们的马达锄奸队和侦察班功劳很大，先口头表扬一次！"

第十六章

建立情报站

那天夜里，昆张支队特派员管学思和队伍从梁山馍馍台分别之后，管学思独自一路向东，来到运河边，拉着渡船过了运河渡口。他没有向东南方向回自己的老家管庄村去看望父母，而是往东北方向，直接去了表哥唐绍增所住的唐楼村。

二十多里的路程，管学思脚下生风，很快就到了。唐楼村是一个中等村庄，村中有一个地主大院，就是管学思的表哥唐绍增的家。

管学思熟门熟路，来到表哥家门口，大门没有关，里面有人在高声叫嚷，喝酒行令：

"巧七，巧七——"

"五魁首——"

"六六顺——"

他走进院子，看到西屋和南屋都有人在喝酒划拳，堂屋里虽亮着灯却很安静。

他蹑手蹑脚来到堂屋门外，从门缝里看向里面。表哥表嫂坐在灯影里，表哥似乎在唉声叹气，表嫂在劝他："你不是说，无论如何，咱也不能当汉奸吗？"

唐绍增说："唉！可是这些人像狗皮膏药一样，粘在身上揭不开，两伙人天天来催，不喝到下半夜不走！"

表嫂埋怨道："还不是因为你那改不掉的酒瘾，整天好烟好酒好朋友！咱村里谁像你啊，这些二鬼子怎么不去缠人家啊？"

管学思推开门，问道："表哥，你怎么啦？家里出什么事了？"

唐绍增知道管学思当了八路军，却没想到他竟然夜里来到自己家，又惊又喜地站起来，问道："表弟，你怎么来了？那边情况怎么样？"他问的"那边"，显然是指八路军。

管学思简单地把吴忠带着昆张支队进来的情况说了一遍，着重说了马营、陈庄、馍馍台几场战斗的胜利。唐绍增仿佛看到了光明，浑身增添了一种力量，他握着管学思的手，说："太好了，咱们的队伍赶快壮大起来吧，他们这帮龟孙王八蛋就不会再找我的麻烦了。"

管学思问："那两边屋里都是什么人，大呼小叫的？"

唐绍增说："南屋那一桌，是袁口钉子里的人，受他们中队长高廷甫的派遣，来劝说我加入他们一伙。西屋那一桌，是靳口钉子里的一个小队长，受他们中队长王笃成的派遣，来劝说我加入他们一伙。他们这两伙伪军，一伙驻扎在南边的大运河袁口闸，一伙驻扎在大运河北边的靳口闸，南边的袁口属于汶上，北边的靳口属于东平，都想让我加入他们，为他们做事。我一直推脱，这不，两伙人又都来了！我只好开两桌宴席分别招待，可是他们，只要我不答应就不走！"

表嫂担心地说："别再在我家打起来！"

管学思说："早知道这样，我就应该带着我们的队伍过来，把他们都揍一顿！今晚个如这样，表哥，你介绍我一下，说我是八路军昆张支队的特派员，把他们吓走！"

唐绍增担心地说："不行，使不得！我不答应，他们也不能把我怎么样，可别让他们把你抓走了啊！"

管学思说："你放心吧，我心里有数。"

唐绍增先领着管学思来到西屋，这是靳口据点的两个伪军，还有一个是唐绍增一块长大的伙计，因为是个瘸子，整天挂着一根铁拐杖，像八仙过海里的铁拐李，人送外号"李铁拐"，是唐绍增叫来陪客人的。唐绍增介绍道："两位老总，李老弟，这是那边的一个朋友，要来和你们一起喝个酒，碰碰杯。"

三个人没听清，问道："哪边的朋友？"

管学思右手撇了一个"八"字，说："兄弟是八路军昆张支队的，我们支队长吴忠，是原来八团的参谋，想必你们都听说过。"

两个伪军吓得浑身哆嗦，点头称是："八路军吴忠的大名，哪个不知，谁人不晓啊！长官在昆张支队干什么？"

管学思大模大样地坐在他们对面，说："在下现在是昆张支队的特派员袁悟道，奉吴忠支队长的命令到运河以东来看望老朋友，也希望和各位交个朋友！"

两个伪军吓坏了，一个慌忙作揖，一个已经吓得跪下磕头，说："八路饶命，我们都是混穷，才吃这碗饭的，念我们没干坏事，请饶命啊！"

管学思大手一挥，说："说什么话呢？唐先生说你们是他的朋友，也就是我的朋友。你们也听说了，我们昆张支队这次进梁山，先是在马营消灭了郓城'大洋马'一伙，接着在陈庄起了钉子，又在梁山打了'二老天爷'，日本鬼子在中国长不了，他们滚蛋的时候，你们也跟着一起去东洋？现在的聪明人都给自己留后路，做到身在曹营心在汉，得罪了我昆张支队，可是绝对没有好果子吃！"

两个伪军不停地点头。

管学思从兜里掏出来几张扑克牌一样的卡片，每人给他们一张，说："这是八路军统一制作的优待证，你们带在身上，被八路军捉住了，只要拿出它来，保管你们没事。当然，也希望你们能为八路军做事，把消息报告给我们，我们还会有奖励啊！"

两个伪军战战兢兢地接过卡片。

管学思端起酒杯，说："来，我们一起喝一杯，一言为定啊，以后就是朋友了，要做对得起天地、对得起父母、对得起朋友的事情！"

两个伪军、李铁拐和管学思一饮而尽。

管学思又在唐绍增的陪同下，来到南屋，和袁口的三位伪军一起喝酒碰杯，吓得这三个伪军要命。管学思说："唐先生是我的朋友，你们是唐先生的朋友，我们也就都是朋友，请不用害怕，八路军不会做对不起朋友的事情。"

这三个伪军也都答应当一个"身在曹营心在汉"的人物，帮助八路军做事，起码不和八路军作对，给自己留一条后路。

这两拨汉奸都不再要求唐绍增入伙了，他们也没敢在唐绍增家久留，借故钉子里有事，灰溜溜地走了。

管学思看到这个陪汉奸喝酒的李铁拐对表哥唐绍增一脸信服的样子，就问唐绍增和这位姓李的朋友是什么关系。唐绍增笑呵呵地给他介绍，李铁拐从小腿有残疾，他们二人住在一个村子里，年龄一般大，是一起光腚长大的伙计，也一起上学，上了高小之后，都不再上了。后来李铁拐父母死了，家道中落，也没有女人愿意嫁给他，李铁拐就整天跟着唐绍增，唐绍增走到哪里，李铁拐就跟到哪里。唐绍增也特别照顾这位儿时的玩伴，给他买了一头小毛驴，唐绍增出门骑自行车，他就骑毛驴跟着。赶集上店，整天不离左右，每逢三、八、五、十上王府集，一、六、四、九上侯集，赶了南集赶北集，整天跟着唐绍增蹭吃蹭喝。

管学思希望在唐楼建一处情报站，让表哥唐绍增担任站长，唐绍增看到表弟几句话吓走了两边的汉奸，高兴地同意了，又推荐李铁拐担任情报员。管学思点头同意，给他俩讲情报站的工作任务。李铁拐已经领教了管学思把伪军吓得磕头作揖的那种英雄气概，又听说能为八路军做这么重要的工作，第一次有了受到重用的感觉，激动得不得了，一再发誓，一定要干好工作。

那两伙伪军回到据点以后，果真信守承诺，没有告密，也没有带人来唐楼抓"袁悟道"。

表哥唐绍增说了一个情况，大运河岸边的张庄村，距离南边的袁口闸十里地，距离北边的靳口闸也是十里地，这个村有一个学校，村里读书人不少，被称作"文化张庄"。张庄村有一个小地主叫张兴让，被南北两个据点的伪军逼迫着为他们做事，张兴让的儿子叫张子厚，中学毕业后在家里没事做，也可以担任八路军的情报员。管学思决定和表哥一起去见见他，看能否为己所用。唐绍增带了两包点心、两瓶酒，挂在车把上，骑着自行车带着管学思去，李铁拐骑上小毛驴也在后面颠儿颠儿地跟着。

他们来到张庄村，找到张兴让家。

张兴让六十多岁，穿着皮袍子，戴着瓜皮帽，耳朵上有个兔毛的护耳，正在家里亲自照料他的骡马，一边喂料，一边亲切地给牲口说话。他的儿子张子厚长得眉清目秀、一表人才，戴着眼镜，穿着绸布棉袍，斯斯文文的，跟在父亲旁边，不停地向父亲诉说对当前世事的不满，抱怨自己生不逢时。

唐绍增和张兴让家有老亲，按照辈分该叫他表叔。唐绍增和管学思走进张兴让家，大声说："老表叔，好久不见，身体还是这么硬朗，牲口照料得真好啊！"

唐绍增和管学思的到来，让张兴让又喜又惊。喜的是，唐绍增是附近十里八乡的体面人，很有威信，各方面都有关系，而自己也就是个衣食无忧的小地主，唐绍增能到自己家里来，是很大的面子。旁边的那个瘸子，他也认识，那是李铁拐，和唐绍增整天在一起，两个人就像穿一条裤子。惊的是，还有一个不认识的年轻人，这个人走路大步流星，四方大脸，一脸英气，似乎是个不凡之辈。

张兴让打着哈哈说："今天真是贵客临门啊！屋里坐，子厚啊，快给你表哥倒茶！你这老表哥可是运河两岸响当当的人物！"

张子厚打量了一下来宾们，引领客人到客厅。

大家坐好，趁着张子厚泡茶的空儿，唐绍增指着管学思介绍说："这位是八路军的一个干部，听说子厚表弟下了学，来见见他。"

管学思介绍了昆张支队的情况，说子厚这样的年轻人有学识，能写会算，手笔相应，八路军正是用人之际，可以给八路军当情报员，等大部队来了，就参加革命。

张兴让倒是不糊涂，他首先表示赞同，说："八路军好，咱村里住过八路军，我见过吴忠参谋，八路军对老百姓是真好，进家就打水扫院子，大爷大娘叫得口干，这样的队伍有前途，这天下早晚是八路军的。"

可是张子厚冷笑着摇摇头，不说话。

张兴让把儿子拉到门外，问他怎么回事儿。儿子说："八路军被打得到处跑，一旦暴露了，日本人还要来家里打人烧房子，这个可不能干。"

他们重新回到客厅，气氛有点沉默。李铁拐特别会说话，率先打破僵局，说道："我说小表亲啊，你识文解字懂道理，现在八路军打天下，你不参加，将来坐天下的时候，你再想参加，可就晚了啊！"

张兴让想为儿子解围，说："我儿子不仅不参加八路，他是什么势力都不参加。前几天，东平县县长张勉之找人来劝子厚，让他当靳口的区长，子厚觉得跟着日本人干丢人，都没答应。"

管学思说："这个可以参加，子厚当这个区长，比别人干强！你干了，可以听我们的，给我们送情报，八路军昆张支队可以得到更多的情报。"

唐绍增说："对，这个我听说了，靳口据点的中队长王笃成一直想当靳口的区长，行政军事一肩挑。张勉之和他不是一伙的，不愿意让他干，正物色人选呢。"

管学思继续劝说道："这个真的可以去，你去那里当区长，给我们送情报，我们一起阻挡鬼子在这个区干坏事、祸害老百姓。我把你的情况报告给吴忠支队长，还有共产党东平县委书记赵效三，你也算参加革命了。"

张兴让高兴地呵呵笑起来："这样最好，这样最好！"

可是张子厚还是摇摇头，说："不干，别人不知道内情，还以为我真的当了汉奸呢！"

没等管学思、唐绍增说话，张兴让已经气得脸通红。他腾地站了起来，大声嚷道："你个小兔崽子，气死你爹算了！整天说自己生不逢时，读书人没有出路，可你这也不能干，那也不能干，是咱梁山人的种吗？等着别人打下天下来，拥戴你当皇帝吗？"

说完，他一个劲儿地咳嗽不已。

管学思说："老表叔，你别生气，也别骂孩子了。这样干啥啥不行的人，咱共产党八路军还不要呢！"

张子厚站起来，红着脸说："我干，我干还不行吗？"

管学思看着远处八仙桌上的一个大花瓶，不说话。

唐绍增在旁边说情："孩子还年轻嘛，都有个思前想后的过程，我相信我的老表弟不是熊包，有事我们多商量，一定行！"

这件事就这样说定了，管学思和唐绍增、李铁拐一起回到唐楼。

张兴让带着儿子去东平县拜访伪县长张勉之，很快，张子厚成了靳口区的伪区长，他第一时间前来报告管学思。管学思让他有情况及时和唐绍增、李铁拐联系。

正在这时，唐绍增家门外传来女人的哭声。唐绍增和妻子一起开门去看，原来是唐绍增的亲妹妹哭着来了。

唐绍增和妻子劝了半天，他妹妹才把事情说清楚，原来唐绍增的妹夫李进航让靳口据点的王笃成抓走了。为什么抓呢？是因为王笃成想让李进航跟着他干，给他当参谋，可是李进航不干，就把李进航抓走了，还说非得要唐绍增亲自来保才行。

唐绍增安慰妹妹，说："王笃成不会把妹夫怎么样，我去一定能领回来的。"

唐绍增和李铁拐一起去靳口据点，见到了王笃成。这家伙四十多岁，小眼睛，大秃瓢，聪明绝顶，什么事儿都有自己的小算盘。他见到唐绍增，一把掏出盒子枪，顶掉帽子，露出他的秃顶来，半真半假地张口就骂："你这熊家伙，太不够朋友了，你不帮我，也不让妹夫帮我做事，难道你想投奔八路？有人说你家里经常有八路军活动，我还没去抓你呢，你倒自己送上门来了！"

唐绍增不卑不亢地说："我这个人就是这样，讲义气，讲排场，谁来了都是朋友，你也常去喝酒，包括你的属下，我哪一次对不起朋友了？我也劝你一句，朋友多了路好走，东平县的人和你不是一条心，小心让人家把你收拾了！"

王笃成说："东平县和我不是一条心，这个我知道，所以我要你和你妹夫帮我做事。你关系多，帮我多传传消息，你妹夫有文化，帮我分析分析情况，这样多好！"

唐绍增向前一步，劝说道："这事情说难办也难办，说好办也好办，听说现在八路军昆张支队打回来了，可厉害了，你也应该找八路军做靠山。"

王笃成说："胡说八道，我和鬼子不是一条心，和八路军也不是一条心，八路军那个苦差，谁能受得了？我有我的地盘，逍遥自在，你要知道，无论跟着谁干，都不如自己干！"

唐绍增说："你把我妹夫抓来了，我妹妹在家哭呢，要死要活，我今天要把我妹夫带走，交给我妹妹才行！你说你这是什么事儿呢，还没说通就把人给抓来了，他要不和你一条心，让他给你出谋划策，能出什么好主意？"

王笃成说："你说的倒是在理儿，行，你可以把他带走，不过要劝劝他，跟着我吃香的喝辣的，就像李铁拐跟着你一样，多好！我还能亏待咱自家妹夫吗，他不比待在家里闲着强啊？"

唐绍增送李进航回去后，回家见到管学思，把情况说了一下，又发愁道："这个王笃成还要我劝妹夫跟着他干，估计还会缠着我和我妹夫，怎么办啊？"

李铁拐说："我有一个主意，李进航和我是本家，我和他也熟悉，他小时候和张平很好，是同学。张平原来当共产党汶东书记的时候，还邀请李进航跟着他干呢，李进航当时没有答应。让张平给王笃成说说，别缠着李进航了。"

管学思说："这是条重要线索。原来的共产党汶东县委书记张平叛变革命，当了敌人的汶上县宪兵队队长，把汶上县的全部党员都出卖了，现在汶上县已经没有我们的力量了，可以让你妹夫去找张平，说愿意跟着他干，说不定他会很信任你妹夫，对你妹夫委以重任。你妹夫在汶上县干了宪兵队，王笃成也不敢找你妹夫的麻烦了。我们在靳口镇有了张子厚，就不用你妹夫在靳口搞情报了，他去汶上县最好！"

唐绍增也觉得这是一个好主意，就带着管学思、李铁拐一起去找妹夫李进航，几个人一起劝他，李进航答应了。他们就说好第二天一起去汶上县城，李进航、唐绍增、李铁拐一起去找张平，管学思也跟着一起去了解东平县敌人的情况。

汶上县是鲁西南一个古老的大县，是上古时期兵神蚩尤部落生活的阚城，周代鲁国的阚邑，孔子在这里做中都宰，就是汶上的第一任县长。《论语》上有个故事，说孔子有个弟子叫闵子骞，不愿意做官，鲁国的执政大夫季氏派人通知闵子骞，让他当季氏采邑费城的长官。闵子骞告诉来人："好好地为我推辞掉吧！如果再有人为这事来找我，那我一定逃到汶水那边去。"所以汶上也代表隐居之地。

抗战时期的汶上县最繁华的是西门大街，长长的大街两边都是各类店铺，鳞次栉比。城北有一座十三层的黄金琉璃塔，十分神奇，不过谁也没有进去看过。

管学思一行来到了汶上县城，管学思不便出面，扮作给李铁拐牵驴的，在宪兵队外面等候。唐绍增、李进航、李铁拐就去黄金塔下的县衙里，找宪兵队队长张平。

张平见了唐绍增、李进航、李铁拐三人，问明情况，得知是送李进航来找他做事的，十分高兴。一来他和李进航曾经是过去的同学，李进航不愿意参加共产党，如今来投奔自己，可见他确实和共产党不是一路人。二来有唐绍增和李铁拐作证，也可见李进航此次来是认真的。张平将李进航引为知己，立即委任他担任汶上宪兵队秘书主任，换上宪兵队的军官制服，配上腰刀，并设宴招待他们三人，还一并给外面牵驴的仆人赏了两个馒头和几根大葱。

李铁拐提出要各处看看，张平也高兴地答应了，叫来一个卫兵，和他们三人一起到各处参观。

唐绍增他们下午一起参观了汶上县的主要街道，又到县衙、宪兵队、警备队各处去参观，李进航穿着宪兵队的军官服，又有张平的卫兵引领，走到各驻军的地方都有人打敬礼。

他们大模大样地对汶上县的军政要地和布防情况做了一个全面侦察，了解到汶上县城驻有日军的一个小队，37人；伪警备队一个大队，辖三个中队，共850人，大队长就是潘家的潘恒荣；伪宪兵辖三个剿共班38人，新民会武装特务18人，便衣特务22人；还有警察局看守班四个班56人，巡捕队三个班62人。

管学思牵着李铁拐的毛驴出了汶上县城，心里一阵阵高兴：这一行真是收获颇丰啊，不仅派李进航打入了敌人内部，还全面掌握了汶上日伪军的人员情况。

第十七章

争取伪军

那天，昆山县敌工部长杨岗在梁山馍馍台村和部队分别以后，一个人向北走，心里想，我到哪里去呢？

回家吗？杨岗的家在东平湖西南的临湖集村，回家的念头刚一闪，他立刻又摇摇头，自言自语地说："我要先开展抗日工作，就暂时不回家惊动父母大人了。"

那去找谁开展工作呢？梁山西北有一个大集镇——寿张集镇，陈玉镜驻守在那里。陈玉镜和杨岗是中学同学，陈玉镜长得白白净净，身材修长，玉树临风，戴着一副金边眼镜，脑瓜子好使，人送外号"陈眼镜"。别看长得不赖，却是一条危害共产党八路军的"眼镜蛇"。杨岗和陈玉镜上学的时候关系不错，经常在一起玩，但是后来他们却走上了不同的道路：杨岗加入了共产党，走上了革命的道路，而陈玉镜在济南读书时信仰国民党，回乡后先是成了国民党的区长，日军占领梁山之后，陈玉镜又投降了日本人。这次八路军进入梁山，就是聪明绝顶的陈玉镜分析出来在四柳树村，报告了东平县伪县长张勉之，张勉之报告了日本宪兵队队长平井，一起包围了四柳树村。多亏八路军机智勇敢，敢打敢冲，才冲出了包围圈。要做工作，就必须以同学的感情去做他的工作，不让他继续和八路军为敌！但是，"陈眼镜"这家伙向来面白心黑，现在不了解他的情况，贸然去找他，那不是自投罗网吗？还是先去周楼据点找伪军中队长周庆丰为好，周庆丰这人不管怎么样，二人曾经是结拜的仁兄弟，他不敢出

卖仁兄弟，先去他那里打探一下形势为好。

主意已定，他走上正北方向，在月光下的官道上越走越快，不到两个时辰就来到了周楼村。他熟门熟路地找到周庆丰的家，轻轻地敲门，还真巧，周庆丰今天正在家里休息呢！

周庆丰嘟囔着开门："谁啊，这都快半夜了，还叫不叫人睡觉了？"

杨岗小声说："是我。"

周庆丰隔着大门，吓了一跳，说："啊，你怎么回来了？你不是逃到黄河北去了吗？都这形势了，你还回来干什么？"

杨岗说："啥形势啊？现在八路军昆张支队又回来了，几仗都打得很好，你没有听说吗？"

周庆丰说："知道，看日本人现在是铜墙铁壁，你们也就是小打小闹，压不起秤砣来！哎，你回家了吗？快回家看看去吧！"

杨岗一惊，着急地问："怎么啦，叫我回家干什么？"

周庆丰急了："你还不知道啊？你没回家啊？仁兄，你家让你那戴眼镜的同学给烧了，你爹被打伤了，住在关帝庙里，我还以给关二爷烧香的名义去看望过他老人家呢！"

杨岗着急了，问："怎么回事？陈玉镜真的对我家里下了毒手？"

周庆丰把大门关上："你快走吧，可别说我告诉你的啊！"

杨岗觉得不可能，陈玉镜再坏，二人毕竟是同学，他不会烧自己家的房子，打自己的父母，肯定是周庆丰今晚说谎话，不愿意接待自己。但是看周庆丰说得那么真切，又不能不信，他带着疑惑，回头朝家里赶去。

到了临湖集村，天已经明了，他来到自家的大门口，看到大门塌了，急切地走进院子里，一溜五间正房和东西厢房已经全部坍塌，烧焦的梁椽在外面，残留的墙壁上是大火熏黑的痕迹。

杨岗看到这些，一时火上脑门，天旋地转，脑袋嗡嗡地响。他想：自己的家被烧成这样，当时一定是无比凄惨！我的爹娘呢？记得周庆丰说在关帝庙里，他拔腿向关帝庙跑去，到了村西的小关帝庙，看到三间小破庙里，只有泥塑的关二爷正襟危坐，关平、周仓两个泥塑侍卫站立。没有人回答他的疑惑。

他大声喊："爹——娘——"

"爹——娘——"

没有人回答，只有风在呼啸。

杨岗回到村里，遇到了早起到井台上挑水的本家二哥。二哥喊着杨岗原来的名字，说："维新啊，你家里遭了这么大的难，你咋才回来啊？"

杨岗问："我爹娘呢？听说在小庙里，怎么没有呢？"

"你爹娘在小庙里住了一段时间，你姐姐知道了，接到她家里去了，你快去看看吧！"

姐姐家在离临湖集村不远的玉皇庙村，杨岗就去了玉皇庙村。姐姐一家正在吃早饭，杨岗看到娘在堂屋里端着碗吃饭，爹爹却躺在床上不能动弹。

杨岗一下子跪在爹的床前，伏在床沿上哭了起来："儿子不孝，给家里带来了这么大的灾祸，爹爹啊，你怎么受的伤啊？"

娘见到儿子回来了，把饭碗放下，号啕大哭："儿啊，你可回来了！你爹被人打成这样，有的说你被日本鬼子抓住打死了，有的说你被活埋了！你可回来了！"

姐姐在一旁掉泪，说道："娘，您老别哭了！弟弟啊，咱别干什么共产党了，回来吧，和日本鬼子干，咱扛不住啊！你也老大不小了，回来把媳妇娶过门，过个安安稳稳的日子吧！"

娘又开始号啕起来："还说什么过门，这家都没有了，人家闺女怎么过门啊？"

姐姐说："我和孩子他爹商量好了，明年开春，花点钱雇人把咱老家的房子修起来，维新那媳妇也传话来了，只要明年能盖起房子来，还是愿意来咱家的。"

杨岗不说话，他在爹的床前长跪不起，问道："爹，你能坐起来吗？能下地走走吗？"

姐姐哭着说："咱爹被打伤两个多月了，原来在关帝庙里躺着，我听说了，和你姐夫一起接到了家里来。听说是被鬼子用枪托子砸断腰了，伤筋动骨一百天，能不能恢复好，还很难说！"

爹说话了："没事，我这点罪都不算啥，这事儿不怨孩子，是那日本人占了咱的国，占了咱的家。爹是年纪大了，要不的话，我也跟着你们去打鬼子！"

杨岗站起来，说："姐姐，二老就拜托您和姐夫照顾吧，我还要去参加革命。至于那个没过门的女人，你转告她，我现在不能娶她，也没时间翻盖老屋，让她再走一家子人家吧，打不走日本鬼子，我是不会回来结婚的！"

娘又叫了起来："我的小祖宗啊，这样可不行，我和你爹盼了多少年，就盼着咱媳妇过门，家业兴旺啊！"

杨岗又来到娘跟前，扑通一声跪下："娘，原谅孩子不孝吧，我实在不能先照顾家，您二老先在姐姐家里过，我打完鬼子才能回家照顾您二老！"

杨岗起身，扭头要走，姐姐拉住他，说："吃了早饭再走吧，看你风尘仆仆、面黄肌瘦，能在家住几天不？"

杨岗说："行，我先在你这里吃早饭吧，吃了早饭就走。"

杨岗先给爹喂饭，然后自己吃了饭，大步走出家门。他强忍着泪水不敢回头，怕回了头就再也无法离开家！

杨岗想起一个人来，这个人是陈楼村的大地主，叫王惠来，也是一个和四柳树崔守道一样的人物，为人行侠仗义。王惠来和陈玉镜是亲戚，当年杨岗和陈玉镜是同学，杨岗到陈楼找陈玉镜，他们一起去过王惠来家。后来，陈玉镜在东平八区当国民党的区长，王惠来多有赞助，八路军成立昆张县大队，王惠来也捐献过钢枪。

杨岗来到陈楼村，熟门熟路，找到了王惠来家。王惠来七十多岁，身材不高，身穿长袍，外罩外翻皮的夹袄，白白胖胖的面孔，留着一缕长长的山羊胡子。他还是那样温文尔雅，请杨岗到堂屋的客厅坐下，泡好一壶龙井茶，请杨岗喝茶，才问起杨岗有什么事情没有。

杨岗告诉他八路军昆张支队已经来到梁山，打了几场漂亮仗，可是陈玉镜却当了日本人的马前卒，专门和八路作对，希望他出面见见陈玉镜，劝他不要和八路军作对。即使万不得已，也要做个"身在曹营心在汉"的两面人，多做对抗日有利的事情。

王惠来听了，品一口茶，慢慢说道："玉镜这样做就不对了，他过去当国民党我是知道的，坚决反对共产党我也是知道的，现在是抗战时期，他投降日本人应该是迫不得已，但是不能给日本人当马前卒，什么事情冲在前面。毕竟国共合作了，共同抗日事关民族危亡的大局，兄弟阋于墙而外御其辱，绝不能失了大节，失了大节是要遗臭万年的。"

王惠来答应杨岗，自己不便去寿张集钉子，但一定会和陈玉镜说说。送杨岗走后，他派人到寿张集钉子去请陈玉镜到家里来一趟。

陈玉镜不知道王惠来找他什么事，狐疑地回到陈楼村，见到了王惠来。一番寒暄之后，王惠来说："你的同学杨岗来找我了，让我劝劝你。"

陈玉镜一听是杨岗的事儿，一阵内疚，挠着头皮说："是我对不起他，不该烧他家的房子，我的人还把杨岗的父亲打伤了，可事出有因，不怪我，您老听我解释。"

王惠来被说蒙了，问道："杨岗没说你烧他房子的事儿啊，你怎么还烧人家的房子啊，还打了他爹？你怎么能这样啊？你不会还去掘了人家祖坟吧？"王惠来越说越生气，"别说你们同学一场，小时候还一起到我家来玩，就是不相干的路人，也不能干这样缺德冒烟的事儿啊！"

陈玉镜被王惠来骂得出汗了，掏出手绢来一个劲儿地擦汗，说："王老伯，您听我解释，我……当时是有日本人平井队长在场啊！"

王惠来冷笑着说："日本人在场，更应该打圆场，什么这井那井，都不如乡井。你说说，你干的这是什么事儿呢！我今天一听，都替咱陈楼人害臊得不得了！我活了七十多岁，看见过打架闹乱子的、要死要活上吊的，这还是第一次听见去烧人家老宅，打伤人家老爹老娘的！"

陈玉镜说："行，我赔他家的房子！他原来的院子，我出钱重新给他盖新的，他父亲看病，我出钱请医生！这样行了吧？"

王惠来说："人家杨岗见了我，就没说这个事儿，只是让我劝劝你。你自己倒把恶行招供了一番。"

陈玉镜糊涂了，问道："他找你说情，不是说这个事儿吗？除了这件事儿对不起他，还有啥事儿？"

王惠来说："嗨，人家杨岗来，就是想让我劝劝你，不要和八路军作对，即使万不得已，也要做个关二爷那样身在曹营心在汉的两面人，多做对抗战有利的事儿！"

陈玉镜疑惑地问道："杨岗他没提家里的事儿？"

"家里的事情，人家一个字儿没提。"王惠来斩钉截铁地说。

陈玉镜又开始擦汗，说："这小子是真有种啊！"

王惠来说："今天就是这点事儿，杨岗托付我的话儿，我捎到了，你自己看着办。小时候你们哥俩儿好，大了斗，我都不管。小爷们啊，原谅你老叔再多说一句话，咱作为一个中国人，一个梁山人，一个陈楼人，我觉得还应该分清一点儿里表。"

陈玉镜此时感觉到后背冰凉，越听越难受，想发急，也不好使出来，只好说："行，我听您老的，有机会的时候和杨岗道个歉，看看是否给他把房子盖起来。但是，道不同，不相为谋，他想让我听八路军的，也得骑驴看唱本——走着瞧。"

陈玉镜看王惠来还要张口说什么话，怕自己更下不来台，匆匆说了声"告辞"，便垂头丧气地走了。

杨岗对周庆丰还是不放心，就到周楼据点去找他。

周庆丰听说是一个小个子男人来找他，烦得要命，就让身边的小队长商广成给杨岗回话，说周队长不在这里。

杨岗看着这个传话的商广成长得五大三粗，有点眼熟，问道："哎，你不是商广成吗？咱商老庄区队的队长，你怎么在这里？"

商广成也认出杨岗来了，不好意思地扭头走了。

杨岗进不去周楼据点，就去商老庄商广成的家，让他的家里人叫他回家，说家里来客人了。

商广成回到家里，看到又是杨岗，知道被杨岗和八路军盯上了，只好硬着头皮，结结巴巴地说："我，我对不起八路军！敌人天天在这里扫荡，我没有办法，带着区队投靠周庆丰了，我有罪！不过，那是万不得已的事情，只要八路军回来，我还是会跟着咱八路军干！我带过去几个人，就带回来几个人，带过去几条枪，就带回来几条枪，我绝对不坑八路！"

杨岗说："行，这个态度还行。当时日寇'铁壁合围'，你暂时投降也是保存实力，我可以告诉昆张支队吴忠队长，只要你听我们的，可以对你的情况既往不咎。"

商广成一个大男人竟然哭了，抽泣着说："自从当了汉奸，我没睡过一个安稳觉，我知道八路军纪律严，害怕被抓住，没想到你这么宽宏大量！我还是愿意当八路，你给我一天的时间，我能把咱的人带回来！"

杨岗说："昆张支队初来乍到，还不能扩军，你就先在那边干吧，但要听我的。你在这里监督周庆丰，这小子外号'走敲（窍）门'，脑子转得太快，整天投机取巧。你要监督他，不要做对八路军和老百姓不利的事情。他要跟着日本人干坏事，你就告诉我！"

商广成拍着胸脯，大声说："这个你尽管放心，我是里面的小队长，周庆丰还比较信任我，我也有一帮咱自己的人。他要跟着日本人走，我会告诉你，也会给他下绊子。"

杨岗跳起来，轻轻打了商广成一拳，笑着说："行，弟兄，我相信你！"

第十八章

二进昆张地区

管学思在汶上宪兵队新任秘书主任李进航的陪同下，把汶上敌人的各路驻军情况仔细看了一遍，感觉到该了解的情况都了解得差不多了，非常高兴，连夜从汶上启程，步行到梁山西的王芝茂村去寻找部队。

一百二十里的路程，他走了整整一夜，快要天明的时候，浓雾上来了，他在雾中仔细地辨认方向，终于跌跌撞撞地来到王芝茂村南。正要进村，被埋伏在村外的三排长郭志光和马三妮儿逮了个正着。管学思一看是自己的队伍，心里一热，腿就迈不动了。郭志光和马三妮儿两个人架着他去贾大娘家见吴忠支队长。

他们来到贾大娘家的院子，此时大家都已经起来了，贾大娘看到管学思筋疲力尽的样子，从茶壶里倒了一碗热水端给他。管学思喝了水，坐了一会儿，这才缓过劲儿来。

吴忠把管学思让进屋里，拉一个小板凳坐在他对面，听他把在唐楼建情报站、让张子厚去靳口当区长、跟着李进航察看汶上敌人布防的情况说了一遍。

吴忠说："我正念叨着你呢，心里想着，如果你能顺利归来，咱们应该回去给家里汇报了。"

接着，吴忠也向管学思介绍了到西小吴据点救人的情况，三十多名党员群众都解救出来了，遗憾的是，没有找到段君毅书记的爱人、寿张县委副书记陈亚琦同志，如果能找到陈亚琦同志，这一趟梁山之行就太圆满了！

管学思说："有可能是敌人把陈亚琦同志转到郓城监狱了，对这样的要犯，刘本功是不会放过的。不过，郓城的情况比较复杂，我们那边暂时没有可靠的关系，现在只能先回去，再想办法。"

正说着话，侦察班长孟昭德提着两把盒子枪匆匆跑进院子里来，叫道："支队长，有情况！"

吴忠、管学思等都警觉地来到院子里。孟昭德说："敌人围上来了！"

"什么人？"吴忠要问清楚敌人的成分，以便知己知彼。

孟昭德答道："都是附近据点的伪军。"

贾大娘着急了，跺着脚说："你们快走吧，我让儿子桐桐去把敌人引开！"

管学思拉住贾大娘，不让她说话："这是打仗呢！您老别掺和，吴忠支队长自有安排！"

吴忠说："集合队伍，我们走！现在是大雾，敌人还没有发现我们，就连管特派员进村找我们，都没有被敌人发现，此乃天助我也！我们悄悄地向西北方向转移，遇到敌人，听我的命令，猛冲过去！"

战士们很快都集中到贾大娘门前的胡同里。

吴忠简明扼要地说："附近据点的伪军把村子包围了，趁着现在有大雾，我们悄悄地向西北方向撤退！"

队伍轻手轻脚地离开了村庄，不走大路，从种了麦子的垡子地里悄无声息地向前走，听到了南边不远的大路上有伪军的叫骂和喧哗声。

三排长郭志光快走几步来到吴忠面前，调皮地说："支队长，这样一走，是不是太便宜这些玩意儿了？"

吴忠笑了，说："行，就你鬼点子多！不过要快去快回啊！今天要回濮范观的，不能恋战，我们在前面的小路口村等你们。"

"老虎"范广博扛着机枪也要跟着去，吴忠笑笑说："谁都能去，就你不能去，你去了，就打不起来了！"

范广博不明白，气愤地问道："为啥？"

吴忠说："一听有机关枪，伪军们谁敢往前冲啊！"

郭志光带着三排的三十多名战士向东跑了一段路，截住刚才过去的一伙伪军就打。这伙伪军被打蒙了，听出来只有稀稀拉拉的步枪的声音，又大着胆子向前追击，刚走了不远，又被截住，挨了几十枪，打枪的人又跑了，伪军们继续追击。村东的伪军们听到村西打起来了，只有步枪的枪声，觉得是一帮土八路，也过来想抢功劳，两边的汉奸们很快接上了火，打了一个多小时才停下来。

而郭志光带着三排已经赶上了队伍，他们来到了小路口村，这个村子就在黄河河堤的南岸，有一条小路通向黄河大堤，所以名叫小路口村。

战士们跟着吴忠翻过黄河大堤，穿过黄河大沙滩，来到黄河北岸，又翻越了北岸的大金堤，沿着金堤向西走，傍晚的时候回到了冀鲁豫军分区总部所在地——颜村铺。

吴忠和管学思找到了二分区司令员曾思玉，汇报说这次去梁山很成功，圆满完成了侦察任务。

曾思玉告诉吴忠，要同志们好好休息，他与二分区和二地委的领导们第二天一起听昆张支队的详细汇报。

邵子言听说队伍回来了，非常高兴，傍晚就来到吴忠支队长住的房东家看望大家。他扳着吴忠看了半天，说："二十一天了，你们可回来了！我天天盼着你们哪！"

吴忠说："二十一天了？有那么快吗？我们天天在奔跑和打仗，有时候一天打两仗，没有睡过一个囫囵觉，同志们也没有脱过那身战袍，黑夜当作白天过，哪里会记得住日子？"

邵子言和吴忠、管学思说："反正回家了，一定要大家好好休息，明天不用起来练操了，让大家睡到太阳晒屁股吧！"

晚上，吴忠反倒睡不着了，他还是当作战参谋的老习惯，打仗回来要写《作战报告》。他点起煤油灯，二十一天的情景像过电影一样在他眼前一幕幕闪现。他回忆每一场战斗的情景、敌我双方的力量对比、每一次战斗的得失，越写越带劲，竟然忘记了时间，更鸡啼叫头遍的时候，他终于写完了。从前向后看了一遍，对这篇报告十分满意，他自己笑了：要是早去梁山一趟，交上这样的报告，哪里还用挨处分？好经验在整个二分区推广开了也说不准呢！

吴忠吹灭了灯，伴随着全村此起彼伏的鸡叫声，趴在桌子上昏昏沉沉地睡着了。

第二天上午八点多，二分区的首长段君毅、曾思玉在邵子言的陪同下，来到吴忠所住的老乡家里，看到吴忠趴在桌子上睡着了，胳膊下压着一份《昆张支队作战报告》。曾思玉轻轻抽出来翻了两页，觉得很好，转手交给段君毅，段君毅忍不住连声夸赞："中，中，中！"

吴忠醒了，看到几位首长站在身边，拿着《作战报告》在夸，心里自鸣得意，嘴上却谦虚道："昨晚临时划拉的，还没改呢！别再因为《作战报告》挨了曾司令员的处分啊！"

曾思玉用手指点着吴忠，笑着说："还记仇呢，上次给你处分就太对了，没有那次处分，你也不会憋着一口气，打了一系列漂亮仗，而且也不会写出这么好的《作战报告》！响鼓就要重槌敲嘛！"

吴忠扪着头皮，不好意思地笑了。他看到段君毅，忽然想起来一件事，抓住段君毅的胳膊，说："对不起，段书记，我听说陈亚琦副书记在西小吴村据点，我们打进去以后，解救了三十多名干部群众，就是没有找到陈亚琦同志，心里一直很内疚，我对不起您！这是我们此行唯一的遗憾！"说着说着，竟然难过地抽泣起来。

段君毅听了，哈哈大笑，用浓浓的河南话说："唔，你说的陈亚琦同志啊，她已经自己从西小吴据点跑出来了！"

吴忠感兴趣地问："啊，怎么跑出来的？"

段君毅说："陈亚琦同志平时为了工作方便，剃成了光头，她在五里庙村被敌人抓住，说自己是私塾老师，叫王新，村里群众也都说她是私塾老师王新。敌人看她文文静静，不像个八路，也没想到她女扮男装，把她押到西小吴据点后，还允许她和普通群众一样到围墙外面放风。她看准了地形，在一次到外面放风的时候，从厕所里翻墙跑了出来，估计敌人也没注意，或者不敢上报，她翻过黄河，就来到根据地了。前两天，陈亚琦同志已经回到寿张县委工作了！"

吴忠赞叹道："真不简单啊！西小吴据点的围墙那么高，没有智慧是出不来的！"

曾思玉说："那是自然，咱们段书记的爱人是文武双全！"

吴忠想起什么来了，说："我去叫同志们集合，接受首长检阅！"

曾思玉说："你忘了？我们昨天晚上说好的，同志们这么辛苦，让他们睡到太阳晒屁股！"

吴忠说："那我们悄悄地去看看他们吧。"

吴忠领着首长们来到战士们睡觉的屋子，看到在铺着谷草和麦秸的地面上，同志们睡得横七竖八，有的蒙着头，有的露屁股了，还有的嘟囔着梦话。"老虎"范广博搂着他心爱的机关枪，呼噜打得震天响，也没把别人吵醒。二十多天没脱衣服睡觉了，能光着身子呼呼大睡，是多么来之不易，是多么酣畅淋漓，是多么难得的幸福时刻啊！

他们蹑手蹑脚地看了一圈，曾思玉提议到二分区会议室开会，二分区下属的七团、八团和昆山独立营的干部一起参加，专题听取昆张支队的工作汇报。

吴忠把这次到梁山地区的活动情况进行了详细汇报，管学思也专门补充了到汶上侦察的情况。吴忠最后说："我们这次小部队去梁山侦察，说明派出小部队打进敌占区是完全可行的，越是在离根据地远的地方，敌人意识越麻痹。而且，梁山地区的老百姓对八路军是有感情的，贾大娘那样的堡垒户就不用说了，就是崔守道、唐绍增、张兴让那样的地主，都对咱八路有感情。据点的伪军一般持观望态度，陈玉镜那样的铁杆汉奸很少。一旦我们的部队在那里站稳脚，梁山人民还是向着咱们的！战士们都年轻，体力恢复过来，我们再去！"

会场上响起一阵阵热烈的掌声，在敌人"铁壁合围"之后，能听到这样振奋人心的好消息，实在太难得了！

首长们一边听，一边频频点头，不停地交换着赞许的眼神。参加会议的七团、八团和昆山独立营的干部们大都十分佩服。

八团团长齐钉根羞愧得低下了头，而昆山独立营营长吴机章感到不可思议，心里十万个不服：吴忠一个小连在敌占区竟然这么吃得开，他是不是太会编了？

段君毅开始讲话了，他指出："昆张支队第一次进昆张地区，圆满完成了对敌占区的火力侦察，下一次，就要把敌占区变成游击区，为恢复我们的鲁西老根据地创造条件，同时，也是要阻滞日伪军对濮范观中心区的蚕食，吸引敌人的兵力东调，减轻我中心区的压力。所以，昆张支队稍微一休整，就要尽快返回去！下一步进入昆张地区后的基本工作方针是：党政军群相结合，公开武装斗争和地下斗争相结合，实行革命的两面政策，做好统一战线，瓦解分裂伪军，建立两面政权，进行合法斗争，建立情报组织，把敌占区变成敌我拉锯的游击区！"

曾思玉则为昆张支队下一步的行动具体规定了作战任务："你们的主要作战区域不是摆在昆张地区，而要摆在汶上、东平、平阴、东阿一带。那里是敌人的腹心地带，你们在那里大闹天宫，将使敌人有后顾之忧，必定要从梁山及昆张地区回调部队，这样就有利于昆张地区党政群组织的恢复。这个意见以前吴忠同志向我提过，地委和分区认为非常有道理，而且一进昆张的情况表明，实施这个方案是可行的。所以，确定将这个方案作为二进昆张的基本方针。"

曾思玉特别强调："昆张支队不仅是战斗队，更是工作队、宣传队，一定要密切联系地方的党政组织，以相当的精力协助加强地方党政机构的领导和地方武装力量，在军事工作和地方工作的关系处理上，军事斗争服从地方政权建设的需要。所以，支队既不能消极避战，放弃任何歼敌机会，又不可主动攻击敌人的据点和城镇。一句话，在战术上不主张主动寻敌作战，但要伺机作战，打疼敌人。"

会议最后研究决定，昆张支队在根据地休整一个星期，接着返回梁山地区。这次带着两个连，八团四连和昆山独立营缩编的一个连，原八团四连全连一百五十人都去。

会议还决定，昆张支队这次过去，要建立健全昆张支队的党政组织，在邵子言担任支队政委、吴忠担任支队长、管学思担任特派员的基础上，由二分区的作战参谋常志义担任支队的参谋长，负责总结和撰写《作战报告》，原八团三营教导员、撤销营级编制之后在冀鲁豫根据地从事减租减息工作的田平同志担任支队总支书记，开展党的工作。

此外，会议还决定，共产党组织一定要在梁山地区扎下根，在汶上、东平、昆山、寿张、张秋五县成立中共昆张工委，由邵子言担任工委书记，吴忠、管学思、常志义、田平和五个县的县委书记担任委员，建立县大队和地方武装；发动群众，搞好抗日宣传，建立自己的情报系统。

会议结束后，昆山独立营营长吴机章找到曾思玉，悄悄地说："我们独立营在敌人铁壁合围和上次去梁山时损失太大了，伤病员比较多，还没有整编好，再给我两个星期的时间行不行？"

曾思玉说："我不是专门告诉过你了，等昆张支队侦察回来，我们就组织两个连的兵力过去吗？这都二十天了啊！"

吴机章说："我没想到吴忠他们还真能胜利归来，所以我一直没着急。"

曾思玉生气地说："你啊你！你尽快吧，不行的话，就多等你两天，就两天啊！"

吴忠、邵子言、管学思回到连队，带领昆张支队积极准备。同志们暂时脱下棉袍子，换上八路军军装，加强训练，自己缝补那套便衣战袍。

吴忠黑色棉袍子的屁股上剐坏了一块，露出了棉花，二排长杨炳银笑话他："吴支队长，你腚上漏油了，你知道不？"同志们哈哈大笑。

吴忠说："你管我屁股漏油不漏油，咱们研究点正经事儿行吗？"

杨炳银说："好啊，快说说，什么正经事儿？"

吴忠说："你们忘了，我们上次过南金堤封锁线的时候那么艰难，我们这次带着梯子过去行不行？"

副连长兼一排长郭瑞功说："行倒是行，就是梯子太沉了吧？是不是过了壕沟，就扔在那儿啊？天天抬着木头梯子行军，可是够受的！"

吴忠说："我们借来老乡家的梯子，不能给人家扔了吧？"

二排长杨炳银说："正好啊，绑在郭连长身上，显得个子高！"

郭瑞功一听急了，去追赶他，嘴里嚷着要揍他。

三排长郭志光文绉绉地说："我觉得，可以用竹梯子啊，竹梯子轻便、好扛，一个人就能扛动，而且我们夜里到村庄爬墙，也不用叫门了！冬天夜里有时候叫半天门，老乡们都听不见，听见了也不愿意爬出热被窝。"

吴忠点点头，又问道："可是，竹梯子吱吱嘎嘎，踩在上面声音太大了。"

郭瑞功脑子不会拐弯，他说："那还是木头梯子吧，沉就沉点吧，反正我扛得动。"

还是郭志光会动脑筋，他拍了一下脑袋，说："有了，我们在梯子的一侧绑上软皮子，就不吱吱嘎嘎地响啦！"

杨炳银说："到哪里去找那么多皮子啊？"

侦察班长孟昭德突然大声说："嗨，洋车子的内胎就行，可以到修车铺子里去找！"

邵子言早就进来了，悄悄地看着大家集思广益商量事情，高兴地说："真是三个臭皮匠，赶上一个诸葛亮啊！"

吴忠说："邵政委，你来得正好，我们想出来一个好办法，带竹梯子过去，每个排准备两架竹梯子，用车胎绑上，过壕沟，翻墙头，都用得上！"

说干就干，三个排八仙过海，各显神通，都准备好了两架竹梯子。

吴忠又问大家："咱们再想想，还有什么应该注意的事情？"

侦察班长孟昭德说："我还真有个感觉，上次是妇救会统一做的便装，太整齐了，不太像老百姓。"

吴忠说："老黑这次提的意见好，群众嘛，就要各种各样才行。"

邵子言通过县委去和这里的村干部对接，让各家各户找几件旧衣服、破帽子，给昆张支队使用。

很快，战士们就穿得五花八门，有的是棉袍子，有的是大棉裤，扎着绳头子，有的戴着旧毡帽，有的戴着破礼帽，这哪里是一支队伍啊，简直就是一群要出河工的村民。

可是战士们训练可是不含糊，他们在操场上练习刺杀，站在寒风中高声齐唱《八路军军歌》：

铁流两万五千里，

直向着一个坚定的方向！

苦斗十年，

锻炼成一支不可战胜的力量。

一旦强虏寇边疆，

慷慨悲歌奔战场。

首战平型关，

威名天下扬。

游击战，敌后方，

铲除伪政权，

游击战，敌后方，

坚持反扫荡，

钢刀插进敌胸膛！

到敌占区之后，就不能再唱歌了，回到根据地中心区，就要大声地唱，快快乐乐地唱！

于灿周最高兴了，支队按照上级要求，成立了民宣队，由五名有文化的战士组成，由他当队长，传授怎么给伪军训话，怎么发给伪军印着关公像的优待卡。

这时候，马达带着他的锄奸队却突然回到濮范观根据地来了，马达这位精明强干的绿林好汉，看到吴忠和邵子言在一起商量事情，上前抓住吴忠的胳膊，泪如雨下。他声嘶力竭地说道："吴支队长，邵政委！你们快回去吧！梁山的党组织和人民没有了靠山，快受不了了！你们支队回来以后，日伪军更加猖獗，又开始抓党员和干部了，几个据点的伪军一直围堵我们，根本待不下去啊！"

吴忠、邵子言把这个情况报告了曾思玉司令员，说必须马上去梁山。曾思玉去找吴机章，吴机章说："您不是说可以再等一两天嘛，很快就好了啊！"

曾思玉司令员撂下一句话："不行了，中心区被封锁得没吃没喝，而昆张地区的人民是苦等苦盼，这形势简直是一天也等不起了啊！你大吴是兵工厂专家，带兵打仗还真要向人家青年小吴同志学习！"

二分区首长一致决定，不等昆山独立营改编了，昆张支队带着党政干部和原八团四连马上返回梁山地区，绝不能让敌人把我们刚刚建立的抗日力量给打掉。

下午，天阴沉沉的，似乎要下雪了。但现在就是下刀子，也无法阻止我们的指战员奔向战场的脚步！

他们这一次还是趁着夜色从西小吴据点附近过去。每个排都有两架竹梯子，过壕沟的时候用一个梯子下，一个梯子上，过了壕沟，开始翻墙了，则是一个梯子上，一个梯子下。干部战士毫无声息地就翻过了敌人南金堤封锁线的壕沟和高墙，一个急行军，插入到梁山腹地。

第十九章

一天打了三仗

这一次，昆张支队利用竹梯子，神不知鬼不觉地翻过冀鲁豫根据地中心区与梁山之间的壕沟和高墙，一路向东穿插。

下半夜，开始落雪了，小北风吹着雪花，无声无息地飞舞。战士们裹紧了棉衣，继续前行。战士们在想，今夜要住在哪里呢？

这一次，每当队伍经过村庄的时候，村庄里都会传来一阵阵叫喊声："八路军来了，不许进村！"

"拉家伙，打八路！"

还有的敲铜锣，敲梆子，放冷枪，让战士们感觉到这里确确实实是敌占区，这苍凉的叫喊声比飞雪弥漫的寒夜更加冰冷。

吴忠带着战士们只好绕着村庄，在野外穿行。他们绕过一进梁山时的野猪淖村、杨营村，又经过靳庄、李大锅村，步行三十多里，在天将拂晓的时候，经过了一条河沟，河沟上面有一座小石桥。吴忠说："我过去来过这个村庄，叫什么桥来着？"

邵子言和管学思一起答道："刘普桥。"

邵子言说："这也是个明朝建起来的村庄，据说是因为一个叫刘浦的村民在村外的河上修了这座小石桥，村民感恩，就把村名称作刘浦桥，后演变为刘普桥。"

村里静悄悄的，没有人喊叫。吴忠看到这个村庄四周非常开阔，便于警戒，而且天快明了，也不能再走了，他和邵子言商量，决定在这里宿营。

吴忠命令将村庄四面包围，人员只许进，不许出。然后，队伍悄悄进村。

在走到村口的时候，惊醒了睡觉的打更人，打更人开始大喊大叫，并朝部队扔手榴弹，用土枪朝部队射击，战士们只好停止前进。

爆炸声和枪声惊醒了村里的人，几十名村民跑到村口，堵住了部队，不允许进村。

民宣队队长于灿周走过去朝村民喊话："乡亲们，我们是八路军昆张支队，知道吗？吴忠队长带领的昆张支队啊，我们是一家人！"

村里的人喊道："管你们是什么队！谁和你们是一家人？"

"快走！不走我们就向大侯据点报告了！"

"小钢炮"郭瑞功急得咬牙，说道："这个村庄的人都成汉奸了，支队长，下命令吧，我们能冲进去！"

"老虎"范广博也气得摘掉棉帽子扔在地上，跺着脚说："不用冲，很简单，就一梭子子弹的事儿，我把他们都打趴下！"

邵子言摇摇头，说："这些都是咱们的老百姓啊！我们怎么能忍心动手呢？"

吴忠说："撤吧，我们到村外的大沟里休息。"

郭瑞功只好向后转，垂头丧气地带着队伍回到刚才经过的大河沟。如今黄河里没有水，这条小河沟也干了。战士们来到沟底，吴忠命令道："就地休息！"

土沟的北坡挡住了一些风，但是，却无法阻挡雪。雪已经铺了薄薄的一层，同志们有的躺在湿漉漉的雪坡上，有的蹲坐着打盹儿。

炊事班班长白志明来找吴忠，说："该做早饭了，这儿也没有柴火，怎么做早饭啊？"

吴忠说："知道了，容我再想想办法。"

白班长悻悻地离开，说："这巧妇也难为无柴之炊啊，总不能干吃米粒吧？"

小战士马三妮儿冻得在沟底跳来跳去，他看见炊事班班长戴着大围裙找吴支队长说事，对排长郭志光说："我姨家在这个村庄，我常来走亲戚，我找我姨父去。"

郭志光说："是个好主意！"

郭志光领着马三妮儿去找吴忠和邵子言说明情况。吴忠赞赏地说："行，三妮儿长大了！会为咱支队操心啦！"

马三妮儿来到村口，说来走亲戚的，村民让他进去了。他看见姨父正拿着一根红缨枪站岗，大声喊道："姨父，我是三妮儿！"

他姨父走过来，说道："你看，这里正乱腾着呢，你怎么来了？你爹好吗？"

马三妮儿骄傲地说："我当八路军了，你不知道吗？姨父，八路军昆张支队是咱们老百姓自己的军队，就在村子里休息一天，怎么不让进呢？"

他姨父说："要是让八路军进村，全村人都要跟着倒霉！大侯据点的仓二扁头太厉害了！"

马三妮儿说："仓二扁头厉害，八路军不厉害吗？"

几个村民围住马三妮儿，说："八路军当然不如仓二扁头厉害，这里离大侯据点多近啊！"

"如果留八路军住下，他们能把我们全村杀个片甲不留。"

马三妮儿说："八路军也有机枪、小钢炮，刚才你们得罪了八路军，当兵的都架好机枪了，是吴忠支队长不让开枪，说不能对老百姓开枪，他们才离开了。"

马三妮儿的姨父说："好，好，我记得孩子你当八路军了，这是咱自己的孩子来了，老少爷们儿，让这帮八路军进村吧！"

马三妮儿说："是啊，现在八路军在村外的大沟里，没吃没喝不说，还没有柴草做饭，你们能忍心吗？就是我从俺马营来走亲戚，你们不也要管饭招待吗？"

村民们七嘴八舌地议论开了："这些八路军不让我们老百姓为难，说不让他们进村就不进村，这样的队伍哪里找啊？"

"从来没遇到过这样的军队，把八路军赶走这样不好，去大沟接他们来吧。"

马三妮儿完成了一件大事，高兴地领着村民来迎接八路军。

这时候，侦察班班长孟昭德匆匆来到沟边，说："支队长、邵政委，大侯据点的伪军上来了！"

原来，刚才打更人的枪声让邻村的村长听见了，他看见一伙穿着破破烂烂的土八路向南来到了大沟里，就跑去向大侯据点的伪军中队长仓二扁头报告了。

仓二扁头本不是这本地人，他的娘是一个怀孕的外地要饭女人，为了有一口饭吃，嫁给了本地一个姓仓的老光棍儿。他生下来就得不到照顾，睡扁了脑袋，所以外号叫"仓二扁头"。这家伙从小缺少管教，有奶就是娘，日本人来了后主动去当汉奸，受到日本人的信任，当了中队长。他一听是一伙穿着破烂的土八路，不等寿张县伪县长孙广勋布置，就提前来抢战功，抓到八路军是要领赏的！

这时候，吴忠已经看到这伙伪军从南边上来了，马上布置作战方案：二、三排埋伏在沟边的雪坡上，一排由郭瑞功带领爬出沟沿向南出击。

仓二扁头一看只有五十多个土八路，高兴得不得了，他们有二百多人呢！四个抓一个，也能把这伙土八路捆起来！于是，他扒掉一只袖子，光着胳膊，大声喊道："上啊，弟兄们，抓活的啊！能领皇军的联合券！不往前冲的是小舅子！"

伪军们也都兴奋地嗷嗷大叫："抓活的！抓活的！"

"土八路，投降吧！"

郭瑞功带着一排边打边撤，退到小石桥的北岸，伪军们有的已经过了河，有的拥挤到了小石桥上。吴忠大喊一声："打！"

范广博的机枪率先发动，二、三排开始从两边包抄，前边的郭瑞功带领一排的战士们停下脚步，反过来朝敌人射击。

仓二扁头一看傻了眼，说："有机枪？这哪里是土八路啊？撤，快撤！"他把胳膊往袖子里一插，转身就跑，连手中的驳壳枪掉在地上也顾不上捡。其属下更不含糊，个个跑得比兔子还快。

战斗不到半个小时，打死伪军十六人，重伤四十多人，二十多人被俘虏。八路军只有一人受轻伤。

马三妮儿领着村民们来到沟边，正赶上八路军打扫战场，昆张支队随队的卫生员给负伤的伪军包扎。

邵子言让伪军找村民向八路军求情，只有这样八路军才会释放俘虏。伪军们向老百姓叩头，请老百姓向八路军求情。

村民们刚驱逐了八路军，怎么好意思开口求情呢？他们纷纷向八路军道歉，请求原谅，不该不让八路军进村。

邵子言对村民们说："我们是八路军昆张支队，只要你们认识到错了，知道八路军和咱老百姓是一家人了，咱们就什么隔阂也没有！"

村民们这才开始替伪军们求情。

于灿周和战士们给伪军喊话，让他们不要死心塌地给鬼子卖命，并发放带有关公像的优待卡。

吴忠又让一些村民帮助俘虏把尸体和重伤员送到大侯据点。伪军们对八路军千恩万谢，纷纷表态说："以后记得自己是中国人，绝不和八路军真打仗！"

天已经快半晌了，马三妮儿和他姨父高高兴兴地领着昆张支队进村，昆张支队分散到各家各户，借老百姓的锅灶做饭，这早饭和午饭就算一块儿吃了。

吃过饭，吴忠考虑到已经暴露了踪迹，决定带着队伍离开刘普桥村。村民们拉着队伍不让走，说什么也要留在村里多住两天。但是，队伍要出发，怎么能留得住呢？许多群众一直跟着送出村外，队伍已经走了很远了，他们还在恋恋不舍地挥手致意。

吴忠盘算着下一步到哪里去宿营，他和邵子言、管学思、参谋长常志义商量，准备到上次马营战斗后的洼里村去住。大白天行军，目标太大，他就带队向相反的方向先走一段路，向着西北走，经过耿楼，然后折向西南。但是，在经过王连坡村的时候，却和一伙伪军撞了个正着。

原来，在昆张支队翻越壕沟和高墙来到梁山之后，一些村庄打更人发现了这支穿着破烂衣服的土八路，就报告给了寿张县伪县长孙广勋，大侯据点的伪军被打垮的消息也报上来了。孙广勋判断出来，这根本不是土八路，而是昆张支队又回来了，就向东平、郓城、汶上的伪县长们通报，相约联合行动，趁昆张支队立足未稳，一举把昆张支队消灭。孙广勋安排寿张县各个据点的伪军都出来寻找昆张支队，刘普桥村西面王连坡据点的伪军出来挨村搜索，查了庄垓、碌碡庙等村庄，正准备返回据点，不料和昆张支队遇上了。

吴忠觉得刚刚打了一仗，战士们太辛苦，不愿意再打仗，就命令战士们卧倒，让伪军们走过去。可是，这伙伪军却觉得八路军胆怯了，地点又在自己的据点附近，肆无忌惮地冲了上来，还在喊着："嘿嘿，看见你们了，快投降吧！"

吴忠看到不打不行了，说了声："龟儿子，欺负老子好惹是吗？让你们瞧瞧我昆张支队的厉害！"他让战士们慢慢地散开队形，将敌人包围在中间，等敌人临近了，吴忠高喊一声："打！"

机枪、步枪、手榴弹一齐打出去，伪军们猝不及防，被打得鬼哭狼嚎，丢下十几具尸体，向着据点方向疯狂逃跑，很快就钻到他们的"乌龟壳"里了。

吴忠看到这帮伪军进攻没有战法，但是逃跑却十分迅猛。如果再往前追，就到敌人的据点了，因此没有安排追击。他对邵子言说："不能再去东南方向的洼里村了，那里太远，要经过好几个据点，连续作战，我们战士受不了。"

邵子言表示同意，于是，昆张支队继续向东北方向行进。他们穿过已经干涸的宋金河，绕过孙佃言村，来到徐坊村村南的田野里。不料，却又和寿张集据点外出巡逻的伪军遇上了。

这些寿张集据点的伪军是陈玉镜手下的，他们也是巡逻了一天，从另一个方向的王大称村出来准备回据点。这一伙伪军军容严整，战斗力比较强，看到野外行军的昆张支队，立刻兵分三路，向昆张支队包抄过来。

吴忠看到这些敌人打仗有一套章法，不好打反击，就让战士们用随身带的铁锹挖简易的工事。敌人一看八路军在挖工事，开始卧倒，匍匐前进。吴忠命令支好机关枪，手榴弹打开盖等着。等敌人临近了，手榴弹被一齐扔了过去，炸得敌人死伤一片，活着的鬼哭狼嚎，撒腿往附近的郭楼村跑，从郭楼村转道逃回了据点。

昆张支队的卫生员给受伤的伪军包扎好，民宣队队员们教育了一番，请郭楼村的村民把这些伤员抬着送回寿张集据点。可是铁杆汉奸陈玉镜不仅不感谢，还大骂村民"通匪"。

吴忠和邵子言带着队伍来到徐坊村，召集村民开大会。邵子言介绍八路军昆张支队又回来了，一天打了三仗，都把敌人打得落花流水。村民们都非常高兴，不顾形势险恶，纷纷拉着战士们到自己家里吃饭。

这时候，村外走来两位农民打扮的年轻人，他们竟然是昆山县委委员吴力全和敌工部部长杨岗。他们听到激烈的战斗声，觉得是昆张支队回来了，就循着枪声找，这枪声忽东忽西，他们就追着走，终于在天黑以后，追到徐坊村来了，果然是昆张支队！

执勤的是一排新跟来的战士，战士先领他们见副连长兼一排排长郭瑞功，郭连长就领着他们来到会场，找到吴忠支队长。

等邵子言讲完话，大家相互见了面，自然是格外高兴。吴力全和杨岗汇报了上次分手后的工作，杨岗只汇报了争取伪军中队长周庆丰和陈玉镜的情况，家里父亲遭难的事情一字没提。吴忠、邵子言对他们都表示赞赏，然后，他们俩表示希望能跟着部队一起活动。

"瑞升号"大掌柜徐万升和村长一起邀请吴忠、邵子言带领战士们到酒坊里去吃晚饭。他们来到街里的徐家大院，一进院子，一阵阵酒香扑鼻而来，一排排半地下的酒曲发酵作坊热气腾腾。

吴忠停下了脚步，问徐万升酒坊和商店的情况。徐万升说道："都还好，日伪军来我们村建了新民会和民团，换了两任村长了，他们不知道底细，每换一任，都是咱们的同志，什么秘密都没有泄露。"

吴忠说："太好了，真是难能可贵，一定要保护好我们的家底啊。"

他和邵子言商量，这个村有酒坊产业，还是鲁西银行的商店和发行站，为了避免把敌人引过来，决定不在这里吃饭和住宿，尽快撤出徐坊村。

徐万升和村干部急了，拦住他们不让走。徐万升大声嚷嚷："这才刚进家门，别说喝汤（梁山一带把吃晚饭叫作'喝汤'）了，也别说尝咱的酒了，水都没喝一口呢，这就要走，怎么行啊？"

邵子言说："吴忠同志考虑的是对的。你忘了你哥哥徐万瑞是怎么被敌人杀害的了？决不能让敌人注意到这里！"

部队又出发了，这一次他们绕了个大弯，最后来到徐坊村西北二十里的张文一村。这个村也是有着革命传统的老村，村庄很小，没有自卫团，昆张支队四下里放好岗哨，然后进村，分别住在十五户村民家里。村民觉悟很高，主动给八路军做饭，八路军这才吃上今天的第二顿饭。

这个村子也是明朝初年建立的老村，这个村的张氏祖先叫张文一，又很有文化，就以张文一的名字作为村庄的名字。村民大都会擗炮仗，就是制作鞭炮，张文一村的炮仗在十里八乡很有名。现在正是擗炮仗的季节，许多村民家都在忙着制作炮仗。

吃过晚饭，邵子言主持召开进入梁山后的第一次工委会议。邵子言说："我们二进昆张地区，一天打了三仗，都打胜了，说明吴忠支队长指挥得好，战士们能打硬仗。但是，这也说明了，梁山西部与濮范观接壤处的敌人部署是很强的。我们不能在这里继续和敌人硬碰硬，说不定哪一仗就会吃大亏，必须按照二分区首长的要求，转移到梁山东部的昆山、东平一带。那里敌人的力量薄弱，在那里可以像孙悟空一样大闹天宫，把敌人的力量吸引过去，别让敌人老是在濮范观边上进行蚕食。"

吴忠和各位工委委员都表示赞同。可是，总支书记田平说："这一天我们光打仗了，我们党的建设怎么办啊？我们党的原则可是党指挥枪，一定还要好好抓党建啊！"

这下可把大家都难住了。是啊，打仗要紧，可是党的建设也同样要紧，不能打了胜仗，丢了党建啊！

参谋长常志义说："党建是很重要，但是第一要保证小部队自身的安全，我们是在敌人堆里，党建一定要灵活机动，否则，我们还在开着会，可能就会被敌人包饺子的！"

田平不高兴了，他说："我们共产党一大召开的时候，是不是在敌人的白色恐怖中？我们在井冈山打游击的时候，是不是在敌人的包围中？环境危险可不是不要党的建设的正当理由啊！"

邵子言说："田平同志说得很对，也给我们提了醒，我们每到一地，抽时间先学习讨论，然后再休息，否则，一天到晚奔波和打仗，学习和讨论会没有时间的。"

吴忠说："好吧，明天我们不是要去梁山和运河东吗？不如先在王芝茂村停一下，王芝茂村正好在东去的路上，我们到那里去搞一次党建活动吧。"

邵子言说："好啊，我也好久没去那里，没见过贾大娘了，正好去见见她！"

他们的讨论会一直开到夜阑方散。

住在农家的战士们看到村民们正在忙着撚炮仗，也不愿意吃闲饭，就帮着村民干活。撚炮仗大都是在一个大地窨子里进行，这里面比较暖和，适合冬天干活。在地窨子顶棚上边吊起一个厚厚的、来回摇动的、呈"丁"字形的木板，下边固定一个与之对应的木板，两个木板之间相距大约半厘米，炮仗制作初期就是靠推动上边吊着的木板撚成炮仗筒子，然后装药，插捻，砸实，编挂。

于灿周小时候赶年集，总是能看到张文一村的人卖鞭炮，梁山张文一村的炮仗和郓城李宏村的炮仗对着叫阵，印象很深刻。这次来到张文一村，他来到房东家的地窨子里帮忙撚炮仗，感到十分神奇。他惟妙惟肖地学起了年集上卖炮仗的吆喝声：

> 泰山不是垒的，
> 黄河不是尿的，
> 牛皮不是吹的，
> 张文一的炮仗，
> 是实打实、硬碌硬撚出来的！

房东哈哈大笑，说："你们别走了，在俺家撚炮仗，到年集上帮我们去吆喝吧！"

参谋长常志义开完会回到房东家的地窨子里，他没有帮助房东干活，而是借着房东的灯光，把笔记本放在自己膝盖上，认认真真地写当天的《作战报告》。好记性不如烂笔头，他怕以后忘了，所以每天都要整理出来。他写道：

> 今天是进入梁山地区的第一天，昆张支队辗转一百多里，一天就打了三仗。在吴忠支队长的指挥下，三次战役都获得了胜利，虽然十分辛苦疲惫，但是振奋人心，战士们仍然充满了斗志。昆张支队作为小部队进入敌占区，一般遵循几个原则：

一是宿营的村子一定要小，而且离周围的村庄要远，便于封锁消息。

二是部队夜行晓宿，选择拂晓时分进村，因为这正好是老百姓起床干早活的时间，即使鸡鸣狗叫，也不会引起敌人的注意。

三是进村前先把部队散开围住村子，放好岗哨，然后慢慢靠近，悄悄进村。进村后即对全村实施封锁，来往行人只准进不准出，待黄昏时分部队转移前再解除封锁。

四是行军要搞迷魂阵，先向相反的方向行军，再绕道进入要宿营的村庄，不能让敌人摸清真实的动向。

在战斗中，最好是集中兵力打反击战。要提前部署好兵力，设好埋伏，一定要把敌人打疼，战斗要速战速决，不能恋战，免得被敌人缠住，防止敌人增援。

第二十章

打过运河去

下半夜的时候，战士们悄悄地起身，轻声告别了房东，部队集合开拔。

昆张支队又一次来到王芝茂村，在村外布置好警戒。

孟昭德带着侦察员赵大牛来到贾大娘的柴扉边，小黑狗又叫了起来。孟昭德亲热地叫道："小黑，小黑！大黑又来看你了！"

小黑狗钻出篱笆门，围着孟昭德的腿亲热。

贾大娘听到动静，知道是自己的队伍来了。她咳嗽了三声，起身点上灯，说道："好着呢！"

赵大牛到村外报告吴忠支队长，请部队进村。

邵子言、吴忠等首长一起来到贾大娘的院子里，贾大娘和村里的几名党员已经在等着了。

邵子言紧走一步，站在贾大娘面前，说："贾大娘，自从鬼子'铁壁合围'后，还没见过你呢！同志们都好吧？"

贾大娘说："是邵书记啊，你好吗？你们好，咱就好！"

吴忠说："大娘啊，邵子言已经是我们昆张支队的政委了，也是我们的昆张工委的书记，我们要把这一带的党组织建起来！"

贾大娘听了，扯着衣襟擦眼泪，呜咽着说："邵政委啊，党回来了，咱梁山就不是敌占区了，还是共产党的铁杆根据地！"

吴忠感动地对田平说："田书记，你看看，好好看看，这是不是党建？党建不在活动上，在人心向背上！"

田平说："党建也是活动，也是对我们战士的心灵洗礼！"

邵子言说："田平说得好，我们就让战士们都来认识认识贾大娘，我来讲讲贾大娘的故事，就算一次党建活动。"

贾大娘家院子太小，田平就让以排为单位，轮流参观贾大娘家。邵子言介绍贾大娘让大家认识，讲了贾大娘收留八路军干部，给共产党送情报的感人事迹。

战士们都报以热烈的掌声。

贾大娘这一次浑身不自在，脸涨得通红，手也没有地方放。等活动结束了，贾大娘一屁股坐到地上，说："我的娘啊！我的老天爷啊！你们可把我老婆子折腾死了，以后可不带这样的，这样一说，就和假的一样，如果再这样，咱家就不让你们进了！爱去哪里去哪里吧！"

贾大娘又拉住吴忠，生气地说："你说啊，你们不好好打鬼子，到我家弄这些虚头巴脑的，到底想干什么？"

吴忠一看贾大娘是真生气了，忙说："都是田平书记，非得要搞党建，让战士们受教育，不过，田平和我们大家都是真心的，没有一点虚头巴脑的成分。"

贾大娘这才消了一点气，说："那也不行，这一弄倒是外气了不是？我加入共产党是出自内心的，咱王芝茂村有这么多党员，还有很多进步的群众，都不差！不用把我挂起来！"

吴忠继续道歉："是，是，贾大娘，看到你心里一点也不舒服，我替他们道歉，以后绝对不敢这样了！"

贾大娘把吴忠拉到一边，小声说："武松啊，给你说个正经事儿！一直想给你说，可是你整天稳不下来，还没来得及说呢，又拔腿走了！"

吴忠认真起来，看着贾大娘，说道："啥事儿啊，您说就是了！"

贾大娘说："你也老大不小了，想在咱们梁山给你说个媳妇，你愿意吗？大娘我给你看着，找个俊的、思想进步的。"

吴忠一摆手，苦笑着说："嗨，这是什么事儿啊？看您一本正经的，我还以为是什么战斗情报呢！"

贾大娘嘬着嘴说："你这孩子，光知道打仗，老大不小了，也该成家了，在我们梁山男的十七八就结婚了。咱们八路军的干部，也有结婚的啊！"

吴忠瞪着眼说："现在不行，绝对不行！我整天把脑袋拴在裤腰带上，谁家的姑娘愿意跟我啊！等打完小日本，再让大娘在你们梁山给我找个好的、俊的、思想进步的！"

"那咱就说定了啊！"贾大娘笑着说。

吴忠郑重地点点头。

部队在王芝茂村休息了一天，下午，吴忠和邵子言等支队首长商定，邵子言和管学思、马达等继续留在梁山西部，和寿张县委、昆山县委的同志一起做收拢失散的党员干部、甄别村级组织、建立县区武装和民兵组织、争取伪军反正等工作。吴忠、常志义、田平带领队伍越过大运河，到东平去打几仗，把敌人的力量调到东部地区。

1942 年 12 月 15 日傍晚，吴忠带领昆张支队的战士们从王芝茂村出发，沿着东平湖的南岸向东穿插。

今晚夜空晴朗，皓月当空，东平湖风平浪静，月亮映照在湖面上，波光粼粼，无论从哪个角度看，都能看到一条亮晶晶的水路摇曳着通到月亮上去。如果没有日寇的占领，这是多么静谧的湖畔夜色，多么美丽的祖国山河啊！可是，我们的战士却没有功夫停下来看这美丽的夜色和山水，他们在匆匆赶路，准备从前面靳口闸的地方穿过运河，到梁山东面的东平、汶上一带开展对敌斗争。

京杭大运河自元代裁弯取直之后，就开始从梁山一带穿过，元代的大运河从梁山西到寿张集，穿过黄河再到聊城、临清，而后来明清时期的运河则移到了梁山的东部，经过东平湖穿过黄河。

大运河本身没有水，南方的大运河主要依靠淮河的水，北方的大运河主要依靠大汶河的水。大汶河发源于山东旋崮山北麓沂源县境内，从东向西奔涌而来，在汶上南旺进入运河，南北分流。为了防止运河水一泻而光，自明清两朝以来，在运河上每隔十里建一个闸，船聚集到二百条以上才能开闸放行，山东段有四十多个闸，所以这一段大运河也叫"闸河"。

梁山东平变成敌占区之后，日伪军在运河的船闸上都建起了据点和炮楼，每日加强巡逻，阻挡人员车辆东西两岸通行，也阻挡船只南北过闸，必须经过他们的盘查之后才能放行。

昆张支队悄悄来到运河西岸的曹园村，布置好警戒，住在这个村子里，研究怎么样通过大运河。

吴忠安排侦察班班长孟昭德找到东平县委书记兼县长赵效三。赵效三看到昆张支队回来了，格外高兴，带着二十多人的队伍一起来投奔昆张支队。赵效三介绍说，上次昆张支队拔了陈庄据点，成立了一百多人的东平县大队，但是，在昆张支队回到濮范观之后，日伪军又在陈庄恢复了据点，到处围剿这支队伍，赵效三带着他们撤退到东平湖区，许多陈庄的村民不愿意离开家，交枪不干了，最后还剩下二十多人，赵效三带着这支队伍围绕着东平湖和敌人"藏猫猫"，一直难有什么发展。吴忠让他们暂时跟随支队一起活动，也让他们练练兵。

孟昭德又找到了我们的情报员、管学思的表哥、住在唐楼村的唐绍增。唐绍增一听昆张支队要过靳口闸，又找来了新任的靳口区伪区长张子厚。这是前不久管学思和他一起发展的新情报员，让他负责掌握靳口区敌人活动的情况。

张子厚详细介绍了靳口据点的情况。靳口闸既是一座闸，也是一道桥，大运河将靳口村一分为二，河西是西靳口，河东是东靳口。这个据点有伪军一个中队，由中队长王笃成带领，在东西运河大堤上建有两个炮楼，在闸桥的两端设有暗堡，在东西靳口村的村口，也建有暗堡，可谓是易守难攻。

吴忠和田平、唐绍增、张子厚商量，不能强攻，只能智取，只能做伪军中队长王笃成的工作，请他让开一条路，让我们的队伍过河。

唐绍增介绍说："王笃成这个人四十多岁，小眼睛，大秃瓢，聪明绝顶，小算盘打得响。他原来当过土匪，一会儿就一个主意，说翻脸就翻脸。我可以到据点去找他做工作，但是，这家伙为人没信用，如果他答应我们通过，却在半路上朝我们动手，那可就麻烦了。"

张子厚也说："是的，王笃成就是这样的一个人，东平县伪县长张勉之就很不喜欢他，但是他手里有一支队伍，又不好动他，所以让我当这个区的区长，也有监督他的任务。"

吴忠听了以后，沉思片刻，说："我们要针对王笃成的特点，恩威并重，让他听我们的，不敢给我们捣乱。我先给他写一封信吧，你带着信去找他。"

说罢，吴忠就从笔记本上撕下一页纸，开始写道：

笃成兄台鉴：

久闻您的大名，我八路军昆张支队来到梁山，愿意与您交朋友，互相关照，今需要借您的宝地过河，希望得到您的协助。否则，兄弟只好留在这里，兵戎相见了。

吴忠

即日

唐绍增带着吴忠的信到靳口据点去找王笃成。同时，让各排做好强攻靳口据点的准备。

王笃成看到唐绍增来运河大堤上的据点找他，打着哈欠说："哪股风把你刮来了？"

唐绍增把王笃成拉到偏僻处，小声说："吴忠带着八路军昆张支队来了，要从你这里过河，让我来找你，希望你行个方便。"

王笃成摆摆手说："不行，你走吧，就和他们说我不在钉子里，找不到我。"

唐绍增知道王笃成爱喝酒，见了酒就拔不动腿，就说："咱们兄弟又好久没喝了不是？今天我请你，咱兄弟好好喝一喝。"

王笃成一听喝酒，立马来了精神，他一边假意推辞着，一边跟着唐绍增来到东西大街上的一个小酒馆。唐绍增叫上牛肉、羊骨头、烧鸡、东平糟鱼四样菜，又让伙计上了两瓶梁山老酒，二人边喝边聊。

唐绍增说："你上次说，东平县县长张勉之不信任你，让我给你长长眼，传传话，这不，人家八路军吴忠认为你是条汉子，把你当作朋友，从你这里借一次道，你举手之劳的事，有何不可？"

王笃成说："这可不行，张勉之知道了，到平井那里告我一状，我可吃不了兜着走！"

唐绍增支开话题，接着喝酒，喝到差不多了，唐绍增又把话题绕过来："我都有点替你可惜，人家吴忠把你当朋友，你却不珍惜，昆张支队能打仗你是知道的，人家要是不过河了，把你当成了敌人，在这里和你斗下去，我看不出一个星期，就能见分晓，你信吗？"

王笃成惊叫道："对啊！不能让吴忠停留在我的地盘上，一定要把他送走！可是，吴忠是真过河吗？不会端我的炮楼吧？他是真的要和我做朋友吗？"

唐绍增掏出来吴忠的信，说道："一开始就告诉你了，你疑神疑鬼，才费了这么多口舌！"

王笃成看了信，想了想，说："不能让他就这么过去，我没法交代啊，不如这样，我安排一个贴心的排长带岗，趁换岗的时候，你让他们吆喝着冲锋，我的人一撤，他们就过去，然后我再追击，到时候可是保证都放高枪啊！"

唐绍增说："你这不是很聪明嘛！我一定把你说的话捎到。"

唐绍增回到曹园村，把情况说了。吴忠沉吟道："虽然这个王笃成诡计多端，反复无常，但是也只好这么干了，在开打的时候，加强火力，给他震慑，同时迅速过桥。"

晚上八点，昆张支队从村庄集合出发，来到河边的密林里，摆好架势，等待机会。不一会儿，十几个汉奸来到暗堡前，大声吆喝着："换岗了，换岗了！"

暗堡里的汉奸兵爬了出来，伸懒腰，打哈欠。这时候，吴忠大喊一声："冲啊！"

顿时，军号嘹亮，杀声震天，机关枪对着空中嗒嗒地响起来，汉奸兵大喊："不好了，八路来了，快撤，快撤！"

战士们一跃而起，迅速跑上闸桥，快速通过，等伪军们准备好追击的时候，我们的队伍已经全部过了河。

王笃成大声喊叫着："土八路，快截住，别放走一个！"他亲自带着伪军一路追赶，追了十几里路，还能听见后面传来的枪声。

吴忠对参谋长常志义和党总支书记田平说："王笃成竟然为我们送行这么远，这家伙真够热情的！"

昆张支队在伪军的"送行"中过了运河，向东北方向走了三十多里，来到济宁到东阿的公路边上的一处大庙。吴忠原来在这里打过游击，知道这是一处道教的三官庙。这个庙面积很大，它离南面的沙河站有五里多地，离最近的三官庙村也有三里地。吴忠说："这个庙四周比较好警戒，今晚不走了，就住在这个庙里了。"

这次，带来的竹梯子派上了用场。因为已经是后半夜，吴忠考虑到时间太晚了，不好再砸三官庙那高大的山门，就对副连长兼一排排长郭瑞功说："翻墙进去！"

吴忠和战士们很快就翻墙进了院子，考虑到道教的清规戒律可能比较多，不好进到大殿里面，吴忠让各排在大殿前面的空地上躺下休息，借助大殿的房子遮挡一下寒风。

就在这时，打更的道士们发现有外人进了道观，他们认为这是土匪在偷袭，就叫醒了其他道士，带着大刀、长矛冲到了大殿前，对着战士们又是戳，又是砍。战士们不好意思还手，只能不停地躲避着，在这些道士的进攻下，朝大门口节节后退。

吴忠只好让战士们退出了道观，来到山门外。里面的道士推着两扇大门，咣当一声关上了，并从里面用大杠子顶住。

吴忠让民宣队队长于灿周朝里面喊话。于灿周喊道："师父，别误会，我们是八路军昆张支队，请开开门，让我们在大殿前面挡挡风，休息休息。"

里面喊道："什么坤张支队、乾张支队，你们还打着八路军的旗号。哼，分明就是一伙土匪！"

于灿周喊道："我们真不是土匪，是八路军的一支小部队，也称作'梁山支队'。"

里面的道士答道："梁山？那就对了，梁山从来就是土匪窝！你们就是土匪！"

于灿周分辩道："我们真不是土匪，我们就是八路军老八团，我们的队长就是八团的吴忠参谋。"

里面的人笑了，说："老八团不是'江南蛮子'，就是'山西爪子'，你这地地道道的梁山话，蒙谁呢？"

也难怪，自从那残酷的"铁壁合围"之后，这里还没有来过八路军呢。

于是，战士们纷纷用家乡话在门外喊道：

"我是'江南蛮子'！"

"我是'山西爪子'！"

"我是'江西老表'！"

"我是'四川娃子'！"

有的战士急了，说："请看看我们的机关枪，土匪有机关枪吗？"

"看看我们的军用地图，土匪有军用地图吗？"

里面不说话了，可是也不开门。

吴忠靠近大门，诚恳地说："我是原来的八团吴忠参谋，现任昆张支队支队长，请你们转告老道长，如果他说不让进，我们就走。"

不一会儿，门吱吱扭扭地打开了，一位白眉毛、白胡子的老道长走了出来，大声说："失礼了，失礼了！吴支队长请进，请大家都赏光进来吧，到里面好好休息！"

道士们都热情地拉着队伍进入房舍休息，老道长则热情地请支队的首长们一起到他的卧室，嘘寒问暖。

道长说："贫道俗姓张，道名张全子，是寿张县人，是全真道'北七真'之一长春真人邱祖的第二十一代传人。我们这座三官庙的开山鼻祖是明朝嘉靖年间的东平道士王三阳真人，他曾经在泰山凌汉峰筑窟修炼，名叫'三阳观'。后来他参加了抗倭，被朝廷封为'大明全真天道护国真人'，晚年回到家乡，修建了这座大三官庙。"

吴忠说："我听说过你们丘处机道祖的故事，在成吉思汗征服欧洲的时候，他不顾七十多岁的高龄，甘冒风沙大雪之苦，经历两年万里跋涉，终于到达西域成吉思汗的军营，劝诫成吉思汗不要对欧洲实行杀戮。邱道长一言止杀，救了欧洲。"

张道长听到八路军夸奖全真道，很是高兴，让小道童打着灯笼，带领吴忠参观最引以为豪的三座大殿。吴忠本来想问这一带敌人的布置情况，看到老道长这么热情，也就只好跟着他一起参观道观了。

这座三官庙共有三座大殿，第一个大殿就是刚才战士们要进来避风的三官殿。

老道长引领他们参观三官殿的三座高大的塑像，老道长说："这三官大帝，即天官、地官、水官。天官赐福，地官赦罪，水官解厄。我们道教尊远古的三位明君尧、舜、禹为天、地、水三官，载录世人善恶，为万物之行本。每年的三元节，就是三元大帝的诞辰，以正月十五为上元节，七月十五为中元节，十月十五为下元节。并以上元节为天官赐福之日，中元节为地官赦罪之日，下元节为水官解厄之日。"

吴忠说："原来正月十五上元节是这么来的，领教了。"

常志义、田平也都不住地赞叹。

老道长又领他们来看第二座大殿——玉皇阁。在大殿内，北面塑有玉皇大帝神像，墙壁上绘制有大型人物壁画《封神图》。在玉皇大帝塑像两侧的墙壁上，绘制着五元大帝及王母娘娘。老道长说："玉皇大帝，俗称'老天爷'，是统辖神仙世界的天神，其职位犹如世间的帝王，管理宇宙万物的兴隆衰败、吉凶祸福。"

今晚一路奔波，常志义、田平都困了，不停地打哈欠，吴忠示意他们，一定不要表现出不耐烦。于是，他们继续跟着老道长参观。

他们又来到了后面的三清宫。老道长介绍说："这里供奉着元始天尊、灵宝天尊、道德天尊。元始天尊是三清中地位最高的神，是道的化身，为道教开天辟地之神，居住在玉清境，被尊称为'道宝'。灵宝天尊居住在上清境，是道的化身，又号太上道君、上清大帝，居住在上清境，被尊称为'经宝'。道德天尊居住在太清境，又叫太上老君、太清大帝，居住在太清镜，被尊称为'师宝'。本劫运之时，化身为老子，人间尊为'道祖'。"

吴忠不时地对大殿里的建筑和道教的教义表示赞叹。

看完三座大殿，吴忠说："这座三官庙历史悠久，你们这座三官庙的创始人王三阳道长曾参加抗倭斗争，在日寇侵略中国的今天，作为中国的本土宗教道教的代表，你们应该成为抗日的力量啊！"

老道长点头称是，说："八路军对我道教这么尊重，对抗日卫国这么热忱，实在令贫道感动！贫道已经把您引为知己，需要贫道和道观做的事情，但说无妨。"

吴忠说："好啊，以后这一带关于日伪军的一些情况，请留心，我们也会派人来了解情况。还有，如果我们有伤员需要照顾，也希望能够得到你们的帮助。"

老道长都满口应承。

吴忠又说："那就请说说附近敌人的情况。"

老道长说："附近有一条济宁到东阿的公路，日本人为了保护公路，在南面的沙河站建了一座伪警察所，有三十多人。所长叫赵元清，是个酒糟鼻子，人很坏，祸害百姓，无恶不作，日本人大扫荡的时候，他带领日本人来道观搜查，硬说我的道士是共产党，打死了两个人。我这才训练道士，加强戒备，也让你们进来的时候受到了惊吓。"

吴忠听了，在心里默默地说："原来如此！我带着昆张支队进东平，可不是到你道观修炼成仙的，我要先端掉这个伪警察所，在这里来一场大闹天宫！"

第二十一章

端掉伪警察所

　　昆张支队支队长吴忠在三官庙向老道长了解了附近敌人的部署情况。他看看怀表，离天明还早，让部队先休息一个多小时，让孟昭德带领侦察班去沙河站伪警察所侦察一下情况，天明之前出发。

　　天上的月亮落下去了，大地上浓雾渐起，正是黎明前最黑暗的时候。吴忠召集战士们起来，在山门外集合。

　　战士们已经精神抖擞地列好队，无论休息多长时间，一说集合，战士们总是这么精神饱满！

　　孟昭德已经完成侦察任务回来了。这个警察所离三官庙有五里地，位于济宁到东阿的公路路东，在沙河站村西边，是一个独立的四合院，院墙有两丈多高，四角各有一个岗哨，周围没有炮楼和铁丝网，四周只挖了一条水沟。

　　吴忠向同志们下达了端掉沙河站伪警察所的命令。

　　他们来到警察所外面，把竹梯子放在水沟上，踏着竹梯子过了沟。这次是三排担任主攻，一排埋伏在公路旁警戒，二排和机枪班在外面的地上警戒，用机枪对着四个角的岗哨。

　　三排排长郭志光来到大门口，外边没有站岗的，门里面有人在打呼噜，不用说，这站岗的伪警察在打盹儿。沿墙根儿围着院子转了一圈，发现墙角的哨位都没有人。

　　郭志光让两个班的战士在门外等着，他先带着一个班的战士用竹梯子登上房顶，又用竹梯子下到院子里。他们来到大门口，用枪抵着伪军的头，小声说："不许说话，打开大门。"

打呼噜的伪军醒了，说："闹什么？怎么才来换岗啊？"

郭志光说："没闹，我们是八路军昆张支队，快开门，不然打死你！"

那个伪军顺从地用脖子上的钥匙捅开铁链子上的锁，拉开铁链子，打开了大门。郭志光做了一个邀请的动作，高兴地说："客人们，请进！"

吴忠、常志义、田平和外面的战士一拥而入。

按照老道长的介绍，东西厢房睡的是普通的警察，堂屋里住的是所长和副所长。郭志光让三个班的战士分别推开房门，这些伪军正在呼呼大睡，战士们先把他们的枪收了起来，然后，让他们穿上衣服蹲在地上。

吴忠和其他支队首长一起闯进堂屋，看见中间一间是客厅，东西两间各有一张床，两个所长各搂着一个女人在睡觉。东间的女人看到有人进来，吓得叫了起来。

吴忠和一行人掏出盒子枪，战士们端着步枪，对着床上的两个人。吴忠大声说："不许动，把枪扔过来！"

西边的伪警察所所长把枪交了出来，慢慢地起床，女人吓得把被子裹得更紧了。

东边的那个胖头的所长却慢慢地从被窝里摸出小手枪，在缴枪的时候想扣动扳机。说时迟，那时快，几支手枪和步枪同时响了，这个胖头的所长脑浆迸裂，手枪也被打掉了。

他床上的女人呜呜地哭了起来，原来是一个十几岁的小姑娘。老道长没说错，这确实是一个无恶不作的大坏蛋。

吴忠审讯西间的瘦瘦的男人。那个男人说："我是副所长李文民，刚才被打死的人是所长赵元清。赵元清确实干了很多坏事，民愤很大，附近村庄对警察所的仇恨，都是由这个家伙引起的。"

吴忠问："这条公路什么时候来汽车？"

伪副所长李文民说："不一定，有的时候来，有的时候不来，不过昨天接到电话，今天上午八点多，会有一个汽车队经过这里。"

吴忠又问："说拉的是什么东西了没有？"

伪副所长说："没说，估计是拉的给养，有米、面、油和盐。来到这里以后，在向前的岔路分开，一半拉到东平县城，一半拉到东阿县城。"

吴忠让战士们把俘虏们锁在西厢房，让一个排的战士看着这些汉奸，让两

个女的各自回家。然后，他带着其他战士来到公路旁边，兵分三下，有的负责打头车，有的负责打尾车，有的专门打中间的汽车。

战士们在公路两侧的浓雾中埋伏下来，等着汽车来临。

可是，等啊，等啊，浓雾渐渐散去。八点，敌人的汽车没有来，九点了，敌人的汽车还没有来，十点了，还是没有来。

等到快十一点了，还是没有一点汽车的影子。大家都等急了，可是仍然匍匐在路边，一动不动。

吴忠看着表，对旁边的常志义说："不行了，不能再等了，敌情有变化，可能我们端掉了敌人的警察所，敌人有所警觉，我们不能光想着打敌人，也要想着敌人打我们，必须尽快撤走，离开这里！"

常志义也早等急了，他点点头，表示同意。

吴忠带着其他支队首长和三排回到伪警察所，他让于灿周给伪警察们上政治课，然后让这些伪警察都各自回家。

于灿周来到俘虏们中间，大声说："我们是八路军昆张支队，听说你们有的人干了不少坏事，民愤很大，这个警察所是不能再留了，必须关掉！你们也不要当汉奸了，希望你们都能回自己的家。如果有人还想到别的据点当汉奸，也行，但是不能再干伤害老百姓的坏事，也不能和八路军为敌。凡是愿意回心转意的，可以领一张带着关公像的优待卡，以后被我军抓住，八路军会优待俘虏。"

伪军们大都领了关公卡，留下枪离开了这里。吴忠让战士们把枪都带上，把这里的粮食也背上一些，然后让赵效三通知沙河站的村民来搬东西，本来这里的东西就是从村民家里抢来的，很快，各个房子里的东西就被搬完了。

这个地方距离西北东平县城三十里，距南边汶上县城也是三十里。果然，因为打不通电话，天到中午，东平县伪县长张勉之就派兵到沙河站伪警察所查看情况，他看到伪警察所所长被打死，所有的警察都不见了，东西都已经被清洗一空。张勉之大发雷霆道："这一定是从靳口过来的八路军昆张支队干的！竟然敢端掉我一个警察所，我东平县可是日本人的治安模范县，我们要联合围剿，主动进攻，叫他昆张支队插翅难飞！"

张勉之带着附近据点的一千多人到沙河站一带寻找昆张支队进行决战，这时候，昆张支队在吴忠支队长的带领下，已经向着东北方向转移了。他们下一步要到东平东部大清河南岸的流沙泽一带去斗争，他们还要把声势闹得大大的，把梁山西部濮范观接壤处的敌人都调过来。

再说吴忠带领昆张支队向大运河以东转移以后，政委邵子言、特派员管学思、昆山县委委员吴力全、敌工部部长杨岗和马达锄奸队一起留在梁山西部一带，恢复和甄别党的基层组织，寻找失散的党员。

马达对邵子言说："我在倪楼有表亲，几个表兄弟家里很殷实，也热心抗日。昆张支队第一次来的时候，吴忠支队长让我们捡到了几条枪，成立了枪班，不如我们去住倪楼，在那里活动。"

邵子言表示同意，他们装扮成客商，一行人来到位于王芝茂村西南二十多里处的倪楼村。

这是一个位于宋金河西岸的大村庄，也是明朝初年建村，由三个小村组成，西边是高大庙，中间是李家花园，东边是倪楼。村里有好几家地主，土地很多，生活比较好。村民在外读书和教书的很多，对国家形势很了解，倾向于支持共产党和八路军。在"铁壁合围"前，这个村就是共产党八路军的堡垒村，有党支部和枪班，但是，"铁壁合围"后，一些党员离开了村庄，枪班也不干了。日本人扶持了一个伪村长，上次马达回来之后，教育村长做两面村长，又把几个村里的几个年轻人拉起来，重新组建了枪班。

邵子言、管学思跟着马达来到高大庙西头的亲戚康民家，这是一个四合院，康民的两个儿子都加入了村里的枪班。邵子言看到村东边是芦苇丛生的宋金河，村西边就是一大片树林，觉得很方便隐蔽和撤退，就在这里住了下来。

马达又把倪楼的枪班召集起来，和锄奸队队员李相山等人编排到一起，白天在康民家西边的树林里练习武术，由李相山教授，夜晚则在康民家的院子里练习枪法，由马达手把手地传授。很快，倪楼的抗日武装发展到一百多人，几乎村里所有的青壮年都参加进来了，这已经不是一个枪班所能容纳的。邵子言决定在倪楼成立民兵连，分为三个排，富裕户把家里看家护院的钢枪、土枪都捐献出来了，有的还捐出大洋，去买钢枪，一时抗日热情十分高涨。

一天下午，王芝茂村的贾大娘领着两个人来到了倪楼村，一个长得白白的、瘦瘦的，像一个学问家；另一个长得黑黑的、壮壮的，留着黑色的长胡子，眯着一双小眼睛，一副自来笑的样子。贾大娘问马达的亲戚家在哪里，村民们都认识马达，积极引荐，找到了康民家。

邵子言见到他们，立刻热情地上前表示欢迎。原来他们都是我党的干部，白白瘦瘦的那个叫李哲，今年二十二岁，是寿张县组织部部长。另一个留着大胡子的叫樊蕊卿，是二地委敌工部部长，人送外号"樊老头"，其实他年龄并不大，也就三十一二岁。他们是来给邵子言汇报工作的，因为他们已经知道要成立昆张工委，寿张县委归昆张工委管。

寿张县被老黄河一分为二，一半在黄河以北，一半在黄河以南。在黄河以北的四个区的区委和武装区队在"铁壁合围"之后很快就恢复了，黄河以南的四个区还没有恢复。这次昆张工委成立了，寿张县委来找昆张工委书记邵子言，想把黄河以南的四个区的区委和武装区队恢复起来。

管学思也是昆张工委的委员，听寿张来的两位同志汇报完组织工作，他想起来一件事，说："上次昆张支队第一次来梁山一带侦察，了解到昆山县县长于少畲和寿张县委副书记陈亚琦都被郓城的敌人抓住了，就准备去郓城解救他们，后来陈亚琦副书记自己跑回来了，但是于少畲县长还在郓城县的监狱里。我记得二位都是郓城人吧？在当地关系很多，我们是否去郓城走一趟？"

李哲和樊蕊卿都看看邵子言。

邵子言说："我们是昆张工委，昆张地区的五个县是一起的，我听说于少畲同志在郓城刘本功的监狱里威武不屈，咱们组织上应该把他救出来。"

李哲说："我是郓城县五区前周庄人，也听说了于少畲县长的事。关键是刘本功是个铁杆汉奸，对共产党恨之入骨，六亲不认，很难让他放人。我们要好好合计合计，看看需要动用哪些关系，用哪一种方式打动刘本功。"

樊蕊卿不停地眨巴着小眼睛，说："我是郓城的地主出身，老爹在城里有一些大买卖，也认识不少做生意的人，可是要捞于县长这样的人可是个大难题。刘本功这个家伙阴险狡猾，听说于少畲县长已经暴露了身份，刘本功绝不会放人的，即使动用最硬的关系，花上大钱也不一定能管用。当然，我们一定要试一试，竭尽全力把我们的同志从敌人手里救出来。"

他们在一起把能用的关系挨个排查了一遍，想了好几套方案，但是都没有大的把握，最后决定到郓城县走一趟，随机应变，和刘本功斗智斗勇，尽最大努力把于少畲县长给救出来。

第二十二章

郓城劫法场

　　第二天清晨，又是一个湿漉漉的大雾天气。管学思和樊蕊卿、李哲，还有锄奸队的马达、李相山，早早起来一起去了郓城。管学思和李哲骑一辆洋车子，马达和李相山骑一辆洋车子，他们在路上交换着骑，樊蕊卿不会骑，他借了老乡的一头毛驴。

　　樊蕊卿爱说笑话，他说："你们都会骑洋车子，我不会骑，我起码（骑马）缺了一项本领，只能骑驴了！"

　　惹得大家都笑了。

　　梁山倪楼到郓城有六十里路，他们中午在半路上的潘溪渡打了个尖，下午才到郓城县城。

　　郓城是一座具有两千多年历史的古县。"郓"字是个专用的地名，早在春秋时期，鲁国为加强防御，在鲁国的西部边界筑城，驻扎军队，取名为郓，这是郓城名字的由来。后来郓地被分置，到了隋朝，复置郓州，而郓之名复见于世。

　　郓城县城四周有高高的城墙，中部是一条中山大街，大街两旁店铺林立，非常热闹。中山大街的中部路北，是古老的郓城县衙。县衙坐北朝南，通过三道牌坊才到正堂，正堂后面是二堂、三堂。这前三堂中间的正房是刘本功办案和接待宾客的地方，两侧的房子是各行政部门办公的地方，三堂后面东西各有两个大院。东院有一座三层的西式大楼，被称作"红部"，是日军的指挥部。西面的大院也是古典的四合院，就是刘本功的公馆，正方是刘本功和正妻张夫人的住所，两侧的厢房住着刘本功抢来的十房小妾。

刘本功本来是济宁城北康驿刘庄人，小时候家境贫寒。他曾经在山东省主席韩复榘手下的第三集团军当兵，由于枪法出众，脑子灵活，一步步被提升，后在韩复榘的手枪旅担任团长。1938 年 1 月，韩复榘被蒋介石处决后，第三集团军由孙桐萱带领继续抗战，刘本功在泗水一带抗日。1939 年后，刘本功投靠日本人，当上了郓城县伪县长兼警备队大队长。在日军卵翼下，他将该县伪警备队发展到五十个中队，约五千人。刘本功除将掠夺的人民财产，孝敬其主子日本侵略军外，自己的生活也穷奢极欲。他娶了十房小妾，在济宁城北的蜀山湖一带买地数千亩，人称"刘半湖"。

樊蕊卿带领同志们来到中山大街上的义泰大饭庄，找到饭庄的东家张合亭。张合亭是樊蕊卿小时候的同学，现在已经是郓城县数一数二的大富商，张合亭在城里除了这家中心街上的大饭店，还有义泰洋行、义泰杂货店。他和伪县长刘本功入股共同经营火柴、煤油生意，全县的零售都从他们这里进货，买卖做得很大，张合亭和刘本功由于利益相关，关系变得很铁。但是他为了赚钱，也为我八路军倒卖军用物资。他知道樊蕊卿是八路军方面的大干部，带的客人肯定能用得着，所以热情招待，安排客人住进他的饭庄，并亲自出面宴请樊蕊卿一行，看看八路军这方面有什么生意可以做。

樊蕊卿介绍了管学思等一行客人，当然都是化名，不可能把真实的名字告诉他，然后对他说，现在就有一票大买卖，就是把共产党的昆山县县长于少甫给弄出来。

张合亭一听，惊得差点儿从椅子上掉下来，说："这个买卖咱可做不了！谁都知道刘本功虽然爱钱，但是从骨子里痛恨共产党，逮住了于县长这样的大干部，他是死活不会放的！"

樊蕊卿指着管学思说："这位是汶上的大富商，做两方面的大买卖，他愿意为那一边垫钱，把于县长赎出来。"

管学思大包大揽地说："对，我愿意出钱把于县长给保出来，如果我的钱不够，我们汶上讲义气的商界朋友也愿意凑钱。"

张合亭看着管学思，生气地说："如果花钱能解决，在我们郓城的地面上，还暂时用不着外地的朋友。不如这样，我去找刁大哥想办法。"

樊蕊卿知道，张合亭说的刁大哥是指郓城皮革公司的刁爱臣。郓城是农业大县，养牛的很多，这里的鲁西黄牛非常有名。这种牛多为黄色或者红棕色的毛，性情温顺，耐粗饲料，腰背宽平，干活力气大，形体结构匀称，肌肉发达。

一般成年牛的体重在一千斤左右，肉质细嫩，味道鲜美，在国际市场上享有"山东膘牛"的称誉。日军在占领区把牛肉、牛皮作为军用物资，实行统购，不允许民间买卖，由日军的外围组织安清帮来经营。刁爱臣是安清帮二十一代大香主，从省里得到了这份大买卖，他通过压低黄牛的收购价来挣钱，积累了亿万家财，被称为"刁半县"。刁爱臣还是伪县长刘本功在安清帮的受戒师，安清帮推崇一种"父子道"，讲究师徒如父子，所以他在刘本功那里也很能说上话。这个刁爱臣也曾经接受过共产党的救命之恩。1938年春天，刁爱臣被大土匪头子刘黑七绑架了，这伙土匪特别狠毒，张口就要十万块现大洋，当时刁爱臣才开始干皮革买卖，一时凑不齐这么多钱，刘黑七要把刁爱臣"撕票"。这时，共产党在郓城县的游击队打击刘黑七土匪团伙，救出了刁爱臣等一帮"肉票"，所以，刁爱臣对共产党一直很感激。

樊蕊卿和管学思跟着张合亭去找刁爱臣，说要救共产党县长的事情。刁爱臣虽然也知道难度大，但是看到共产党很坚决，还是决定帮忙。他还说刘本功比较怕他的老婆张大脚，决定通过给刘本功的结发妻子张大脚送大钱，把于少畲救出来。

张合亭和刁爱臣一起来到郓城县衙的刘公馆，得知刘本功正在陪着张大脚躺在炕上抽鸦片，觉得刘本功正在高兴的时候，说不定就能答应。

今天早晨刘本功左右两个眼皮老跳，正琢磨着是好是坏，听说张合亭和刁爱臣两个大富商一起来找他，才知道眼皮跳的原因是财神爷到了。他很高兴，问有什么事情。这两个人说："那边托人来送钱，从监牢里捞出一个犯人来。可以给到八千块现大洋。"

张大脚一听能收这么多钱，扔下烟枪，光着脚从炕上跳下来，喜笑颜开，又是倒水，又是递香烟，满口应承。

刘本功问捞谁，张合亭告诉他是那边的县长于少畲，刘本功马上翻脸了，说钱再多也不行！张大脚大哭大闹，但是这一次刘本功一直不松口，还批评张大脚是"头发长，见识短"。刘本功反倒希望张合亭二人去劝劝这个于县长，别硬撑着了，投降了他刘本功，可以一人之下万人之上，当县长秘书，即"二县长"。

原来，昆山县县长于少畲在日军针对梁山的"第二计划"中被捕。刘本功使用了灌辣椒水、压大杠、坐老虎凳、钉竹签子等种种手段，于少畲几次被打得死去活来，但是却坚贞不屈，就是不投降。刘本功对其更加敬重，打听到于少畲是日本留学生，口才文笔都很好，便亲自到监狱里去迎他，将他安置在刘公馆的一间客厅里，每天好吃好喝地招待，并要和他结拜为仁兄弟，但是于少畲就是不答应。

张合亭和刁爱臣回来把情况向樊蕊卿、管学思等人一说，大家既为于少畲的坚强意志所感动，也为怎么能够救他出来而发愁。最后合计出来一个办法，让于少畲装疯，等刘本功不关心他了，再想法救他出来。

这两个富商来到刘公馆劝于少畲，可是于少畲知道这两个人是刘本功的座上客，认为他俩不安好心，一直高声谩骂，说他们"发国难财""跟日本人沆瀣一气"，等等，不让他俩有片刻的时间来说话，二人只好垂头丧气地回义泰大饭庄了。

这可把大家都难住了，张合亭和刁爱民被骂了半天，心也凉了。樊蕊卿好说好劝："救人救到底，送佛上西天。你们挨骂这事儿不怨于县长，他骂的是那些发国难财的，你们帮助八路军做事情，是大好人，他不投降，是真英雄，大家不能泄气。"二人这才答应继续帮忙。

樊蕊卿又想起来一个人，就是郓城百姓顺口溜"刘半湖，刁半县，徐桥的瞎子吃闲饭"中的那个徐桥的瞎子。让他去劝说于少畲县长，于县长应该不会拒绝。

徐桥的瞎子真名叫王殿玉，家在郓城侯咽集徐桥，从小双瞎，先是讨饭，后来跟着河南坠子艺人学艺。河南坠子在冀鲁豫一带的乡间很流行，演唱的曲子融入了瞎子们的人生感悟，如泣如诉，如嚎如哭，低声处如心灵发问，高声处似天崩地裂。每当瞎子来村里演出，乡场上都是哭声一片，这被老百姓称为"瞎腔"或"瞎子戏"。这个王殿玉是个全国知名的坠子大师，不仅在冀鲁豫的乡下名声很大，而且在当时的北平、天津、上海等地名声也很响亮。他拉的坠琴模仿能力很强，风雨雷鸣、鸟啼驴叫，惟妙惟肖，外国人让他用坠琴拉英语，也都鼓掌叫好。王殿玉很有民族气节，在日寇占领天津后，日伪军逼着他出来唱戏，他抱着坠琴拔腿回到了老家郓城，大汉奸刘本功将其请到刘公馆里，好吃好喝地招待，可是无论怎么说，王殿玉都不再唱戏了。

樊蕊卿去找瞎子王殿玉，让他去劝于少畲县长，让他装疯。王殿玉一听于少畲的故事，二话没说，就去找刘本功请缨，愿意开口唱戏，唯一的要求是，让刘公馆里的所有人，不管是丫鬟、仆人，还是客人、罪犯都来听。刘本功一听，高兴得不得了，在县衙里张灯结彩，就等晚上王殿玉唱"瞎子戏"。

吃过晚饭，灯火初上，王殿玉坐在县衙大堂正中，那是刘本功审案子的地方。只见他抱着一把特制的一百二十公分的大弦子，左腿后面拴着一个快板，右腿上拴着一根绳，绳上连着一个机关，机关上拴着一根鼓槌，腿一动，就能敲前面的小鼓。几种乐器他一个人就全活了。在王殿玉的对面，最前面几排是刘本功的日本主子们，后面中间是他的正妻张大脚和十房姨太太，两侧是郓城富商和县政府的人员。角落里的一副担架上躺着那位八路军县长于少畲，因为前一段时间被打得太厉害，于少畲还直不起腰来。

王殿玉今天演唱的是《王公子投亲》，说的是山西平阳的大户子弟王清明，父亲曾为其与吏部尚书之女田素贞订下婚约。不料，王家父亲去世，家中失火，从此一贫如洗，王母便令清明到济南投亲。仆人张春在途中将清明推下山崖，拿着凭据自到田府认亲，因这个仆人言辞粗俗，素贞决心不嫁。王清明大难不死来济南认亲，口说无凭被赶出了田府。小姐田素贞觉得这个王公子谈吐儒雅，私下相认，以发疯相威胁，逼父母认下这个王公子，小姐赠送王清明银两，鼓励其上京赶考。王公子考中状元，张春被处死，王公子与素贞终结良缘。

这是一个俗得不能再俗的民间故事，但是王殿玉说一段，唱一段，说故事的时候声泪俱下，拉起大弦子演唱的时候感人肺腑，那苍凉的瞎腔直达心里。特别是在唱到田素贞装疯那一段时，情真意切，惹得听众又哭又笑，不时爆发的叫好声简直要把县衙大堂的顶棚掀翻！

第二天，在刘公馆居住的于少畲真的疯了，又哭又闹，把送去的饭菜全扔了。

张合亭和刁爱民又来找刘本功，说："听说八路军的县长疯了，不能当你的二县长了，也不能为八路军所用了，成了废人。把这疯子交给八路军，废物利用，挣下八千块大洋，多好！"

张大脚很赞成，说这么好的买卖可千万不能砸了！

刘本功对于少畲变成疯子还很疑惑，他说："不行！我不能用的人，我还能让他活着吗？这个小王八羔子不知道好歹，看我明天就用枪崩了他，明年的明天就是他的祭日！"

张合亭二人赶紧回到饭庄，和樊蕊卿、管学思等人商量对策，大家一边骂刘本功老奸巨猾，一边想办法。

瞎子王殿玉说："你们明眼的还有办法吗？如果没有，瞎子我倒是有个办法。我原来学唱坠子戏之前，也曾经要过饭，但是那时候小，没参加过丐帮，现在从天津回来了，丐帮帮主老找我认家门，我还没答应呢，在行刑的时候，我让丐帮的人一起冲撞，你们趁乱就能把于县长救走。"

大家都夸大师心里亮堂！

张合亭又担心地说："你把于县长救走了，这边没有犯人了，怎么向刘本功交差？还要有个替死鬼才行啊！"

樊蕊卿的本家孙子在郓城县当伪警察所所长，樊蕊卿去找他帮忙，可是这个家伙是刘本功的亲信，爷爷长、爷爷短地叫着，叫得很甜，就是死活不愿意帮忙。

樊蕊卿只好动用一个隐藏在刘本功部队里的关系，上级告诫不到万不得已不能动用。这个人叫闫冠英，曾经与刘本功在一起当兵，后来在韩主席的手枪旅担任连长和副连长，二人是八拜之交。后来，刘本功当了手枪旅的团长，他随刘本功在泗水一带打游击，这时候，闫冠英秘密加入了共产党。后来，刘本功投降了日本人，当上了郓城县县长和鲁西防共自治军司令，组织上就派闫冠英打入刘本功内部，他就跟着来到了郓城，当上了鲁西反共自治军的参谋长，很得刘本功的信任。

樊蕊卿找到闫冠英，闫冠英正为穿了一身汉奸皮，无法为党做事情而闷闷不乐呢，听到党的指示，立即照办。他从内讧士兵中找了一个被关了禁闭的士兵，准备在行刑的时候，将其打死，作为于少畲的替身。

第二天郓城下了大雪，刘本功亲自提刑，将于少畲验明正身，然后由伪警察所押着于少畲到城外枪毙。正走到南城门的时候，数百名乞丐一起挤了过来，伪警察们根本没法动弹，伪警察所所长举起枪来鸣枪驱赶。

可是这些乞丐根本不怕枪，几个人围着所长，抢走了他的手枪。闫冠英安排的部队听到枪声跑步赶到，上前追击，将替身推出，对着替身的脑门连开几枪，打得那个替身脸上血肉模糊，无法辨认。

乞丐们一看打死人了，吓得一哄而散，到处乱跑乱叫。这时候，锄奸队马达和李相山背起于少畲出了城门，管学思和樊蕊卿在后面拿着盒子枪紧紧跟着。他们在野外找到了牵着毛驴、看着自行车等候的李哲部长，一起消失在茫茫雪野中。

鉴于于少畲身体受伤严重，樊蕊卿和李哲、马达、李相山一起护送于少畲到濮范观根据地中心区，到军区医院进行治疗，管学思一人回梁山西部的倪楼村，找政委邵子言汇报工作。

而在这几天里，邵子言也没有闲着，他在倪楼民兵的掩护下，主动到附近的赵坝村、辛兴屯、杨屯、普屯等村寻找和恢复村级党支部，重建枪班，这些村庄的党员和枪班又活跃起来了。

第二十三章

深入敌人的腹地

昆张支队在吴忠支队长的带领下，在东平沙河站消灭了伪警察所，本来要打敌人的汽车，结果等了半天没来。吴忠担心时间长了被日伪军包围，就离开沙河站，继续向东前进，决心到东平的东部地区狠狠地闹腾一番。

侦察班班长孟昭德和侦察员赵大牛二人提前向东北方向侦察，他们来到了东平东部、大清河南岸的彭集村。进村看见一个背着粪箕子拾粪的老人，他上前问道："老大爷，你知道村公所在哪里吗？"

老大爷说："咱彭集是个大村，有乡公所，就在这西边胡同大门向西的院子里。"

孟昭德又问："乡公所里现在有人吗？"

老人气愤地说："有，他奶奶的，刚来了一帮汉奸，又是杀鸡，又是宰羊，俺庄上可倒霉了！明天又该挨家挨户敛招待费了。"

他们谢过老人，走到胡同口，孟昭德让赵大牛留在胡同口瞭望，他自己去乡公所。

真巧，孟昭德刚到乡公所大门前，乡公所院子里的一个汉奸哨兵也来到了大门口。孟昭德立即用盒子枪指着他，低声喝问里边有什么人。汉奸哨兵说："我们一个班，刚到一会儿，乡长陪着我们在喝酒呢！"

孟昭德让赵大牛过来看着这个哨兵，他端着两把盒子枪奔进院子里，堵着堂屋门口，大声喊着："伪军弟兄们，你们被我军包围啦！"又对着门外喊道，

"一排长，把机枪架好，不缴枪就打！"

门外的赵大牛随即应声说："机枪架好了！"

堵堂屋门口的孟昭德又说："我们是八路军昆张支队，不缴枪就把你们全部消灭！"

汉奸们吓得哆哆嗦嗦地说："我们缴枪。"

孟昭德对着屋里面说："都把枪扔出来！"就听得乒乒乓乓的声音，汉奸们把枪都扔了出来。

孟昭德问屋里一名穿便衣的人是干什么的，他回答说："我是乡长韩德兴。"孟昭德便叫他自己先出来，到厨房找绳子，这时门口的赵大牛也带着那个汉奸哨兵进来了。

孟昭德把枪栓全部摘下，二人分别拿着。让伪乡长韩德兴用绳把枪捆成两捆，然后叫屋里的汉奸出来站好队，令一名汉奸用挑水的钩担挑着两捆枪。

孟昭德对着门外喊道："敌人缴枪完毕，部队可撤到村外！"

孟昭德和赵大牛就押着汉奸一个班和一名伪乡长从乡公所出来，找我们的部队去了。

吴忠和战士们看到孟昭德押回来一班伪军，高兴得不得了，都说："老黑，大牛，你们两个人还真牛啊！"

吴忠找来伪军班长，问完附近村庄敌人的布置情况，让于灿周给汉奸们上政治课，然后给他们每人一张带关公像的回心转意优待卡，就把枪还给了他们，把他们放了。

跟随部队活动的东平县委书记兼县长赵效三看到这位伪乡长韩德兴，心里一怔。韩德兴原来也是我们共产党的乡长，后来投降了，今年春天在日寇抓捕东平五区党员的过程中积极配合日军抓人，欠下了血债。

韩德兴一看是赵效三书记，吓得跪地连连求饶，说自己投降日本人是情非得已。

赵效三冷笑了一声，说道："是吗？韩德林带着日伪军抓捕我五区共产党员，你为什么不报告，还陪着挨家挨户抓人？"

这个伪乡长不说话了。

赵效三又问："你领着抓了几个人？"

伪乡长答道："记不清了，可能有三十几个。"

赵效三满怀悲愤，讲了今年春天彭集五区一百零八口人被捕的惨案：东平五区组织委员韩德林是彭集南城子村人。1941年底，敌人在彭集修建了据点，共产党五区区长孙锡元投敌。鉴于形势恶劣，县委组织五区的党员积极分子都转移到东平湖西边的昆山一带。但是组织委员韩德林执意要回家过年，被伪区长孙锡元抓获。韩德林经不起敌人的拷打，供出了全区一百二十多名党员和抗日积极分子的名单。泰安和东平两县宪兵队、剿共班、警备队三百余人倾巢出动，对彭集五区进行大逮捕。在伪区长、伪乡长的带领下，按韩德林提供的名单挨户抓人，全区共产党员和抗日积极分子一百零八人被捕。押送途中，一名同志因腿上有疮，行动迟缓，被敌人杀害于苇子河村。残暴的敌人对被捕的同志一一进行审讯，并施用了吊打、杠压、皮鞭抽、狼狗咬、灌辣椒水等酷刑，被捕的同志个个宁死不屈。县、区党组织积极通过各种关系对被捕的同志进行营救，被捕的同志的家属也托人出面具保，花了大量钱财，将其中的六十四人保出，其余的四十三人被分为两批押往东北煤矿做劳工。在押往东北的途中，日军又采用木笼囚禁、地下室关押、断食断水等手段百般凌辱，有一人被日军用刺刀挑死，一人被折磨死。

赵效三和吴忠一合计，这位伪乡长对我党党员被捕负有重大责任，可谓血债累累，为了警示资敌者，打出我共产党八路军的尊严，必须将汉奸韩德兴处死。

吴忠带着队伍来到彭集，住在乡公所里，然后召开群众大会，让赵效三亲自给群众讲话。

赵效三站在乡公所门前的一个高台上，大声说："我是共产党的东平县委书记兼县长赵效三，今天，八路军昆张支队又打回来了，我赵效三又回来了！当前世界形势一片大好，美国、苏联、英国、法国一起打日本和德国，小日本是兔子尾巴长不了，我们八路军昆张支队就是要把小日本赶出东平，重新建立共产党的政权，建立人民当家做主的天下！大家知道，今年春天，我们彭集五区受到了很大的损失，有一百零八名党员和抗日积极分子被捕，有人被打死，有人被送往东北挖煤，这是多么大的损失啊！今天昆张支队来了，就是给抗日力量做主！"

这里的老百姓已经很长时间没有见过共产党和八路军了，百姓们大都认识赵效三。他是东平县彭集镇苇子河村人，先是考入省立一中，又考入北平中国大学，之后到日本留学。抗日战争打响后回国抗日，加入了中国共产党，当过山东第四专署政治部主任和八路军山东纵队第六支队敌工科科长。受党组织派遣，1939年回到家乡彭集组织抗日力量，历任东平县五区动委会主任、区长、县大队政委和县长等职。彭集的老百姓已经把抗日县长赵效三当作共产党的化身了。看到赵效三带着八路军打回彭集来，人们都奔走相告，说："赵效三和咱的八路军又回来了！"

赵效三一番演讲之后，宣布了伪乡长韩德兴的罪行，其在五区一百零八口被捕血案中帮助敌人搜捕共产党员和抗日积极分子，罪不可恕，东平县抗日民主政府上报昆张支队批准，决定将其枪决。然后战士们将伪乡长韩德兴带到村外，一声枪响，结束了他的生命。

与此同时，民宣队队长于灿周从村民家里刮来了一碗锅灰，兑上水，在彭集村的墙壁上写下一行行口号"打倒日本帝国主义！""我们不当亡国奴！""八路军昆张支队和人民一条心！"

吴忠带着昆张支队在彭集吃完晚饭，在乡公所大院里休息，这时候，他们从搭在电话线上偷听到的敌人电话中得知，东平县伪县长张勉之调动东平、沙河站、后屯等附近的日伪军一千多人，要来彭集围堵昆张支队。不一会儿，东平情报站的谌公德也给赵效三送来了信，说东平县伪县长张勉之得知沙河站警察所被连窝端掉，十分生气，说东平是皇军的铜墙铁壁，一直是太平盛世，决不能被一伙穿得破破烂烂的土八路破坏了。他们从沙河站一路跟随昆张支队的踪迹，并调集了日伪军一千多人，妄图在彭集一举歼灭昆张支队。

吴忠拿着谌公德送来的情报，鄙夷地说："哼，这龟儿子，东平太平我才来，我来东平就不太平。老子专门破你东平的铜墙铁壁！"他和常志义、赵效三商量，到北面的流泽沙区和敌人周旋。

吴忠带着战士们和村民们告别，说要去流泽一带活动，村民们恋恋不舍，一直送到村外。部队一路吹着哨子、喊着号子向大清河边的流泽一带前进。

在东平的东部有一条大清河，它的上游名叫大汶河。明朝时，为了借大汶河的水给大运河补充水源，在戴村建了一条大坝。大清河南岸，有一片神奇的地方，虽然离大清河这么近，却是一片飞沙之地，只要有一点风丝儿，就是飞沙弥漫。目光所及，都是连绵沙丘，而且沙丘会移动，今天在这里，说不定第二天早晨就跑到别的地方去了。沙丘与河水相伴，大自然的神奇谁也说不清。

在这片沙海之中，有十几个小村庄，村庄的名字都带着"流泽"两个字，有尚流泽、马流泽、孙流泽、陈流泽等等。

昆张支队从彭集向北走了不远，就进入了黄沙弥漫的沙区，大家只好低着头、用毛巾捂住鼻子慢慢地向前走。走一会儿就要停下来脱下鞋子，倒出灌进去的沙土。

他们来到最北面的尚流泽村，这是一个大村庄，村庄沟壑纵横，沙丘连绵，一年只能在夏天种一季庄稼，还长得稀稀拉拉，百姓生活十分困难。村民们住在低矮的草房子里，胡同狭窄，曲曲折折，只是在村子的东西两头，有两座祈福求神的小庙，是全砖全瓦的好房子，村民称尚流泽是"八沟九塘十沙岗，矮屋窄巷两庙堂"。

吴忠带领昆张支队来到尚流泽村，封锁消息，让后勤班安排好百姓的房子，把战士们分到各家各户，让大家好好休息。

敌人从四面八方汇集到彭集村时，发现昆张支队已经转移到流泽地区了。日伪军是从各路聚集来的，队伍庞大，八路军到底去了流泽的哪里，情况不明，而且日伪军不习惯走夜路，只好住在彭集村。

第二天一大早，这些日伪军才向北走进流泽地区。这一下可倒霉了：那些日本鬼子穿的都是大皮靴，黄沙灌进去，走起路来很沉，一会儿就走不动了，要解开鞋袢，脱掉靴子倒沙子，一路走走停停，速度很慢。那些汉奸都知道流泽沙区风沙的厉害，不愿意到流泽吃沙子，磨磨蹭蹭，或者根本就不动身，想着等日本鬼子抓住了八路军，自然就可以回去了。

伪县长张勉之带着日伪军在几个流泽村寻找八路军，风沙弥漫，路上根本就没有留下什么痕迹。从孙流泽到马流泽，一路风沙吹得睁不开眼，他们脚步沉重，走走停停，累得像狗熊一样气喘吁吁。到了尚流泽村已经是下午，他们翻遍每一粒沙子，也没有找到昆张支队的影子。

其实，我们的昆张支队早已在上午就通过河里的石墩蹚过大清河，到了大清河的北岸。

昆张支队一路北上，这里和大清河南岸的景色迥然不同。地处泰山西部的余脉，山川秀美，层峦叠嶂，虽然是冬季，万山寂静，但是有松柏等绿色乔木，显得郁郁葱葱。

他们先经过无盐村，这个村子在一片山坡上，东中西三面是大山，前面是大清河。吴忠说："这个村子环境好，虽然是冬天，这里也显得格外暖和啊！"

赵效三听到吴忠支队长在夸奖这里的山水，紧走几步，赶上吴忠，向吴忠和田平介绍说："吴支队长啊，这个地方可不一般啊！这里是战国时期齐国的无盐娘娘钟离春的老家。"

吴忠问道："是那个古代著名的丑女吗？"

赵效三回答说："正是，天下数一数二的丑女，却成了齐王的王后。"

田平奇怪地问道："丑女是怎么成王后的？"

赵效三呵呵笑了两声，讲起了丑女无盐的故事："这里在西周、春秋时期为宿国，战国时齐国置无盐邑。著名丑女钟离春就出生在这里，因其相貌极丑，四十多岁了还没有出嫁。但她素有大志，胸有良谋。当时群雄称霸，战乱纷纷，齐宣王荒淫无度，不理国政。钟离春心忧如焚，不远千里求见齐宣王，指出了齐王的四种危险，一是不立继承人。秦国、楚国对齐国虎视眈眈，齐宣王四十多岁了却不确立继承人，整天与女人们吃喝玩乐，一旦齐宣王有不测，齐国必定内乱。二是玩物丧志。兴建名叫渐台的高台，渐台高耸入云，装饰物穷极奢侈。三是贤臣忠良们都逃匿到山林，阿谀谄媚的人却环绕在齐宣王身旁。四是花天酒地，对外不注重诸侯之礼，对内不重视治理国家。齐宣王听后哑口无言、心悦诚服，最后承认自己的确有'四失'，导致国家陷入危险之中。当即让钟离春坐车入宫，拜为无盐君，立为王后，改正了自己的过错，一心一意料理朝政，从此齐国大治，成为战国七雄。"

大家都对这个丑女的故事表示赞叹。

过了村庄，他们转向东北，经过一座鱼鼓山，赵效三又介绍说："哎，这个鱼鼓山上有一个很大的石龟，头朝东北，昂视苍天，活灵活现。据传，无盐故城的最后一个县令生活堕落，喜食甲鱼。一年夏天洪水大作，县城被淹没，人们认为是老鳖精生气了，发了大洪水。为了警示后人，村民就集资打造了这个大石龟，立于鱼鼓山的半山腰。"

田平说："你看看，不论是无盐丑女劝说齐宣王的故事，还是大石龟的传说，都在劝说执政者一定要安民爱民，爱护苍生，不要堕落腐化。现在国民党生活腐化，不顾人民死活，威信很低，将来我们共产党执政，一定要总结历史的经验教训，把国家治理强大啊！"

吴忠也感叹地说："是啊，你看，我们的山山水水不仅好看，还有深厚的文化内涵，现在处在小日本的侵略之下，真是憋了一口气，一定要把小日本赶走，重新建设我们的大好河山！我想起来岳飞的一首《满江红》：'怒发冲冠，凭栏处、潇潇雨歇。抬望眼、仰天长啸，壮怀激烈。三十功名尘与土，八千里路云和月。莫等闲、白了少年头，空悲切。　靖康耻，犹未雪。臣子恨，何时灭。驾长车踏破，贺兰山缺。壮志饥餐胡虏肉，笑谈渴饮匈奴血。待从头、收拾旧山河，朝天阙！'"

吴忠一开始是小声低吟，慢慢地声音大了起来。田平、赵效三也跟着他吟诵，他们身边一些有文化的战士也跟着吟诵，最后声音越来越大，越来越浑厚，成了一种集体朗诵。

空谷传音，他们的朗诵声传得很远很远，这是与千百年前抗金将领的心灵感应，那种"壮志饥餐胡虏肉，笑谈渴饮匈奴血"的满腔豪情，和岳飞壮怀激烈的感叹真是一样的啊!

第二次进入昆张地区以来,经过不断长途跋涉,有时候过河,有时候穿越沙地,有时候又爬山,我们战士的鞋子磨得最快了,不少人的鞋子底儿已经磨空了。他们就穿着袜子走路,磨坏了一面,换换上下面,再穿着走。有的已经是光着脚在地上走路了,昨天在沙地上走,还很舒服,可是在这天寒地冻的时候,光着脚在崎岖扎人的山路上走,每走一步都像针扎一样,那是多么钻心的疼啊!

可是,我们的战士没有一个叫苦的,没有一个喊疼的,就这样强忍着疼痛,不停地向前赶路。

他们从白虎山东侧的小路继续北行,前面在杨山半山腰出现了一座大型的寺院。苍松翠柏掩映着楼台亭阁,红墙黄瓦,有三重院落,层层叠叠,一重高过一重,非常壮观。

战士们叫开山门,自报是八路军昆张支队,想来庙里借住一天。和尚们报告了住持老和尚,老和尚一听说是八路军的部队,亲自出面接待,让和尚们给部队腾出房舍休息,提供柴火让炊事班做饭,并亲自领着吴忠等几位首长参观寺院。

老和尚介绍说,这座寺庙是一座千年古寺,始建于隋唐时期。据《东平州志》记载,原名"杨山口寺",后改名为"清泉寺",金代大定年重修,山门有"清泉寺"三个大字石刻。院内修有养鱼池,西侧有碑刻数座,拾级而上,有天王殿,最上方是大殿,两边有配殿,大殿西侧前方乃是清泉,泉水清澈甘洌,长年不断,这个寺庙也因泉得名。东院是文昌阁,进入文昌阁,往上建有石楼,乃是藏经楼。寺院西边建有"清泉书院",东西两院有侧门相通。

在寺院后面的悬崖峭壁上,刻着"层峦叠翠"四个隶书大字,每字一米见方,字体雍容华贵,下署"金大定二十三年修",其功力不亚于被誉为大字鼻祖的泰山经石峪石刻。还有"仰止"两个字,字径略小,篆书,字体遒劲潇洒。在一块大斜面上还刻有"大块文章"四个字,字径半米,隶书,古朴大方,遒劲有力。

在寺院的东西两侧的树林里,建有石塔数座,乃是历代僧人圆寂后所葬之处。清泉寺因泉水长年不断而古柏参天,鸟语花香,风景秀丽。曾经有诗赞曰:

小寺披云卧,禅堂倚嶂悬。

泉甘真似醴，僧老不知年。

幽鸟啼春昼，山猿啸石巅。

匆匆云外客，耽僻自忘还。

吴忠与参谋长常志义、总支书记田平、东平县委书记赵效三在老和尚的引导下，一边参观，一边连连称赞这座寺庙之雄伟，清泉之清幽，石刻之精美，真是"洞天福地""泰岱名刹"。然后就回到禅房休息。

吃过午饭，指战员们都在寺庙里活动，有的参观，有的与和尚们聊天，有的回房间睡觉，在紧张的战斗岁月里，难得有这么清闲的时光。

郭志光排长带着小战士马三妮儿来到山下站岗，二人闲来没事，正在聊天，马三妮儿说："我们在这大山上与和尚们一起生活，悠闲得很啊！快成天兵天将啦！"

郭志光说："我们可不是来玩儿的，我们要时刻牢记这是在敌占区，要想着打仗！"

突然，眼尖的马三妮儿看见南面郝沟村一条南北路上，有大队人马开过来，三妮儿叫道："看，是敌人！"

郭志光也看见了，说："对，你赶紧到上面去汇报，我趴在这里监视他们。"

马三妮儿飞也似的跑到最上面的一进庙院里，正要报告，发现吴忠支队长和参谋长常志义等人，还有住持老和尚，正趴在院墙上向外眺望呢，原来他们在上面的院子里已经发现了敌人的情况。

马三妮儿也站在墙头上向下观望，只见这些日伪军松松垮垮、垂头丧气地走着。前面的日本士兵还有点儿队形，后面的汉奸们简直就是一群乱跑的羊，也不分几路纵队，一簇簇，一群群，衣衫不整，甚至有人拖拉着枪走，简直就像一群逃荒的人群。

吴忠说："你们看，这是在彭集和流泽一带扫荡的敌人，他们在沙区里横冲直撞，没有发现我们的踪影，却吃够了风沙的苦头，一个个都累坏了！"

战士们也都趴在墙头上看日伪军行军，有的说："你们在流泽吃沙子怎么样，吃饱了吗？"

有的说："和日伪军打仗这么多年，还第一次看见敌人行军，真过瘾啊！"

"这鬼子行军还讲一点队形，那汉奸们简直就是在放羊啊！"

吴忠提醒战士们道："不要想着笑话敌人，要想到敌人是豺狼，会咬我们，要随时做好战斗准备。"

他转过头来问住持和尚："师父，鬼子们向东北方向行军，是要到哪里去啊？"

老和尚说："这东北方向是大羊乡，估计他们是到大羊乡找你们打仗的。"

吴忠又问："敌人会到我们庙里来吗？"

老和尚说："不会的，大羊乡在杨山口的东北方向，那里有敌人的据点，住有一个伪军中队，他们从不到庙里来骚扰。"

敌人的队伍在大家的目送中走远了。老和尚说："大羊乡正在举行庙会，快到阴历年了，这个庙会很大，十里八乡的老百姓都来赶会，据说今年还是请三台大戏对着唱，可热闹了！你们应该到大羊乡赶一次庙会，体验一下我们东平东北乡的风土民情。"

吴忠说："好啊，我们先在这里好好休息一下，然后就去大羊乡闹腾它一番。"

第二十四章

热闹的大羊乡庙会

昆张支队这次住在清泉寺，简直太幸福了！

白天，他们坐在寺院的墙根下晒暖，捉身上的跳蚤，借和尚的麻线缝破了的衣服和鞋子。

晚上，他们借用寺院里的柴火，点燃了几堆火堆，把棉袍子或者棉裤脱下来烤虱子和跳蚤。衣服上的虱子和跳蚤掉到火里，火星飞溅，噼里啪啦地响。战士们已经有三十多天没有脱衣服睡觉了，虱子和跳蚤很多，身上整天痒得要命，打起仗来还不觉得，但是安静下来，那种奇痒真是难以忍受，有时候把皮肤抓烂了，又结痂了。这次能脱掉衣服烤虱子跳蚤，多好啊！

大家一边烤衣服，一边嘻嘻哈哈地打趣。比赛从谁的衣服上掉下来的虱子多。

参谋长常志义没有参加烤虱子大赛，他在认认真真地写作战报告。吴忠已经和战士们一样，光着脊梁烤棉袍子了。他说："常参谋长啊，作战报告还有机会写，这个烤虱子的机会千载难逢，你来闻闻，这大火里的味道多香啊！"

常志义说："我哪有你那写作战报告的水平啊，我是半天抠不出一个字来！"

吴忠说："别说了，都一样，你忘了，我也是因为作战报告背过处分。"

爱开玩笑的二排长杨炳银说："哎，我来考考你们，你们说，光腚烤火，歇后语是什么？"

有的说："更冷！"

有的说："扔衣服（媳妇）！"

有的说："烫尸（虱）！"

有的说："穷热乎！"

杨炳银得意地说："聪明，快猜到了！"

几个战士过来胳肢他，说："你小子别卖关子了，快说！"

杨炳银一边跑，一边说："你们真笨啊，这都想不起来，光腚烤火——一面热！比喻单方面对人有感情！"

总支书记田平走过来说："吴支队长，你看看，这都乱成什么样了？大家都快穿上衣服，我们要搞政治学习啦，已经落下两天没学了！"

吴忠也在光着脊梁烤大棉袍上的虱子，他乐呵呵地说："我们光想着消灭国家和人民的敌人啦，难得有机会消灭我们自己身上的敌人，等大家烤完衣服，咱们再消灭思想里的敌人也不迟！"

大家都穿上衣服，集中到一个寺院里平常不用的小禅堂里，大家也学着和尚们盘腿坐在蒲团上。田平问吴忠："吴支队长，我们带来的文件都学完了，这次学什么？我们再学习一遍行不行？"

吴忠想了想，说："这位书记同志，您翻来覆去地学习，读文件，谁能受得了啊！"

田平说："我们一个月没回根据地了，最新的文件和精神，我们没有啊！"

吴忠笑了，说："学习的事我不懂，但是我懂打仗，要发挥每个人的能动性，要知己知彼才能百战百胜。我们结合打仗，让每一个战士都讲讲，怎么爱护老百姓，怎么打敌人，怎么克服个人的自由主义，行不行？"

田平高兴地说："太棒了，吴支队长，谁说你不懂得政治学习啊，理论联系实际，这就是最好的学习！"

吴忠主持今天的学习，让大家发言，结合着打仗，谈谈个人的认识和体会。

副连长兼一排排长郭瑞功吭吭哧哧讲了几句，总算说完了。杨炳银笑话他道："老郭同志的发言是枣核儿截木板——没几锯（句）啊！"说得大家都笑了。

该二排长杨炳银发言了，别看他开玩笑很在行，到正经事上倒卡壳了，大家开始起哄。他说："求求你们，别让我说了，我是吃冰块，屙琉璃——没化（话）！"

大家不依不饶，他只好说："吴忠支队长领着我们打仗，是属鸭子的，呱

呱叫！俺跟着共产党八路军干，那是吃了秤砣铁了心！要说田平书记抓政治学习的作用，那还用说吗？那是秃子头上的虱子——明摆着！"

一脸严肃的田平终于笑了，说："这还差不多！"

该三排长郭志光讲话了，他从这三十天的经历，谈到取得的收获，又谈到教训和下步的打算，条分缕析，说得头头是道，博得了大家的阵阵掌声。大家都说："小郭排长有文化，喝过墨水，和咱就是不一样。"

轮到机枪班班长范广博了，别看他打仗像大老虎，可是讲话就不行了，他脸憋得通红，吭哧半天也没说出一句话来。吴忠问："老虎，你的机关枪哑巴啦？"

范广博说："平常机关枪就代替俺发言了，别让俺发言了，我还是扛着机关枪打敌人舒服些！"

吴忠说："不行，我们不但要会打仗，也要会讲话。讲话就是做群众工作，把群众工作做通了，能更好地支持我们打仗。将来打跑了日本鬼子，我们要建设新中国，或许我们都成了新中国的将军、部长、县长，就算什么也不是，在家里享清福，我们的孙子问，爷爷，你当年怎么打鬼子的，你总不能说，别问了，打仗就是打仗！"

吴忠说得大家哈哈大笑，大家都在想：我们一定要打跑日本鬼子，建设新中国，迎来幸福的新生活，起码不用扒了棉袍烤虱子吧？

田平书记说："吴忠支队长说得多好啊，我们不但要当战斗员，还要当共产党八路军的宣传员，当文化教员；不但要会打仗，还要会讲道理，还要认识字，会写字，这样我们进步得就快了！"

开完学习会，战士们又开始烧热水烫脚，把脚上的血泡挑破，那些血泡、血口子浸在热水里，既疼又舒服，战士们一个个张着嘴巴快乐地大喊大叫。

小战士马三妮儿不会缝鞋，他的鞋子破了，鞋子的前面张着大嘴，底儿也磨破了，走路的时候，脚钻心地疼。

该睡觉了，马三妮儿做了一个梦，梦见娘和姐姐还活着，在油灯下一起给他做了一双新棉鞋，穿在脚上热乎乎的，正合适，马三妮儿别提多高兴了！

第二天一早，侦察班班长孟昭德带着侦察员们把大羊乡的情况侦察了一遍，回来报告说，昨天下午，日伪军在大羊乡庙会上翻箱倒柜找了半天，也没有找到一个八路军，就地解散，回县城或者各自的据点去了。吴忠决定带着战士们到大羊乡去赶庙会。

大羊乡是由三个自然村组成的，有李大羊、冯大羊和丁家坞，敌人在丁家坞有一个据点，驻有伪军一个中队，一百多号人。

庙会在李大羊西边二里多远的一座泰山奶奶庙前举行。这座泰山奶奶庙是老百姓的称呼，全称是泰山碧霞元君祠或者泰山行宫。碧霞元君是道教尊奉的女神，传说是东岳大帝之女。明清时期，全国各地有一千多座泰山行宫，几乎每个府州县都有。

大羊乡的泰山行宫只有一个小院，进山门是三间小庙，中间供奉的是泰山老奶奶，即碧霞元君，贴金泥塑坐像，凤冠霞帔，慈颜安详端庄。东间供奉的是眼光娘娘，传说眼光娘娘能治疗各种疾病。西间供奉的是送子娘娘，传说送子娘娘掌管人类生儿育女之事。香客往往在这里用红布包一个泥巴捏的娃娃带回家去，放在床上，以求娘娘赐子，称为"拴娃娃"。这一带的小孩如果问大人："我是从哪里来的？"大人就会说："从泰山奶奶庙里拴来的。"

庙会就在奶奶庙前的一片乡场上举行。这里夏天村民们用来晒麦打场，冬闲的时候作为泰山奶奶的道场和商贸大会的交易场所。

大羊乡庙会共持续十天，不仅十里八乡的乡民，就连周围各县的买卖人也都来这里赶会，买年货，看看各种各样的热闹景。

庙会上最热闹的有三处地方，一处是牛羊市。乡民们养了一年的牛羊，要在这里出售，每年庙会上的斗羊大赛，场面十分壮观。参加斗羊的都是高大健硕的公羊，这些公羊都在一米以上，体重二百多斤。羊的主人先将公羊远远拉开，然后朝公羊的屁股上使劲拍上一掌，大喊一声："上啊——抵！"公羊伸着头，飞奔着朝对方撞去！两只公羊的撞击力量十分惊人，有的一下就把对方的大角撞坏，或者撞得头上出血。有的一轮不分胜负，还要继续进行，直到一方公羊不敢再战，或者钻到另一只羊的肚子下求饶。

每一组斗羊的地方，都是人山人海，看客们围成一个圈子，不断地齐声喝彩。胜出的公羊要披红戴花，一边享受主人给的红薯片，一边绕场被夸，接受人们的检阅，洋洋得意！

鞭炮市分开两列，对着叫卖，各自夸赞自家的鞭炮响亮，不响不要钱。梁山张文一村的鞭炮也来了，放一挂鞭炮，叫卖一会儿，卖鞭人直喊得喉咙哑、嗓子破、叫不出声音来。鞭炮摊子前是拥挤的赶会人，还有满地找截火的半截鞭炮的孩子们，有的鞭炮捻子慢，拿到手里又炸了。

最最热闹的还是对着奶奶庙大门的三台大戏，都是鲁西南独具特色的地方戏。一台是梁山西侧大井班的山东梆子，这种梆子戏是从山西传过来的，但比山西梆子更加高亢，又名"高调梆子"，简称"高调"或"高梆"。又因其高昂激越的特点，被人称为"舍命梆子腔"。这个大井班的现任班主叫井守俊，是梁山寿张集人。他们这个班也到曲阜孔府唱戏，很受衍圣公的喜欢，衍圣公孔令贻特别爱唱戏，逢年过节都要请好几台大戏，梁山大井班的山东梆子是每唱必请的。因为去过孔府演出，这个戏班子名声很大。八路军进山东的时候，文工团没有戏服，大井班把自己的一箱戏服送给了八路军，这事儿吴忠都知道。这次庙会，他们戏班子把最拿手的《长坂坡》《南阳关》《失空斩》带来了。

第二台大戏是菏泽的"两夹弦"。因为用的主弦由四根琴弦分别夹着两股马尾而得名，又称"二夹弦""大五音"。两夹弦的曲调后音向上翻，越来越高。据说是创始人听媳妇在家拧着纺车纺棉花，棉线越拉越高。唱腔基本上用真嗓，尾音翻高时用的是假嗓，咿咿呀呀的，很受女香客们的喜欢。他们带来了《休妻》《王定保借当》等剧目。

第三台大戏是梁山的柳子戏。这是中国戏曲四大古老剧种之一，由元明以来流行于中原地区的俗曲小令衍化而成，表演程式粗犷豪放，如武将出场，先在台上表演踢腿、打飞脚，对打时用真刀和真枪。有文字记载，清道光年间梁山后集人姚天机创办科班，培养人才，到处演唱。早期的演员有戴功、戴坚、戴学增等。群众中流行"紧织布，慢穿梭，猛然想起戴坚哥""说我疯，我不疯，怎么不学戴学增""吃肉吃肘子，听戏听柳子"等说法。他们带来的戏有《孙安动本》《张飞闯辕门》。

真是一方水土养一方人，一方人有一方文化。山东梆子、两夹弦、柳子戏这些戏曲都很粗犷高亢，是冀鲁豫三省交界处、黄河两岸的老百姓最爱听的戏曲了！

吴忠和参谋长常志义、总支书记田平、东平县县长赵效三商量，将杨炳银的二排安排在丁家坞据点的对面。吴忠亲自给据点的伪军写了一封信，说八路军昆张支队来了，让他们老老实实在里面待着，如果出来捣乱，就起了这个钉子。一排在斗羊的地方宣传，三排在三台大戏那里宣传，民宣队在鞭炮市宣传。侦察班和机枪班在村外大路口负责保卫。支队首长们在乡公所召集大羊乡的伪乡长和乡绅开会。

部队安排好老百姓家的房子，放下竹梯子、铁锹、粮食等物品，就去赶庙会。小战士马三妮儿看到房东家的窗台上晒着一双八成新的棉布鞋，感觉应该和自己的脚正合适，再看看自己脚上张着大口、漏了底儿的布鞋，叹息了一声，心想：如果和房东张口，要这双布鞋穿，会不会被拒绝？一个八路军战士，给老百姓要鞋子穿，会不会违反纪律？会不会被人笑话？他这样一边想着，一边走出了大门。

二排排长杨炳银带着吴忠的亲笔信，让听戏的群众送到钉子里去。这些汉奸还真不敢和昆张支队作战，乖乖地拉起吊桥，装作看不见。

民宣队队长于灿周真的找到了张文一村的鞭炮摊子，说："我是八路军昆张支队，给你们擀过鞭炮，现在来给你们卖鞭炮吧？"

卖鞭炮的大叔说："太好了，我嗓子都喊哑了！"

于灿周站到摊子上面，一脚踩着鞭炮柜子，大声吆喝道：

> 泰山不是垒的，
> 黄河不是尿的，
> 牛皮不是吹的，
> 天下最响亮的，
> 还是咱梁山张文一村的鞭炮！
> 为啥声音这么响？
> 是咱八路军昆张支队和老百姓一起擀出来的，
> 那个火药最实在了，
> 日本鬼子听了都害怕！

买鞭炮的一听是八路军擀出来的炮仗，那肯定好啊！下面的群众一阵阵叫好，都争先恐后地买张文一村的鞭炮，张文一村的村民乐得直笑！

在斗羊现场，一排的队员们在一场公羊决斗后来到场中间，大声喊道："乡亲们，我们是八路军昆张支队。咱们的绵羊平时很善良，很温顺，就像我们中国人一样，但是对于穷凶极恶的日本鬼子，我们不能当温顺的小绵羊，要和他们坚决斗争！我们来到东平，消灭了沙河站一个警察队，在流泽遛得敌人累得像狗熊！"

看斗羊的群众感到奇怪，说："八路军什么时候来的？太好了！"

"是啊！八路军来了，够小日本喝一壶的！"

在泰山奶奶庙前的广场上，郭志光找到大井班的班主井守俊，代表八路军感谢大井班对抗战的支持，希望能借演出舞台给群众讲讲话。

井守俊说："没问题，我给你介绍一下。"

郭志光问："你不怕鬼子汉奸抓你的把柄？"

井守俊说："和咱们八路军在一起，有什么好怕的？"

一个演员唱完，井守俊拉着郭志光来到舞台上，井老板大声说："乡亲们，静一静，咱们八路军也来大羊乡了，这位长官要讲话，大家要自觉维持好秩序啊！"

郭志光向台下听戏的群众拱手致意，说："乡亲们，我们八路军昆张支队来到大羊乡了，支队长就是原来老八团的吴忠参谋，也就是说，老八路又打回来了！"

群众一听是八路军打回来了，都惊喜得不得了，想听听八路军讲什么，其他几个戏班子前面的人也都跑过来了。气得那些班主上台大叫："别跑啊！我们好戏还在后头呢！"

郭志光一看不好，对戏台旁边的马三妮儿说："快，你，再叫上一名同志到那边戏台上讲一讲吧。"

马三妮儿没听懂，说："我讲？我会讲吗？"

郭志光说："对，就你讲，吴忠支队长说过，结合你个人的成长来讲！"

马三妮儿挤出人群，去喊人到另外的戏台上讲话了。

郭志光看到群众迫切想听的样子，继续讲话。他从国际反法西战争的形势，讲到八路军昆张支队两进梁山的情况，最后说："日本鬼子不可怕，汉奸就更不可怕了，我们八路军要赶走小日本，夺回根据地！咱们一起干！"

在那个两夹弦的戏台上，马三妮儿哆哆嗦嗦。戏班班主介绍说："乡亲们，都过来听吧，这是一个小八路军，咱们鼓掌，请他来给我们讲话！"

马三妮儿脸涨得通红，不知道该讲什么。戏台下已经响起热烈的掌声，有人喊："小八路军，你们是哪一支部队啊？"

马三妮儿自豪地说："我们是八路军昆张支队！"下面的掌声更响了。

讲出第一句话之后，马三妮儿倒不害怕了，他想起来吴忠支队长说的，结合自己的情况讲，他也不紧张了。他说："大爷大娘们，我是一名八路军新战士，我娘和姐姐都被日本鬼子祸害死了！我爹和我整天哭啊哭啊！上个月昆张支队进梁山的时候，我爹才送我参加八路军。跟着吴忠支队长打仗，可带劲儿啦，每一仗都能打胜！"

戏台下的群众听了，都热烈鼓掌。也有妇女扯着衣襟抹眼泪，既为这孩子的遭遇而悲痛，也为他跟着八路军成长感到高兴。

也有热血青年开始喊口号："打倒日本帝国主义！"

"把小日本赶出中国！"

台下的群众也都激动地跟着喊口号！这一喊不要紧，许多山东梆子戏台下的群众又跑到两夹弦戏台下听了。想听听这个小八路军讲了什么好内容。

郭志光讲完了，下得台来，看见很多群众往马三妮儿的面前跑，笑着自言自语道："唉，你这小子，翅膀硬了，把师傅的买卖给争走了！"

吴忠支队长和参谋长常志义、总支书记田平没在庙会上看戏，他们在乡公所里开座谈会，邀请了伪乡长、村里的乡绅和大家族的代表。

吴忠向这些人讲了国际国内反法西斯战争的形势，说日本帝国主义的兔子尾巴长不了了，八路军昆张支队要打回东平来，会经常在这里活动，请大家多多支持！要做一个堂堂正正的中国人，做外白里红的白皮红萝卜，要应付日本鬼子，帮助我们自己的队伍、共产党八路军做事情。

许多人都表示同意，有个地主说："你们共产党抗日我赞成，但是你们实行共产我不赞成。我的家业都是辛辛苦苦积累来的，都来分我家的土地、房子，我反对。"

吴忠笑着说："我们现在就是统一战线来一起抗日，共产主义是一种信仰，是共产党员的信仰，老百姓可以不信。我们共产党来了，只是减租减息，让穷人吃上饭，不会没收你们家的土地。"

有一个家族族长说："我们家族这么大，家里有人当汉奸，是鬼子逼迫他当的，我也管不了啊。"

吴忠说："现在的形势下，他可以继续当他的汉奸，你可以劝他不要做欺负老百姓的坏事，不要和八路军作对，要身在曹营心在汉。我们八路军有带关公像的优待卡，你可以领了交给他，让他将功赎罪，他拿着我们的优待卡，被我们抓住了，可以受到优待。"

田平把优待卡交给他，让他转交给家里的人，他高高兴兴地接受了。

吴忠亲切平等的话语，让这些大羊乡的头面人物很高兴。他们最后都表示，以后要和八路军一条心，糊弄日本鬼子和汉奸。

昆张支队在这次大羊乡庙会上收获很大，人们把八路军昆张支队打回来的消息传播开了。伪乡长和伪村长专门备好房子，提供粮食，一再挽留昆张支队在这里多住几天。

为了看看敌人的反应，吴忠当即决定，今晚就住在大羊乡。

第二十五章

专打"露头青"

昆张支队住在了大羊乡，但是吴忠丝毫没有放松警惕，在进驻大羊乡的时候，他就已经让侦察员把电话接到电线上听敌人的电话，让赵效三派人联系东平的情报员谌公德和东平三区的两面乡长、共产党员王元江，打探日伪军的动向。

傍晚的时候，几个方面都传来了消息：从电话中了解到，在赶会的人当中，有敌人的密探和新民会的人，他们把昆张支队在大羊乡的情况报告给了伪县长张勉之和日军平井少佐。平井少佐暴跳如雷，在电话中质问张勉之："大羊的，是大日本皇军的天下，还是他们昆张支队的天下？"

张勉之说："吴忠窜到我们的大羊乡胡作非为，根本就没把皇军放在眼里，你说怎么办？"

他的意思是，昆张支队这么狂妄，是针对你日本人的，你是东平的"洋皇帝"，你是要负责的。

平井一听张勉之把球又踢回来了，生气地说："你过来！我们商量一下，这次一定要将吴忠和昆张支队一网打尽，不能让任何一个漏网！"

电话中能听到平井气哼哼地甩电话的声音。

平井和张勉之是怎么商量的呢？这个平井很狡猾，电话中听不到。

到了晚上，东平情报站站长、三友文具社社长谌公德通过平井的翻译杨子臣，得到了日军的行动方案：东平日军一个中队和东平警备队三个中队，再加上大羊乡附近的三个中队，共一千多人，于明日拂晓前包围大羊乡，歼灭昆张支队。

谌公德把消息秘密交给了赵效三派去的人，很快，这封情报就送到了赵效三和吴忠手里。

另一个消息也来了，东平三区的情报员、担任伪乡长的王元江安排人来找赵效三，把一份情报交给了赵效三。这份情报上说，东平三区的伪军中队长焦元绅要提前行动，半夜十二点包围大羊乡，独自消灭昆张支队，要给平井少佐和张勉之县长露一手，挣日本人的联合银券。

焦元绅是个大麻子，小时候得天花落下了一脸麻坑。他原来是共产党东平县大队的一个营长，1940年被捕后投靠了日军，当上了东平三区的伪区长兼伪军中队长。日军在大清河北岸的宿城老城安上了钉子，他带的一个中队就住在宿城。这个家伙发现跟着日本人干和跟着八路干简直是一个天上一个地下，如今只要不得罪日本人，在辖区内无论怎么胡作非为都没有人管！他很快发了家，不仅在老家置了百亩土地，把家搬到了宿城，还在一家饭店里包养了小妾。他觉得，这汉奸中队长是天下最美的差事了，他数了数，在整个东平、汶上、梁山，不发财的汉奸中队长还真的一个也没有！这当汉奸就像吃臭豆腐，闻着臭，吃着香。群众骂他恨他，他也知道，但是骂的都是日本鬼子，所有的坏事，他都是打着日本鬼子的名号干的，他只是有点儿后悔，被日本人抓晚了。

接到张勉之于天明之前包围大羊乡的命令后，他对手下说："我在八路那里干过，八路那一套战术，我比谁都门儿清！八路军都是夜猫子，晚上到处跑，能乖乖地等到你们天明了再包围他？昆张支队的支队长吴忠我认识，原来只是个八团的副营长，我当时是正营长，他还没我级别高，也肯定没我水平高啊！这一回，该我这个老八路、新皇协军露一手了！"

他和他最信任的助手、共产党员王元江商量，要带着队伍半夜十二点赶到大羊乡，将昆张支队全部包围。为了夜里打仗能分清敌我，他定的暗号是："干啥的？"回答："找牛的。"

王元江从他房间出来，就让自己的亲信把情报送给了共产党东平县委书记赵效三。

吴忠接到这些情报，分析道："敌人总共有一千多人，是我们的十倍，看似人多，但是前面的焦元绅中队和后面是分开的，他竟然敢独自提前包围我，真是吃了豹子胆了！俗话说，枪打出头鸟，霜打露头青。这个八路军叛徒不是很能吗？我们今晚要比他还提前，打他的伏击，先吃掉他！"

冬天的夜里，人们睡得早，晚上十点多，大羊乡已经很安静了，昆张支队悄悄集合出发。

小战士马三妮儿从庙会上回来，看到这户房东是一大家子人家，热热闹闹的，没好意思说借棉鞋的事情。现在突然要出发了，他悄悄走到窗台那里，摸摸那双棉鞋还在，贴在脸上，是那样暖和，那样亲切，就像娘的手在抚摸着自己。他看到屋里房东一家都睡觉了，不好意思把人家叫醒！

前面有人小声说："快走，集合了！"

马三妮儿一闪念之间，就把棉鞋抓到手里，狠狠心装到了棉袍子的兜里。

部队很快在村外集合完毕，向南行军五里多地，在宿城到大羊乡的必经之路上，一排、二排埋伏在道路两侧的土埝子旁，三排迎面堵住敌人的进攻。

大约夜里十一点钟，焦元绅的中队过来了，这支部队和别的汉奸部队不一样，走路很整齐，前有尖兵，后有护卫，两侧有两翼，和八路军一样，一看就训练有素。他们胳膊上系着白毛巾，一点点走进了我昆张支队的埋伏圈。

全体指战员都屏住呼吸，就等吴忠一声令下。等敌人的尖兵走过去之后，吴忠突然大喊一声："打——！"

机枪、步枪和手榴弹一齐对着敌人打过去。焦元绅和汉奸们做梦也没有想到，昆张支队竟然向前迎接了五里地，打了他们的埋伏！

前面的伪军中枪倒地，活着的哇哇乱叫，后面的则四散乱跑，我军在后面紧追不舍。敌人问："干啥的？"

我战士回答："找牛的！"

田野里到处都是这么和谐的问答：

"干啥的？"

"找牛的！"

焦元绅在八路军干过，习惯夜战，他跑得最快。

可惜他的三百头"牛"被我昆张支队打死打伤一百多，其他的撒开"牛蹄子"都跑丢了。

吴忠让各排打扫完战场，教育和释放了俘虏，集合队伍，继续向西南方向行进，翻过九顶凤凰山，隐蔽在山脚下一个叫大洼的小村庄里，放好岗哨，封锁消息，在这里好好地休息了一天。

平井和张勉之规划好的大羊乡包围战被焦元绅这一冲，不仅焦元绅中队损失严重，而且他们到了大羊乡，一个八路军的影子也没见到，气得平井和张勉之大骂不已。等他们回到县城，大麻子焦元绅也垂头丧气地回来了，平井不仅没有给他一张联合银券，还把他骂得狗血喷头："你小子不是老八路吗？不是对八路的战术很熟悉吗？怎么也叫八路军打了你的埋伏？"

焦元绅被关了禁闭，直到平井气消了，需要焦元绅当"狗腿子"了，才把他放出来。

张勉之这回是明白了，到东平地盘上来的，根本不是什么共产党的县大队或者区队之类的土八路，而是八路军的正规军，是正规军中的精兵强将！他治理下的东平县，也根本不是皇军的铜墙铁壁，以后决不能再和八路军昆张支队打夜战了！我们的侦察员从电话中听到：张勉之亲自通知所有的据点，夜里一律拉上吊桥，加强防守。即使白天出来围剿，也要在东平日军的带领下，几个据点的队伍一起行动，以优势兵力和昆张支队决战，才有获胜的把握。

在昆张支队住在大洼村的第二天，吴忠和参谋长常志义、总支书记田平、东平县委书记赵效三一边走，一边商量事情。吴忠对赵效三说："张勉之不让伪军们夜里出来活动，这太好了，给昆张支队创造了好的环境，也给咱们地方上工作的同志创造了好的环境，你们东平县委县政府和县大队就独立活动，先把三区这一片的基层党组织和区队恢复起来，然后逐渐都恢复起来。我们就分开行动吧，我们要回到昆山一带，去找我们的邵政委，看看他那里情况怎么样了。"

马三妮儿心情特别好，在大羊的演讲很成功，吴忠和田平听说后表扬他了，半夜里又刚刚打了一个大胜仗，他走路是一跳一跳的。

吴忠他们看见马三妮儿像一只快乐的小马驹，吴忠笑着对他点点头。

田平突然发现马三妮儿脚上的鞋子换了，不是那个张着大嘴的破布鞋了，而是一双八成新的棉鞋。田平打招呼道："小伙子，棉鞋不错啊！"

马三妮儿不知道怎么回答："嗯，嗯。"

田平走过去之后又回过头来，怀疑地问道："你这鞋子怎么来的？"

马三妮儿一怔，想说又不敢说，支支吾吾半天也没说一个字。

吴忠问道："怎么啦？你总是疑神疑鬼，三妮儿的鞋子有什么好看的啊？"

田平指着马三妮儿说："吴支队长，你看啊，马三妮儿这双新棉鞋是怎么来的很值得怀疑，我还记得在清泉寺他坐在墙根下缝那双长着大蛤蟆嘴的旧鞋呢！"

马三妮儿还是不说话，总支书记田平叫三排排长郭志光过来，他问郭志光："这三妮儿的新鞋怎么回事啊，不会是你郭志光送的吧？"

郭志光感到莫名其妙，说："不是啊，我也没有两双鞋子啊！咦，奇怪啊，三妮儿，你就如实地向田书记和支队首长汇报，你这双鞋子是怎么来的。"

马三妮儿把头快抵到胸口了，如果这时候有个地缝儿多好，他马三妮儿一定要钻进去！

田平说："三妮儿，你一定要说，不说不行，这是对党的态度诚实不诚实的问题！可不是小事儿！"

马三妮儿只好说："在大羊乡老乡家拿的，这双鞋在窗台上搁着，一天也没人拿，我想告诉人家，可人家睡了，就拿来了。"

田平大叫道："你们看，这是偷的老乡的棉鞋！这，这是我们八路军战士干的事儿吗？"

吴忠也生气了，说："你这孩子，怎么会这样？"

郭志光说："三妮儿啊，我以为你进步了呢，你闯了大祸了！"

田平指着郭志光，气哼哼地说："你这个排长怎么当的？我们的队伍里出了小偷，偷拿群众的棉鞋，这种事儿整个八路军从来没有听说过！"

吴忠说："是，我们党在红军时期就有《红军三大纪律八项注意歌》，人人都会唱。到了抗战时期，就叫《三大纪律八项注意》，这是我们共产党的军队最基本的纪律，也是老百姓辨认我们是不是共产党队伍的一个条件。如今出现了偷群众棉鞋的事情，真是是可忍孰不可忍！你唱唱这首歌，对照自己，看看做得对不对？"

马三妮儿小声说："不会唱。"

田平跳起来，说："八路军不会唱《三大纪律八项注意》？难道你是个假八路军？"

郭志光说："他还真的不一定会唱，他是上次昆张支队来梁山时收的唯一的新兵，我们在敌占区，就没有唱过歌，也没有给老百姓扫过院子，挑过水。"

田平说："你们说，这说明了什么？说明了我们的政治思想教育一天也不能放松！放松了，就要出大问题！开会！各排先就马三妮儿同志偷老百姓棉鞋的事情进行讨论，然后开全体干部战士大会，就这一问题对该同志进行严肃的批判！"

吴忠看着马三妮儿，恨铁不成钢地说："三妮儿啊，你刚参加革命，干什么我都不怪你！可是，你这是关系群众利益的事儿，对咱共产党和八路军，可是天大的事儿啊！还有，郭志光，你不睡觉，也要把三妮儿教会唱《三大纪律八项注意》！鉴于他是一个新战士，要治病救人，允许他犯第一次错误，但绝不允许第二次！先给他一个记大过处分，回到根据地关禁闭。田总支书记，你起草个处理决定，传达下去。"

各排立即在老乡家集合，就马三妮儿偷老百姓棉鞋的事情开会，先小声唱《三大纪律八项注意》，然后传达昆张支队党总支关于马三妮儿同志偷拿群众棉鞋的处理决定。鉴于目前的形势，不能在一起开大会，就在部队集合出发前，吴忠介绍了这件事情的始末，田平总支书记宣读了对马三妮儿同志的处理决定。

出发了，队伍沿着白佛山东侧一路向南，越过大清河，转向西南，再越过大运河，行军三十多里，来到了东平沙河站镇的吴桃园村。

吴忠支队长在村土圩子外安排好警戒，正准备进村，三排排长郭志光在黑暗中突然大叫道："三妮儿，马三妮儿同志，你在哪里？"

人群里出现了一阵骚动。吴忠问道："三排那边怎么啦？"

郭志光说："不好了，马三妮儿不见了！"

第二十六章

红袖添香夜读书

马三妮儿前一分钟还在高兴地蹦蹦跳跳，从遇到吴忠和田平等首长的那一刻起，噩运似乎就降临到了他的身上。先是吴忠支队长、田平总支书记怒火中烧的批评，然后是三排战士连珠炮似的批判，晚上集合的时候，田平书记又宣读了严厉的处理决定。那一刻，马三妮儿崩溃了，这位从小在父母和姐姐手心里被呵护着的孩子，哪里遇到过这样的事情？自从参军以来，吴忠支队长对他都是笑嘻嘻的，满眼的关心和爱护，郭志光排长对他更是像老师一样疼爱和教育，可是，这一双棉布鞋让这一切全变了！似乎支队所有的人，都抛弃了他，他三妮儿成了一个无人要的弃儿！就连郭排长也不敢替自己说话了。脚上的棉鞋一下子那样冰凉，都是这双棉鞋惹的祸，他想脱掉棉鞋，扔了它，可是旧布鞋已经被自己扔掉了，再扔了这双棉鞋，就该在这冬天的夜里赤脚行军了，不行，棉鞋不能扔啊！

在田平严厉地宣读处理决定的时候，马三妮儿觉得天一下子塌下来了，脚下的地在移动。这种天塌地陷的感觉，和那一天回家看到娘、姐姐被日本鬼子奸杀的场景交织在一起，让他感到十分绝望和无助！马三妮儿泪流满面，用袖子擦呀擦呀，怎么也擦不完！

马三妮儿机械地跟着部队行军，往日温暖的连队，今日却成了冰冷的牢笼。他想家了，一个大胆的念头在他心中生成，而且变得越来越迫切，我不干了，我要回家！

他越走越慢，快到队伍最后了。收容的战士说："快走啊，别磨蹭！"

他说："同志，我拉肚子，先在路边的树丛方便一下，一会儿就去追赶队伍！"

他蹲在树丛里，看到队伍走远了，就站起来，背起钢枪远远地跟在队伍的后面。

枪托儿敲打着他的屁股，他突然一个激灵：不好，怎么把枪带走了？不行，带走八路军的钢枪，比偷偷溜号要严重十倍百倍，将来八路军会不会着急，会不会把自己枪毙了？他能想象出来吴忠、田平、郭志光一个个怒不可遏的脸庞。不行，要把钢枪还回去，可是，还回去，回到队伍上，还会面对批评和处分啊！

走，回家！回家见到爹，给爹哭一场再说！

他就这样在队伍的后面一直跟着，过了大清河，又过了大运河。天渐渐明了，视野也渐渐开阔，他不敢再跟着队伍走了，也不敢走村庄，就从村庄外的田野里，看着太阳来定位，向着西南方向走。走啊，走啊，看见梁山了，像卧虎一样的梁山，他终于笑了，这梁山，自己从小抬头就能看见的梁山，就是家乡的标志啊！

终于，他来到了梁山的西面，这一个个村庄变得熟悉起来，不久，亲爱的马营村就在眼前了！

再说吴忠带领昆张支队来到吴桃园村，这是一个处在东平与汶上交通线上的中等村庄，也是十里八乡的富裕村。村庄四周是有水的壕沟和土圩子，再往里走是高高的围墙，东西南北四座寨门很是高大，门外有吊桥。围墙的四周有打更用的角楼。这简直不是一个村庄，而是一座城堡。

这个村之所以与众不同，是因为村里有一个女大地主——吴二太太，也称"吴二寡妇"，这土圩子、围墙、寨门都是吴二太太操心修起来的。

吴二太太家在村西，是一个挂"双千顷"牌子的大户人家，意思是良田有两千顷，即二十多万亩。吴二太太家属吴氏宗族的二支，男人因病早逝，夫人吴氏独力执掌了大权。吴氏宗族近支以她无子嗣、只有两个女儿为由，贬称其为吴二寡妇，要将其赶出家门，分割其家产。吴二太太说，俺是明媒正娶进的吴家，生是吴家的人，死是吴家的鬼，不做丁点对不起吴家的事，谁也休想把俺撵走。面对无理纠缠，吴二太太上京进府，打赢了官司，站稳了脚跟，不仅把家业经营得风生水起，而且为老百姓做了数不清的善事、大事。每到灾荒年，或春夏之交青黄不接之时，看到逃难讨饭的人群，她总会让家人在村口安上大锅，备足粥饭，周济灾民饥民。对于流离失所、无家可归者，提供食宿，安排杂活或给他们租种土地，让他们在此住下谋生，因此，吴桃园就有了许多外乡人。吴桃园仅有八百余人，其中有六百多人是佃户，有七十二个姓氏，大多数是吴二太太收留的。这几年兵荒马乱，吴二太太带头并动员村内富裕人家出钱出粮招募人员，筑了环村圩子，修了寨门吊桥，既挡住了湖水进村，又保卫了家园。

吴忠和昆张支队来到村外，打更的报告了吴二太太，吴二太太下令放下吊桥，欢迎八路军进村，并请八路军全部到她家里住宿。吴二太太家有三重大院子，每一重都有正房、东西厢房，而且都是两层楼房，楼上都有连廊相通。

吴二太太已经在大门里面准备迎接他们了。这是一位面容白皙、柳眉凤眼的标致女人，穿着一件绿色的右开襟的丝绸长袍，翠钿满头，三寸金莲，身材匀称，显露出几分高贵和富态，虽然五十多岁了，还像四十岁的样子，待人接物落落大方。她向吴忠和战士们道个万福，欢迎长官们住在她家，整个前院楼上楼下都可以住。

接着，她又安排仆人给战士们在地上铺上麦秸，麦秸上再铺上被褥，让战士们休息。昆张支队自进入昆张地区以来，都是直接在地上睡觉，不脱衣服，相拥着取暖，今天战士们受到这样的待遇，还真有点不适应呢！

第二天，吴忠安排侦察班班长孟昭德和赵大牛等人到梁山西部寿张集、王芝茂一带去寻找邵子言，然后就以吴桃园村为中心，做附近据点伪军的工作。

下午，吴二太太专门到吴忠住的前院堂屋拜访。吴忠对吴二太太的安排表示感谢。吴二太太说："长官到敝村来，能看得起我这个妇道人家，住在寒舍，这是我们的福气。"

吴忠笑了，说："有何福气啊，二太太不妨说说。"

吴二太太说："看你们穿得破破烂烂，吃得很简单，就觉得咱们是同道中人，都是做慈善的。"

吴忠大笑，说："你说我们是做慈善的，这还是第一次听说，不过你说得也对，我们消灭鬼子和汉奸，是更大的慈善。二太太做什么慈善啊？"

吴二太太讲起自己的故事。原来，她本是东平城里的一名大家闺秀，在济南读书。回到东平之后，嫁到了吴桃园的双千亩吴家，热衷慈善，凡是来吴桃园乞讨的穷苦百姓，她全部给予接济，给衣给食，还让他们租种土地。

吴忠说："我们共产党的慈善和二太太的慈善不一样，你让穷人给你种地，看似照顾了穷人，其实你也有了劳动力，有了剥削对象。不知道你的土地的地租是四分之三，还是一半啊？你想想，你在家什么也不用干，就拿走了穷人一年收入的大头，这才养活了你的大庄园，还赢得了你的好名声。"

吴二太太一愣，她第一次听到这奇怪的道理，就问："吴长官，那你做的慈善是什么慈善呢？"

吴忠说："我们共产党做的，是消灭这个剥削和压迫的旧世界，建设一个人人平等的新世界，具体到今天，就是消灭日本鬼子和汉奸，建设新中国。"

吴二太太紧张地问："长官说的消灭剥削和压迫，是把我家的土地都分给穷人吗？"

吴忠说："那倒不是，我们共产党的政策是减租减息，农民交租交息。农民只交每年收成的四分之一，留下四分之三作为劳动收入。"

吴二太太舒展了一口气，说："这个倒是可以，我赞成！我们家这么多土地，原来的租金是一半对一半，已经比其他有地的人家少要了四分之一，再少收个四分之一也没问题，你看我们娘儿仨，能吃多少？能用多少？可是其他的人家，估计还会有不少人不乐意呢！"

吴忠说："这是我们共产党根据地的政策，可以通过说理的方式，把道理讲透了，大家就理解了。估计很快，我们就要回到这片土地上来了。"

吴二太太说："欢迎啊！我们吴桃园村的寨门和寒舍的大门，都是朝着你们八路军开的。"

吴忠想起一件事，问道："我听说吴二太太在日本鬼子占领东平的时候，专门组织你们慈善会的人打着白旗去迎接，是不是啊？"

吴二太太说："本来我不想去的，一个妇道人家，但是，我们会的人说我有代表性，就要我挑头去了，这也是对老百姓好，不让日本人屠城。南京陷落的时候，多惨啊！"

吴忠冷笑着说："你去迎接日本鬼子，很多人都骂你呢，说你是大汉奸。我看你人倒是不坏，就是有点儿糊涂，敌人来了，应该和敌人进行斗争，要保家卫国，你去欢迎强盗干什么？这不是开门揖盗吗？"

吴二太太说："长官说得也有道理，我们做慈善的方法不一样，但都是做慈善的，你能和我老婆子这么推心置腹地交流，比其他的军队好很多，那些军队来了，就是要钱、要粮、要东西。看你也是个英俊潇洒的人，不知道家里是否有婚配？"

吴忠笑了，说："我不满十三岁出来当兵，整天脑袋拴在腰带上，怎么会有婚配？"

吴二太太会心一笑，说："看你是个有学问的人，我家不仅有良田千顷，还有个藏书楼，长官是否爱读书？可以到藏书楼上读书的。要是喜欢，就留在我家生活吧！"

吴忠平常很爱读书，即使在战斗的间歇，也爱读上一段书，但是，平常能找到的书太少了，一听说有书读，简直太高兴了！他说："能有片刻的闲暇读书，就已经很好了，长期在你家住，哪有那功夫，是想也不敢想啊！"

吴忠叫上常志义、田平一起，跟着吴二太太来到第二进院子里东厢房的藏书楼上，看到一楼、二楼全是一架子一架子的书，架子上的书都落了厚厚的一层灰，真让人心疼！吴忠看着这些书，大都是线装书，有的还有书匣，甚至有宋代的珍本，非常难得。在最角落里，竟然有《共产党宣言》《资本论》，还有瞿秋白的《饿乡纪程》等。吴忠高兴得像个孩子，在里面挑了很多书，抱了一大摞，说要借阅这些书。

吴二太太说："难得这些书遇到一个读书人，你先不用借，我让家人把藏书楼的钥匙给你，你就在这里读书好了，我让家人给你点上炉子，暖暖和和地读书吧。"

吴忠说："好啊，我今天就在这里过夜了，志义、田平，你们可以来一起读书，不读书，就不要来打搅我了！"

晚上，吴家的仆人来给吴忠收拾了书桌，点上了油灯和炉子，吴忠和战士们一起吃了晚饭，就来到藏书楼上读书了。他翻看了很多书，都很喜欢，不忍心放下，最后找了一本鲁迅的《而已集》，开始读起来。

《而已集》中有一篇文章《读书杂谈》，吴忠觉得鲁迅先生说得特别对，小声读了两遍，还觉得不过瘾，就想抄录里面的句子。他在书桌的抽屉里翻出一摞还没用过的地契账本来，拍拍上面的灰尘，觉得用来做读书笔记不错，就写上自己的名字，开始抄录文章中的话："听说英国的培那特萧，有过这样意思的话：世间最不行的是读书者。因为他只能看别人的思想艺术，不用自己。这也就是勖本华尔之所谓脑子里给别人跑马。较好的是思索者。因为能用自己的生活力了，但还不免是空想，所以更好的是观察者，他用自己的眼睛去读世间这一部活书。"

吴忠抄完了，会心一笑，觉得自己有话要说，就在下面写自己的心得体会："读书要思索，结合自己的生活经验领会贯通，反对死读书，读死书，读书不能死记硬背，应用不能生搬硬套。学习马列主义毛主席著作，要明白革命导师的话在什么条件下对什么事情和什么人而发，连接起来看，应用的时候遇到实际情况要灵活处置。在敌占区开展小部队活动，社会情况和敌情特别复杂，千变万化，对上级的有关方针政策和指示，既要全面领会贯通，增强坚决照办的自觉性，又要从发展变化了的情况出发，发挥主观能动性，灵活执行。（吴忠1942 年 12 月 9 日读书笔记）"

他这样读着写着，不觉已经是半夜，突然，房门被轻轻敲了几下，轻盈柔美的女子的声音传来："长官，我可以进来吗？"

没等吴忠搭话，女子已经推门进来了，手里端着一个红漆盘子，盘子上是一个白色的粥碗，热气腾腾，飘着浓浓的粥香。

吴忠抬起头来，看到在热气的氤氲里，一个大约十七八岁的年轻女子走了进来。她将盘子放在吴忠的书桌前，然后将粥碗端下来，说："长官读书辛苦，天气寒冷，我娘吩咐我亲自给你熬了一碗燕窝粥，请你补补身子。"

吴忠揉揉眼睛，拍拍脑袋，有些疼，应该不是在做梦啊，怎么会有梦中的情景？不会是《聊斋》中的狐仙吧？他蒙了，一把从怀里拔出盒子枪，紧紧抓在手里，说："你是谁？快端走，我不用！"

那女孩儿笑了，说："我是秀菊，看把你吓得，掏枪干什么？我是你白天见过的吴太太的女儿啊。"

这时候，吴二太太也推门进来了，说："吴长官，你读书时间太长了，这都半夜了，还亮着灯，夜里风寒，我让小女儿给你熬了一点粥，喝了吧。"

吴忠这才长出一口气，说道："我的妈呀，吓我一跳！"

吴二太太笑了，说："都说你是梁山大英雄呢，怎么胆子还这么小啊？"

吴忠站起来，伸了一个懒腰才镇定地说："不用这么客气，我们当八路军的，整天是饥一顿饱一顿的，今天不知道明天的死活，哪有夜里喝粥这一说？再说，你让仆人端上来也行啊。"

吴二太太笑着说："我今天告诉了小女你的情况，她偏要给你熬粥，熬的什么粥也不让咱看，也不让别人送。"

吴家女儿秀菊娇嗔地说："娘，不许胡说！"

吴二太太说："还胡说，差点你就没命了，长官的枪都掏出来了！"

吴忠把枪放好，不好意思地笑了，拱手说道："对不起啊，谢谢你们！"

秀菊说："快趁热喝了吧，一会儿凉了。"

吴忠一想，这事儿不对啊，会不会是敌人下的圈套？敌情复杂，万一被人害了，昆张支队的任务就完不成了！

他说："谢谢，我不渴，不用喝的。"

吴二太太看出来了吴忠的心思，说："女儿，你先用小调羹舀一口尝尝，再让长官喝吧。"

秀菊用调羹舀了一勺，送到樱桃小口里，轻轻品了品，说："好喝的。"

吴忠端起碗来一尝，又香又甜，确实好喝，就咕噜咕噜喝了，说："谢谢啊，好喝，好东西！"

吴忠喝完粥，看看怀表，已经快凌晨一点了，就说："不早了，大家都该休息了，咱们都下楼吧。明天我如果有时间，再来看书。"

吴忠回到前院的客厅，躺在吴家热乎乎的被窝里，反倒是睡不着了，这个吴家女儿秀菊的身影一直在他眼前晃悠，虽然在灯影里看得不是很真切，但是，她也就是十八九岁，圆圆的脸庞，苗条的身影，绝对很漂亮，活脱脱吴二太太年轻的模样。她能半夜熬粥，冲破封建礼教的束缚，来给我送粥，应该也算是一个胆大心细的女孩儿，但是，日寇还在肆虐，他如果在吴家成了人家的上门女婿，这像什么话，还是八路军吗？王芝茂村的贾大娘曾经给他说了多少次了，要给他介绍个梁山媳妇，他都没答应，就是因为他说过的一句话，日寇没有赶出中国去，绝不结婚，这一个决心，坚决不能变！因此，这个吴二太太的女儿秀菊，即使她再漂亮，即使她家有良田"双千顷"，也绝对不行！道不同，不相与谋，不理她！绝不能心软，决不能一失足成千古恨！

他翻来覆去地想着，给自己打气。伴随着村庄里一阵一阵长长的鸡鸣，屋里的光线越来越亮堂，房顶上椽子都能看得清清楚楚，吴忠心里也渐渐拿定了主意。

天亮了。

第二十七章

梁山健儿凯歌还

第二天下午，阳光很好，是昆张支队进入梁山以来遇到的一个少有的好天气，田平建议组织大家学习讨论。

在吴家宅院前院的走廊前，大家席地而坐，讨论八路军和人民群众的关系问题。田平请吴忠讲话。

吴忠说："田书记今天说的道理其实很简单，我们八路军打仗，吃的是老百姓的，喝的是老百姓的，穿的也是老百姓的，没有老百姓，我们一天也活不下去。我们八路军进梁山地区，是梁山的乡绅、后来成为鲁西公署委员的杨静斋带着米面和猪肉迎接的，我们为老百姓打仗，老百姓都看得见，八路军和老百姓，是人心换人心，用梁山人的话说，是倒了磨，砸了碾——实打实（石打石）。我们的标志，不是臂章上的'八路'两个字，而是《三大纪律八项注意》。小部队在敌占区行动，尤其要注意党的纪律、军队的纪律，这是我们的生命线！"

田平说："所以，我们昆张支队出了马三妮儿偷穿群众棉鞋这件事之后，支队党总支要坚决处分他，因为他违反了八路军和老百姓关系的这条铁律。当然，我作为党的总支书记，没有做好思想政治工作，马三妮儿是一位新战士，没有解开他的思想疙瘩，造成他带着枪逃跑了，这在我昆张支队还是第一次，我也有责任。"

吴忠和田平两位支队首长能推心置腹地和大家交流，大家报以热烈的掌声，接着战士们轮流发言。

这时候，"黑铁塔"孟昭德大步流星地闯进会场，看到大家都坐在走廊上，以为是在晒太阳，高兴地说："吴支队长，大伙儿都在啊，看看谁来了？"

接着，后面走过来政委邵子言，他戴着眼镜，耳朵上别着钢笔，打扮得像一个教书先生。还有特派员管学思，头戴礼帽，身穿崭新的长袍，像一个大商人。还有小个子的昆山县敌工部部长杨岗，一身短打，带着机灵劲儿。还有一位似曾相识的头戴瓜皮帽的老汉，手里提着一把大铁锹。

大家一起欢呼："我们政委回来了！特派员回来了！"

田平说："等等，我先宣布一下，学习讨论会结束，大家休息。"

他其实不用说会议结束，因为他的声音早已淹没在一片欢呼声中了。战士们涌过来和邵政委、管特派员拥抱，你看看我，我看看你，亲热得不得了。倒是把吴忠、田平、常志义三人挤在外面，近身不得。

邵子言大声说："同志们，战友们，你们好吗？大家辛苦了！"

同志们立正站好，说："好，政委辛苦！"

吴忠、田平这才来到邵子言身边，吴忠一只手紧紧拉着邵子言的手，另一只拳头打在邵政委的肩上，说："可想死我们了！不去找你，你们还不来呢？"

管学思一把抓住吴忠的手，说："要打，朝我这儿打，邵政委是文化人，打坏了怎么办？我们早就等着你们来接我们了，我们要找你，谁知道你们在哪里？东平的鬼子汉奸都追不到你们，我们怎么能追得上呢？"

说得大家都笑了。

这时候，旁边的那位老汉大声嚷道："三妮儿，你这熊蝗子，过来啊！跪下给八路军磕头谢罪！"

从大门那里扭扭捏捏走过来一个人，被五花大绑着，低着头不敢看人。

大家惊奇地叫道："三妮儿！是马三妮儿！"

老汉扯着马三妮儿的耳朵来到吴忠跟前，使劲儿一跺脚，说："吴队长，我把这熊蝗子给你们八路军捆来了，当着你的面，我一铁锹夯死他，然后随便找个地方挖坑埋了，不浪费你们八路军一颗子弹！"

吴忠拦住马老汉，说："不行，老人家，你不能打！马三妮儿只是把枪带回家了，又没有投降敌人，可以批评，不是死罪啊！"

可马老汉怎么也拦不住，嘴里嚷道："你们别拦我，拦我也没用，他给咱八路军丢人了，也给咱梁山百姓丢人了！咱梁山没这熊蝗子！"

吴忠急了，大声说："马三妮儿同志是我们八路军的人，你，你老汉没权打他！对不对？难道你敢打八路军？"

田平也对老汉说："我们刚才还在开会，我还在自我批评，对三妮儿的思想工作做得不好，他心里有心结，没解开。"

马老汉蹲在地上，捶打着自己的头，嘟囔着说："行，八路军我是不敢打，交给你们了，要杀要剐，你们的人，你们自己处理吧！死活我都不管！可是，当了八路军的逃兵，我这把老脸，在马营街上可站不住啊！"

吴忠和邵子言过来亲自给马三妮儿松绑，马老汉捆得太结实，解了半天才解开。

吴忠喊道："全体集合！三排排长，迎接马三妮儿同志归队！"

马三妮儿不停地揉着自己的胳膊。队伍集合好了，三排排长郭志光走到马三妮儿面前，打了一个敬礼，说："马三妮儿同志，立正！"

马三妮儿也打了一个敬礼，腰杆直挺挺地做了一个立正的动作。

郭志光说："归队！"

马三妮儿没有归队，而是来到爹身边，把爹拉起来，跪在爹面前，磕了一个头，哭着说："爹啊，请您老放心吧，过年过节烧纸的时候，也告诉娘和姐姐，拿不来军功章，我决不回家！"

他爬起来，跑步向三排归队，站在最后一个的位置上。

邵子言说："同志们，这就是我们的老百姓，这就是老百姓的子弟兵，我们不打胜仗，谁打胜仗？敌人让我们在这里站不住，谁能在这里站得住？"

吴忠喊道："全体都有，立正！请马大爷代表人民群众检阅我们昆张支队！"

管学思和田平搀扶着马传功老汉一一走过战士们面前，马老汉看到战士们虽然穿得破破烂烂，但是胸脯挺得高高的，特别有精神。他一边走，一边说："行，行，放心，我放心！"

送走了马老汉，全体解散，吴忠和邵子言等首长一起开会。

吴忠介绍了过运河以来的战斗情况，讲到在尚流泽甩掉敌人、在大羊乡的宣传情况和夜打"露头青"焦元绅的痛快战斗，邵子言、管学思和杨岗听了都觉得很受鼓舞。田平汇报了支队党的建设情况，他说："我们平均每两天作战一次，每天转移一到两次，干部充分利用一切零碎时间自学，并保证每天集中学习和讨论一次（战斗时间除外），战士行军前和吃饭前，都要上二十分钟左右的时事政治课，利用零碎时间讨论，党小组结合每次战斗后的战斗总结开一次小组会，开展批评与自我批评。"

邵子言高兴地说："我们支队在这样紧张恶劣的环境里能够坚持政治学习、

政治教育和政治思想工作，这是极为难能可贵的，党的思想政治工作和党员的模范先锋作用，是我们这只小部队深入敌后坚持斗争的保障！"

邵子言也介绍了梁山西部的工作情况，成功解救了昆山县县长于少畲，在倪楼等许多村庄建立了民兵组织，目前，由于昆张支队在梁山以东活动，敌伪势力对梁山西部的注意力有所放松。根据地变质后的外逃和隐蔽的区村党员干部大部分已经返回，并基本完成审查，除了少数变节投敌的人外，绝大多数经受住了考验，并接上了党员关系。昆山、寿张两个县一半以上的区配备了区级的干部，已经有四十八个村恢复了农会，四十三个村建立了民兵组织，十三个村建立了情报点。

杨岗同志也汇报了在昆山一带开展敌伪统一战线工作的情况，目前全部伪军据点都建立了关系，都有我们"身在曹营心在汉"的人物，能够给我们提供情报。最好的是大安山据点的王允宪和周楼据点的周庆丰，就连最硬的铁杆汉奸陈玉镜，也佩服我八路军的战斗和牺牲精神，对日寇的信心开始动摇，他说以后如果不是日军威逼，就不会主动找我们八路军的麻烦。

吴忠点点头，说："邵政委和管特派员回来，我们的领导力量又加强了。我觉得在梁山东部的斗争还应该更深入，梁山、东平的老百姓是真的好，人心在我们这一方，我们在这里生存和斗争，绝对没有问题！"

邵子言看看吴忠身上的棉袍子，许多地方都露出了棉絮，而且棉絮也看不出颜色了，又看看吴家宅院客厅里亮堂的环境和精致的桌椅，说："继续战斗肯定没有问题，而且昆张支队是越战越勇，但是，我们离开根据地已经有四十多天了，我们的指战员都很辛苦，衣服破了，脸上手上长了冻疮，有的还在不停地抓痒痒，那是生虱子和跳蚤了。关键是，我们离开根据地这么长时间了，军分区和大军区的首长还不知道我们现在的情况呢，他们肯定在盼着我们回去，在苦苦等着我们的消息，希望我们给整个冀鲁豫根据地蹚出一条生存和发展的路子呢！"

吴忠一击掌，说："对啊，政委说得对，我们光在这里想着怎么打仗了，把家里的事情忘了。我又想起来段政委、曾司令员交代的话了，我们尽快回家吧，我也想念咱们亲爱的首长了！"

会议决定尽快返回根据地，不从梁山西部的高墙那里翻墙了，而是从东平湖东岸的北二十里铺坐船到清河门，然后过黄河故道，绕道回范县颜村铺。

孟昭德提前去找东平县委书记赵效三，让他准备好船只，在北二十里铺码头等候。

　　第二天下午，昆张支队在吴忠支队长和邵子言政委的带领下，告别了热情好客的吴二太太和她的家人们，走出吴桃园村。在经过村西吊桥的时候，吴忠支队长一回头，看见一个身穿青布裘袍的青年女子在吊桥旁无语凝望，久久没有离开，吴忠想起来了，那是吴二太太女儿秀菊的身影。

　　吴忠坚定地摇摇头，转脸去看前面行进中的队伍。

　　队伍来到东平湖东岸的二十里铺渡口已经是午夜，寒风凛冽，残月如钩，湖面上一片灰白。在这深冬时节，偌大的东平湖大都已经结上了厚厚的冰，只有这一条水道没有结冰，因为这里位于大清河的东河河口，在上游大清河河水的冲击下，不容易结冰。

　　来到渡口边，杨岗学着苇喳子的叫声："喳喳喳——喳喳喳——"

　　大湖边传来一片野鸭子的叫声："呱呱呱——呱呱呱——"

　　这是约定好的暗号，只见十几只小船从苇丛中箭一般驶出来，来到岸边。赵效三第一个跨上岸，叫道："吴支队长，我们早在这里等候，已经冻了半夜了，快上船吧！"

　　吴忠、邵子言、常志义、田平和几名战士上了第一条船，管学思和十几名战士上了第二条船，后面的战士们也都依次上了船。

　　东平县大队的战士们大都是东平湖边长大的，一个个都是驾船摇橹的好手，船桨呼啦啦地拨开湖水，小船儿飞快地向湖心驶去。倒映在湖里的一勾弯月似乎不舍得让战士们离开，一直用弯钩挂着疾行的小船。

　　冬夜的寒风吹打着昆张支队英雄们的面庞。吴忠坐在船头，听着湖水的歌唱，回忆着二进昆张以来一场场惊心动魄的战斗，心潮难平，不由得诗兴大发，对身边的邵子言说："邵政委，此情此景，没有酒倒还说得过去，无诗似乎就太遗憾了。我吟得小诗一首，请你指正。"

　　"噢！"邵子言也很兴奋，说，"想不到吴支队长文武全才，还是一个大诗人啊，念出来咱们一起听听。"

　　吴忠吟诵道："勇士坐船头，月在水中流。大风吹波浪，歼敌夜归舟。"

　　大家一阵欢呼："吴支队长的诗真不赖啊！情景交融！"

　　参谋长常志义说："我跟随昆张支队来梁山东平四十多天，收获很大，现在接着吴支队长的韵脚，也和一首，作得不好，纯属画蛇添足。你们听：武松千年后，英雄夜归舟。梁山建奇功，热血逐浪流。"

　　此情此景，邵子言也想作诗了，他正话反说，批评道："吴支队长啊，你这样不好，给梁山留下一番英雄的故事已经足矣，为什么还要在船头留诗？这一大湖水，不能就这两首诗吧？我想起来一千多年前唐朝著名诗人、东平郡太守苏源明邀请濮阳太守、鲁郡太守、济南太守、济阳太守一同来东平湖饮酒赏景的情景。苏太守把东平湖誉为'小洞庭'，他在一首《小洞庭洄源亭宴四郡太守诗》中吟道：'小洞庭兮牵方舟，风嫋嫋兮离平流。牵方舟兮小洞庭，云微微兮连绝陉。'原谅我就不和你的韵律了，我要接续古人，也为东平湖留一首新诗，你们听行不行？乘风破浪扬红帆，梁山健儿凯歌还。喜煞当年苏太守，小洞庭兮展新颜。"

大家又是一阵叫好，吴忠说："我的诗是打油诗，好就好在是药引子，邵政委的诗才是真正的诗，有典故，有味道！"

平常一脸严肃的总支书记田平也假装生气，说："哼，你们是拦路抢劫吗？为什么到了湖心才说要赛诗？不交出一首诗会不会被一篙打翻在湖里？今天上午在吴家宅院为什么不下通知？我也临时抱佛脚，按照邵政委的七言和韵脚，来上一首： 昆张支队实非凡，水浒新秀超三阮。军民同心杀倭寇，喝令湖山换新颜。"

大家又是一阵叫好！

后面船上的人不知道首长们为什么这么开心，这些可爱的战士们开始唱歌了，这是憋了四十多天的喉咙，一起唱起了心爱的《八路军军歌》：

铁流两万五千里，
直向着一个坚定的方向！
苦斗十年，锻炼成一支不可战胜的力量。
一旦强虏寇边疆，
慷慨悲歌奔战场。
首战平型关，
威名天下扬。
游击战，敌后方，铲除伪政权。
游击战，敌后方，坚持反扫荡。
钢刀插在敌胸膛，
钢刀插在敌胸膛！

歌声和欢笑的时光是那么短暂，显得东平湖都变小了呢。清河门很快就到了，这是东平湖西北部的一个码头，也是大运河的一个闸口。吴忠、邵子言和战士们跳下船，和东平县委赵效三书记、昆山敌工部部长杨岗及东平县大队同志们一一握手，感谢东平县大队战友们夜晚摇船相送。

昆张支队翻过黄河故道的大沙滩，天明宿于黄河北岸的陶城铺村。

1943 年 1 月 22 日，即农历的一九四二年腊月十七日，昆张支队的英雄健儿们回到了范县颜村铺。

第二十八章

246 个 "小孙悟空"

昆张支队一路风尘仆仆地回到颜村铺，安排好战士们休息，吴忠、邵子言就去找冀鲁豫二分区的首长汇报工作。

曾思玉司令员正在和段君毅政委一起商量过年的安排，正为根据地的军民过春节吃饺子的事情发愁呢！由于 1941 年、1942 年连续两年的旱灾、蝗灾，加上敌人的封锁，今年的春节根据地的供应格外困难，能不能让战士和乡亲们吃上一顿饺子都成了问题。濮范观根据地下一步如何生存下去，发展应该从哪里突破，更是让人担忧的大问题。

曾思玉听到院子门口有人在和卫兵打招呼，好像是吴忠的大嗓门儿，觉得很奇怪，是听错了吗？一抬眼，看到吴忠和邵子言已经阔步走进了院子，曾思玉高兴地站起来，说："哎呀，我们的梁山好汉回来了！"

段君毅看着曾思玉，奇怪地说："不会吧，老曾，你天天想他们，都想得入迷了吧？"

吴忠大步跨进屋门，大声说："首长好！我们从梁山杀回来了！"

曾思玉和段君毅一起站了起来，段君毅说："中，一听吴忠的大嗓门儿，就知道打胜仗了，是吧，邵子言？"

邵子言微微笑着，说："是的，段政委，曾司令员！我们圆满完成任务，第一时间来向首长汇报工作了！"

段君毅说："中，那就赶快说说吧。"

吴忠汇报了二进昆张之后取得的战斗胜利，邵子言接着汇报了党的政权建设、统一战线和昆张支队党的建设情况。两位首长频频点头，吴忠还讲了马三妮儿父子的故事，说："梁山一带的老百姓是真好啊！人心都是向着我们八路军的！都在眼巴巴地盼着我们回去呢！"

段君毅说："中，先别说了，我们都听懂了，大军区领导还多次问起你们来，我打电话预约一下，咱们直接去找大军区杨司令员汇报！"

段君毅电话打过去了，问冀鲁豫军区司令员杨得志同志什么时间有空听昆张支队的汇报。杨得志司令员在电话中兴奋地喊道："什么，咱们的昆张支队回来了？怎么样？很成功！好啊，要过来汇报？汇报啥子？我们一起去你那里得了，现场听，详细听！"

杨得志1911年出生于湖南省株洲醴陵县，1928年参加湘南起义，参加了中央苏区的历次反"围剿"作战。由于他作战勇敢机智，敢打硬仗、恶仗、苦仗，从战士一路晋升到团长。长征期间，杨得志率红一团肩负着中央红军开路先锋的重任，他亲自指挥十八位勇士成功强渡了大渡河，为中央红军主力夺取泸定桥创造了条件，彻底粉碎了蒋介石要把红军变为"石达开第二"的妄想。抗战爆发后，他指挥八路军一一五师六八五团与兄弟部队血战平型关，消灭日军精锐板垣师团一千余人，极大振奋了全国人民的抗日信心。之后，他奉命率部进入冀鲁豫边区创建了敌后抗日根据地，艰苦奋战，殚精竭虑。在冀鲁豫根据地陷入重重困境的时候，听到昆张支队从梁山胜利归来的好消息，他能不高兴吗？

不一会儿，冀鲁豫军区司令员杨得志、政委黄敬带领参谋长阎揆要、副司令员杨勇、副政委苏振华、政治部主任崔田民、政治部副主任王辉球、后勤部部长傅家选、政治委员韩明，还有各部门的一些工作人员，一起风风火火地来到二分区，在二分区领导的陪同下亲自看望慰问昆张支队的战士们，杨得志一行人和战士们一一握手，说一声"辛苦了！"

之后，冀鲁豫军区的首长们来到会议室里，一起听二分区和昆张支队的情况汇报。

段君毅政委简要介绍了昆张支队两次进入梁山地区的情况，杨得志打断了他的讲话，说："老段，你就不要讲了，我要听的是一线的同志介绍情况，别人嚼过的馍没味道。"

段君毅笑了，请吴忠、邵子言、管学思、常志义、田平等支队人员一起参加座谈，详细介绍两次进入梁山地区的情况。杨得志司令员粗中有细，问得很详细，包括怎么行军打仗，进村怎么警戒，怎么搜集情报，都问到了。

副司令员杨勇和梁山人民的感情很深，他在 1939 年春天带领一一五师六八六团跟随师部进入梁山，三个月的时间，部队由一个团发展成一个旅，和罗荣桓、陈光一起组织了梁山歼灭战。之后，一一五师主力部队离开梁山，他坚持留在东平湖西地区，将其发展成为鲁西抗日根据地。鲁西军民都在传颂杨勇团长的故事，称赞"鲁西来了一只羊，鬼子哭爹又叫娘"。杨勇副司令员深情地问起梁山王芝茂村贾大娘、倪楼村民兵连，还有地区变质后一些伪军的情况，吴忠、邵子言都一一做了回答。

最后会议决定，要大张旗鼓地总结、宣传、推广昆张支队在敌占区的战斗经验，由冀鲁豫军区派出文笔好、思路清晰的参谋李觉，和支队参谋长常志义一起总结该支队两次进梁山地区的经验。李觉和常志义分别听取了支队、排、班三级指挥员的汇报，并以班为单位召开座谈会，听每个人讲情况。很快，一份五万三千多字的《昆张支队活动初步总结》就交到了冀鲁豫军区领导的案头。报告分为昆张支队的派出、昆张支队所处的环境、昆张支队的军事行动、昆张支队的政治工作四大部分，每个部分都很详细。例如，第三大部分中，又分为行军、宿营、教育管理、供给卫生、作战、俘虏工作六部分。作战又分为作战要诀、作战指导原则、战斗方针、组织部署、袭击、反袭击、反包围、进攻、防御、侦察、通信、交通、隐蔽等十几个部分，总结得很详细，很有指导性。

冀鲁豫边区党委和冀鲁豫军区对昆张支队的经验高度重视，认为昆张支队两进昆张的战绩，充分证明了小部队在敌占区不仅可以站稳脚跟，而且可以大有作为，也充分证明了敌进我进、派遣小部队深入敌占区、开辟游击区、把斗争焦点引向敌人心脏的决策是正确的。于是将这份报告印刷成单行本，下发到各军分区、各部队，掀起了学习昆张支队的高潮。

正值春节，昆张支队真是热闹，边区政府和二分区送来了慰问品。别的部队都没有肉吃，边区政府专门给昆张支队送来了两整扇猪肉，还有白面和胡萝卜，说战士们太辛苦了，阳历年就没在根据地过，这个阴历年无论如何要让战士们吃得好，好好过个年。

接到上级的慰问，吴忠和邵子言商量，猪肉这么珍贵，不能支队自己吃，要和驻地的老百姓一起过节，分给村里的群众一家半斤肉，都过一个有荤腥的好年！

吴忠、邵子言和昆张支队的名字在整个冀鲁豫根据地不胫而走，许多部队都派人前来取经。从大年初一开始，一轮一轮的指战员到昆张支队的驻地来学习，昆张支队的领导甚至要分开，每个人接待一个学习取经团，一天到晚忙得团团转，讲得口干舌燥。

整个冀鲁豫军区七个军分区，都学习推广昆张支队的经验，派出了小部队挺进敌占区。其中第二到第六军分区共派出按照昆张支队模式组建的百人左右的小部队一百四十二个，一分区因为处于泰山西部和运河以东，是敌占区的纵深处，根据那里的实际情况，结合昆张支队的经验，把小部队变得更小更灵活，组建了一百零四个二十人左右的小部队。春节过后，这二百四十六个小部队就像孙悟空的猴毛变的"小孙悟空"，一起挥舞着竹梯子做的双杆"金箍棒"，向着敌占区的日伪妖精们狠狠地打过去。

昆张支队在濮范观根据地过了一个热闹的春节。冀鲁豫军区二分区召开中共昆张工委会议，决定派昆张支队再次进入梁山地区，昆山独立营整编的二中队，即一个连的兵力也一起进去。该中队在黄河北岸的张秋一带活动，两个连有分有合，平常各自活动，在有重要战役的时候，集中力量打一些有影响的战斗。同时，二分区也派出了另外三个小部队，有一个连的小部队在梁山南部、郓城北部活动，称作郓北支队，支队长是红军出身的原教三旅七团干部轮训队队长王定烈，七团二连的连长是郐晋武，都是身经百战的八路军，可以和昆张支队做策应。

在这次会上，曾思玉明确提出了昆张支队第三次行动的任务：进一步扩大战果，从隐蔽斗争向半隐蔽半公开转变，出其不意地歼灭薄弱之敌，打击坏中之坏，开创游击斗争的新局面，全面恢复和重建我鲁西抗日根据地。

会议结束后，郓北支队队长王定烈拦住了吴忠，阴阳怪气地说："吴忠啊，你这小子，没想到那个差点儿饿死的家伙，现在是大英雄了！你说，你感谢我当年的救命之恩吗？如果你还有良心，给我透露一些绝招！"

吴忠看着王定烈头上那道疤痕，那是战争赐给勇士的奖章，说："打仗，你比我有经验，要我讲绝招，倒是没有，我就提醒一条，在敌人窝里，形势千变万化，要当机立断，还要小心再小心！"

王定烈狠狠地打了吴忠一拳，大声说道："对，你小子，净说实话！"

昆张支队做着三进梁山的准备。吴忠清醒地认识到，前两次进梁山，敌人处于麻痹大意的状态，敌在明处，我在暗处，敌是毫无准备，我是有备而去，昆张支队充分利用了敌人的弱点，因此打了敌人一个措手不及，但三进昆张则不同。现在要硬碰硬，要赶走日伪军，恢复昆张根据地，敌我双方进入了最后的生死较量。目前整个抗日战争的形势还很严峻，日伪特务也不是闲着白吃干饭的，不会只等着被动挨打，他们也会调集力量进行反扑，必须打几个具有一定规模的漂亮仗，方能开创出昆张地区敌后斗争的新局面。

1943年2月14日，农历正月初十的下午，北风呼啸，虽然已经立春了，可是天气依然奇冷无比。昆张支队的指战员穿着干净的棉袍子，扛着竹梯子又出发了。

这一次，他们没有再从西小吴附近的壕沟和高墙翻越，而是来到寿张县的老黄河孙口渡口，从这里进入了黄河大沙滩。战士们倒退着躲避风沙，避免风沙往眼睛和鼻子里灌。过了沙滩，正好是那条几十里封锁墙的最北端。这里没有高墙，只有一条长长的封锁沟，前面打探的侦察员说，封锁沟里有伪军在防守。

吴忠为了不惊扰敌人，带领战士们沿黄河大堤的李岔河、荣岔河等村一路向东走，到了雷口村，已经是下半夜。再去封锁沟打探，由于天气太冷，值班的伪军冻得不知道跑哪里去了，封锁沟里早已经空无一人。

昆张支队从雷口村向南跨越封锁沟，来到了宋金河最北端的一个大村——楚桥村。这个村庄也是明朝的移民村，明崇祯年间，楚氏祖先由山西迁此建村，因村东宋金河上建有一座石桥，故村名为楚桥。

吴忠和邵子言之所以选择这个村住宿，一是这个村经过邵子言、管学思和当地党组织的努力，已经成了我方的堡垒村，和周围的几个村一起都已经建起了农会和枪班。二是这个村东面是宋金河，西面是封锁沟，村子有寨墙，地形复杂，可以摆开战场。三是这个村离西部的小路口、南面的大路口、东面的杨岱据点三个伪军据点都是十里左右，离东北的戴庙据点也不太远，可以吸引敌人打一仗。

支队进村以后，先休息，养精蓄锐。同时，吴忠、邵子言与村里的农会会长、枪班班长商量，为了把附近据点的伪军吸引过来，干脆把附近村庄的民兵枪班一起叫来，搞一场枪班大会操。

第二天一大早，天上飘起了雪花，大地一片银白。会操的通知下给了附近的张博士集、胡那里、孔那里、黄那里、潘那里等村庄的枪班。这些枪班刚刚恢复，还没有打过仗呢，有的枪班只有几条枪，很多战士拿的是大刀和长矛、铁叉等冷兵器，也有的枪班战士怕暴露身份，吓得没敢来。

昆山县县长吴力全和敌工部部长杨岗听说楚桥民兵在大规模地会操，感到很奇怪，一起来到楚桥村，想阻止这场冒进行动。一看是吴忠、邵子言带着昆张支队回来了，高兴极了。吴忠向吴力全、杨岗解释会操的原因，说谁敢露头就打谁，震慑一下附近这些据点的汉奸们。

吴力全、杨岗都感到很振奋，协助支队到附近据点去了解情况。

各个据点的两面人物传来消息，大路口、小路口和戴庙据点的伪军都没有出动，只有东面杨岱据点的伪军竟然全体出动，向楚桥村奔袭而来。

吴忠、邵子言和吴力全、杨岗等人都感到格外奇怪。这个据点的伪军中队队长是周庆丰，是杨岱据点附近周楼村的地主，也是杨岗结拜的仁兄弟，他曾经是寿张集据点的伪军中队长，最近换岗，来到了杨岱据点。周楼村过去曾经是我共产党的老堡垒村，覆盖整个冀鲁豫地区的共产党鲁西银行就是在这个村成立的。周庆丰在抗战初期确实做了很多有益的工作，特别是为鲁西银行的创办多方奔走，但是，鲁西银行管理严格，根本没有什么油水可捞，周庆丰渐渐失去了兴趣，后来索性投降了日寇。没想到这次楚桥民兵大会操，别的据点都没行动，杨岱据点的伪军却倾巢而动了。

吴忠说："可能是八路军走了以后，周庆丰又动摇了，或者周庆丰不在据点。无论什么情况，敌人来了，你不打他，他就打你，必须打，狠狠地给来犯之敌一个教训！"

很快，昆张支队在楚桥村外摆好了战场，一排在村东北部宋金河的堤坝里侧，二排在村东南的堤坝里侧，三排在东寨墙外面的壕沟里面。

上午九点多钟，杨岱据点的伪军们来到楚桥村东面。村里民兵们会操的哨子声、杂乱的口号声此起彼伏，伪军们一听是毫无作战经验的民兵，兴奋地端着枪、号叫着向楚桥村冲过来。他们刚刚过了石桥，进入昆张支队的伏击圈，吴忠就大喊一声："打——！"

三面同时开火，机枪吐着火舌，步枪也在一枪一个地消灭着敌人！

伪军们一看这阵势，吓得到处乱跑。吴忠立即发起冲锋，战士们从雪野上一跃而起，刺刀上膛，冲向敌人。会操的民兵们也从村里冲出来，喊杀声响成一片。伪军们一看跑不了了，只好跪在地上把枪举过头顶，乖乖地缴枪投降。

整个楚桥战斗只用了半个多小时就结束了，除了打死打伤三十多个敌人，其余的一百六十多人全部被俘，我昆张支队和民兵则无一伤亡。战斗结束后，吴忠让民宣队队长于灿周给伪军们上课，然后把这些伪军俘虏释放了，将缴获的步枪和子弹全部移交地方党政组织和民兵。

楚桥村和附近村庄来会操的民兵亲眼看到了八路军昆张支队打仗时的机智勇敢，又领到了现场缴获的敌人的步枪和子弹，高高兴兴地回到村里炫耀。那些因为胆小不敢参加会操的民兵十分羡慕和后悔，也纷纷表示，下回打仗，一定积极参加！

　　被放回来的伪军们回到了杨岱据点，周庆丰和副中队长王恒年一起向东平县伪县长张勉之和平井队长报告，日军少佐平井骂了他们一顿，又给杨岱据点配备了枪支和子弹。杨岱据点的这次出击，是该据点的副中队长王恒年的主意，周庆丰不知道八路军昆张支队回来，这个脚踩两只船的家伙也没有阻拦。事后，周庆丰怕昆张支队找他的麻烦，三番五次找到杨岗，一口一个"好仁兄弟"，不再是"铁壁合围"后把杨岗往外赶的冷漠样。他让杨岗一定给吴忠支队长解释，这都是副中队长、铁杆汉奸王恒年的主意，自己以后绝对不再和八路军作对，有消息提前向昆张支队通报。

第二十九章

伏击日酋

楚桥之战，八路军昆张支队竟然在大白天消灭了伪军一个中队，令梁山北部的伪军们大为震惊。在此之前，昆张支队虽然两进梁山，但都是对小股伪军作战，且主要是在夜间偷袭。现在，昆张支队不仅歼灭了一个中队的伪军，而且敢于在据点林立的地方召集各村的枪班一起大会操，真是吃了"豹子胆"！这一次昆张支队肯定是有备而来，准备要大干一场了！

针对昆张支队在辖区内的活动，东平湖西各个据点的伪军中队基本上都按兵不动，静观其变，有的也佯装行动，听说八路军在哪一个村，就打打冷枪，走到村边就撤回了，说是把昆张支队吓跑了。真正着急的就是东平日本宪兵队队长平井少佐了，他打电话催这个，骂那个，看到一个个都在敷衍塞责，这个东平的"洋皇上"大发雷霆，决定带着他的少年挺进队和伪警察队到湖西的戴庙据点，亲自坐镇指挥围剿昆张支队。同时，邀请东阿县日本宪兵队队长赤山来戴庙共商联手剿灭昆张支队的大计。

这次平井带着的日军少年挺进队是刚刚从日本来到东平换防的。随着太平洋战争不断深入，日军兵力吃紧，驻守东平的三个日军小队一百多人全部撤走，就连平井宪兵队的十个日本人也撤走了。为了加强东平的力量，从日本派来一个二十多人的少年挺进队，可见日本兵力已经严重不足，连一些孩子也被鼓励上了战场。这些孩子从小被灌输军国主义思想，吃饭之前如果不说杀中国人就不让吃饭，所以这些孩子虽然年龄小，却是一伙吃人的小豺狼。

1943 年 3 月 11 日，平井带着东平伪警备队三个连，加上这伙小鬼子共三百多人从东平城里出发，气势汹汹地要来湖西围剿昆张支队。因为东平湖里结了冰，没法行船，他们从北岸绕过大半个东平湖而来，路途遥远，就在斑鸠店住了一晚上。

斑鸠店是东平湖西北角的一个大集镇，处在菏泽到济南的交通要道上，唐代是瓦岗寨英雄程咬金的老家。程咬金性格暴躁，很有梁山人的性格，他一生打打杀杀，最后跟对了人，成了唐朝的大英雄。据野史记载，他年轻的时候卖笆子，后来抢劫隋炀帝的皇纲，从来不失手，运送皇纲的人最怕半路杀出来个程咬金。相传程咬金是梦中学的武艺，就记住了三板斧。所以东平一带有许多关于程咬金的歇后语和故事传说。如：程咬金卖笆子——净赶热乎摊子；半路杀出来个程咬金；程咬金的本事——三板斧；程咬金上殿——来不参，去不辞；等等。

斑鸠店是东阿县的一个重镇，平井和东阿日军宪兵队队长赤山在电话中相约一起来商讨剿灭昆张支队的办法。可是赤山队长放下电话就后悔了，他觉得昆张支队主要在东平梁山一带活动，对东阿危害不大。为了不引火烧身，就派了翻译官高景隆全权代表他前来。

平井从东平县城刚刚动身，几个方面的情报就已经送到了昆张支队吴忠手里。一个是杨岱据点周庆丰的情报，楚桥战斗刚给了他一个下马威，这家伙变得很听话。一个是戴庙据点王课亭的情报，王课亭原来是八路军东平独立营的营长，地区变质后投降了日本，在赵效三、杨岗的积极争取下，又成了"白皮红心"的两面人，为了给自己留后路，也开始给我昆张支队送情报。一个是东平县情报站站长谌公德送来的情报，谌公德以三友文具社做掩护在东平县城搜集情报。他从平井的翻译官杨子臣手里拿到了平井要窜到湖西的消息，谌公德专门让杨子臣画下了平井的画像：一个矮个子、四方脸、大胡子的形象。谌公德把情报和画像一起转交给昆张支队。

吴忠拿着谌公德送来的情报，十分感动，他对邵子言和参谋长常志义说："这个谌公德太了不起了，给我们的情报太有用了！我以后有机会一定要见见他！平井是我们的老对手了，这次他到湖西来围剿我们，我们擒贼先擒王，以逸待劳，打他的埋伏，专门灭了这龟儿子，如果能把他消灭了，我们的日子就好过了！"

大家都说好，对即将到来的战斗充满了期待！

吴忠安排将平井的画像印了很多份，让每个战士都记住平井的长相。他们提前来到东西下坡村西北的一个小村——玄桥村宿营，封锁消息，决定拂晓前到东西下坡村打日军的伏击！

东西下坡村位于东平湖西、腊山脚下的一片倾斜的山坡上，从斑鸠店到戴庙的公路经过村中间，东边的村子叫东下坡，西边的村子叫西下坡。支队长吴忠安排郭瑞功副连长带着一排埋伏在村外公路旁的一片柏树林里，二排埋伏在东下坡村村外，三排埋伏在西下坡村村外。

已经是早春天气，太阳出来了，照在身上暖洋洋的。因为没有吃早饭，战士们饿得前心贴着后心，但是谁都没有说一声饿，都在为快要捉住平井这个大日本鬼子而感到兴奋不已。

因为是化雪天气，路上十分湿滑，敌人走得很慢。平井有一条大狼狗，平常都让这条狼狗撕咬被捉住的共产党人和八路军战士，他们快到东西下坡村的时候，这条狗似乎闻到了什么，汪汪地叫个不停。

平井看到两边村庄夹着一条公路，是个打埋伏的好地方，他突然停下不走了。

埋伏在东下坡村村外的二排排长杨炳银看到敌人停下来，心里有点儿慌，怕平井就此返回，对着旁边的吴忠支队长一个劲儿地眨巴眼睛，比画手势，意思是赶快动手吧，再不动手鬼子就跑啦！

可是吴忠一脸沉着，浓眉下一双明亮的大眼睛紧盯着前方，一眨也不眨，似乎胸有成竹。杨炳银又慢慢地安静下来。

这时候，远处的敌人就地支好掷弹筒，朝村里和柏树林里发射炮弹，可是，吴忠仍然没有下达射击的命令。一发炮弹落在小战士马三妮儿身边，把他耳朵震聋了，耳朵嗡嗡响，头像裂了一样，但是他咬紧牙关强忍着，趴在地上一动不动。

掷弹筒发射过后，平井一看确实没有意外的情况，下令继续前进。这一次，敌人的行军就不再小心翼翼了，而是变得十分随意，一片乱糟糟的。

吴忠觉得在大白天打仗，敌人双倍于我，肯定不能全歼，必须把前面的伪军放走，专打中间的平井和日军少年挺进队才行。

等最前面的敌人尖兵班走过去了，第二部分的伪军也走过去了，穿着黄军装的日军进入了我们的伏击圈，吴忠突然山崩地裂般大喊一声："打——！"

位于公路两侧的机枪步枪同时响了，手榴弹嗖嗖地扔到敌人的队伍里。埋伏在山坡柏树林里的一排战士在郭瑞功的带领下一边射击，一边冲下来。郭瑞功举着盒子枪冲在最前面，大喊着："抓平井！"一边跑，一边打。

中间的鬼子和后面的伪军胡乱抵抗，一看无路可退，都乖乖地举枪投降，当了俘虏。而前面的伪军看到后面打起来了，哪里敢还手，顺着山坡逃得无影无踪。

战士们大喊着："抓平井！抓平井！"

吴忠带着战士们挨个搜查，寻找穿日本军装的大胡子，可是，找来找去就是没有找到。在队伍中间穿着日本军装的，大都是十三四岁的小日本兵，年龄大的只有一个中国人，是东阿日军宪兵队一个姓高的翻译。

怎么回事儿呢？大家都感到很疑惑，也感到很遗憾，气得把平井的画像撕了个粉碎。

被活捉的翻译官高景隆说，平井这个人很狡猾，他害怕遭到八路军的埋伏，在斑鸠店宿营的时候，专门刮了胡子，今天早晨又换上了伪军的衣服，行军时走在尖兵班后面的伪军中间。在伏击战打响之后，这家伙撇下军队拼命逃跑，大皮靴都跑掉了，歪把子机枪也丢了，后面的少年鬼子根本追不上他，只有他的那条大狼狗紧紧跟随着他。平井狼狈不堪地逃到了戴庙据点，在戴庙伪军的护送下，回到了东平县城。

吴忠和邵子言商量，对抓住的小日本兵还是以教育为主，就让邵子言给他们上政治课。翻译官高景隆要给他翻译，邵子言笑了笑止住了，他亲自用日语告诉这些日本孩子："你们是日本兵，日本侵略军在中国烧杀抢掠，无恶不作，我们本来应该把你们杀掉，但是，考虑到你们是一群孩子，是受了日本军国主义教育的蒙蔽，中国人自古以来就是爱好和平的，我们的战士不忍心杀你们，刚才打仗的时候都是用的高枪，希望你们能记住今天的不杀之恩，对中国人也要有爱心，共同反对战争。"

这些小鬼子还第一次听到八路军军官讲话，而且日语说得这么标准，他们十分敬佩！他们缠着邵子言问日语从哪里学的。邵子言说自己曾经在日本东京早稻田大学留学，因为日本侵略中国才回国抗战，小鬼子们更是惊掉了下巴！他们自动站成一排，对着八路军深深地鞠躬，对中国人的宽宏大量一再表示感谢。

那边于灿周也在给被俘的伪军上政治课，教育一通之后，就把他们都放回去了。伪军们都千恩万谢，表示以后打仗的时候枪口抬高二指。翻译官也表示以后有机会一定为八路军做事。

等战斗结束，各排集合，三排长郭志光才发现没有了小战士马三妮儿，战士们赶紧到埋伏的地方去找，发现马三妮儿已经昏迷过去了。随队卫生员检查了一遍，没有发现出血的地方，赶紧按压胸部，吴忠和支队首长蹲在他身边一遍遍地呼喊："三妮儿，你醒醒！"

"三妮儿，你醒醒啊！"

一声声的呼唤从远而近，飘进了马三妮儿的脑海里，马三妮儿慢慢地张开了眼睛，他慢慢地说道："抓……平……井。"

卫生员说，马三妮儿是被炮弹震晕的，加上寒冷和饥饿，才昏迷过去的，生命没有问题，估计以后一只耳朵可能会聋了。

吴忠和指战员们虽然个个身经百战，这一刻也都感动得泪眼婆娑。多好的战士啊，一个从小娇生惯养的孩子，在昆张支队这个大熔炉里淬炼，在血与火的战斗中得到提升，已经成长为一名钢铁般的八路军战士了！

这一仗把日军头子平井打得屁滚尿流，进一步提高了昆张支队的威望。群众听了昆张支队打平井的故事，都拍手叫好。故事传得越来越神，有的说吴忠能掐会算，能指挥着日本鬼子钻进我们的包围圈，有的说我们昆张支队的战士有泰山老奶奶护佑，敌人的炮弹打不死！

平井气急败坏地回到东平之后，认为东平县伪县长张勉之领导不力，免掉了张勉之的职务，任命县长秘书、二县长晏士英为伪县长。那帮日军少年挺进队队员回到东平以后，叽叽喳喳地向平井讲述被八路军俘虏的经过，说八路军仁慈，还夸八路军长官能说一口东京口音的标准日语，气得平井将这帮小鬼子都关了禁闭。

东平湖西这些据点里的伪军中队长平常都把日本宪兵队队长平井当作他们的主心骨，对平井言听计从。平井吃了败仗，许多人就更没信心了，晚上早早拉起吊桥，对八路军的活动不闻不问。

吴忠和邵子言商量，抓住当前有利时机，利用晚上的时间积极开展工作。鉴于于少奋同志在郓城坐监时身体受伤严重，回到根据地后一直在治病，不能再回昆山县工作，邵子言代表昆张工委提出让昆山县委委员吴力全担任昆山县县长，配齐各个区乡的干部。各个村都成立农救会和枪班，有的还成立了妇救会和青年团、儿童团。白天还是敌占区，晚上则变成了我们共产党的天下。

许多村庄都在晚上召开各种类型的群众会和谈心会，向地主借粮，实行减租减息，农民交租交息。实行合理负担，将征集上来的粮食送给濮范观根据地，缓解根据地的困难。县区干部实行包村，对伪军的家属走访座谈，动员他们的亲人不再当汉奸或者做个"身在曹营心在汉"的人物。干部还轮流在昆张支队的掩护下，到据点外面用喇叭筒喊话，为据点里的伪军上政治课。区队和枪班也积极行动起来，捕捉外出买菜、催粮催款、检查电话线的小股伪军，教育之后令其写出不再干坏事的保证书，然后予以释放。这些措施很快就取得了明显的效果，有的被八路军几擒几纵，披着好几张"关公卡"，戏称是"老八路"，据点里的伪军们更加人心涣散。

大路口是梁山北部的一个大集镇，明朝洪武年间，方氏在此建村，因村西北有一个分岔的路口，四通八达，名为方家路口，后来改叫大路口。这个村有好几家地主和富户，修的寨墙很好。村里驻扎有敌人的两个中队，西边是伪治安军的一个中队，东边是伪警备队的一个中队，敌人把守着四个寨门，整个村庄就成了一个大据点。

昆山县县长吴力全到大路口村喊话，昆张支队二连连长杨炳银在旁边守卫。一开始，吴力全在东西两个据点轮流喊话，两个据点里的伪军就向外打枪，一些伪军还和吴力全对骂，骂共产党是"共产共妻""黄俄"，效果很不好。

后来，通过捕捉外出买菜的司务长了解到：西边的治安军是归属于日军华北司令部和汪精卫伪中央政府的部队，大都是河北、天津一带的人，装备好，待遇好，还不用下村征粮；东边的伪警备队归属于东平县伪县政府，都是本地人，这支地方部队装备差，待遇差，还要征粮养着西边的伪治安军。吴力全夜里喊话的时候，专门来到村东的据点，不仅讲国际国内的抗战形势，讲昆张支队取得的战绩，还讲伪警备队受到的种种不公正待遇，警备队不仅受日本鬼子的气，还受伪治安军的气，当这样的伪军真是太不划算了！从而激发了伪警备队内心的不满。渐渐地，吴力全再来喊话的时候，东边的伪军中队长刘守甫不仅不让士兵打枪，还和士兵一起站到寨墙上仔细倾听。

一天晚上下着小雨，吴力全县长又喊话了。东边的伪警备队的据点悄悄打开了寨门，伪军司务长循着声音跑过来，一边跑，一边喊道："不要打枪！我是买菜的司务长，被你们抓住好几回了，外号'老八路'。"

我们的战士放他过来，他气喘吁吁地说道："下雨天冷，你们的衣服都淋湿了，刘中队长让你们到里面来讲话吧。"

吴力全觉得这是一个取得刘守甫信任的机会，就要走进敌人的据点。

杨炳银一把拉住他，着急地喊道："不行，你的安全我负责！于少畬县长被敌人捉住，什么后果你知道，你才刚当了几天共产党县长，可不能上了敌人的当！"

吴力全说："干共产党的官，我就没想过什么危险不危险，现在争取伪军的工作刚出现了转机，如果我当了缩头乌龟，人家怎么相信共产党？"

　　杨炳银抓住吴力全的袖子不松手，说："你，你，你出了事儿，我怎么向吴支队长和邵政委交代啊？"

　　吴力全笑了笑，把杨炳银的手拿开，坚定地说："交代？我这百十斤没什么可交代的，把党交给咱的任务完成了，就是最好的交代！"

　　吴力全慢慢爬上壕沟，跟着伪军走进浓浓的夜色里。在走上壕沟的那一瞬间，他那平时矮小的身材却显得那样高大，在黑暗中顶天立地！

　　到了据点里，吴力全面对面地给伪军上课，把野外的喊话变成了一场灯下的促膝谈心会。吴力全设身处地地帮助伪军分析自身的环境，让他们认识到自己处在日本鬼子和汉奸的最底层，这样干下去没出路，不如和八路军一条心。当前应该想法和鬼子、伪治安军磨洋工，将来有机会一举反正，加入八路军。吴力全推心置腹的谈话赢得了伪军们的阵阵掌声。

　　中队长刘守甫感动地说："吴县长今天说出了我们的心里话，解开了我们对前程的疑惑，你这个朋友我交定了，有什么事儿，您一句话！"

　　夜深了，吴力全要告辞，中队长刘守甫拉着他的手，亲自把他送出据点。

　　吴力全劝他回去吧。刘守甫感慨地说："你我兄弟相见恨晚，这哪里是在敌对的战场？这是我们兄弟间的聚会啊！"

　　从此，伪警备队十分痛恨伪治安军，坚决不再承担西边伪治安军的征粮任务，在村西边的治安军外出征粮的时候，刘守甫还安排他的士兵化装成昆张支队，抢走治安军的粮食。

第三十章

打假仗

　　梁山东北部东平湖的南岸有两个安山，一个叫大安山，一个叫小安山。不仅外地人分不清，就连许多当地人也说不明。

　　大安山位于梁山东北二十公里的东平湖和大运河畔，其实并没有山。在大安山西南十公里处，有一个地方叫小安山，倒是有一座很小的山，面积约一平方公里，海拔才一百五十七米。历史上这一带黄河、汶水、济水经常泛滥，流民躲在小山上得以安身，因此这座小山最初被称作"安民山"。《东平县志》载："境故多水患，河、汶、济三水环山，流民籍以安，故名。"

　　元朝大运河凿通后，大运河在小安山前向西北流淌，经由寿张集转而向北，流向张秋、东昌、临清。当时，在安民山西南六里的码头集建有安山船闸。码头集是个大码头，安民山是个避风港，一时商贾云集，人流不断，因安民山而命名的安山闸名气大增，成为南北交汇之地、繁华兴盛之乡，此河道通航了大约一百年的时间，后来淤塞了。明朝永乐年间重开大运河的时候，将梁山段运河从袁口以北向东迁移二十里开新河，在今安山镇建有新的安山船闸，命名为安山镇。到了清中晚期，安山镇发展到鼎盛时期，全镇六条街，加上军营和官府衙门，堪称千户大镇。中国人历来重官府，以官府为大，自然便把安山镇称为"大安山"，把原来的小山称为"小安山"。

　　在大、小安山驻守的伪军中队长是叔侄俩，在大安山的是叔叔王启成，在小安山的是侄子王允宪。王启成在吴力全和杨岗的争取下已经与我们建立了联系，成了"身在曹营心在汉"的两面人物。但是，小安山的王允宪却十分强硬，我们的宣传员在据点外喊话，他却不停地打枪，还和宣传员对骂，争取工作陷入了僵局。

吴力全县长向吴忠支队长汇报王允宪的情况，希望昆张支队教训教训王允宪。吴忠考虑到攻打据点还不成熟，应该继续做争取的工作，实在争取不过来，再消灭他。吴忠知道四柳树的崔守道是一方豪杰，与各方面都有联系，一定和王允宪熟悉，就带着吴力全、杨岗到四柳树的崔守道家去了解情况。

崔守道像老朋友一样欢迎吴忠一行，他对昆张支队打的几个胜仗了如指掌，赞不绝口，问还有什么需要帮助的事情。吴力全说小安山据点的中队长王允宪是茅坑里的石头——又臭又硬，多次去宣传，他不仅不听，还一直朝我们打枪。

崔守道介绍说，王允宪这个人和别的汉奸不一样，他原来是梁山二十三杆子中数一数二的大土匪，人数最多的时候有一千多人。所以他的眼眶子很高，崇拜大英雄，一般人根本不放在眼里。自己和他关系比较一般，没有过深的关系。这个人很孝顺，是出了名的大孝子。他投降了日本人以后，日本人把他和一般的土匪一样看待，一开始让他在花篮店据点当中队长，后来又调他到小安山当中队长，手下也就百十号人。王允宪很郁闷，整天斗鸡、斗羊、玩鹌鹑，谁的账也不买，他的工作确实比较难做。

吴忠想了想，说："你说，王允宪这个人很孝顺，这说明他很听他爹的话，好啦，我们就做他爹的工作。你说他眼眶子很高，一般人看不起，那我和邵政委一起去拜访他爹，这一招好使吗？"

崔守道笑着说："这一招绝对好使啊！吴忠支队长的名气，威震梁山，一定行！王允宪住在青堌堆，他村上的伪村长王启臣和我关系一直很好，已经是我们的情报员了。"

王允宪的老家青堌堆在小安山正东三十里、大安山正南三里，是一个上古时代留下来的黄河堌堆，村民耕地的时候经常会发现古代的陶罐和青铜器。吴忠让战士们买了几包点心，挂在洋车子的车把上，和邵子言一起跟着崔守道去青堌堆串门。

仲春时节，万物复苏，这一路上桃红柳绿，燕子呢喃，麦苗儿正在返青，艳阳下地气上升，似乎有一缕缕青色的雾气在氤氲蒸腾。他们骑车不多久，身上已经汗津津的。

路边出现了一座小庙，一群农村的女人在庙门口来来往往。崔守道说："你们看前面村庄上空有青色的蒸汽，这就是青堌堆名称的来历。那个小庙是泰山碧霞元君的三妹妹、泰山三老奶奶的家，据说很灵，有求必应，所以十里八乡来这里烧香的很多。"

邵子言说："我知道，这里是一处上古人类居住的遗址，堌堆是黄河下游老百姓为了抵御黄河泛滥垫高的地方，下面都有古人留下的陶器，很珍贵，要是古人知道现在这里归日本人统治，该有多心疼。将来打跑了日本人，我们要把这古遗址发掘出来。"

他们先找到伪村长王启臣，让他领着去见王允宪的父亲。王启臣领着他们来到王允宪的家。

王允宪家的青砖大门很高大，门旁的砖雕画十分精致，进来是一个敞亮的四合院，房屋整齐，地面干干净净，能看出来这家主人的严谨。

王允宪的父亲须发皆白，穿着绸布长衫，一看就是一个知书达礼的老乡绅。看到有客人来，热情地来到院子里和客人见面，问道："启臣，你这是领来的哪里的客人啊？"

王启臣和吴忠、邵子言放好洋车子，提着点心，向王允宪的父亲介绍说："我说老哥啊，这是咱们昆张支队的一、二把手，支队长吴忠和政委邵子言，一起来看望您啦！"

老人脸上有一丝迟疑，但是还是热情地招呼客人："贵客，贵客，欢迎欢迎啊！东西就不要从车上拿下来了，八路军到咱家里来，带礼物做什么？咱们进屋说话吧。"

邵子言看到他家堂屋的条几上有几只陶罐，就说："咱青堌堆人祖祖辈辈在这里生活，少说也有四五千年了，这陶罐就是明证。咱们在祖宗留给我们的土地上生活，身上流淌着中国人的血液，这里被东洋人占领已经很丢祖宗的人了，要是再主动帮着日本人干坏事，欺负我们自己的同胞，祖宗在地下知道了，别说冒青烟了，说不定在地下气得骂我们这些不肖子孙呢！"

老人懊恼地说："唉，长官说的是我的儿子允宪，我明白！我也说过允宪，可是这孩子大了，有他的主意，我说的话他也不全听。先别说了，家里出现了这样的逆子贰臣，我对不起祖宗。我叫他回家，咱一起说说他！"

王启臣骑了洋车子到小安山据点去找王允宪，说："家里来亲戚啦，你爹叫你回家哩。"王允宪一听他爹叫他，二话不说，骑着自行车就回家。半路上才想起来问哪里的亲戚，王启臣告诉他是昆张支队的吴忠支队长和邵子言政委，带着点心来看你爹了，要和你交朋友。

王允宪一听，扭转车头就要回据点，走了不多远又回来了，他对王启臣说："叔啊，来看我爹的，都是我的亲人，昆张支队这么看得起我，比那小日本鬼子强太多了！咱在日本人那里低人一等啊！"

他在村边扒了上衣，找了一根荆棘条让王启臣绑在光脊梁上，一步一步地走回家。

一进家门，见到吴忠和邵子言正在和他爹说话呢，王允宪对着吴忠和邵子言纳头便拜，说："罪人王允宪向八路军负荆请罪，我当汉奸实属情非得已。"

吴忠和邵子言一边一个去拉他起身，帮他解开绳子，去掉身上的荆棘条，邵子言说："这样做太过分了，天还很冷，这样光着身子容易得病！"

吴忠让王启臣赶快拿来王允宪的衣服，给他穿上。

他爹倒不依不饶地骂开了："你小子，当时我不让你当汉奸，你偏当，说不当汉奸没出路，现在你看看，出息了没有？今天八路军来看我，我这老脸都没有地方搁，咱八辈子祖宗都跟着你挨骂哩！"说着说着，老人的两只手不住地颤抖。

王允宪忙去扶他的父亲，哭着说："爹啊，您老人家别骂了，骂我事儿小，您气病了是大事儿，我这就拉出队伍来，投降八路军！"

吴忠说："我们也不是叫你现在投降八路军，现在条件还不成熟，你把队伍拉出来了，鬼子会再调过来一个中队。你还是在小安山干，但是要和我们八路军一条心，敌人有情报，及时告诉你叔王启臣，让他报告给我们。"

王允宪一直没敢抬头看吴忠那浓眉下明亮的眼睛，听到吴忠这么诚恳的话语，才敢和吴忠对视，说："我今天在我爹面前发誓，以后绝不打八路军一枪，凡是吴忠支队长您安排的事情，我绝对言听计从！如有违背，天打五雷轰！"

从此，王允宪将吴忠的指示当作"圣旨"，不但提供了许多情报，利用小安山据点掩护了许多抗日干部，还不许手下的人四处干坏事。不过，王允宪的性格太直爽，藏不住事儿，言谈之中经常对人炫耀说："知道昆张支队吴忠吧，那是我的朋友！亲自去我家看我父亲了！"

王允宪结交的汉奸里面什么人都有，因此很快被人向平井和新任的伪县长晏士英告了密。平井为考验王允宪，令其限期出动与昆张支队作战，否则就以"通共"罪论处。王允宪一时慌了，匆匆忙忙找到吴忠，说："坏了，坏了，平井要我打你们，不打就要杀我，你看可怎么办？"

吴忠说："别着急，没事儿，平井让你打，你就打。明天我派一个班到张庄去，你带着队伍去打，咱们就打一仗给鬼子们看看。"

"这怎么行呢？"王允宪急忙说，"我已经当着我爹的面发过誓，决不对八路军开一枪。"

吴忠笑着说："嗨，哪里是真打啊？是打给鬼子们看的。你带队从张庄西面进攻，我们的人往村东撤，再给你扔下一些破枪和宣传品。你捡去后向平井报功，不就可以证明你打过我们了吗？"

王允宪高兴地说："这个主意真是太好了，我们就这么干，一起演一出戏给平井看。"

当天晚上，吴忠叫来昆张支队宣传队队长于灿周秘密交代了一番，让其第二天上午带一个班去张庄"演戏"。王允宪也亲自骑着马带队来了，双方一真交火，于灿周让战士们丢下破枪和宣传品，从张庄一路南逃。

可是，王允宪没有给这些伪军们交代清楚，他们就一路紧追不放。而吴忠也只是对于灿周交代了情况。我们的八路军战士们哪里受过这种窝囊气，直埋怨于灿周不下令还击，是"怕死鬼"。

我们的战士们快撤退到水屯村了，可是，伪军还在屁股后面追，几个战士受不了了，一个说："于灿周光会耍嘴皮子，不会打仗！"

一个说："给他们一点厉害尝尝，不然他们也不知道昆张支队都是什么人！"他们一边跑，一边对准后面的敌人开枪。

我昆张支队的战士个个都是神枪手，等于灿周下令不准开枪时，伪军已经倒下了好几个，其中，王允宪的堂兄弟、也就是我情报员王启臣的儿子被当场打死。伪军们见八路军开枪了，吓得扭头就跑，连"缴获"的战利品也扔下不要了。

于灿周一看演砸了，赶紧回来向吴忠汇报。吴忠听了，一拍脑袋，说："嗨，你们怎么弄假成真了？我马上到小安山据点走一趟，给王允宪赔礼道歉，争取他的理解吧。"

邵子言首先不同意，说："老吴，现在这个时候，王允宪正在气头上，这家伙土匪出身，搞不好会翻脸不认人，你去了会吃大亏！"

田平也不同意，说："他王允宪不就是个汉奸中队长吗？是他们先违约，开着枪追我们那么远，我们才开的枪，犯不上这样抬举他。"

吴忠说："不行，我们建立一个关系不容易，王允宪是有影响力的人物，巩固这个关系，对我们以后的工作有利。至于说危险，我相信王允宪是讲义气的人，况且这是一场意外，双方讲开了，应该不会干出什么事！"

邵子言说："老吴，要去就是我去，他这次是对你有意见，再说了，万一有什么事，我们支队可离不了你啊！"

吴忠推开邵子言，说："不行，别和我争，你是文人，王允宪这龟儿子，他不信你！"

当天夜里，吴忠带着五个人抬着一台机关枪到了小安山据点。王允宪正在里面大骂吴忠呢，听说吴忠亲自到了据点的吊桥外，一下子惊呆了，说："你看清楚了吗？真的是吴忠来了？"

"千真万确，而且就五六个人，都没带枪，抬着一个箱子。"

王允宪把手枪从腰间拔出，啪的一声砸在桌子上，说："好！吴忠是条好汉，有种！不过，账还是要算的。他来得正好，不把话说清楚，我让他站着进来，躺着出去！"

吴忠进了据点，看到伪军个个荷枪实弹，戒备森严。走进王允宪的屋子，首先看到的是桌子上那支张着机头的驳壳枪。

吴忠面不改色，两手抱拳，说："允宪兄，我给你赔不是来了。这场戏咱们俩没演好，都怪我考虑不周，发生了这样痛心的事情，我比你还要难受。有什么气，你都冲着我来吧！"

看到吴忠态度这么诚恳，主动承担责任，王允宪倒不好意思了，他挥手让手下的人全部退下，再把吴忠让到椅子上坐下。

吴忠说："这次打死了你的堂兄弟，纯属误会。这个孩子也是我情报员王启臣的儿子，王启臣帮助我们八路军做了很多工作，我心里有多难受，你知道吗？我都没法向他交代啊！你知道，我八路军昆张支队从来没有被别人追着屁股打的习惯，所以你们追得太厉害了，我们的战士就忍不住了，结果打死打伤了你的人。至于到底是谁先假戏真做，我看就不要搞得那么清楚了。不过，这也是件好事，你的人被八路军打死了，你更好向平井交差了，平井也会更信任你。"

吴忠说完，让随行人员拿出一笔钱，说："这是我们送给被打死的兄弟的丧葬费和抚恤金，咱们一起做你叔叔的工作，让他不要过于伤心。外面还有几支步枪和一挺歪把子机枪，是我们上次打平井的时候缴获的，你可以拿到平井那里交差。"

王允宪此时已经无话可说，吴忠亲自来登门道歉，而且又为他想得如此周到，更让他心悦诚服。他站起身来，紧紧握住吴忠的手，说道："吴忠兄，你这样抬举王某，令王某十分感动！常言道真金不怕火炼，我们以后还是朋友，而且是真正的朋友！"

　　第二天，王允宪带着"战利品"来到东平，交给了平井。最近，陈玉镜受平井的委托严密监视王允宪的部队，必要的时候将王允宪干掉，陈玉镜目睹了王部与昆张支队血战的场面，向平井做了汇报。平井已经不生王允宪的气了，现在又见到了被八路夺去的那支歪把子机枪，对王允宪的忠心更加深信不疑，决定奖给王允宪伪联合银行的票子五万元，补发子弹十万发，并给王允宪记大功一次。

第三十一章

消灭夜袭队

昆张支队这次进来之后，仅用了一个多月的时间，就取得了昆张北部地区对敌斗争的主动权。伪军据点的中队长大多成了"红心白皮"的两面人，日伪之间的联系被瓦解，日军变成了瞎子、聋子。特别是在夜间，各个据点都吊桥高挂，对外面昆张支队和共产党的活动不管不问，昆张支队已经拥有相当的行动自由权。各个村的农救会组织减租减息，妇救会组织做军鞋，枪班、青年团、儿童团经常上操训练，这里白天是敌占区，晚上已经变成了共产党的天下。

东平县的日酋平井对此大为恼火，也非常恐慌，他把新上任的伪县长晏士英大骂一通，骂他还不如上一任县长张勉之呢！现在昆山县白天是皇军的天下，晚上就是共产党的天下，要求他立即调整部署，抽调精锐力量，组织"夜袭队"和"夜间讨伐队"，和昆张支队进行一场争夺夜间时间的总决战。

晏士英在日本主子那里挨了骂，转过脸来就把火撒到了下属头上。他给各个据点的伪军中队长打电话，对着电话大骂前任县长是个胆小鬼，夜里高挂免战牌，拱手把夜晚让给了八路军，还连累自己挨了皇军的骂。他要求，东平县所有的据点都必须成立"夜袭队"或者"夜间讨伐队"，训练夜战的能力，袭击昆张支队和共产党的干部，哪个据点不建夜袭队，就撤了他的中队长，让有能力的人来干。

夜里出来和昆张支队对着干，绝大多数伪军据点的人都十分畏惧，故意磨磨蹭蹭，对晏士英的命令拖着不办。但是，这事儿可难不倒寿张集据点的伪军中队长陈玉镜，他脑瓜子好使，诡计多端，要不然他的外号怎么叫"陈眼镜"和"眼镜蛇"呢！陈玉镜接到晏士英的命令之后，一下子就想到了自己中队第三分队的分队长王季文。王季文是"9·27铁壁合围"的时候看到形势严峻主动投降过来的，曾经当过共产党的区队队长，过去肯定经常跟着八路军夜晚行动，陈玉镜打算让王季文干夜袭队队长。

陈玉镜对王季文说："兄弟，日本人和晏士英要求我们成立夜袭队，别人都怕昆张支队，你过去在那边干过，有经验，有水平，我任命你来当这个队长，干好了，我就保举你当中队副！"

王季文受宠若惊，感谢陈中队长的栽培，答应一定要好好干。他从各个分队挑选了五十个身强力壮的年轻汉奸，请来附近村里会武术的人当教练，让这些夜袭队队员白天戴上眼罩，练习拳脚对打，夜晚摘下眼罩，练习快速行走。他们的训练十分严格，有时候腿上绑上沙袋，练习在新翻过的垡子地里行走，有时候腿上绑上铁瓦片，练习飞檐走壁，他们还练习用狗叫、羊叫、猫叫的声音进行联络。由于夜袭队是在保密的情况下进行训练的，我们各个方面的情报人员都没有得到消息。

初春时节，春寒料峭，夜里的寒风透骨的冷。民宣队队长于灿周带着队员陈勇在二中队三排排长郭志光带领的一个班的掩护下，照例来到寿张集据点外面喊话，他们一连喊了几天，据点里面也就是打几枪进行回应，没有出现什么意外。

一天月黑头加阴天的晚上，夜色特别黑暗。于灿周和陈勇爬到离据点最近的一家百姓的房顶上，用纸卷成喇叭筒，开始对着据点喊话。梁山一带雨水少，房顶可以用来晒粮食，因此老百姓的房子大都是平顶房。郭志光和一个班的战士们就蹲守在相邻的几个房顶上照应着他们。

这时候，据点里开始朝这边打枪，这是让夜袭队行动的信号。王季文的夜袭队早已埋伏在附近，他们利用漆黑的夜色，悄无声息地来到民宣队队员所在的院子外面，一个个飞身上房，就要活捉于灿周他们。不料有人蹬掉了一块砖头，发出了一声啪的响声。机灵的于灿周率先发现了敌人，大喊道："有敌人！"他和队员陈勇一起扔掉喇叭筒，拔出盒子枪朝敌人射击，附近房顶上的郭志光也发现了敌人，端着轻机枪朝敌人扫射，敌人被打下了房顶。

郭志光带领战士们一起跳下房顶，用轻机枪开路，向村西跑去，但是，我们的战士根本不是夜袭队的对手，跑了一百多米，就被敌人追上了，敌人兵分两路，朝我们包抄而来。

郭志光命令大家卧倒，朝敌人射击，敌人也跟着卧倒，一边打枪，一边匍匐着向我军进攻。郭志光再次端起轻机枪一边扫射，一边冲锋，打死打伤了多名敌人。趁此机会，郭志光和战士们冲出了包围圈，但是，敌人很快又赶了上来，我们的战士被敌人死死地咬住，根本甩不掉敌人。这时候，民宣队队员陈勇停下不走了，他躺在土地的垄沟里，等敌人冲上来的时候，拉响了手里的两个手榴弹，"轰——轰——"两声，他和身边的四五个敌人同归于尽，稍微远一点的敌人有两个受了重伤，疼得嗷嗷叫。

夜袭队员们一愣，都停下来看死伤情况。借着这个机会，郭志光带着战士们跑远了。

夜袭队虽然死伤了十几个人，但是打死了一名八路军，打跑了昆张支队。这让日酋平井和晏士英深受鼓舞，平井对寿张集据点通令嘉奖，叛徒王季文顺利地当上了寿张集据点副中队长，他更加卖力了！他带着夜袭队到附近的张东溪村、临湖集、宋铺、徐坊等村庄，抓捕刚刚组织起来的民兵、农救会、妇救会等抗日村干部，危害极大，严重影响了我抗日根据地活动的恢复。吴忠、邵子言决定，尽快全歼王季文的夜袭队。

与此同时，受到王季文夜袭队鼓舞的陈玉镜，和伪东平县县长晏士英正在策划一场对昆张支队的联合全歼行动：由王季文夜袭队在前袭扰，东平县湖西几个据点的伪军，加上驻守大路口的伪治安军和刘守甫的伪警备队一起包抄，将昆张支队一举歼灭！

而昆张支队还不知道陈玉镜和晏士英的这个阴谋，吴忠为了消灭王季文的夜袭队，设计了一个"引蛇出洞"的计策：他让区长闫士元带领区队住在寿张集东面六里多路的临湖集村，让这个村的一个夜袭队队员家属去寿张集据点报告，让夜袭队去捕捉闫士元的区队，昆张支队则悄悄地埋伏在寿张集和临湖集中间的一个二十多户的小村——安楼村，在夜袭队去临湖集的路上，消灭夜袭队。

王季文收到夜袭队队员家属的情报，没有独自行动，而是报告了伪中队长陈玉镜。陈玉镜这家伙诡计多端，他从昆张支队最近的行踪上判断，昆张支队没有走远，肯定就在附近，吴忠一定是想用闫士元的区队作诱饵，来消灭夜袭队。陈玉镜决定将计就计，让夜袭队去打闫士元的区队，在昆张支队攻打夜袭队的时候，自己则带领寿张集据点、杨岱据点的伪军，加上大路口的伪治安军、伪警备队一起包围昆张支队，将其一网打尽！

吴忠支队长刚刚部署完任务，大路口伪警备队队长刘守甫让司务长"老八路"送来了一份情报：今天晚上，由伪治安军、伪警备队、寿张集据点、杨岱据点的伪军一起行动，包围安楼、临湖集两个村庄，等夜袭队攻打闫士元的区队，昆张支队出现后，几个方面的伪军迅速包围昆张支队，一起歼灭昆张支队。

吴忠支队长看了刘守甫送来的情报，倒吸了一口凉气：真是好险啊！真是螳螂捕蝉，黄雀在后。敌人也不是吃干饭的，光想着消灭敌人的夜袭队了，没想到更凶恶的敌人已经在后面盯上了自己！多亏刘守甫已经转变过来，成了一支可以依靠的力量，送来了这份珍贵的情报！

吴忠和邵子言商量，决定根据新的情况，将计就计，让吴力全县长走进刘守甫的伪警备队，化装成昆张支队，截住伪治安军，不让他们向东来。让杨岗去杨岱据点，劝说周庆丰的部队按兵不动，只剩下寿张集据点陈玉镜的伪军，就好办了！

傍晚时分，一个个临黄滨湖的小村庄升起了袅袅炊烟。王季文的夜袭队全副黑衣武装，扎着黑头巾，戴着墨镜，从寿张集据点出动了。他们行动十分诡异，没有从安楼村中间经过，而是从村北绕过去了，这些人脚下生风，走得非常快，吴忠让郭瑞功带着一排、郭志光带着三排迅速跟了上去。

这时候，陈玉镜的大部队才慢慢走出了据点，当他们来到安楼村村西的时候，吴忠支队长已经带领着二排埋伏在村外多时了。等敌人临近，吴忠大喊一声："打！"立刻，机关枪、步枪、手榴弹一齐发威，机枪、步枪的轰鸣，加上手榴弹的爆炸声，把陈玉镜和他的部队吓晕了，纷纷转身逃跑。

这时候，大路口方向也响起了密集的枪声，陈玉镜听出来了，是伪治安军也被昆张支队拦住打起来了！而杨岱据点方向，响起了几声稀稀拉拉的枪声，那是周庆丰在虚张声势呢，说不定那个见风使舵的家伙根本就没有走出炮楼半步，陈玉镜知道歼灭昆张支队的计划泡汤了，于是下令收兵回营。

吴忠看到陈玉镜的队伍逃回了据点，就带着二排的战士们去临湖集村方向，支援一、三排歼灭夜袭队。

王季文的夜袭队听到西面安楼村方向和大路口方向都响起了密集的枪声，知道陈玉镜一定遇到了昆张支队，也不想打闫士元的区队了，就想逃跑。闫士元的区队听到枪声，跑出临湖集村，看到夜袭队，主动出击，王季文只得带着夜袭队和区队作战。这时候，昆张支队一排、三排赶上了夜袭队，从后面喊着："王季文，快投降！"一边喊，一边打。

一些夜袭队队员跪下投降，但是，王季文和几个死硬分子坚决不投降。他们觉得自己有武功，困兽犹斗，扒掉上衣，有的挥舞着大刀和昆张支队决斗，有的和我们的战士拼起了刺刀，寒光闪闪。

这时候，吴忠带着二排的战士们也都赶到了，大家杀声震天，势不可挡。

郭志光看到王季文的身影，带着满腔愤恨，高声喊道："为宣传员陈勇同志报仇！"端起刺刀，狠狠地朝王季文刺去，王季文用刀背一挡，刺刀刺在了王季文的胳膊上，他的大刀一下子掉在了地上。郭志光抽回刺刀，再次向王季文的心口刺去，这种力量有千斤重，王季文用手抓住了刺刀，可是他手上的力量根本挡不住，刺刀不偏不倚地插在了王季文的心窝里。王季文仰面躺在地上，啊了一声，脚一蹬，见了阎王。

其他的敌人也都被刺翻在地，活着的连声叫喊着"饶命"。经过打扫战场，王季文夜袭队四十人，被打死了十九人，重伤十二人，剩下的也都负有轻伤，乖乖地当了俘虏。经此一战，王季文夜袭队被消灭得干干净净。

东平湖西的大安山、小安山、戴庙、斑鸠店等几个据点，都向日酋平井和伪县长晏士英信誓旦旦地报告说已经成立了夜袭队，而且正在天天加紧训练，但是这些夜袭队从来不敢晚上出来惹事儿。等到寿张集据点的夜袭队被昆张支队消灭之后，这几个据点就直接把夜袭队取消了，编回原来的队伍。

日酋平井这次是真的着急了，他一边大骂晏士英无能，扬言要撤换他，一边从北面的东阿县调来了东阿县的夜间讨伐队。这个夜间讨伐队其实就是东阿县的伪警备队，有五百多人，队长是赵乐印，最近经常练习夜战，说是已经练得很好了，只是没有进行实战。

赵乐印带着东阿夜间讨伐队奉命来到斑鸠店镇，住进了斑鸠店伪据点里，他打电话报告平井，说已经前来待命，希望能解决夜间讨伐队在东平作战期间的给养问题，否则没法完成命令。平井答应给他十万元联合银行券。

接完赵乐印的电话，平井立即给晏士英打电话，要他专门征收一次"剿共粮"，换成十万元联合银行券，支付给东阿夜间讨伐队，并且组织东平湖西的戴庙、大安山、小安山、杨岱等几个中队，配合东阿夜间讨伐队一起行动。

晏士英一听东阿的夜间讨伐队来到自己的地盘，气得骂娘。过去东平人有个不好的习惯，就是有点看不起相邻的东阿人。东平是千年大县，东平人见多识广，而东阿县历史上曾经归属东平。而这一次，平井这个老鬼子不仅引来了东阿的军队，显得东平人无能，还要东平人向东阿人支付十万块钱，再配合东阿人打仗，真是让东平人丢人丢大了！

晏士英生气归生气，转脸就给各个据点下达命令，说日本人要开征一项"剿共粮"，全东平县八个区，每个区征收两万元，除了交给东阿夜间讨伐队十万元，自己也借此机会留下六万元。

昆张支队从各个渠道得到了东阿夜间讨伐队来到东平境内的情报，吴忠立即把军事打击的重点目标由各据点的敌人转为东阿夜间讨伐队。他说："这个夜间讨伐队是敌人借来的一支精锐力量，也是目前敌人的主要机动力量。擒贼先擒王，我们打掉它，就可以保持我们夜间行动的主动权，使敌人的新战术彻底破产！"

吴忠将原来安排在黄河以北寿张、东阿等县行动的二中队调回来，集中力量对付夜间讨伐队，所采用的战法依旧是"引蛇出洞"，然后使出昆张支队的"撒手锏"——伏击战。

吴忠经常带领队伍在东平湖西一带活动，他对这里的每一个山头、河流和村庄都很熟悉，他准备把战场设在距斑鸠店西南七里多的子路村。为了确保能打胜仗，吴忠和邵子言、郭瑞功、王权等人一起，到子路村做了一次实地侦察：这个村是位于青龙山和黄河大堤之间的一个狭长的村庄，南边是怪石嶙峋的青龙山，北边是高高的临黄大堤，村庄东西长三里多，村里的大街是唯一的东西通道。村子中间的大路北面，有一个小庙，是纪念孔子弟子子路的庙宇，叫作子路庙。小庙的大门上挂着一块"仲子读书处"的匾额，因为子路名叫仲由，字子路，是"孔门十哲"之一，历代都受到祭祀。在孔子弟子中，子路性格最直率坦荡，豪爽侠义，勇敢好斗，多少有点粗鲁。他体魄健壮，是经过孔子教化的有文化的武夫形象。受孔子的影响和教诲，子路不但勤奋好学，还武艺高强。自从做了孔子的学生，几十年与孔子形影不离，对孔子的衣食住行侍奉得细致入微。难怪孔子经常感叹道："自从有了子路，他再也没有受过侮辱，再也不用为自身的安全担心了。"春秋时期，鲁国发生了政变，鲁昭公被迫流亡赴齐国，孔子和弟子子路一路跟随到齐国，后来鲁昭公被齐景公安置到鲁国西部的郓邑，孔子和子路也就来到郓邑附近的青龙山。鲁昭公又匆匆逃到晋国去了，孔子和子路没能找到鲁昭公，就蛰居在青龙山北麓的这个村子三年。子路常到山坡上的大槐树下刻苦攻读，日复一日，废寝忘食。子路还为子路村修坝治水，免除了村民的水患之灾，百姓得以安居乐业。为纪念子路的恩德和伟业，后人在青龙山北侧建起了庙宇，以祭祀子路。这个村庄也被命名为子路村。据说，子路还利用讲学的空余时间，刻苦练习武艺，村民跟着他学，历代相传，子路村也由此成了远近闻名的"习武村"。隋唐时代的三朝元老、混世魔王程咬金的姥姥家就在子路村。他就是在子路村拜师学艺的。《水浒传》中的黑旋风李逵、阮氏三兄弟拜师习武，都是在子路村学有所成的。

子路村的村东是济南到梁山的公路，公路东面就是莽莽苍苍的沼泽地和芦苇荡，村庄的西南面，沿着青龙山的北坡，是一个小村庄，叫郑窝村。青龙山的南面，就是《水浒传》中大名鼎鼎的"阮氏三雄"的家乡——石碣村。

在侦察地形的时候，吴忠带领大家看得很仔细，心里谋划着怎么布兵打仗，在他心里，这黄河岸边的村庄和土地，就是埋葬敌人的墓地。

他在战前动员的时候，对同志们说："敌人为了吃掉我们昆张支队，从东阿搬来了救兵，难道我们昆张支队是吃素的吗？这里是古代先贤子路练习武艺的地方，也是《水浒传》中'阮氏三雄'的老家，还是程咬金的姥娘家，这是一片英雄的土地，我们今天一定要消灭日伪夜间讨伐队，不能在这里辱没了我们的先人！"

4月27日，吴忠带着队伍浩浩荡荡地来到了子路村，然后经过子路村，来到了子路村西南的小村郑窝村。这时候，从几个据点里传来情报，合击昆张支队的敌军不仅包括东阿夜间讨伐队的五百多人，而且附近据点的伪军部队也已出动了，总兵力达到了一千多人。但东平县各据点的伪军都对出钱出人配合东阿人打仗不积极。吴忠听到敌人之间的矛盾，高兴地说："我们就打敌人矛盾之间的这个时间差，把东阿的夜间讨伐队埋葬在这黄河大堤下！"

天黑下来了，留下邵子言、田平和从黄河北抽调回来的一个排，作为阻击分队埋伏在郑窝村外。吴忠则带着郭瑞功的一连和二连的一个排悄悄翻过黄河大堤，从黄河大堤绕到了子路村，使部队在子路庙里、大路旁边的厕所里和居民的房顶上隐蔽起来。

部队刚刚隐蔽好，夜间讨伐队就出现了。敌人在子路村沿途没有发现任何情况，遂放心地通过子路村，向郑窝村冲去。

敌人来到郑窝村村口，邵子言指挥阻击分队率先对敌开火，打死打伤了十几个夜袭队队员。赵乐印以为真的包围了昆张支队，指挥所部蜂拥而上。他一边冲锋，一边大叫着："冲啊，抓住一个八路，奖给一百块联合银行券！"

邵子言则指挥着按照预定计划迅速撤出战斗，他们迈过黄河大堤，撤退到黄河滩里，消失在夜色之中。

赵乐印的夜间讨伐队毫不费力地进入郑窝村，发现昆张支队已经逃跑了，他们大半夜地在村里砸门，抢老百姓的粮食和牛羊鸡鸭，满载而归，打道回府，准备回去向日本人请功。领平井许诺给他们的十万块联合券。

打了一个"胜仗"，又抢来了不少东西，赵乐印和他的夜间讨伐队队员们都心满意足，不再像来的时候那样小心翼翼，而是大声说笑，把枪在肩上斜挎着，毫无警惕性。

吴忠的部队早已严阵以待，放过敌人的尖兵，等赵乐印的大队人马进入伏击圈后，吴忠手中的机枪突然开火了，"嗒嗒嗒——"将敌人扫倒一片！这枪声就是命令，隐蔽在子路村村口厕所、房顶上的几个机枪手，早就等得不耐烦了，端着枪对着近在咫尺的敌军猛扫。子路庙里的战士也一齐跑出来，对着敌人投弹，随着爆炸声号叫着冲向了敌群。

敌军根本没想到会在回去的半路上遭到埋伏，许多人枪没下肩就见了阎王，大路上布满了敌军的尸体。还有的被打得晕头转向，到处乱窜，完全失去了抵抗力。

吴忠让战士们速战速决，迅速打扫战场，快速撤出战斗。等其他各路伪军赶到的时候，昆张支队已经带上缴获的枪支弹药，押着被俘虏的夜间讨伐队队员，转移到了东平湖畔的山赵庄。等到东平的伪军来到子路村时，他们看到村口摆着二百多具夜间讨伐队成员的尸体。

吴忠与邵子言在山赵村会合。他们分头住进老乡家里，经过一夜的激战，精神高度紧张，吴忠这才觉得有点疲劳，上炕和衣躺下，准备睡一觉，刚刚合上眼，村外又响起了枪声，吴忠一骨碌爬起来，冲到村头看了看，不由得哈哈大笑。原来，有二十多名夜间讨伐队的队员，在遭到伏击后，竟昏头昏脑地跟着吴忠的队伍也跑到了山赵村。结果一个个地当了俘虏。子路村一战，也成为冀鲁豫根据地以少胜多打败日伪军的成功案例。

经此一战，东阿县夜间讨伐队土崩瓦解，东平的伪军据点也不用再向东阿夜间讨伐队缴纳十万元联合银行券了。任凭平井如何吆喝，各个据点谁也不会再在夜间出来惹麻烦，即使是白天，也要确定不会遭到伏击时才到外面绕几圈，然后就缩回据点。

昆张地区北部党政群工作顺利开展，由敌占区变成了巩固的游击根据地。昆张支队不仅夜间可以随意活动，白天也有相当大的行动自由，已经牢固地掌握了斗争的主动权。

第三十二章

讨伐潘家军

黄河两岸春脖子短，南风一吹，春天呼呼啦啦就来了。

梁山四周的村庄很稠密，低矮的石头房挤挤挨挨。山上山下各种各样的果木树林连成一片，杏花败了梨花开，梨花谢了桃花来。在山坡上、屋檐下、胡同口，迎面就能碰上一树一树的繁花，花香四溢，灿若云霞，凤飞蝶舞，就像梁山人的性格，美得坦坦荡荡，毫不隐瞒。

昆张支队住在了梁山东侧的郑垓村。郑连山老汉家的西屋是牛棚，南边一间养着一对帮子鲁西南大牤牛，北边一间是草料间，放着铡刀、麦草和一些农具。在牛粪和麦草的气味中，昆张支队暨昆张工委会议在这里悄悄地举行。昆张支队政委邵子言、支队长吴忠、特派员管学思、参谋长常志义、总支书记田平等几位委员和五县的县委书记或县长都来参加会议。两头大牤牛当仁不让地卧在牛棚最重要的位置，一边反刍，一边旁听。

会议由邵子言政委主持，他谈了当前国际国内反法西斯战争的形势，又具体分析了梁山北部和西部几个区的情况，认为形势对我们越来越有利，应该进一步扩大战果，但是，具体怎么打，还要请大家共同商议。

吴忠提议，梁山北部的斗争形势已经很好了，但是还不适宜马上把这些钉子拔了。如果拔了，敌人还会再安上，倒把我们已经建立的关系给换掉了，不如将重心南移，到敌人力量比较强大的梁山南部、汶上西部去，开辟一片新的战场。

吴忠的这一想法得到了大家的一致赞成，只有管学思表示担忧，他说："我们一进昆张的时候，我就和情报员唐绍增，还有他妹夫李进航，一起去汶上县城摸过情况，对汶上的情况有所了解。现在确实应该向南进入汶上，但是，汶上西部是潘家的天下，潘家根深蒂固，盘根错节，势力是比较强的。"

吴忠点点头，说："这个，我也考虑到了。1939 年，八路军一一五师刚进梁山的时候，杨勇司令员那时候还是六八六团的团长，带着一个营来这一带活动，杨勇曾亲自到潘恒忠老家潘庄的寨墙外喊话，劝说潘家叔侄一起抗日。潘家叔侄非但紧闭寨门不开，反而开枪击伤杨勇的随从人员多人，连杨勇也险遭不测。后来，我在八团当参谋的时候，带领四连，也就是咱们昆张支队的这些战士，打过他的黄围子据点，打死了他三十多个人。在'铁壁合围'的时候，潘恒忠带着汶上西部的伪军积极参加对梁山的围剿，张平就是他抓走交给日本人才叛变的。我们向南发展，不攻克潘家这个堡垒，将会寸步难行。"

管学思的家就在汶上西部的管庄村，他对这一带的情况很熟，他介绍了潘家的情况：汶上西部潘庄的潘慎三是汶上西部最大的地主，在南旺湖一带有两千多亩土地，和蜀山湖一带的大土匪刘本功是仁兄弟。潘慎三原来是国民党的汶西支部书记，管着汶上西部的五个区，日寇来了以后，他就投降了日本人，他自己担任三区的区长，四、五、六、七四个区的区长是他的管家和三个儿子。他向日本人推荐，他的大侄子潘恒荣担任了汶上警备大队的大队长，二侄子潘恒忠担任汶上警备大队一中队的中队长，这个中队实力最强，自己有近一千号人，汶上西部几个据点的伪军中队长都归他管。而且潘慎三还是汶上青帮，即三番子、安清帮的大香主，他的大香主是郓城县伪县长刘本功总香主发展起来的，他还是汶上红枪会的会首，是汶上一贯道的大香主，帮派内部的徒子徒孙众多。要进入汶上西部，必须和潘家打交道，而且潘家和梁山其他的大小杆子不一样，他顽固不化，和八路军已经结下了血海深仇。他还编了一个顺口溜："八路军，没好枪，杨勇打不过潘家庄。潘杨两家有世仇，一仗打败杨家将。吃马肉，喝马汤，马皮贴在俺寨门上。"

邵子言越听越生气，说："潘家军势力大，危害也大，我们昆张支队就不怕他们这个硬茬儿。不入虎穴，焉得虎子，要发挥我们的长处，老虎掏心，狠狠地打疼他！"

参谋长常志义说："我个人觉得，我们初到这个地区，应该先拣软柿子捏，摸摸情况，练练手，再和潘家军一决雌雄不迟。"

是不是动潘家，大家公说公有理，婆说婆有理。

吴忠一派大将风度，说："我的意见还是擒贼先擒王，潘家的老二潘恒忠负责整个汶上西区，要打，我看就先打潘恒忠，打别人不足以震慑敌人。"

管学思沉吟片刻，担心地说："能打潘恒忠当然好，可这个家伙很滑头，不容易打。况且他是住在县城里，要把他引出来，恐怕汶上的敌人都会出动。整个汶上西区七八个据点就有一千多伪军，潘恒忠的中队也有一千多人，我们的力量能够把他们吃掉吗？我们才百十号人的胃口，可别消化不了啊！"

邵子言对吴忠和昆张支队充满信心，他引经据典地鼓励大家："我们梁山南部、汶上西部的地方，古代称作阚邑，是兵神蚩尤的故乡，现在还有蚩尤墓。相传蚩尤兄弟八十一人，铜头铁额，力大无比，能食砂石子。黄帝部落打不过蚩尤，联合了炎帝部落，才一起打败了蚩尤。蚩尤被杀的时候，溅出的血把大旗都染红了，到现在还称蚩尤为兵神。我们昆张支队经过这么长时间的磨炼，别说吃砂石子了，我看能吃铁化铜，只要我们打得巧，打得准，就能获胜！"

政委的大力支持，让大家一下子精神振奋。

吴忠找了一个秫秸，在地上一边画着一边说："我们人少不要紧，可以引出他来打，我给潘恒忠设下两个圈套，先'引蛇出洞'，再'围点打援'，不信引不出来他。至于说敌人来得多，我想真正愿意替鬼子卖命的汉奸毕竟是少数人，只要我们部署周密，不打别人，只打潘恒忠，其他各路敌人是不会拼死相救的。"

会议取得了一致意见，遂立即召集干部战士进行动员。

听说要到汶上打大仗，打潘恒忠，干部战士们个个摩拳擦掌，急不可待。吴忠宣布了作战方案，支队连夜行动，向梁山东南二十五里的高庄村进发。同志们穿的还是刚过春节时穿来的厚棉袍子，这时候行军已经汗津津的了。到了高庄，支队封锁村庄，让战士们好好休息。

第二天黄昏，吴忠解除了对村庄的封锁，召开群众大会，民宣队队员在台子上宣传抗日形势，在街上刷抗日标语，还叫伪保长到附近的齐岗据点去报告，说昆张支队到了高庄，准备在此宿营。吴忠自己则搭上电话线，听敌人如何部署。

果然，齐岗据点派出特务来高庄侦察，发现一伙叫花子一样的人在街上搞宣传，十分鄙夷，得意地回去了。齐岗据点的伪军队长丁二魔头就向汶上县城里的潘恒忠报告说，在高庄发现了昆张支队。

潘恒忠问："发现吴忠了吗？"

"没有吴忠，就一伙叫花子队伍在刷标语。"

"没有吴忠，肯定不是昆张支队，是流窜的土八路，顶多是共产党的区小队，"潘恒忠说，"小事儿一桩，你们自己下半夜干掉他们就行了。"

吴忠听完之后，把线一收，乐呵呵地说："行了，第一步'引蛇出洞'的计划实现了，敌人上钩了。"

他身边的参谋长常志义说："可是，潘恒忠让丁二魔头自己来打我们，他不出老巢啊！"

吴忠胸有成竹地说："梁山人有句话，叫作骑驴看唱本，什么来着？"

管学思说："吴支队长连我们梁山的歇后语也学会了，后半句就是走着瞧！"

半夜时分，吴忠带领队伍来到高庄村前的一条小河边，在河北岸埋伏下一个排，自己带上其他部队在河南岸的一片坟头后面埋伏下来，静候敌人上钩。

凌晨三点多钟，齐岗据点的三百多伪军在夜色中小心翼翼地走过来，他们已经走进了机枪的射程内，吴忠没有下令，接着他们从我们的队伍面前过去了，吴忠还是没有下令，郭瑞功急得甩帽子，杨炳银气得用拳头砸地。

敌人来到小河边停住了，开始朝村里发射掷弹筒，看看村里没什么动静，开始号叫着从干涸的河床上向村里进攻，一边走一边喊："土八路，你们被包围了，快投降吧！"

吴忠看到敌人走进了河底，大声喊道："打——"

随即沟两侧的机枪、步枪开始向敌人扫射，敌军被压在河底不能动弹，大部分人当场毙命，活着的抱头鼠窜，顺着河沟仓皇逃回据点。

吴忠下令追击，部队一直追到了齐岗据点，将据点团团围住，吴忠大声喊道："老子昆张支队吴忠又打回来了，丁二魔头，快投降吧！"

据点里打出来一梭子子弹，吴忠急了，让机枪班用掷弹筒对着据点轰了一炮。

据点中的丁二魔头刚刚经受了毁灭性的打击，还惊魂未定，此时已经吓得六神无主，立即给潘恒忠打电话，说："什么区队？原来就是昆张支队！不但吴忠来了，八路军的主力也来了！机枪很多，打死我们很多弟兄，还有大炮，在轰炮楼呢！你们再不增援，我们的据点就完了！"

潘恒忠听了，大吃一惊，敢主动围攻据点，还有大炮，这当然是昆张支队无疑。他在电话中给部属打气道："你们一定要守住，守住！把吴忠缠住，我带步兵还有骑兵迅速去增援你们！他一个小部队，没多少人，我要把他们全部歼灭！"

潘恒忠立即给其他据点打电话，下达了增援齐岗据点的命令。

吴忠说："潘恒忠要来，好得很！该演第二场'围点打援'的压轴戏了。我们到他来的路上去截他！"

常志义佩服地说："哎呀，吴支队长不仅会打仗，还会给敌人调兵遣将呢！"

吴忠说："别贫嘴了，快走，我们去截潘恒忠这龟儿子！"

副连长兼一排排长郭瑞功迅速集合队伍，跑步向东行进三十多里，来到位于汶上县城敌人增援部队的必经之路上的房村，在房村外的公路两旁埋伏下来，专等敌军从这里经过，打他们的伏击。同时，派出侦察员向前后两个方向侦察。

可是过了一会儿，侦察员回来报告说，汶上县城的敌人援军已经越过了房村，到达齐岗据点。原来潘恒忠下达了增援齐岗据点的命令后，立即带着骑兵连，用汽车拉着步兵连夜出发，马蹄子和汽车轮子跑得快，到天亮时已经越过房村。由于都是夜晚行军，天阴得又厉害，昆张支队与潘恒忠的伪军擦肩而过，都没有发现对方。

吴忠从公路旁坐起来，原定的伏击计划已经无法实施了，他懊恼地说："就晚来了一步，让敌人过去了！"

管学思问："吴队长，敌情变化了，我们怎么办？还打不打潘恒忠了？"

吴忠把牙齿咬得咯嘣响，说："如果我们再继续回去打齐岗据点，敌人人多，风险很大，但是，这一仗不打，我们在这一带就站不住脚啊！必须找到潘恒忠，继续打！"

他对管学思说："你立即到唐楼去找唐绍增，让他通过关系给我报告两个情报。第一，敌人到底来了多少人。第二，我们到房村晚了一步，敌人过去了，估计敌人肯定会回过头来找我们，找到我们后，就会对我们进行合击。这时，他要再给我送一个情报，潘恒忠在哪一路，他的指挥所安在什么位置。我要专打潘恒忠的指挥所。"

管学思找到唐绍增后，唐绍增从东平宪兵队秘书主任李进航那里问到了第一个情报，汶上县城和汶上西部几个据点的伪军部队全部出动，总数有近两千人。管学思骑着自行车飞也似的来房村村外报告。

吴忠听了管学思的报告，说："敌人找不到我们，可能要分头回去，潘恒忠也要回县城，我们在潘恒忠返回县城时进行伏击，专打他这一路！"

这时，侦察员孟昭德提着两把盒子枪，满头大汗地跑过来，说："来了，来了！"

吴忠愣了，问："谁来了？"

"敌人来了！我看到公路上烟尘滚滚，肯定是敌人的大部队来了，正向这里包围过来。"

原来，潘恒忠带领着大队人马到了齐岗据点以后，发现昆张支队已经撤离了，就挨个村庄打电话询问昆张支队的下落。房村的伪村长看到村外有人影晃动，来到附近观察了一下，就回去通过电话向潘恒忠汇报，说有一伙便衣军队在村外活动。潘恒忠认定昆张支队在房村，早饭也不吃了，命令所有部队调转方向，一起合围房村。

敌人有骑兵，有汽车，行动很快，等孟昭德跑着送回来消息，敌军的合围圈已经快要形成了。潘恒忠知道吴忠肯定会突围，专门派了袁口据点的中队长高庭甫占领了运河大堤，堵住昆张支队的退路，要与吴忠在房村决一死战。

形势骤然逆转！吴忠本来要打潘恒忠的伏击，反倒被潘恒忠的部队包围，陷入了困境。敌我兵力悬殊，吴忠嘴唇紧闭，牙齿咬得咯嘣响，在思考下一步的作战方案。

就在这时，一个人骑着小毛驴急匆匆地赶来了，这个人不住地拍打毛驴的屁股，小毛驴四蹄生风，跑得很快。战士们紧紧盯着，来到近处，发现原来是我们的情报员唐绍增。他通过袁口据点的关系，得到了吴忠安排的第二个情报，他找到吴忠，气喘吁吁地报告说：敌人是兵分四路来围攻房村，东面，袁口据点的高庭甫向西进攻；南面，齐岗据点的丁二魔头带领汶西几个据点的人从大屯向北攻；潘恒忠的力量最强大，他兵分两路，一路从西面的崔庄向东进攻，他则亲自率领一路从朱庄向南进攻。潘恒忠的指挥所设在了房村东北方向的朱庄。

吴忠高兴地打了唐绍增一拳，说："老唐啊，你的情报来得及时，来得好！打了潘恒忠，记你头功！"

他转过身对邵子言和几位支队负责人说："好了，现在情况明了，我们不走了！潘恒忠要包围我，吃掉我，我倒要给他来个虎口拔牙，干掉他的指挥所。走，我们打朱庄去！"

这时候，从昨天就阴沉沉的天空更加浓云密布，突然刮起了一阵大风，狂风吹过，树摇枝折，田野上的麦苗像大海上的怒涛。接着是一道夺目的闪电和一串轰隆隆作响的炸雷，今年春天的第一场春雨骤然而降。很快，散乱的雨点变成了倾盆大雨，东北风也越吹越猛，卷起雨点砸在人脸上，让人睁不开眼。

吴忠擦一把脸上的雨水，大喊一声："天助我也！冲进朱庄，活捉潘恒忠！"

部队冒着瓢泼大雨，踩着泥泞的道路向朱庄前进，犹如神兵天降，从狂风暴雨中冲出，冲入了朱庄。

此时，潘恒忠的部队因为突然到来的大雨惊慌失措，纷纷撤回到村里，找地方躲雨，根本没有想到我们的战士会在暴雨中冲过来。

潘恒忠的指挥所设在村北一户地主家的大院里。昆张支队来势凶猛，当潘恒忠发现昆张支队冒雨打进朱庄时，已经来不及调整部署，只好收拢起贴身的警卫队，依托楼房院进行顽抗。周围村庄中的敌军听到朱庄枪声激烈，马上从四面包围了上来。

潘恒忠看到自己的部队已经围住了村子，更加有恃无恐，在楼顶架起几挺机枪，居高临下，向外猛烈扫射。昆张支队几次进攻，都未能奏效。

战斗一时间陷入了僵局。昆张支队包围了潘恒忠的指挥所，而汶上的大部队又包围了昆张支队，昆张支队里外受挤压，形势万分危急，战士们心急如焚。二排排长杨炳银甩掉了又湿又沉的厚棉衣，扒光脊梁，要和敌人拼命。

但吴忠却出人意料地下令停止进攻，要战士们点火烘烤湿透的棉衣，他则与管学思等人聚到一起，重新安排战斗部署。

吴忠说："现在情况十分危急。我们是里外受到攻击，只能集中兵力对付一头。我的意见是一鼓作气，拿下潘恒忠的指挥所。至于村外的敌人，虽然兵力几倍于我，但现在都在观望。只要我们能迅速敲掉大院中的潘恒忠，村外的敌人就会一哄而散。相反，如果我们打不下大院里的潘恒忠，那么想走也走不了了。"

邵子言、管学思、常志义等人都同意吴忠的意见。吴忠令郭瑞功带一排阻击村外的敌人，并特意交代道："老郭，你的任务是阻挡敌人进村，给我争取半个小时，我这边打不完潘恒忠，决不能让敌人进村！"

郭瑞功说："队长，你放心。保证完成任务！"于是带着士兵到村外布防。

吴忠又对村内的部队进行了重新编组，将各排打乱，编为机枪火力组、手榴弹组、梯子组和突击组，各自交代了任务。

雨停了，战士们也烤干了棉袍子，吴忠抄起一挺机枪，大喊道："开始了！"

几挺机枪一起开火，压制住了敌人楼房上的火力。这时候，手榴弹组的战士抬着三筐手榴弹，迅速冲过街道，贴近墙根，把手榴弹向房顶和院子里猛扔，炸得房顶上的敌人鬼哭狼嚎，纷纷滚下房顶，逃进了屋内。吴忠一挥手，梯子组在墙上架起了梯子，杨炳银带领突击组由梯子登上了房顶，可是，房顶上还趴着一个伪军，他没有被手榴弹炸死，看到梯子上上来一个人，对着杨炳银就是一枪，杨炳银头部中弹，从梯子上掉下来，壮烈牺牲！

下面的手榴弹组继续向上扔手榴弹，敌人被炸死，我突击组的战士继续登上梯子，上了房顶，控制了整个院子。

潘恒忠仍不服输，继续顽抗。吴忠向房顶上的战士喊道："向屋里扔手榴弹！"

战士们在房顶上凿开几个大洞，往屋内扔进了几颗手榴弹，屋内一片哭叫声。门口的战士也大喊："快投降吧，八路军缴枪不杀！"

潘恒忠手下的人已经吓破了胆，大叫："别扔手榴弹了，我们投降！"

伪军们打开窗户把枪扔到了院子里，一个个地举手出门。潘恒忠没招儿了，也只好低着脑袋走出了屋门。

村里的枪声停了，村民们已经知道了潘恒忠被活捉的消息，都走出家门过来看。村民们扬眉吐气，指着潘恒忠和伪军们大骂："你们这些龟孙王八蛋，也有今天啊！"

管学思的家离朱庄很近，和这个地主大院的人有亲戚。管学思看到潘恒忠后，一把拉低帽子，转身扭过脸去，他想起杨岗被敌人烧家的事情，不想让潘恒忠和这个村里的人认出自己来。

村外的敌人听到枪声停了，知道战斗打完了，听到潘恒忠被活捉的消息后，果真一哄而散，没有人敢靠近村庄一步。

此战是昆张支队组建之后的一场恶仗。吴忠以一百多人迎战二十倍于己的敌军，冒雨激战，险中求胜，全歼敌一个加强版的警备中队，俘虏潘恒忠以下三十七人，毙伤敌军数百人，轰动了整个梁山地区，创造了在平原地区以少胜多的模范战例，载入中共抗战史册。

昆张支队在战斗中有六人牺牲，十三人负伤。那位爱说爱笑、却从不服输的二排排长杨炳银把欢乐的生命献给了梁山脚下、大运河畔这片英雄的土地！

潘恒忠被俘后，吴忠亲自与之谈话，并让三排和民宣队押着俘虏到濮范观中心区去接受教育。在濮范观中心区，俘虏们看到八路军吃得很差，根据地缺盐，八路军就用盐碱地里的硝盐熬制的小盐拌柳树叶子当菜，吃到嘴里很苦。每人一天只有八大两的口粮，却给他们俘虏每人十六两，俘虏们都很感动。

有的俘虏说："八路军样样好，就是吃饭吃不饱。"

教育结束时，俘虏们选择出路，有的要求参加八路军，有的表示吃不了八路军的苦，选择回家，但是不当汉奸了。

冀鲁豫军区杨勇副司令员听二分区司令员曾思玉说昆张支队抓住了潘恒忠，还把他押到濮范观受训。杨勇一开始不信，说："汶上潘家我知道，都是死硬死硬的，可不好斗！"

曾思玉说："军中无戏言，吴忠这小子，用对了，是什么奇迹都能创造得出来！"

杨勇非常振奋，在曾思玉的陪同下亲自来接见潘恒忠，表示愿尽释前嫌，与其交朋友。还给其兄长、汶上伪警备大队队长潘恒荣写了一封信，劝他做一个有良心的中国人，不要死心塌地为日本鬼子做事，不要与八路军为敌。

潘恒忠大为感动，说："杨司令员，我们潘家过去对不起您和八路军，以后不管出现什么情况，我都保证不打八路军，还要尽可能地帮助你们。"

潘恒忠回来后，果然遵守诺言，不仅提供了不少重要情报，还把杨勇副司令员的信转交给汶上伪警备大队队长潘恒荣，劝说哥哥千万不要再与八路军为敌了。潘恒荣也没了斗志，潘家死硬的家伙就只剩下那个老邪教头子潘慎三了。

潘恒忠的转变在汶上一带影响很大，据点里的伪军们都议论说："谁有老潘家和八路的仇恨大啊，老八连潘家的人都不杀，我们还顾虑什么呢？"

袁口据点的伪军中队长高庭甫看到再跟着潘家军干没有出路了，就带着队伍向昆张支队投降，被编入昆张支队四中队，也称汶上县大队。

汶上西部的局面一下子打开了。

第三十三章

新昆张支队

　　冀鲁豫军区副司令员杨勇见过潘恒忠之后，对曾思玉感慨地说："潘家是个十分顽固的堡垒，能抓住潘恒忠，再感化他哥潘恒荣，这个堡垒就彻底瓦解了，那个潘慎三也没多少猴跳了！吴忠这个同志，等他回来让他第一时间去见我，我看看他是不是有三头六臂！哎，不对，他一个百十人的小部队，打败了近两千人的汶上潘家军，这是险中求胜啊，这家伙是打仗不要命，不行，你不能这么惯着他！仗不是这么打的！要给他调配力量，要让他有能力打大仗！还要让他好好地回来！我们的孙悟空，一根汗毛也不能少！"

　　曾思玉说："是啊，我和段政委也在琢磨，是不是应该加强昆张支队的力量，让他们能够打一些大仗了。您就放心吧，一定找个机会让他回来，让您见见他！"

　　很快，二分区改变了昆张地区的战略部署，将昆张支队二中队，就是派往黄河以北的那个连也调往黄河以南，配合昆张支队活动。同时，把在梁山以南、郓城以北的一支小部队郓北支队也调往梁山地区，要求昆张支队和郓北支队有分有合，要把梁山地区变成我们自己的根据地，为整个冀鲁豫根据地的恢复创造经验。

　　郓北支队是冀鲁豫军区按照昆张支队模式组建和派遣的246支小部队之一。当时郓城县敌人的力量太过强大，我共产党一方将郓城县划分为郓北和郓南，派往郓城北部活动的这支小部队就称作郓北支队，支队长是原一一五师教三旅七团的干部轮训队队长，名叫王定烈，政委是中共郓城县委书记左宏奇。郓城县还有一个县大队，一百多人，一般都是单独活动。郓北支队的主要力量就是教三旅七团二连，连长叫郄晋武。

王定烈所在的七团是根正苗红的老红军部队，其前身是著名的"模范红五团"——红一军团第二师第五团，该团源于朱德、陈毅率领的南昌起义军一部，井冈山会师后发展为红一方面军红一军团二师五团。在井冈山时期，每次红军大比武，红五团都是第一名，是响当当的"红军三虎"之一。在长征途中，他们突破乌江、占领遵义、四渡赤水、巧渡金沙江、强渡大渡河、过雪山草地、突破腊子口……长征的全过程，红五团都是红军的第一主力团。1937年改编成八路军后，参加过平型关大捷、樊坝战斗、梁山歼灭战，一直英勇善战，多次获得嘉奖，被冀鲁豫军区首长称为"冀鲁豫的铁拳"。

支队长王定烈1918年出生，比吴忠大三岁，生于四川省宣汉县得胜场的一个农民家庭。早年入过私塾，上过小学，十五岁时参加红军，在长征途中，腰、头部等五处负重伤，历经生死鬼门关，幸而大难不死。王定烈性格十分开朗，自嘲"阎王爷不稀罕咱"，"我是从地狱归来的人"。他个子不高，长得很敦实，额头上有一条长长的刀疤，非常明显，还有一颗子弹卡在了腰椎里，无法取出来，致使他走路的姿势看起来有些僵硬。他头戴毡帽，身穿长衫，还保留着红军穿草鞋的习惯，一年四季都穿着草鞋，夏天光脚穿，冬天的时候为了保护布鞋，就在布鞋外面再套上草鞋。

郓北支队的连长郄晋武，是河北平山人，1920年12月生，上过小学。1937年10月，八路军一一五师游击第一大队来到平山扩军，十七岁的郄晋武听说了，在一个深夜绕过县城，越过滹沱河最大的支流冶河参加八路军，历任班长、青年团干事、连指导员、连长。他个子又高又瘦，大嘴巴，厚嘴唇，待人很真诚。他在鲁西战场上也是多次身负重伤，胸口还有弹片取不出来，也属于几闯鬼门关的人。他不善言谈，但是爱动脑筋，爱记笔记，他有一个心爱的宝贝——笔记本，每次战斗以后，都要画下作战的地图，写下战斗过程，分析原因。

1943年5月前，教三旅七团二连一直在黄河大堤上开展整风学习和部队建设整顿工作，他们称自己是"看大堤的"，最爱唱自己七团的《团歌》：

> 从秋收起义到五次反围剿，
>
> 从二万五千里长征到平型关歼寇，

从吕梁山到冀鲁豫。

打不烂，拖不垮，打不烂，拖不垮，

从不收起你那战斗的翅膀，

从不倒下你那高举的旗帜，

歌唱你啊，人民敬仰的七团，

你是民族的英雄，

你是党的一支坚强力量！

　　1943 年 6 月 3 日午夜，按照二分区的部署，王定烈率郓北支队的战士们扛着冀鲁豫小部队的标配——竹梯子，冒雨翻过敌人的黄河南金堤防线，在敌人前堵后追的情况下进入郓北敌占区。

　　6 月 4 日拂晓，郓北支队进驻梁山西部的耿楼村，这一片村庄处在敌人的炮楼包围之中，东北五里是寿张集据点，正南六里是大侯据点，西北六里是郭楼据点。队伍早就到耿楼村外了，但是一直在看庄稼的庵屋里等着，等到百姓起床后才进村，借百姓的锅灶做饭。

　　这时候，村外的侦察员带进来一个人，原来是冀鲁豫二地委敌工部部长樊蕊卿。

　　王定烈早就认识樊蕊卿，知道他是个活宝，爱开玩笑，而王定烈也是个性格开朗的人，看到樊蕊卿来了，远远地指着他，开玩笑说："真是来得早不如来得巧，这刚要做饭呢，就有人闻到饭味儿追过来了！"

　　樊蕊卿气喘吁吁地说："还闻饭味儿，我樊老头已经冒雨跑了一夜了，你们和昆张支队要合在一起打仗了，而我可要分家了，你看我的鞋子，鞋帮和鞋底都要分开了！"

　　他把鞋子抬起来要大家看，惹得大家哈哈大笑。

　　王定烈也伸出自己的脚，展示了一下他独一无二的草鞋，说："看老子这草鞋、这手艺，拧得怎么样啊？从来就不会分家！"

　　樊蕊卿是受郓城县委书记左宏奇的委托来找郓北支队的。左宏奇已经接到了任命他为郓北支队政委的任务，知道郓北支队快要打进来了。他从郓城伪军的关系中得到情报，郓北支队一过黄河南金堤封锁线，刘本功就知道了这支小部队的行踪，派他的伪鲁西防共自治军副司令曾子南带着一百人的武术队和一百五十人的机枪队，加上附近据点的伪军共六百余人，跟在郓北支队的屁股后面追过来了。曾子南亲自训练的武术队和机枪队非常厉害，是刘本功手里的王牌部队。曾子南是济宁人，四十四五岁，高个子，黑长脸，斜楞眼，显得十分凶险。他从当兵的时候起就跟着刘本功，是刘本功的心腹之一，知道郓城是梁山好汉的故乡，就训练了一支武术队。这帮人身穿便衣，武功高强，能飞檐走壁，专抓党员和抗日干部，危害很大。刘本功的机枪队装备最好，除了轻重机枪，还有掷弹筒，敌人人数不仅三倍于我军，而且装备精良，技术也超过我军，不能和敌人硬拼。

王定烈和樊蕊卿商量，不能在这里等着挨打，要和昆张支队合在一起，到梁山附近的薛屯村打一仗，最好这一仗能消灭刘本功的武术队。

部队带上蒸得半熟的窝窝头出发了，在路上一边走，一边吃。樊蕊卿负责到王芝茂村贾大娘家打探情况，找到昆张支队，让两支队伍一起作战。

王定烈率领队伍来到梁山西部的薛屯村，这个村处在梁山到郓城和梁山到西小吴的丁字路口，无论敌人从哪个方向追来，都必须从这里经过。

王定烈安排兵分两路，冒雨埋伏在大路的路北和路东的高粱地里。此时，高粱已经有半人高了，在里面正好掩身，就是身上的长衫已经湿透，贴在身上，又湿又冷，很难受。

上午八点多钟，太阳已经升到东面梁山顶上，敌人兵分三路向薛屯猛冲过来，其中两路正好走进了我郓北支队的埋伏圈，还有一路从村北进攻。

王定烈看到敌人已经走进包围圈，对机枪射手吼叫一声："别傻愣着啊，打吧！"

机枪率先发言了，这机枪就是命令，步枪一齐开火，手榴弹也扔了出去。两路敌人还想着进村抓八路呢，根本没想到在村外就遭到了伏击，被我郓北支队打得晕头转向。另一路曾子南带着的武术队从村北进村，看到村西打起来了，要转向村西从我军背后动手。这时候，吴忠带领昆张支队跑步前来，正好在曾子南和武术队的后面动手。曾子南一看不好，带着武术队向东南方向拼命逃跑，吴忠看着敌人逃跑了，没再开枪，战士们向前追了几步，但是哪里能追上这伙武术练家子呢？

这场战斗活捉敌中队长一名、小队长一名、士兵二十余名。可惜没有抓住一个武术队员，王定烈对俘虏进行一番教育后，将他们释放了。

樊蕊卿说："这一仗虽然打胜了，但可惜没有打垮刘本功的武术队！刘本功的武术队个个练就一身好武艺，作恶多端，专门暗杀、绑架我们的地方干部。"

吴忠说："我们如果能早来十分钟就好了，下次遇到郓城的武术队，直接开枪，把这帮恶贯满盈的家伙消灭！"

王定烈挥着拳头说："这些王八蛋！一定要除掉这批暴徒！"

吴忠和王定烈这才相认，两个人你打我一拳，我掏你的胳肢窝，亲热得不得了！

吴忠开玩笑说："你郓北支队怎么跑到我昆张支队的地盘上来了！"

王定烈说："你小子还有脸说地盘？哪有什么地盘？你一个梁山支队，都把人家寿张、东平、汶上的地盘占了！曾思玉司令员交代我们，让我们一起把敌人的地盘变成共产党的地盘！"

吴忠笑着点点头，两个人的大手紧紧握在一起。

吴忠和王定烈分别介绍了自己的作战计划，然后两支部队又分开活动了。

1943年6月9日，郓北支队进驻梁山南面的一个大村孔坊村，这是一个位于济南到菏泽公路旁的一千多人口的村庄，支队故意放开消息吸引敌人，准备在这里打敌人的伏击。

果然，曾子南率领武术队和郓城伪警备队二、九两个中队共四百多人来攻打孔坊村。王定烈根据侦察员了解到的敌人兵力部署情况，专打穿便衣的敌武术队。

10日拂晓，王定烈指挥队伍埋伏在武术队进攻的必经之地——鱼王庄村外大路两旁的一片坟地里。恰巧，这天早晨黄风大作，越刮越大，直刮得天昏地暗，风沙弥天。因天气不好，敌人直到下午一时才来到。他们有的背着风倒着走，有的捂着眼睛走，准备穿过鱼王庄街向孔坊进攻，没想到我军迎战三里多远。

王定烈一声令下，我军一跃而起冲杀上来，敌人措手不及，一向为所欲为的亡命之徒，霎时死伤二十余人，其余的逃至鱼王庄村内，抢占一家地主楼房，企图顽抗。

王定烈趁敌人立脚未稳，立即率队将其包围，竖起竹梯，我军几乎与敌人同时登上楼顶。敌人的武术队挥舞着大刀向我战士砍来，我们的战士没有给敌人表演梁山功夫的机会，直接开枪射击，敌人又丢下十余死尸，突围逃命。我军仅轻伤一人。从此，敌人的武术队一提郓北支队就害怕，再也不敢到处耀武扬威了。

王定烈率郓北支队三个月打了薛屯、鱼王庄、林庄、徐庙、李虎、崔庄、孙村等十多次战斗，连连取胜，打开了郓北的抗战新局面。

1943年9月14日是中秋节，郓北支队同昆张支队正式合并，吴忠担任新昆张支队支队长，邵子言担任政委，王定烈担任副支队长。参谋长、总支书记等也重新任命。原来跟随支队活动的一连改编为一中队，原昆山独立营改编的二连为二中队，以倪楼民兵连改编的昆山基干大队为三中队，郓北支队的原七团二连为四中队，高廷甫投诚带过来的汶上县大队为五中队。队伍发展到八百多人，已经是一个团级的架子了。

这天晚上，部队集中到梁山北部、昆山和腊山中间的山赵庄过中国传统的团圆节，在做好附近几个据点伪军工作的基础上，举行昆张支队合并联欢晚会。新昆张支队下属的五个中队干部战士，昆山、张秋、寿张、东平、汶上五个县的县区干部，还有附近村里的农救会、妇救会、青救会、儿童团及群众，在皎洁的月光下相互拉歌，进行唱歌比赛。

月亮在云层中穿行，歌声此起彼伏。自从进入梁山游击区以来，战士们从来没有大声唱过歌，响亮的歌声一直持续到半夜，县区的干部连夜返回，干部战士和村里的群众才意犹未尽地休息。

第三十四章

党校受训

秋风萧瑟，大雁南飞。

昆张支队和郓北支队两只精干的小部队合并之后，兵强马壮，士气高昂。而昆张地区各据点的伪军们则是士气低落，垂头丧气，根本不敢和我昆张支队较量。敌人收不来粮食，眼看就要喝西北风了。

东平宪兵队队长平井看到八路军力量壮大，自己已经完全无法收拾，于是向泰安伪道尹杜中申请，从济南调来伪治安军的一个团驻守东平，每天派出一个营的兵力到处催粮。

这伪治安军是老牌军阀齐燮元的部队，装备精良，作战经验丰富，但是我昆张支队越战越勇，连打了几场胜仗，把敌人的催粮队打得七零八落。吴忠支队长和其他干部战士都心情舒畅，对未来充满了信心。

1943 年 10 月，吴忠突然接到了上级的命令：到冀鲁豫军区平原党校去学习培训，时间半年。任命王定烈为昆张支队支队长，其他同志的任命不变。

吴忠一下子蒙了：这时候怎么让我去学习呢？经过近一年来的努力，昆张地区的形势已经明显好转，他相信，再有半年的时间，就能把这一地区的日伪军全部赶走，变成我们的根据地！

但是，他也明白，这是分区首长对自己的关心。一年来自己一直在前线作战，每天都处在生死的边沿，没有得到片刻的休息，首长是让自己有个机会调整一下，再回来好好地打敌人。可是，还真不舍得走啊！带领昆张支队这一年

来，已经和支队的干部战士建立了手足般的深情厚谊，已经和梁山地区的党员干部、人民群众建立了生死与共的真挚感情，已经和这里的山山水水、村庄集镇建立了家园一般的亲近感，舍不得，真舍不得离开这里啊！

可是，舍不得走，也要走，这是上级的命令啊！一个革命战士怎么能违背命令呢？况且，组织已经任命了新的支队长王定烈同志，这里已经不是他吴忠的岗位了。

原来冀鲁豫军区的干部培训，一是去延安，二是去沂蒙山东军区。最近小部队活动成效显著，河南林县重新变成了根据地，冀鲁豫军区在河南林县南部的山沟里建起了一座新的党校，要招收第一期新学员了。二分区政委段君毅和曾思玉商量决定，让昆张支队支队长吴忠等一批优秀军地干部一起到林南平原新党校去学习培训。

吴忠要走了，邵子言让孟昭德找来马达锄奸队的几名武功高强的梁山好汉，一路护送。这天，在昆张支队驻守的商老庄村，吴忠一身长衫，背上背包，依依不舍地告别了昆张支队的战友们。邵子言、王定烈、管学思、田平等人舍不得吴忠离开，送了一程又一程。千嘱咐，万嘱咐，嘱咐我们的支队长早日学成归来！

吴忠和锄奸队队员们经过王芝茂村，一是在这里落落脚，二是见见贾大娘，和她告别。

马达带着锄奸队队员在村口放哨，吴忠来到王芝茂村贾大娘家的时候，听见贾大娘家里一群女孩子叽叽喳喳的声音，显得非常热闹。吴忠在门口就大声叫起来："贾大娘，我的真大娘，在家忙什么呢？"

吴忠推开柴扉，来到院子里，看到堂屋门口有两个十六七岁的姑娘正在和贾大娘一起纳鞋底。

贾大娘站起来，看着吴忠说："哎呀，是武松啊，我们的大英雄，我还以为是谁呢？"

贾大娘转身对两个姑娘说："淑秀，月华，你们知道这是谁吗？"
两个姑娘摇摇头。

贾大娘说："他就是我经常给你们说的八路军昆张支队的队长武松！"
两个姑娘惊讶地睁大了眼睛。

高个子的长脸姑娘笑着说："大娘，你说话嘴漏风，不是武松，是吴忠支队长，咱梁山人谁不知道吴忠啊！"

矮一点的圆脸姑娘带着崇拜的眼神说："我们早就听说了，吴忠支队长打仗可神了！"

贾大娘对吴忠说："你看，这是我们昆山县四区两位年轻的女同志，我们刚才正在清点给八路军做的军鞋，听见来人了，赶紧装作纳鞋底。"

吴忠说："好啊，大娘有助手啦，不是一个人在忙活了！"

贾大娘说："是啊，现在形势好了，年轻人看到八路军真打鬼子和汉奸，男孩子们都要当八路军，女人们都愿意做衣服，做军鞋，还愿意帮我做事。你说这两个孩子吧，田淑秀是咱梁山田大店人，他爹田子珍是梁山最早的革命者，东汶抗日游击队的领头人。王月华是我们村里的姑娘，就在村东头。"

吴忠看看这两个姑娘，一个身材不高，圆脸，扎着两根大辫子，面色白里透红，身材苗条，眼睛像水汪一样清澈，一笑还有两个酒窝。另一个个子较高，瓜子脸，肤色有点黑，扎着一根大辫子。

吴忠问："谁是田子珍的女儿？"

个子不高、圆脸、带酒窝的姑娘腼腆地点点头，小声说："俺是。"

吴忠看看这姑娘，冰清玉洁，不由得心里一震：吴忠早就听说过田子珍的事情，这位梁山地区早期的共产党员，后来跟随八路军——五师来到沂蒙山，到中共沂临费边联合县委任组织部部长，1941年，因被怀疑是"托派"分子，被组织错杀了。没想到他的女儿长大了，出落得这么水灵灵的，如果田子珍同志还活着，看到这么好的女儿，那该多幸福啊！难能可贵的是，田子珍的女儿依然热心为共产党和八路军做工作，痴心不改，多好的梁山人民啊！

贾大娘说："这姑娘可好了，她爷爷对田子珍牺牲的事情还耿耿于怀呢，不让这姑娘来干工作，可她偷偷跑出来，坚决要求参加我们区里的妇救会，为共产党做事情！"

看着这个美丽可爱而又赤诚忠心的姑娘，吴忠一下子感到格外亲切，感到田淑秀和自己没有任何的隔阂，仿佛已经是自己多年的革命同志了！

吴忠让两个女孩回避一下，他向贾大娘介绍自己要去学习的事情，要离开昆张支队一段时间。

贾大娘听吴忠说完，叹了一口气，留恋地说："你们干工作的事情我不管，你可是年龄不小了，我一直想着给你说媳妇的事，你说到底行不行啊？"

吴忠苦笑着说："你看我整天没有个正经地方，不是打仗，就是去学习。还是等把日本鬼子打跑了，您老再给我操心吧！"

贾大娘说："那都不是理由！八路军带媳妇的有的是！你看看在我这里工作的两个姑娘怎么样？能看上一个吗？"

吴忠说："这两个女孩太小了，也就十六七，那个田淑秀，他爹为革命死得那么惨，可是她还是一心为共产党做事，真让人心疼啊！"

贾大娘说："这个秀秀啊，可是一个苦命的姑娘，她小时候亲娘就死了，爹爹田子珍又续了弦，生了一个儿子，这秀秀也就受到嫌弃，没想到亲爹又被打死了，真是可惜可怜啊！哎，你觉得秀秀姑娘怎么样啊？"

吴忠说："什么怎么样？我认识田子珍同志，看到这个姑娘，就想起来她的父亲，那可是我们的好同志！看到她小小年纪就坚决要求参加革命，为党和八路军工作，既心疼又敬佩！觉得咱梁山的人真好，待人实打实。即使你辜负了他，他也是一片忠心！"

贾大娘笑了，说："你要觉得她好，我就给你透个话儿，可你明天就要走，这次也来不及了，等你回来，就给你们挑明了，该结婚就结婚了！"

吴忠也笑了，说："哪有这么快的事儿啊？"

贾大娘问起田淑秀对"武松"的印象时，田淑秀对吴忠是十分仰慕。贾大娘又问是否愿意嫁给吴忠的时候，田淑秀却低下了头，拧着辫子梢，脸红地说："人家大英雄，看不看得上我啊？"

贾大娘说："好了，秀秀，大娘我知道你的心思了，这事儿你不用管了，包在大娘我的身上！"

第二天一大早，贾大娘到厨房的柴火堆里去找吴忠的时候，他已经在半夜悄悄离开了。她看着柴火堆上留下的一片草窝，忍不住数落开了："武松啊，你这孩子，说来就来，拔腿就走，怎么不让大娘送送你呢！大娘还有好多话想说呢！可要早回来啊！大娘盼着你早成家，当俺梁山人的女婿！我把堂屋拾掇拾掇，你就在俺家里结婚！你这孩子，爹娘在四川，就由俺来给你张罗这事儿！"

吴忠继续向前走，翻过南金堤封锁线的封锁墙、封锁沟。吴忠对锄奸队的同志们说，前面就是濮范观根据地中心区了，请锄奸队的同志返回吧。

吴忠告别了锄奸队队员，回头看看那高高的南金堤封锁墙，想到带着同志们第一次越过封锁墙到梁山去战斗的情景，不由得感慨万千，默默地说道："再见了，我的大梁山，再见了，我的情同手足的战友们，我的至亲至爱的乡亲们，我一定好好参加学习培训，早早回来，一起打鬼子！"

他独自一人穿越大沙滩，来到颜村铺，到曾思玉司令员那里汇报情况。

曾思玉询问了两个支队合并后的情况，吴忠一一作答。曾思玉突然想起来一件事，说："杨勇副司令员对你打败了潘家军十分高兴，他想见见你呢！"

吴忠说："啊，杨副司令员对我们昆张支队很关心啊！"

二人一起来找杨勇副司令员。杨勇正在房间里看材料，看到曾思玉领着一个大个子，面带笑容进来了，问道："老曾啊，有什么高兴的事儿，合不拢嘴？"

曾思玉介绍说："杨副司令员，这是昆张支队吴忠，你不是说要见见他吗？我们分区安排他去平原党校受训，他要一起集合去报到，正好把他给您带来了！"

杨勇上上下下打量着吴忠，说："吴忠，吴忠，好小伙子，你打得好，比我强，可以说是新梁山英雄了！"

吴忠连忙摆手，说："让司令员笑话了，在咱们梁山一带，都还在传颂您的英雄故事！赵坝村有您拴马的树，张文一村有您住过的屋，在我打仗的时候，我都会想，如果是杨副司令员遇到这种情况，会怎么打？"

杨勇笑着说："我喜欢你这个机灵劲儿，也想念梁山的乡亲们，真想再把昆张地区变成咱的根据地，回到那里好好住一段时间。"

曾思玉让吴忠去军区宣传部找一位李部长，一切听李部长的安排。

吴忠告别了杨勇和曾思玉两位首长，就去找李部长。宣传部的院子里已经站满了背着背包的人，都是各个部队和地方上来的学员。一会儿，一个年轻人拿着花名册让大家到村外小树林里集合点名。

大家排成队伍，一起步行到新的平原党校去。

冀鲁豫平原党校坐落在河南林县南部，位于太行山的一片沟壑深处，正是秋高气爽的季节，山高林密，层林尽染，令人心旷神怡！附近的村庄名字都带着"西峪"两个字，有田西峪、三官庙西峪、王西峪、胡西峪、李西峪、谢西峪、潘西峪、岳西峪、黄西峪、崔西峪等一个个小村庄，党校因陋就简，就在土坡上、院子里、炕头上上课。

吴忠本想着半年后就能学成回去，再上梁山抗日战场，没想到培训班快要结束的时候，1944 年 5 月，冀鲁豫平原党校将所有学员留下继续整风，进行"抢救运动"。许多同志在审干中被严格审查，遭受了刑讯逼供，蒙受了不白之冤。

吴忠也同样受到了关押和逼供。1944 年夏天，在太行山溽热的小牢房里，他日夜难安，常常半夜醒来，大喊："打——！""一排上！""二排、三排跟我来！""邵政委，黑铁塔，快，快来救我啊！"仿佛又回到了他曾经浴血战斗的梁山战场，回到了他日思夜想的战友们身边。

也有的夜晚，孤独像墙角的秋虫一样撕咬着无边的寂静，三个年轻姑娘的影像不断出现在吴忠的脑海里，一个是红袖添香的吴桃园吴二太太的女儿秀菊，一个是革命者田子珍的女儿秀秀，一个是王芝茂村的农家女儿月华。慢慢地，秀菊和月华的影子模糊了，秀秀姑娘的形象却越来越清晰：圆圆的脸蛋，白里透红的肤色，苗条的身材，眼睛像水汪一样清澈，一笑还有两个酒窝，两根大辫子在身后甩来甩去。

淑秀姑娘似乎还在和贾大娘坐在一起纳鞋底。

吴忠问："谁是田子珍的女儿？"

田淑秀腼腆地点点头，小声说："俺是。"

经过了平原党校这次扩大化的整风运动，吴忠想起来长征途中张国焘和党中央的斗争。自己三次爬雪山过草地，辗转曲折，历经了一次次生死磨难，而这一次平原党校的大整风，让他再一次认识到，革命不是一帆风顺的，需要经过许多艰难曲折的历程，这是多么可惜而又无可奈何的事情啊！那位梁山最早的共产党领导人田子珍，在沂蒙山被错杀的时候，该是多么冤屈！他的女儿秀秀在父亲去世以后，又会多么抑郁和无助！秀秀，你是一个多么好的梁山姑娘啊，我从你身上看到了最可贵的品质，最美丽的心灵！无论经历了多么大的冤屈和挫折，都依然选择相信共产党，跟着共产党走！组织将来一定会为你父亲平反昭雪的，如果需要承担责任，那我吴忠首先应该代表共产党和八路军，向你和你的家人表达风雨同舟的认同！吴忠轻轻吟诵着田淑秀的小名：秀秀，秀秀。这是多么亲切，多么忠贞，多么甜蜜的名字啊！

吴忠心里一遍遍地对自己说，这整风运动什么时候能结束啊？如果整风结束后有机会再回梁山，就答应贾大娘，向田淑秀姑娘求婚！就像贾大娘说的，在大娘家的堂屋里热热闹闹地结婚，不能当梁山人的儿子，就当一个梁山人的好女婿吧！

由于吴忠个人经历比较简单，从小当红军，长大当八路军，审干人员专门到山东梁山昆张支队调查，昆张支队的指战员们谁不夸他们的支队长呢？吴忠不久就被解除了关押。

吴忠对这次整风培训，没有任何抱怨，一如既往地听课、学习和讨论。他认为这次到党校学习，最大的收获是进行了党风学习，经过学习，提高了自己的革命觉悟，较好地克服了个人主义，摆正了个人和组织、局部和整体、暂时利益和长远利益的关系。心变得沉静了，明白了过去个人英雄主义的思想要不得！记得自己曾经因为写不好《作战报告》受了组织处分，为了个人的虚名，还一个劲儿地追着曾司令员要求解除处分，现在想想，那是多么年轻、幼稚、可笑啊！一个人之所以能够做出成就，建立所谓的功勋，是组织把你放对了地方，发挥出了你的作用，如果组织没有给你提供机会，把你放错了位置，你什么也不是啊！而只有像石头一样垒入革命事业的大山中，才能形成一片壮丽的风景！

吴忠也明白了，无论到了哪里，只要有人的地方，就有斗争！在今后漫长的革命斗争中，一定要对党忠诚，什么事情都要出于公心，要看长远，要永远说得清、站得直、走得正。

第三十五章

攻打东平县城

　　吴忠离开昆张支队之后，由副支队长王定烈接任支队长，邵子言、管学思、常志义、田平等干部的职务都不变。现在，昆张支队已经由原来的一个连级的中队发展到五个中队，由一百零八条好汉变成八百多人，相当于八路军改编后的一个小团的编制了。其中，一中队是原来的昆张支队一个连，中队长还是郭瑞功，二中队是原昆山独立营改编的一个连，中队长是王权，三中队是原郓北支队，中队长是郜晋武，四中队是由倪楼民兵连组成的一个连，中队长是窦增荣，五中队是汶上起义的一个连，中队长是高廷甫。平时五个中队各自分头活动，需要打大仗的时候，再一起集中行动。

　　1943年10月10日傍晚，昆张支队又一次来到吴桃园村，正要宿营，东平县委书记赵效三派人匆匆送来一份重要情报，是东平情报站站长谌公德从平井的翻译官杨子臣那里获得的。王定烈打开一看，上面写着：

　　10月12日，兖州日军第三十二师团师将对濮范观根据地进行一次大扫荡，泰安、济宁、菏泽等地的伪军也一起出动。东平县宪兵队和各个据点已经抽调伪军一千多人，从黄河北岸一路向西扫荡着前进。

赵

12日

王定烈立即和政委邵子言、特派员管学思、参谋长常志义商量，一是派孟昭德尽快去濮范观颜村铺传送情报，让分区领导提前做好迎敌的准备；二是要趁着东平县城空虚的时机，围魏救赵，集中力量攻打东平县城，把扫荡的敌人再调回来；三是通知五个中队和赵效三的东平游击小队明晚半夜到东平县城南门外集合，一起攻城。

孟昭德、赵大牛二人换上伪军制服，拉出洋车子就上路了。孟昭德歪戴着帽子，敞着怀，斜挎着盒子枪，一副满不在乎的样子，可是洋车子却骑得飞快，而赵大牛则像一个卫兵，在后面紧紧追赶。他们一路向西，路上没有敢拦他们的。

到了黄河南金堤附近的西小吴据点，看到前面有一个班的伪军在守卫大高墙，孟昭德一手抓车把，一手举着盒子枪，大喊道："紧急任务，快闪开！快闪开！"

伪军自动闪开，站在两旁，有一个班长模样的人疑惑地问道："什么任务？"

孟昭德问："你他妈的是什么人？"

那个伪军说："我是班长。"

孟昭德一个巴掌打过去，说："我们是东平警备队的，任务保密！知道吗？"

他们骑车过了大墙，可是墙外是一条提起来的吊桥，孟昭德叫过一个伪军来解开吊桥的绳索，伪军班长走过来说："没有命令，不能松开吊桥啊！"

孟昭德一把扭住他的衣领，打开机头，用盒子枪顶着伪班长的脑袋，说："快！让你的人放下吊桥，耽误了事情，要你的狗命！"

伪军们要往上冲，把班长救出来。赵大牛端着二十响的盒子枪对他们说："一个人过来，松开吊桥，其他人不要动，难道活得不耐烦了吗？"

孟昭德用枪顶着伪班长的头，命令道："快让你的人放下吊桥！不然开枪了！"

伪班长拼命点着头说："别开枪，执行命令，放下吊桥。"

一个伪军战战兢兢地松开了吊桥的绳子。孟昭德看见吊桥缓缓放下来，他对着伪军们说："向后转，齐步走！"

伪军们背上枪，迈着松松垮垮的步子向后走了，孟昭德用枪顶着伪军班长，说："送我们过去！"

伪班长推着孟昭德的洋车子，送他俩过了壕沟。

孟昭德说："好了，没你的事儿了，你回去吧。"

孟昭德等伪军班长走回到壕沟对岸，二人骑上洋车子，飞也似的离开了。

他们来到颜村铺，找到二分区驻地，把情报辗转交给曾思玉司令员。

曾思玉司令员接到情报，高兴地说："好啊，我们能提前一天接到敌人大扫荡的情报，给我们争取了战机，请回去转告王定烈支队长和战士们，根据地的军民谢谢你们！"

曾思玉立即报告军区首长，组织根据地的军民转移。同时，命令深入到敌后的各小部队，一起在敌后发动骚扰战，让敌人不战自退。

在吴桃园村，攻城在紧张准备中。都知道东平县城的城墙高，我们的竹梯子够不着，王定烈让把各中队的竹梯子集中起来，两个梯子绑在一起，一架有六米多高，攀登东平的城墙肯定没问题。

第二天傍晚，提前吃过晚饭，王定烈穿着他心爱的草鞋，带着战士们出发了，他们出了吴桃园村的寨墙西门，沿着湖滨涝洼的小道前进。这是一个月黑头加阴天的夜晚，阴云密布，四周除了秋虫的鸣叫和风吹苇叶的嗖嗖声，就是战士们轻盈的脚步声——

王定烈带着郄晋武的三中队来到东平县城南的南桥村的时候，赵效三书记已经带着游击队在村外等着了。

赵效三热情迎接支队领导的到来。他详细介绍了东平城的防守情况：东平城位于东平湖的东岸，是一座水驮城，西、北、东三面都是水，只有南门向外通行。敌人根本想不到八路军游击队敢攻打东平县城，所以防守很松懈，守卫城墙的伪军有一个排，但晚上一般都是在岗楼上睡大觉。只是每个角楼门外有两名伪军轮流值班。

听了赵效三书记的介绍，王定烈和支队首长对攻城更有信心了。

凌晨三点左右，五个中队全部到齐了，王定烈部署作战安排：一、三、五中队掩护，二、四中队攻城。

一、三、五中队来到城南门外，在赵效三的安排下，利用近处的房顶、厕所等地方，安置好掷弹筒、机关枪。二、四中队跑步过了石桥，来到城墙下，竖好了绑起来的高梯子，正好能够得着城墙的砖垛。

王定烈声如洪钟，一声令下："打啊！"

掷弹筒的炮弹飞向城楼上，"轰——轰——"炸弹的响声在寂静的夜晚传得特别远。十几枚掷弹筒炮弹不偏不倚地落在城楼上，城楼顿时起火，炸碎的瓦砾和熟睡的伪军的血肉飞向空中，红红的火光照亮了夜空。

"嗒嗒嗒——"一排排机枪清脆的响声特别密集，压得城墙上的敌人不敢露头。

二中队的战士们已经从梯子上爬上了城墙，冲向城楼的岗哨，将两个正张皇失措的伪军抓住，让他们交出城门的钥匙，然后从里面下来，打开了城门。

外面的战士们一起呐喊着冲进城里。

王定烈带领着郄晋武的三中队冲向伪警备队在城西王坑洼的军营。这座军

营是城中之城，营房四周有壕沟，围墙又高又厚，四角有高高的角楼，从上到下都有射击孔，易守难攻。郅晋武仔细地观察着地形，看看从哪里进攻，其实他的认真劲儿这次没有用得上，伪警备队都去濮范观扫荡去了，门口的岗哨早已吓得不知道跑哪里去了。王定烈指挥着战士们向敌营里射击，没有一点回音，战士们知道没有人，就用竹梯子翻过围墙，在营房内搜了个遍，终于在厕所和马棚里搜出来几个伪军病号。这些汉奸早已吓得大叫："八路爷爷，饶命！"

王定烈让战士们套上马车，装上满满一大车步枪和子弹，然后用汽油引燃了营房，升腾的大火照亮了天空，把伪警备队的军营烧了个痛快！

参谋长常志义带领着二中队作为主攻的中队，他们沿着东平县城的中轴线向前冲，来到东平县宪兵队的军营。不料想日军宪兵队围墙上有多个碉堡，也有日军守卫，当二中队向宪兵队进攻的时候，碉堡里的机枪开始突出火舌，我战士只好卧倒，常志义看着这些碉堡确实难以攻打，决定放弃进攻宪兵队，转而进攻别的地方。

四中队在管学思的带领下，进城后直扑伪县政府，这里大门紧闭，战士们用竹梯子翻墙而过，打开了大门，大家蜂拥而进，伪政府警卫队二十多人看到八路军打进来了，乖乖地跪下缴枪投降。战士们在大堂、二堂等屋里到处寻找，没有发现其他人，接着又冲进了后院。这里是伪县长晏士英的家属院，因为伪县长晏士英没有带家属来，他就包养了东平县的当红名妓赛红花。战士们一路冲进堂屋，在里面捉到了惊慌失措的伪县长晏士英和赛红花。作恶多端的伪县长晏士英被击毙，赛红花一看不好，光着屁股撒泼，战士们不好意思，只好退了出去。另一路冲向西厢房，里面住着县长秘书，这家伙上行下效，在给县长拉皮条的时候，也包养了一个妓女。县长秘书试图反抗，被我战士击毙。这个妓女态度很好，而且对县长秘书的情况很了解，找出来县长秘书保管的政府大印和很多文件，战士们接过大印和文件，放了这个妓女。

五中队在邵子言的带领下，去攻打伪信用社，这里已经空无一人，战士们用脚踩开房门，到处找钱，结果只找到了两个保险柜，大家从来没见过这玩意儿，怎么打都打不开，搬又搬不动，只好作罢。

常志义带着二中队来到县城西北角的监狱，将看守的三十多名狱卒全部歼灭，打开监狱的各道门锁，救出来关押在里面的共产党员、被俘的战士和普通百姓二十多人。

进攻的各路队伍在街上会面了，王定烈知道只有日军宪兵队没有攻破，带着大队人马来到宪兵队门前，用掷弹筒轰击碉堡，可惜根本轰炸不破，用机枪打也没有用。看看天色已经大亮，王定烈与邵子言商量，继续攻打碉堡的困难较大，将会带来不必要的伤亡，决定退出东平县城。

临出城，战士们又放火烧掉了伪县衙和南城门。

此时，早晨的太阳冉冉升起，那金光闪闪的太阳也在对勇敢的战士们笑脸相迎，又是一个秋高气爽的好天气。战士们迈着轻盈的步伐走出南门，继续向南行军。不远处，过来一溜长长的牛车队，王定烈一声令下，战士们冲了过去，将车队团团围住，押车的伪军一个班乖乖地缴枪投降。这些大车一共有三十二辆，拉的都是食盐，每辆车能拉一千多斤，共有三万两千多斤。

王定烈和支队首长们都高兴坏了，因为敌人禁运，我们根据地的军民，包括昆张地区的老百姓，吃的都是从盐碱地里扫的硝盐，又苦又涩。这些白花花的食盐，对于抗战军民来说，是多么珍贵啊！

王定烈和邵子言商量，将一车食盐送给拉盐的老百姓，让他们拉到吴桃园村，分给村民一部分，然后想法送到我们的根据地。

在吴桃园村一个老乡的院子里，战士们都在兴高采烈地谈论着战斗的经过，真是热火朝天。少言寡语的三中队队长郄晋武没有参与他们的讨论，而是躲在一间屋里写写画画，他一如既往地在心爱的笔记本中写下了这场战斗的详细经过，评论了敌我双方的得失，又一笔一画地画出了战场的平面图，真是比大姑娘绣花还仔细。他的这本笔记后来成为研究昆张支队历史的重要资料。

东平的日伪军在平井的带领下，已经绕过了东平湖和黄河，正在向濮范观进军。夜里，东平城方向隆隆的炮声和红色的火光让他心惊肉跳，平井从附近一个据点打电话给东平县伪县衙、伪警备队和宪兵队，只有宪兵队能够接通。电话那边说，八路军主力正在攻打东平县城，有许多掷弹筒和机枪，势头很猛，快要守不住了。

平井知道这肯定是昆张支队干的，于是下令所属部队停止向濮范观前进，返回东平城，消灭昆张支队。

等他们回到东平县城的时候，看着被轰炸的城墙与被烧毁的城门、伪县衙和伪警备队，气得大发雷霆，却又无可奈何。

而此时，泰安、济宁、郓城、菏泽等地的八路军小部队也一起出击，战火在敌人的后院纷纷点燃，各地的日伪军自顾不暇，只好退守自保，一次对濮范观根据地的大扫荡以破产告终了。

不久，根据地的军民就收到了昆张支队送来的一份大礼：三十辆伪装成拉柴草的大车送来了三万多斤食盐，这对困难中的根据地是多么大的支持啊！

第三十六章

锄　奸

　　鉴于昆张地区的形势越来越好，冀鲁豫二分区首长研究之后，指示昆张支队和昆张工作委员会，要腾出手来，开展锄奸活动，铲除坏中之坏，为将来恢复根据地扫清障碍。

　　西小吴据点的特务队队长涂德泽原来是冀鲁豫二分区敌工科的干部，"铁壁合围"后投降敌人，到处搜捕八路军和我党员干部，成了叛徒，二分区决定派出刘金池、王凯等人，组成专门的锄奸队来梁山地区执行任务。

　　刘金池一行翻过黄河南金堤封锁线，来到倪楼村，和倪楼的民兵接上了头，民兵连护送刘金池找到了昆张支队。刘金池传达了分区首长下达的锄奸任务，王定烈队长立即派出侦察班班长孟昭德配合分区锄奸队行动。

　　他们在西小吴村的野猪渟村找到了马达锄奸队，几方力量配合，一起来到西小吴村，摸清了叛徒涂德泽的情况。

　　原来，涂德泽投敌后，找了一个外号"甜白梨"的女人。这个女人原来是一个汉奸小队长的姘头，汉奸小队长死后，她就留在据点里，白天给汉奸们洗衣服，晚上就陪汉奸们睡觉。涂德泽和"甜白梨"勾搭上以后，决定和这个女人结婚。结婚的时候，各个村的村长都来送礼，还有被抓去的党员群众家属，也都给他送钱，希望能把亲人保释出来。结果没多久，涂德泽就发了大财，在西小吴村买了一座大院子，整天吃香的喝辣的，也不到据点里去了，整天和"甜白梨"在家鬼混，盘算着怎么收钱。他的院子离据点很近，门口有伪军把守，很难硬闯，也许是做贼心虚，没有熟人领着，他谁也不见。

这时候，西小吴村的村长已经是我们的两面村长，马达领着刘金池一行来找村长，让他领着去见涂德泽。村长认识马达，知道他是八路军的锄奸队，满口答应。

刘金池一行跟着村长来到涂德泽院子门口，刘金池掏出一个大信封，伪军一看，问："干什么的？"

村长说："兄弟看不出来吗？涂队长又有好事儿啦，来送礼的！"

看门的伪军放村长和刘金池进去，让其他人在门口等着。涂德泽此时正在院子里的椅子上坐着晒太阳，看到村长领来个送礼的，笑了，说："这又是哪里的客人啊？"

刘金池说："老家来的，给你送礼来了。"

涂德泽一愣，他老家是湖南的，他也曾经是一位经过长征的老红军，不知道客人说的老家是哪里。忽然，他认出了刘金池，惊叫道："啊，是你？"

说时迟，那时快，刘金池掏出盒子枪，对着涂德泽就是二十响，把涂德泽打成了筛子！

门口的孟昭德和马达等人听到枪声，立即掏枪打死了看门的伪军，沿着村里曲曲折折的胡同跑到了村北，消失在一片庄稼地里。

刘金池回黄河西颜村铺复命去了，孟昭德也回到昆张支队汇报情况。西小吴据点的特务队队长换成了原来的副队长熊允吉，这家伙不仅接了涂德泽的班，还继承了涂德泽的院子和"甜白梨"。这家伙继续抓人，锄奸队队长马达决心教训教训他。

熊允吉是当地人，十分谨慎，涂德泽死后，他找了会武术、黄头发、大个子的韩琦当他的保镖。

锄奸队队长马达和武功队队员李相山商量怎么惩罚熊允吉。打听到熊允吉爱提着画眉鸟笼子到黑虎庙赶集，逢集必到，就让李相山、孙怀、邵恒太三个人在集上打死他。

李相山三人在集市上转悠了好几趟，终于迎来了熊允吉和他的黄头发、大个子的保镖韩琦。不过这一次熊允吉多了一个心眼儿，他让韩琦穿长衫，戴墨镜，托着画眉鸟笼子，在街上大摇大摆地走，他自己则一身短打，在旁边跟着。

韩琦也是个练家子，善于察言观色，他看到有三个年轻人在集市上逛来逛去，好像在寻找什么人。他走过去用胳膊碰了孙怀一下，感觉到孙怀兜里装的是枪，就问道："什么人？"

孙怀答道："赶集的。"

韩琦一把拧过孙怀的胳膊，掏出了孙怀兜里的盒子枪，说："我看你是八路便衣，不是昆张支队，就是马达锄奸队。"

跟在后面的李相山本来不想在人多的地方动手，一看不好，也只好动手了，可是，他前面隔着一辆卖馍馍的车子，两旁都是拥挤的人群，无法近前。

好相山！只见他一个旱地拔葱，一跃而起，跳过卖馍馍的车子，来到韩琦身边，对着韩琦的头就是一枪，韩琦一偏头，打在左腮上，韩琦松开抓孙怀的手去捂脸，孙怀趁机溜掉。

熊允吉一看打起来了，就要溜号。这时，另外一名锄奸队队员邵恒太冲过来，截住熊允吉，对着他就是一枪，打在熊允吉的肚子上。熊允吉的肠子被打破了，露出了一截肠子头，他抓住塞进去。赶集的人一看打枪了，四散逃命，熊允吉跟着人群跑，转过墙角不见了。

熊允吉钻进一户百姓家里，这户人家不认识熊允吉，只认为是赶集的百姓，帮他包扎了一下，还用车把他送到黄河北的老家。熊允吉回家后说啥也不干特务队队长了，西小吴的特务们知道八路军已经盯上了他们，纷纷逃走。不久，平井就把这个特务队撤销了。

梁山张坊钉子里的伪中队长田树太，外号"二老天爷"，敲诈勒索，杀人掳掠，强占民女，无恶不作，民愤极大。但是，张坊据点在梁山北面的青龙山上，是个大据点，有三四百伪军，山坡上暗堡林立，晚上还有探照灯转着照射，很难攻打。而田树太轻易不下山，我昆张支队过去一直拿他没有办法。

这一天，唐绍增来找昆张支队，报告给王定烈支队长一个新情况，"二老天爷"田树太在他的老家西田店找了个漂亮的寡妇"小白菜"。按照辈分，"小白菜"的丈夫比"二老天爷"还长一辈，可"二老天爷"不管不顾，照样霸占"小白菜"。"小白菜"不愿意离开家跟着他去据点，田树太就经常回西田店睡觉。

王定烈知道于灿周的老家在西田店附近的侯村集，就安排于灿周和一个班的战士去西田店蹲守，一定要抓住田树太。

于灿周带着战士们来到西田店，找到"小白菜"家对面的邻居，说明了情况。这家邻居也对"二老天爷"和"小白菜"很看不惯，骂得很难听，乐得支持昆张支队锄奸。

于灿周在这里蹲守了几夜，一天半夜，终于等来了田树太，这家伙带着两个卫兵来到"小白菜"家。一番折腾之后，院子里安静下来。

于灿周带着战士们打着人梯上了矮墙，悄悄进了院子，看到两个伪军倚着堂屋门框在打盹儿，堂屋里响起一个男人沉重的打鼾声。

于灿周轻轻走过去，用盒子枪顶着一个汉奸的脑门，说："不许动，我们是八路军昆张支队！"

两个汉奸醒了，看到枪口，乖乖投降。于灿周说："听我的话，告诉田树太，八路来了，快走吧。"

一个汉奸喊道："田司令，八路来了，快走吧，回据点吧！"

田树太一听有八路，急忙起身穿衣，说："八路来了，我要走了。"

"小白菜"娇滴滴地缠住他的胳膊，说："你走了，我怎么办啊，带着我走吧！"

田树太一把推开"小白菜"，穿好鞋子，拉开门，走出门外，被战士们一把按住。战士们把他的双手拧到后面，从他身上摸出手枪，然后找了一根绳子捆起来，带回昆张支队驻地。

王定烈、邵子言等支队首长研究，鉴于田树太民愤极大，应该公开枪毙。

第二天是侯集大集，昆张支队在侯集中心街布置了审判庭。支队长王定烈，支队政委、昆张工委书记邵子言，东平县委书记兼县长赵效三，八路军的区长、乡长坐在审判席上。这还是共产党的政府第一次在大集上公开亮相，听说是公审"二老天爷"，十里八乡的老百姓都来看热闹，集市上人山人海。

"二老天爷"田树太被押上审判庭，这家伙早已经没有了往日的威风，瘫倒在地上，像一堆狗屎。

邵子言主持审判大会，请老百姓有仇报仇，有冤诉冤，一些百姓来到前台指着田树太，哭诉其罪行。"二老天爷"这家伙不像别的土匪和汉奸，讲究"兔子不吃窝边草"，他是连自己家乡的老百姓都祸害。最后要上台的人越来越多，几乎要拦不住了。

赵效三县长宣读了昆张支队和昆张工委的判决书，判处田树太死刑，立即执行。

田树太被战士们架出了会场，不久，村外响起了一声清脆的枪声，罪大恶极的汉奸田树太去见真正的老天爷了。

"二老天爷"被枪毙的消息传得很快，梁山一带的群众奔走相告，人人拍手称快。张坊据点的汉奸们惶惶不可终日，几拨伪军打起来了，都找关系想要投降昆张支队。昆张支队接着又除掉了汶上六区的伪区长蒋三、大营村的特务蒋吉青。一些铁杆汉奸也都成了惊弓之鸟，担心自己就是昆张支队名单上的下一个，主动联系昆张支队，愿意回心转意，当"身在曹营心在汉"的人物。

梁山地区最铁杆的汉奸陈玉镜也去找杨岗，翻来覆去地解释当初烧杨岗家的房子、殴打老伯父实出于无奈。杨岗不让他说下去，说："几间破房子无所谓，我爹现在身体好好的，也不劳你挂心。希望你看清形势，再不幡然醒悟，八路军决不会轻饶你！"

陈玉镜积极请求为八路军做事，昆张支队把印刷机安装在他的据点，几个汉奸兵帮着印报纸、传单和"关公卡"，干得很卖力，一点儿也不耽误事。

与此同时，昆张支队和昆山、东平等五县的县区工作人员一手拿枪，一手抓建设，积极组织农民减租减息。一些大地主，如吴桃园的吴二太太、四柳树的崔守道、张庄的张兴让、唐楼的唐绍增，积极带头，不仅减租减息，而且留够了自己家生活必需的土地，剩下的土地都捐给了村里的农民。农民分到了土地，想要参加八路军的积极性更高了。

1944年春节之际，昆张工委要召开一次扩大会议，总结一年的斗争经验。邵子言说："我们这次大会，要大张旗鼓地开，举行一次大联欢。"昆张支队各个中队和五个县的县区干部都要上台表演节目。

大联欢的会场设在了当年成立中共昆山县委的大村——张博士集刘家祠堂前的一片打麦场上，会期三天。昆张支队提前给张博士集据点的伪军中队下达命令，拉上吊桥，不准出来捣乱。张博士集的伪军中队长乖乖地答应了。

大年初一上午开始，五个县的县区干部都来了，附近二十多个村庄组织了农救会、妇救会、青年团、儿童团，都带着节目来参加大会。王定烈先上台讲话，总结了一年来昆张地区武装斗争情况，接着邵子言上台，讲了国际国内抗战的大形势，总结了昆张工委的工作和党组织的基层建设情况，大家听了都很振奋。接着，节目表演开始了，大家互相拉歌，你喊我唱一个，我喊你表演一个，好不热闹。

第一组节目是昆张支队八路军战士表演的家乡节目，有湖南的花鼓戏、四川的变脸、山西的秦腔、山陕的西路梆子，南腔北调，五花八门，反正梁山的百姓们不熟悉，也听不出啥毛病来。

第二组是昆山县县长吴力全、东平县委书记赵效三唱的山东梆子，因为老百姓都熟悉这个戏种，一到跑调的时候，台下都喝倒彩。据点里的伪军们不能出来，都趴在炮楼上看节目，没有人向他们拉歌，他们就在那里自己瞎哼哼。

邵子言安排村里给据点里的伪军们送水饺，村长不愿意去，邵子言说："过年是咱中华民族共同的节日，他们也都是中国人，今天不来捣乱，也是配合我们的工作，下一步解放了，有的会回家种地，有的会参加我们八路军。"村长这才带领农救会的干部给据点里送吃的，伪军们都很感动。

晚上点上汽灯，附近村庄的庄户剧团比赛唱戏，山东梆子、柳子戏、枣梆、两夹弦，都唱得有滋有味，有模有样。这些地方戏，原本就是从黄河两岸老百姓的生活中迸发出来的，就像从黄土地上长出来的红薯、谷子、高粱等庄稼一样，怎么能唱不好呢？

第三十七章

夺牛战与八路林

"九九加一九，耕牛遍地走。"从冬至开始数九，九九过完，再过九天，正好到了 1944 年阳历三月的下旬，春分左右。此时柳绿花红，万物复苏，农民纷纷赶着家里的耕牛下地春耕了。如果不是日伪横行，这该是多么美的一幅乡野春耕图啊！

东平日军宪兵队队长平井看到昆张支队力量越来越强，而各据点的伪军和伪治安军军心涣散，都不敢和昆张支队作战，气急败坏的他又通过泰安伪道尹杜中找到伪山东省政府主席唐仰杜，从济南要来了山东省警备总队第一支队，来支援东平。这支队伍有五百多人，支队长叫冯寿彭，脸上有一片大的胎记，外号叫"冯二皮脸"，或者"冯二皮"。他这支队伍是土匪起家，打家劫舍，强奸妇女，无恶不作。来到东平以后，积极主动下乡，抢粮食抢女人，绑票捞钱，真是坏透了。

冯二皮脸下乡巡逻，看到农民们在春耕，强盗的眼里看什么都是钱，他认为这些耕牛就是肉票。日军在济宁霸占了一家肉联厂，用优质的鲁西黄牛做成牛肉罐头，很受日军各部队的欢迎。如果把耕牛卖给肉联厂，能捞到一大笔钱。冯二皮脸开始在田野里大肆抢夺农民的耕牛，他们只要看到地里的牛，一拥而上，夺了就走，然后在牛的右后大腿上，打一个大圆圈火印，里面有个"军"字，以表示是给日军专用的。

耕牛是农民的命根子啊，养一头牛多不容易啊，而且正是春耕大忙的季节，人误地一时，地误人一年，这节骨眼上，怎么舍得让他们牵走呢？可是，只要是被冯二皮脸的伪警备队遇上，就算倒了大霉。如果农民不允许他们牵走耕牛，轻者被打，重者伤命。农民叫天天不应，叫地地不灵。有许多农民舍不得自己的耕牛，手里还死死地抓着牛缰绳，就被这些汉奸枪杀了。

昆张支队听说了伪警备队抢夺百姓耕牛的事情，人人义愤填膺，决心为老百姓夺回耕牛。王定烈了解到这支队伍还是土匪的那套打法，善于偷袭和远距离射击，但是不善于白刃战，一拼刺刀，就吓得四散逃命或者乖乖地投降。

1944 年 3 月 6 日晚，王定烈正带着第一中队在梁山东北的西柳村宿营。半夜里情报员跑来报告说，汉奸们在城里集中了一百多头牛，第二天一大早就要押到济宁去。因接到情报太晚，当我们的队伍赶到汶上县沙河镇北面的公路上时，敌人已经无踪无影。

原来是东平县伪警备队两个小队六十多号人，赶了一百二十头牛。他们怕我昆张支队伏击，半夜三更就出城，向南去了。没有追到耕牛，指战员们都不愿意回去。

中队长郭瑞功说："牛是群众的命根子，我们夺不回来耕牛，对不起人民群众对我们的支持，没脸回去啊！"

二排长郭志光也说："是啊，百姓把我们昆张支队当作依靠，我们是怎么给百姓撑腰的？"

王定烈说："我敢断定，这帮该死的既然南去了，就一定会北回！"

马三妮儿长得真快，一年多长高了十厘米，他已经是一名机枪手了，他拍拍机关枪，大叫道："这些抢牛的狗熊玩意儿，不能饶了他们，我的机关枪不答应！"

邵子言说："我们八路军一直执行缴枪不杀的政策，可是抢夺百姓的耕牛，罪大恶极，罪不可赦，必须把这些坏蛋全部杀掉，一个不留！"

王定烈气得咬牙切齿，大声叫道："这话我爱听，我们想到一起了，必须杀了这些王八蛋，一个都不能留，要给咱的老百姓有个交代！"

3 月 7 日下午，王定烈支队长带领队伍浩浩荡荡地东去三十里，一面让敌人知道我们离开了这里，一面留下人监视敌人动向。

8 日晚，我们的昆张支队又隐蔽地折回到沙河附近，王定烈让一中队的三个小队分别在公路两侧设下埋伏。

果然不出所料，9 日上午将近十点钟，那两个小队的伪军卖完牛，摇摇晃晃地从济宁方向回来了。正巧，钻进了我昆张支队的伏击圈内。

王定烈大吼一声："打啊！"

我军突然开火，敌人猝不及防，死的死，伤的伤，没死没伤的，举起双手跪在地上乖乖地投降，一个也没跑掉。

王定烈咬牙切齿地说："这些抢夺百姓耕牛的家伙，比他妈的小鬼子还坏！一个个死有余辜，我们不接受投降，一个也不许留下！"

马三妮儿架起机枪，就要对着这伙敌人扫射。

邵子言动了恻隐之心，说："我看算了吧，可以杀死为首的坏蛋，其他人教育后放回去。"

敌人的一个小队长已经被打死了，王定烈让伪军们举报另一个小队长，然后宣布他抢夺百姓耕牛的罪行，执行枪决。

于灿周给其他的伪军上政治课，告诉他们下次再参与抢劫老百姓的耕牛，决不轻饶！

消灭了这伙伪军之后，总算解了心头之恨。可是，那批牛毕竟被敌人弄走了，而且他们发现冯二皮脸并没有收敛，仍然带着部下到处抢牛。

王定烈带着队伍一直在沙河镇一带活动，耐心地等待新的时机。

二十多天过去了。4月1日，谌公德又辗转送来一份情报：敌人第二天要押送一百六十多头牛去济宁。

王定烈和支队首长一起商议，不在沙河镇打敌人，而是向前迎上二十里，在敌二十里铺据点附近，打敌人一个毫无防备。于是，集中了在附近的一、三两个中队，一起行动，兵力也多一倍。当天半夜，昆张支队出发了，神不知鬼不觉地潜入二十里铺据点附近的一个小村乔村，严阵以待。

4月2日上午九点左右，王定烈支队长站在乔村西北角的寨墙上，用望远镜一看，敌人浩浩荡荡地从三官庙方向来了，队伍拖得很长，一路尘土飞扬。原来，经我上一次打击之后，敌人就变得谨慎多了。这次伪警备队是全体出动，加上日军的一个小队严加护送。敌人把牛三头一组编在一块，一百六十多头就是五十多组，加上五百多日伪军，形成了一条足有二三里长的"长蛇阵"。

王定烈一看，坏了，没想到敌人来得这么多，我军力量明显不足，还要保护耕牛，这一仗打起来没有把握。但是，如果不打，机会失去了，这些耕牛就再也夺不回来了。

他身旁的郗晋武担忧地看着他，那意思是在问：支队长，怎么办，打还是不打？按预定方案，由郭瑞功率一中队拦伪军队伍的头，由郗晋武率三中队打其尾，支队侦察排排长孟昭德带侦察员负责牵牛。

王定烈这次也遇到难题了。他皱着眉头，太阳穴上的青筋暴露，犹豫不决，

小声嘟囔道："怎么打啊？敌人和牛走在一起，可不能伤了老百姓的耕牛啊！"

敌人已经来到近前，再不打，就要失去机会了！"小钢炮"郭瑞功小声提醒道："支队长，咱拼刺刀吧！"

王定烈一听，豁然开朗，大声喊道："好！吹冲锋号，拼刺刀！"

冲锋号响起来，战士们高喊着："冲啊——！"刺刀闪闪，战士们从大路两旁奋不顾身地冲向敌人！

伪军们看到从天而降的昆张支队，来不及上刺刀，有的倚着耕牛慌乱地打枪。小战士马三妮儿被敌人的子弹击中了胸部，郭志光排长跪下来扶他，马三妮儿摆摆手，说："别管我，你说过冲锋时不要救人，快冲啊！"

昆张支队冲进了耕牛阵，和敌人开始了白刃战。伪警备队这些"老烟枪"，哪里是我八路军的对手呢？有的被刺死，更多的人跪在地上，举枪投降。

那些披枷戴锁的牲畜，被枪声惊作一团。孟昭德带领身手矫健的侦察员们冲入牛群，砍断绳索。牛儿们好像明白自己解放了一样，翘起尾巴，跟上那些穿农民服装的人，狂奔起来。

在最后面压阵的冯二皮脸一看牛跑了，指挥他的十几名守卫人员去抢夺耕牛，郭志光排长带着战士们冲上去，迎头拦住这伙伪军，站着和敌人对射，吓得敌人赶紧跪下投降。不料想，藏在人群里的冯二皮脸举起手枪，一枪射中了郭志光排长的头部，郭志光当场倒地牺牲。战士们急了，呐喊着朝这一小撮敌人射击，将他们全部消灭，冯二皮脸也死挺挺地躺在了地上。

这一仗，我昆张支队损失严重，共牺牲了二十一名指战员。一中队三排长郭志光，一个有文化、会用脑子打仗的山西兵，竟然在危险的时候，跑去拦截敌人，壮烈牺牲。而那位从小娇生惯养、曾经被父亲五花大绑押送回来的马三妮儿，被敌人击中后拒绝战友的救援，英勇牺牲！

昆张支队来到乔庄，孟昭德也带着耕牛群来到了村里。战士们把牛腿上的"军"字刮去，通知附近各村的老百姓，凡是被敌人抢夺了耕牛的，都来乔庄领回自家的耕牛。

来领牛的群众听说为了保护耕牛，牺牲了二十一名年轻的八路军，都心疼得不得了。他们找到自己家的耕牛，爱惜地抱着牛亲了又亲，然后却又使劲打牛："你这畜生，都是因为你，牺牲了这么多八路军！他们那么年轻，却再也活不了啦！"

二十一名英雄的遗体被抬到乔村外，邵子言到村里和村长协商，找棺材将牺牲的干部战士安葬。乔村的村长联合了附近五六个村庄，把给家里老人存放的棺木捐献出来，安葬八路军。找回耕牛的百姓们提议，要按照梁山当地最隆重的葬礼，给八路军出殡。

邵子言想起来一件事儿，马三妮儿是梁山西部马营村人，应该让他爹把他接回去安葬，于是就让村里派人到马营去请马传功老人来。

梁山大井班的山东梆子戏班和梁山的柳子戏班也被邀请来唱戏了。全体演员都穿戴孝衣孝帽，在出殡现场唱大戏，他们坚决不要村里的钱，义务唱发丧专场——"白头戏"。

马传功和马营的村民赶着大车拉着一具棺材来了，看到马三妮儿蒙着被子，马传功老汉揭开被子，呆呆地看了半天，欲哭无泪。邵子言和王定烈、郭瑞功等人都眼含热泪来到他的身边，劝他说："马三妮儿同志是最勇敢的八路军战士，在为老百姓夺牛战斗中负伤，英勇牺牲！我们支队会为他报功！"

马老汉看到首长们都哭了，反倒劝慰这些八路军干部，他说："打仗就要有牺牲，我送他当兵的时候，早就有准备，好在孩子没给咱八路军丢人，也算给他娘和姐姐报仇了，孩子死得值！"

邵子言问："老人家下步有什么打算？家里有什么困难，请尽管说。"

马老汉说："按说，三妮儿没有结婚，不能入马家老林，俺们家族也商量过了，他是当八路军死的，是英雄，他可以入俺马家的林。准备将一个本家的小孩过继给他，我也算有孙子了，我再把孙子拉扯大，百年之后也有人上坟烧纸了。咱有两只手，能有什么困难呢？"

大家都来给马老汉帮忙，轻轻地将马三妮儿装棺，一起抬上马营村的大车。在大家的注目下，大车摇摇晃晃地上路了，越走越远，再也看不见了。

我昆张支队五个中队全部到齐了，来保卫这场出殡仪式。二十副棺材在村外摆放整齐，每一副棺材前都摆上了方肉、整鸡、整鱼的三牲贡品，几班子唢呐一起吹奏，几个村庄的村民们披麻戴孝依次前来行礼。

男人行礼庄严肃穆，女人们则号啕大哭。

王定烈、邵子言带领战士们也来行礼了。乔村夺牛战是昆张支队进入梁山以来牺牲人员最多的一次，干部战士们都心疼得不得了，他们一起脱帽默哀，然后一起举枪，对着天空鸣枪示意。

盛大的葬礼结束后，这些年轻的八路军被埋在了乔村东南的一处高坡上，这一片坟地被称为"八路林"。

从那以后，每年清明节和农历十月一的寒衣节，乔村的老百姓在祭祀自家先辈的同时，都要来到这一片八路林，祭奠这些八路军。

第三十八章

夏季攻势与胜利归建

1944 年春天，昆张地区的形势越来越好。分到了土地的农民种田的积极性高涨，人勤春早，运肥的，耕地的，播种的，到处都是一片繁忙的春耕景象。老天爷似乎也顺应这个势头，风调雨顺，田野里绿油油的，生机盎然。

5 月 11 日，王定烈、邵子言等昆张支队的首长和昆山县的干部们正在杨岱据点的两面小队长商广成家开会，研究下一步梁山地区的路子该怎么走。王芝茂村的贾大娘找到这里来了。

大家看到贾大娘，都高兴地站起来打招呼。王定烈开玩笑说："贾大娘啊，哪股风把您给吹来了？"

贾大娘说："从黄河北吹过来的一股风！咱根据地的通信员交给我一份情报，让我一定交到你手里！"

王定烈打开一看，这是曾思玉司令员亲自安排送来的，情报的内容是：冀鲁豫军区二分区根据昆张一带快速发展的形势，决定组织一场夏季攻势，可以称作"昆张战役"，由教三旅八团和昆张支队一起行动，全面解放梁山地区。具体部署是，昆张支队在黄河以南的昆山县、东平县、汶上县率先行动，拔掉这一带除了县城之外的所有敌伪据点，八团先在黄河以北的张秋、寿张行动，然后再支援昆张支队。

王定烈把分区首长的指示一说，大家都很振奋：终于迎来了重建根据地的这一天！邵子言提议，让杨岱据点的伪军中队长周庆丰率先投降，主动宣布起义，带动其他据点的伪军起义。因为杨岗和周庆丰是结拜的仁兄弟，联系最为密切，决定让杨岗去做周庆丰的工作。

杨岗当仁不让，和小队长商广成一起到杨岱据点来找周庆丰。杨岗给周庆丰讲了当前的形势，讲了八路军要全面恢复梁山根据地的决心，希望周庆丰能带一个好头，主动宣布起义。

周庆丰听了，脸色青一阵白一阵，说："仁兄弟啊，为什么要我挑头干这事儿啊？如果等八团来了，架起梯子一攻炮楼，我绝对投降，可是现在让我挑头起义，那些不愿意投降的人会不会报复我？这事情让我为难啊！"

杨岗设身处地地对他说："兄弟啊，让你挑头起义，这是给你机会，觉得你将来能为八路军所用。如果你不投降，消灭你也根本等不到八团主力来，昆张支队打仗等过别人吗？"

无论怎么说，周庆丰就是不干。

杨岗回去把情况汇报给支队首长，说："周庆丰这家伙外号'走窍门'，是不见兔子不撒鹰，不到黄河不死心，昆张支队可以除掉他，让商广成领着起义。"

邵子言摇头反对，说："周庆丰没有血案，不是罪大恶极，我们杀掉他，影响不好。"

土定烈这次果断地说："夏季攻势就要开始了，我们没时间与这龟儿子闲磨牙，我们昆张支队必须立即动手，可不能等着八团主力来了再行动啊！可以来个调虎离山，杨岗你把他调出来，我们支队围攻杨岱据点，商广成带领伪军投降。同时，县区的干部安排群众拆炮楼。"

傍晚，杨岗和商广成一起，把周庆丰从据点里邀出来喝酒，商量下一步的出路。中间，商广成借口回据点有点儿小事，说一会儿就回来，杨岗和周庆丰接着一边划拳，一边喝酒。

这时候，我昆张支队一中队已经包围了据点，于灿周向据点喊话："伪军兄弟们，你们被包围了，今天就要拔你们的钉子，八路军大部队马上就要打过来了，昆张支队命令你们率先起义，八路军优待俘虏，愿意参加八路军的，我们欢迎，不愿意参加的，发给路费回家！"

商广成对伪军们说："昆张支队已经把我们包围了，周队长不在这里，我们怎么办啊？是坚决抵抗，还是投降？"

伪军们大都有"关公卡"，他们纷纷说："八路军优待俘虏，我们投降吧！"

"对，投降，投降！投降了好回家，这汉奸的帽子是不能再戴下去了！"

商广成对着外面喊道："哎，我们商量过了，要投降啦！"

伪军们集合，把枪摞在一起，放下吊桥，排着队走出据点。

王定烈、邵子言等昆张支队的首长们走进据点，和伪军们一一握手，表示欢迎。

周庆丰一等二等不见商广成回来，说："广成跑哪里去了，不仗义，罚他酒！"

杨岗觉得时间差不多了，就说："他不会是回据点了吧？我们到你杨岱据点去找他！"

他们二人来到杨岱据点，看到昆张支队的首长正在接见伪军们，周庆丰知道已经变天了，他一切机会都没有了。

杨岗对着周庆丰轻蔑地哼了一声，说："敬酒不吃吃罚酒，事情闹到这一步，该罚谁的酒啊？"

周庆丰垂头丧气地说："不是罚商广成的酒，而是该罚我的酒啦！"

县区干部通知附近村庄的百姓来拆据点，群众推着大小车辆都来了，一看八路军走进了据点里，跟着一拥而进，有的竖梯子上房揭瓦，有的用镢头开始刨炮楼的墙根，热闹得很。

最后一声轰隆的响声，三层多高的炮楼倒塌了，老百姓拆的拆，拉的拉，据点很快就被夷为平地。

再说吴力全县长带着他的通信员来到大路口村村外，那是他曾经在夜里喊话的地方，他写了一张纸条：

刘守甫中队长：

　　现在根据上级指示，要全面解放昆张地区，请你部放下武器，立即出来投降。

吴力全
即日

他让通信员给村东伪警备队据点送去，中队长刘守甫接到纸条，立即集合队伍，带领着出来投降。

刘守甫看到吴力全，生气地说："吴县长，为什么现在才来？要不是为你们看着西边的治安军，我早就不想干了！这一年多我都是替你们八路军干的啊！"

吴力全哈哈大笑，说："是，让你们等得太久了，你不是愿意替八路军

干吗？现在有机会了，你可以参加我们昆山县大队！"

刘守甫学着八路军的样子，原地立正，敬了一个军礼。

吴力全说："我命令你，去收编村西的伪治安军中队！"

刘守甫说："好啊！现在治安军中队很依靠我，很听我的话，他们那边也和我说了，只要我投降了八路军，他们就也跟着投降。"

昆山县大队一下子多出来两个中队。

寿张集据点的伪军中队长是陈玉镜，杨岗去据点找他谈判，陈玉镜是个多么聪明的人啊，他看到大势已去，主动把中队带出了据点，交给了杨岗。他不愿意参加八路军，连枪也上交了，独自一个人回家了。

其他据点的伪军也都不敢再坚守，八路军送过去一个字条，让几点几分出来投降，他们就都乖乖地放下枪，排着队从炮楼走出来投降。同时，当地干部通知附近村民们来拆炮楼，群众都受够了日伪军的欺负，热烈响应，大车、小推车一起上，拆的拆，拉的拉，几乎是一夜之间，炮楼、碉堡和鹿砦就不见了踪影。

有消息说，小安山据点的王允宪坚持不投降。王定烈感到很奇怪，说："王允宪和咱昆张支队关系不是一直很好吗？还说是打出来的老铁，应该不会坚持啊？"他找到杨岗，让他到小安山据点去看看情况。

杨岗找到王允宪，问道："你怎么回事啊，允宪兄，你经常说和昆张支队关系好，和吴忠关系好，怎么别的据点都投降了，你还在坚持？"

王允宪解释说："我正要去找你呢，不是我不投降，是我对这里的治安军还没有做下来工作。治安军不敢投降，他们都是天津人，在这里干过不少坏事，现在想回家，怕缴枪以后被枪毙了。"

杨岗说："八路军有政策，对于起义的人，欢迎还来不及，怎么会杀他们呢？只要放下武器，既往不咎，我可以担保。"

小安山据点的敌人也投降了，一些治安军拿到了遣散费，回天津了。

三天之内，昆张支队在地方武装的配合下，拔除敌伪据点二十多处，歼灭敌人八百多人，我军无一人伤亡。

不久，八团主力也越过黄河，进入梁山地区，各个据点的敌人更是闻风而逃。八团一天拔除伪军据点二十多处，歼灭敌人一千五百多人。三天后，八团在昆张支队的配合下，来到汶上西部。潘家军又臭又硬的老疙瘩潘慎三向南逃了四十里，来到汶上南部的开河据点，这个据点位于运河岸边，墙高沟深，易守难攻。此时，昆张支队参谋长兼汶上县委书记管学思带领汶上县大队、昆张支队总支书记兼南旺县委书记田平带领南旺县大队积极配合八团主力，用大炮轰炸开河据点，潘慎三坚守不住，只好乖乖地走出据点投降。由于这家伙罪大恶极，汶上县抗日民主政府召开审判大会，宣判潘慎三死刑，立即执行枪决，真是大快人心！

在经历了一年零八个月的沦陷之后，昆张地区五个县重新回到了人民手中，鲁西根据地不仅得到恢复，而且面积扩大到周边县区，成了一大片稳定的根据地。

昆张支队经过一年零八个月的浴血奋战，打了大小战斗四百多次，平均每一天半打一次仗，除打了两次消耗战以外，没有打过一次败仗，几乎每次都是以少胜多，以弱胜强，还常常是在危急关头化被动为主动。由一百多人发展到一千一百多人，将被敌人占领的梁山根据地重新夺回，为冀鲁豫根据地的全面恢复和发展创造了经验，鼓舞了信心，也创造了我军军史上的奇迹。

1944年6月，冀鲁豫军区鉴于昆张支队已经胜利完成了历史使命，决定撤销昆张支队的编制。其中昆张支队一中队回归原八团，王定烈担任八团副团长；其余的二、三、四、五中队，即东平、汶上、寿张、昆山等几个县的县大队组成了一个新的基干五团。

在昆张工委的基础上，冀鲁豫军区又重新成立了第八军分区，这个在敌人"铁壁合围"后被撤销的小八区，又重新恢复起来了。

接着，我七团、八团、新基干五团联合发动郓城战役，也称作"讨刘战役"。由于刘本功的部队实力强大，可不像梁山地区那样，一个字条就能拿下一个据点，这里每一仗都是强攻，经过游击战争锻炼的八路军战士以一当十，在一周之内，攻克敌伪据点三十七处，歼灭敌人二十七个中队，消灭敌人两千六百多人。

肖皮口、西小吴等据点被攻克之后，附近村庄的群众都带着仇恨来扒黄河南金堤上的高墙。一面面高墙轰然倒塌，老百姓把黄土拉回家用来垫牛圈和粪坑。敌人引以为豪的黄河南金堤封锁线荡然无存，我濮范观根据地中心区和郓城、梁山、东平、汶上等一大片根据地连成了一片，向东可以直接到津浦铁路和山东沂蒙山根据地。

梁山夏季攻势、郓城讨刘战役的胜利，鲁西根据地的恢复，让各个军分区备受鼓舞。246个小部队聚指成拳，也接连开始了大反攻，随即收复了鱼台、单县、丰县、沛县、菏泽等地区，恢复了鲁南微山湖中心区，使冀南、鲁西、豫北各根据地连成一片，冀鲁豫根据地的面貌为之一新。

1944年中秋佳节，王定烈带着八团又转回了梁山脚下，此时，整个昆张地区都已经成了我军牢固的根据地，他们这一次住在梁山北面的后集村。第二天一大早，王定烈约了邵子言、管学思、常志义等战友们一起去爬梁山，他们一路上毫无顾忌地大声说笑着，谈古论今，多么畅快啊！

大家一起来到梁山最高处的虎头峰上，看到一轮红日从东方的云海中冉冉升起，四周的凤凰山、龟山、青龙山，像一个个忠诚的战士守卫着脚下的土地，而山下丰收的大地像打翻了的巨型调色板，绿色的村庄，金色的田野，闪着银光的河流一直延伸到蓝色的天际。大家一个个心潮澎湃，感慨万千！

邵子言说："从1942年中秋节前后敌人对我军进行'铁壁合围'到现在，整整两年了，我们在这里打了多少仗，流了多少血汗，还有一个个年轻的生命永远长眠在了这片英雄的土地上，真让人感慨啊！"

大家听了，都陷入了沉思。

王定烈叹息道："是啊，此情此景，我要口占一首《七绝·登梁山》：群英热血洒梁山，创业艰辛与万难。遥望征途崎岖路，斩酋降丁再夺关。"

常志义说："这次，我不想和王支队长奉和一首了。我曾经参与总结了昆张支队的经验，我现在想的是，将来会不会有一位大作家，把咱们昆张支队的故事写一写，写出一部新的《水浒传》，把共产党、八路军与人民群众的英雄业绩永载梁山史册，让他们与梁山一样，万古长青，永垂不朽！"

邵子言说："好啊，确实应该写一写！这部书名字叫什么呢？"

大家七嘴八舌地议论开了："叫《新水浒传》！"

"叫《梁山游击队》！"

"叫《八路军三进梁山》！"

王定烈说："老子不喜欢啰唆，我看就叫《昆张支队》吧，简简单单，独一无二。"

大家都频频点头，表示赞成。

第三十九章

后来的事

1945 年 5 月的一天，在风沙弥漫的黄河滩上，一个高个子的年轻八路军背着背包迎风而来。他翻过河堤，熟门熟路地来到昆山县委所在地张博士集村，要找八分区或者昆山县的干部。

昆山县县长吴力全从刘家祠堂出来，仰着头一看，激动地抱着高个子年轻人，大声嚷道："是吴忠支队长？您咋走了那么长时间啊，昆张支队解散了，我们的根据地恢复了，您终于回来了！"

被吴力全仔细打量的人正是去河南林县冀鲁豫平原党校参加整风培训的吴忠，他结束了学习，又回到昆张地区来了。

吴忠看着吴力全，操着四川话激动地说："力全同志，你好啊！终于又见到咱们的人啦！真是想你们啊！"

吴力全高兴地请他吃饭，为其接风洗尘。二人共同回忆昆张支队三进梁山的情景和当前的形势变化，说着说着，两个人都感慨良多。

在交谈中，吴力全问道："我突然想起来贾大娘多次说过的一件事，你的婚姻大事咋样啦？在党校学习那么长时间，找爱人了吗？"

吴忠苦笑着说："还找爱人呢，一直在进行'整风运动'。还是先一心一意干革命吧，我原来发过誓，讨老婆的事情，等赶走了日本鬼子后再说。"

吴力全说："看咱根据地这形势，小日本蹦跶不了几天了，胜利的那一天很快就要来到了！你的婚事也要加快啊，我让贾大娘给你找个好的。"

吴忠问道:"贾大娘现在怎么样啊?她身体好吗?她为抗战做了多少工作,可是我们的大功臣啊!"

吴力全说:"她现在已经是我们昆山四区的妇救会会长,也是县里的妇女委员,正带着一帮女青年热火朝天地干工作呢!你说奇怪不奇怪啊?贾大娘的白发竟然消失了,脸色也好了,眼睛也不红肿了,眵目糊不见了,像变了一个人一样,可精神了!"

吴忠频频点头,说道:"好啊,好啊!说奇怪,这也不奇怪,你想想啊,贾大娘过去就是一个村里的寡妇,天天都是漫漫长夜,陪伴自己的只有泪水,天天哭红了眼睛,可不就年纪轻轻愁白了头,两眼都是黏糊糊的眵目糊吗?她在为共产党和八路军的工作中,看到了希望和光明,看似她付出了很多,她很辛苦,但是她心里亮堂啊!她也就因此脱胎换骨,重新焕发了青春!真为贾大娘高兴啊,以后不能称呼她为贾大娘了,应该称呼为贾桂存同志了吧?"

吴力全高兴地说:"对啊,大家都这么说呢!"

吴忠说:"哎,我走之前在她那里见过田子珍的女儿田淑秀,对那个姑娘倒是印象很深,不知道她现在怎么样了?"

吴力全笑了,说:"我认识田淑秀,她可是我们昆山干部中的大美女啊!没想到吴忠同志看上她了!好啊,美女配英雄,又是一段新的梁山佳话!我们八分区就安在梁山了,在山东面的郑垓村,就是咱们上次在牛棚里开会的那个地方,你先去那里找分区首长报到,联系你的工作,我到王芝茂村找贾桂存同志去说说!"

没几天,吴力全到分区汇报工作,他找到吴忠,苦恼地说:"你走的时间太长了,中间一点信息也没有,我见到贾桂存同志了,贾桂存以为你在根据地学习培训,说不定已经找到对象了。正好这期间,田淑秀的爷爷对儿子的死还耿耿于怀呢,不愿意她找干部,给她介绍了一位很不错的师范生,你知道,田淑秀父母都没有了,她爷爷的话又不能不听,田淑秀已经和那个人见面了,也没有答应人家,可能是还在犹豫吧。"

吴忠问:"我的情况你给她说了吗?"

吴力全说:"贾桂存同志已经和田淑秀说了。说你看上她了,不是从今天才看上,是从上学之前就看上了!"

吴忠着急地问道:"她怎么说?没答应?拒绝了?"

吴力全说:"没有呢,她说,要回家给爷爷汇报,要听爷爷的。"

吴忠一跺脚,说:"嗨,这事儿怎么还要听爷爷的,你们梁山人就是传统,封建！好，好，好，那就等她回信儿吧！"

这期间，吴忠的任命下来了，冀鲁豫军分区任命吴忠担任基干五团的副团长。按照我军有关规定，男方二十六岁的团级以上干部即能结婚，吴忠1921年下半年出生，虚两岁，正好二十六岁，副团级，结婚的条件均已达到。

基干五团是1944年7月昆张支队撤销后，由原来昆张地区的几个县大队组建的地方部队。政委邵子言，政治部主任田平，一直承担着配合主力部队作战的任务，仗打了不少，但是，都不太利索，在最近的一次战斗中损失很大，团长李德芳不幸牺牲。基干五团都笼罩在一片悲观失望的情绪中。曾思玉看到吴忠回到了昆张地区，大喜过望，马上任命吴忠担任五团的副团长，主持五团的工作，把五团从悲观失望中带出来，锻炼成一个能打硬仗的队伍。

吴忠要带着部队离开昆张地区，去奔赴新的战场。他想到了田淑秀姑娘，放心不下，觉得这一走，不知道要什么时候才能回来，也不知道今生是不是会和田淑秀失之交臂。他急了，骑着一匹白马，警卫员王林骑着一匹红马，马儿撒开四蹄，朝王芝茂村奔去。见到了贾桂存同志，劈头就问："贾大娘，秀秀呢？"

贾桂存说："武松啊，你怎么来了？问淑秀是吗？哎呀，她最近没有来这里，已经有一段时间不来了。大娘给你去找她。"

吴忠着急地说："嗨，哪还等得及啊？不用了！"骑上马，飞也似的离开了。

一白一红两匹马穿过梁山，来到馆驿田大店村田淑秀的家。看到两名八路军骑着两匹战马进了村，村民们都跟着来看热闹。王林问清田淑秀的家，田淑秀的爷爷在门口拦住了他们，问他们是谁。

王林说："我们首长是八路军五团副团长吴忠同志。"

田淑秀的爷爷说："我们家秀秀已经许配给侯集村啦，男的是个师范生呢！"

吴忠着急了，大声问道："秀秀同意了吗？"

田淑秀的爷爷说："我同意就行了！"

吴忠说："不行，这是秀秀个人的事情，您老人家可不能替秀秀做主！我要亲自问问她！如果她不同意，我没有二话，马上就走！"

吴忠把马缰绳交给王林，让他在外面等着，大步走进院子里，大声喊道："田淑秀同志，你在哪儿？"

秀秀爷爷在后面喊道："你，你这个八路军怎么能这样啊？"

田淑秀已经听到了吴忠说话的声音，她来到院子里，迎接吴忠，说："你来了？"

见到了田淑秀，吴忠发现，将近两年不见，已经十八岁的田淑秀姑娘又长高了，也出落得更美了！她身材苗条，脸庞俊俏，浑身洋溢着青春的气息，比吴忠梦中的那个十六岁的秀秀还要美！真不愧是梁山地区数一数二的大美女啊！

吴忠对田淑秀说："田淑秀同志，贾大娘可能已经把我的情况向你说了，我吴忠这次来，就是想问你一句话，你是愿意跟我，还是不愿意？"

田淑秀低着头，不说话，用手绞着自己的辫子梢。

吴忠大声说："我明天就要带着队伍离开梁山了！你倒是说话啊！"

田淑秀还是低垂着头，不说话。

吴忠急了，说："嗨，你自己到底什么主意啊？这样吧，如果你同意跟着我，你就点点头；你如果不同意，你就摇摇头。"

这时候，田淑秀哭了，她低着头，一边低声啜泣，一边轻轻地点了点头。

吴忠伸出拳头，大叫道："好，好，点头了，点头了！跟我走吧！"

他抱起田淑秀就往大门外边走，田淑秀顺从地趴在吴忠那宽厚的肩膀上，任他抱着走。

吴忠把淑秀放到大白马上，对着爷爷说："爷爷，秀秀愿意跟我走，我明天就要出发了，这次就带她一起走了，抽时间回来看您老人家！"

田淑秀的爷爷这次没有再阻拦，让开了路，说："走吧，走吧，我老了，不中用了，你可要好好地待我孙女啊！"

吴忠说："爷爷啊，一定会，我吴忠就是梁山的女婿了，你们就是我的亲人，请放心吧！"

田淑秀流着泪，小声说："爷爷，孙女不孝，我跟着他走了，你要照顾好自己啊！"

村民们听说他们的英雄吴忠要娶走田子珍的女儿田淑秀，都围过来观看，一时里三层外三层。吴忠牵着马，一脸幸福，高兴地和群众打着招呼，慢慢地向前走。

村里的老太太走过来，拉住秀秀的裤腿，说："秀秀，咱们的好姑娘，跟了八路军的武松队长，命好啊！等国家安稳了，带着孩子回家看看！"

田淑秀要下马和奶奶们说话。这些奶奶们忙不迭地说："可使不得！上了马，坐了花轿，怎么能下来呢？走吧，走吧！"

他们走出村子，吴忠也跨上马，把田淑秀姑娘揽在怀里，一夹马镫，大喊一声："我们走啦！"

大白马咴儿咴儿地叫了两声，撒开四蹄，马鬃飞扬，向前飞奔而去。

田淑秀依着吴忠宽大厚实的身体，迎着风，幸福地闭上了眼睛。

一白一红两匹战马，在梁山脚下的土地上飞奔。

当晚，在王芝茂村贾桂存家的堂屋里，在战友们的祝福声中，吴忠与田淑秀举行了简朴而热闹的婚礼。

第二天，吴忠就带着昆张子弟们组成的基干五团奔上了战场。后来，这支地方部队却发展成为中国的三大王牌师之一。1945年11月，冀鲁豫八分区基干五团改编为晋冀鲁豫野战军第七纵队第二十旅五十八团。归到八团的原昆张支队二中队，即教三旅七团二连也被划给了五十八团，吴忠带领这个团在攻打济宁城和巨野章缝集战斗中立下战功，该团被称为"吴忠团"。1946年11月，郐晋武开始担任五十八团团长，1947年6月，吴忠担任晋冀鲁豫野战军二十旅旅长，他带领这支部队随刘邓大军过黄河，挺进大别山，献功淮海战役。在1949年2月，二十旅改编为第十八军第五十二师，吴忠担任五十二师师长，原五十八团改为一五四团，郐晋武担任一五四团团长。他们一路南下，过长江，出浙赣，越黔滇，入川南，奉命进军西藏。五十二师师部及其所属的一五四团等三个主力团爬冰卧雪，风餐露宿，忍饥耐寒，翻越了几十座高山，蹚过了几十条冰河，成为最先把红旗插向了拉萨、江孜、亚东、日喀则等地的部队，为和平解放西藏立下了不朽功勋！1969年12月，陆军第五十二师改为五十军一四九师。这支铁血部队在1962年中印边境自卫反击战中，全歼印军第七旅，俘虏旅长达尔维准将，击毙六十二旅旅长豪尔·辛格准将，在中国参战部队中战功首屈一指。之后，在中越边境自卫反击战、西藏平乱、汶川震区救援等重大任务中，血性不改，屡建奇功。1990年代，一四九师被定为中国陆军三大快速反应师之一，成为随时可以出动的王牌师，被誉为"铁拳师"。2015年军队改革后，这支英雄的部队依然担负着保卫我西部和西南边疆的重任。

而当年昆张支队归建的冀鲁豫军区教三旅八团，1945年11月，编入中原军区一纵二旅为四团，转战豫东。1946年6月，四团随旅参加中原突围，进入鄂西北地区，四团转隶鄂西北军区第四军分区建制。1947年2月，鄂西北军区第四军分区四团南渡长江，与江南游击支队会和后，改编为江南游击纵队四支队。12月，四团调入江汉军区独立旅为一团。1949年6月，改称湖北军区独立一师一团。1953年3月，该团改编为湖北军区独立团。5月，改编为湖北省公安团。10月，湖北省公安团转隶黄冈军分区建制。1954年2月，该团撤销番号。

当年的昆张支队也培养了一批优秀的领导干部，成为中华人民共和国领导干部的摇篮：

新中国成立后，吴忠于1955年被授予少将军衔，时年三十四岁，是新中国最年轻的少将，他曾任中国人民志愿军师长，赴朝作战，回国后历任副军长、军长、北京卫戍区第一副司令员、司令员，广州军区副司令员。1977年，吴忠亲自参与抓捕"四人帮"。之后，他被调任广州军区副司令员，担任自卫反击战的前敌总指挥。在战争打响前十三天，中央军委下达了免去他广州军区副司令员的命令，许世友为了战争的胜利没有传达。他也知道了，但是他没有回去申辩，而是说："我以一名共产党员的党性参战。"他依然还是当年的老习惯，坚决不坐带天线的装甲指挥车，而是背着美式卡宾枪，走在队伍的最前面。他说："指挥官就要靠前指挥。"从越南胜利归来后，吴忠接受审查。十年之后，中央正式解除了对吴忠的审查，吴忠不仅没有参与"四人帮"的活动，而且在粉碎林彪、"四人帮"的斗争中立有大功。

新中国成立后，崔守道、唐绍增等人被错划为"大地主""汉奸"，他们给吴忠写信求援，吴忠亲自回信，证明崔守道、唐绍增他们是我方的情报人员，为抗战做了很多有意义的工作，这才解放了他们。1989年，吴忠卸任后专程回梁山给昆张支队牺牲的烈士扫墓，他走访了当年战斗过的许多村庄，见到了贾桂存、崔守道、唐绍增等人，也才第一次见到了原来的三友文具社社长、东平情报站站长谌公德同志，但是却与原昆张支队侦察班班长、抗战胜利后回家当了农民的孟昭德失之交臂。

1990年，吴忠和一帮离休的老战友去海南摄影，这位曾经叱咤风云的大英雄竟然因一次车祸意外去世，年仅六十九岁。生命无常，真是让人唏嘘不已。

田淑秀和吴忠结婚后，也加入了部队，改名为田涛。她跟着丈夫南征北战，一直打到四川甘孜。此时已经担任五十二师师长的吴忠要带领部队进军拉萨，田涛带着女儿来到了四川甘孜，她把女儿交给藏族房东，带着三十多名女战士组成的康藏工作队，赶着几百头牦牛爬越高山，蹚过冰河，给前线部队运送给养，确保了部队的供应，这让吴忠和战友们对田涛十分敬佩。

新中国成立后，田涛担任北京市纺织工业局组织部处长。无论吴忠受到什么处分，她从来没有离开过丈夫。她和吴忠生有五个子女，三女两男。2021年4月18日田涛去世，享年九十四岁。

王定烈在昆张支队归建之后担任八团团长，1945 年元旦过后，他奉命奔赴河南中部，创建豫中根据地。之后，他带着八团的英雄们一路南下，在抗日战争中奋勇杀敌，抗战胜利后，又投入到解放战争的硝烟中。解放战争时期，王定烈任中原军区第一纵队二旅四团团长。1947 年 8 月，随刘邓大军南下大别山。新中国成立后，参加抗美援朝战争。后来担任济南军区空军副司令员，中国人民解放军空军参谋长、副司令员。1955 年被授予大校军衔，1961 年晋升为少将。他是第五、六届全国人民代表大会代表，中国共产党第十次代表大会代表。离休后仍然爱穿草鞋，因为买不到草鞋，他还是自己拧草鞋。王定烈 2014 年因病去世，享年九十六岁，可谓高寿。

新中国成立后，邵子言曾经担任国家经委党组成员兼轻工局局长，内蒙古自治区革委会副主任，中国人民大学副校长、副书记，全国职工教育委员会副主任等职。2000 年去世，享年八十六岁。

当年的昆张支队特派员管学思随大军南下，新中国成立后，长期在四川工作，历任四川省商业厅副厅长，四川省物价局局长，四川省革委会副主任，四川省人民政府副省长等职务。2013 年去世，享年九十三岁。

原昆张支队三中队队长郄晋武，继吴忠之后于 1947 年 3 月担任五十八团团长。1949 年 2 月全军整编时，五十八团改为二野十八军一五四团，郄晋武担任一五四团团长，该团成为进军西藏的第一团。1962 年担任西藏军区昌都分区司令员，参与指挥了中印边境自卫反击战。1975 年任西藏军区司令员，1983 年担任成都军区副兵团级顾问，1985 年离休。2021 年 3 月 2 日逝世，享年一百零一岁。

昆山县敌工部部长杨岗，新中国成立后，担任北京外国语大学的前身——北京俄语专修学校的党总支书记，北京俄语学院党委副书记。

有十几位昆张支队的干部战士，新中国成立后，成为厅局级干部，还有很多战士成为全国各地的县处级干部。

昆张支队参谋长常志义后来担任国防科工委十院院长，军政大学训练部顾问。

昆张支队总支书记田平后来担任湖南省交通厅副厅长，交通部长沙交通学院党委副书记。

昆山县县长吴力全后来担任辽宁省轻工业厅厅长，省经委副主任。

他们凭着昆张支队血战梁山的那股精神，在不同的岗位上放射出无限的光和热。

也有一些当时的英雄，留在了梁山，成了普通的社会主义建设者。民宣队队长于灿周成为梁山开河乡中心学校校长。

王芝茂村农救会会长贾桂存一直在村里生活，被山东省妇联授予"山东红嫂"的荣誉称号。她当年用过的要饭篮子、打狗棍，穿过的破夹裤、木底子鞋曾经在北京军事博物馆展览过。真是人活一口气，佛要一炷香，贾大娘到八十多岁的时候还眼睛明亮，耳朵不聋，头发略白，谁见了都夸她精神好。说起当年八路军打鬼子的事情，讲得清清楚楚。直到1996年因病去世，享年九十三岁。

随着时间的远去，昆张支队抗日英雄们的生命逐渐凋零。就在我调查和写作的时间里，2021年的春天，又听到了郄晋武司令员和吴忠夫人田涛先后逝世的消息。但是，昆张支队带领干部群众英勇抗战的铁血事迹依然激荡在梁山大地上。他们在战争中与人民群众血肉相连的情怀，建立广泛统一战线的做法，坚持武装斗争的意志，已经融入中国共产党和人民军队的血脉之中，锻造成精神之钙，滋养着我们的党、军队和人民，从胜利走向胜利。

时光远去，英雄不朽，昆张支队的故事已经融入了梁山脚下、黄河两岸、大运河边这一片英雄的山河和土地，像一部新的《水浒传》，传播开来，激励着一代一代的后来人。

图书在版编目（CIP）数据

昆张支队 / 杨义堂著. —济南：山东文艺出版社，
2021.11

ISBN 978-7-5329-6454-3

Ⅰ . ①昆… Ⅱ . ①杨… Ⅲ . ①报告文学—中国—当
代 Ⅳ . ①I25

中国版本图书馆CIP数据核字（2021）第212183号

昆张支队
KUNZHANGZHIDUI

杨义堂　著

主管单位	山东出版传媒股份有限公司	
出版发行	山东文艺出版社	
社　　址	山东省济南市英雄山路189号	
邮　　编	250002	
网　　址	www.sdwypress.com	

读者服务	0531-82098776（总编室）
	0531-82098775（市场营销部）
电子邮箱	sdwy@sdpress.com.cn

印　　刷	山东临沂新华印刷物流集团有限责任公司
开　　本	710 毫米 × 1000 毫米　1/16
印　　张	18.5　插页/2
字　　数	330 千
版　　次	2021 年 11 月第 1 版
印　　次	2021 年 11 月第 1 次印刷
书　　号	ISBN 978 - 7 - 5329 - 6454 - 3
定　　价	67.00 元